罗沈福 编著

中国历代咏荷文学鉴赏

（下册）

苏州新闻出版集团

古吴轩出版社

两宋时期

278. 出淤泥而不染，濯清涟而不妖

出自宋代周敦颐的《爱莲说》

【原文】

水陆草木之花，可爱者甚蕃。晋陶渊明独爱菊。自李唐来，世人甚爱牡丹。予独爱莲之出淤泥而不染，濯清涟而不妖，中通外直，不蔓不枝，香远益清，亭亭净植，可远观而不可亵玩焉。

予谓菊，花之隐逸者也；牡丹，花之富贵者也；莲，花之君子者也。噫！菊之爱，陶后鲜有闻。莲之爱，同予者何人？牡丹之爱，宜乎众矣。

【文意】

水上、陆地上各种草本木本的花，值得喜爱的非常多。晋代的陶渊明只喜爱菊花。从李氏唐朝以来，世上的人十分喜爱牡丹。而我唯独喜爱莲花从淤泥中长出却不被污染，经过清水的洗涤却不显得妖艳。它的茎内空外直，不生蔓不长枝，香气远播更加清香，笔直洁净地立在水中，人们只能远远地观赏而不能靠近赏玩它。

我认为，菊花，是花中的隐士；牡丹，是花中的富贵者；莲花，是花中品德高尚的君子。唉！对于菊花的喜爱，陶渊明以后就很少听到了。对于莲花的喜爱，像我一样的还有什么人呢？对于牡丹的喜爱，当然有很多人了。

【鉴赏】

周敦颐是道州营道楼田保（今湖南永州道县）人，字茂叔，世称濂

溪先生，是北宋五子之一，宋朝理学思想的开山鼻祖，文学家、哲学家。嘉祐六年（1061），周敦颐任虔州（即赣州）通判时建了莲池。嘉祐八年五月，周敦颐应邀与一群文朋诗友游玩聚会。兴之所至，大家便相约写诗作文。周敦颐一挥而就一篇一百一十九字的散文，就是名传后世的《爱莲说》。周敦颐在《爱莲说》中，从"出淤泥而不染"起，以浓墨重彩描绘了莲的气度、风节，寄予了他对理想人格的肯定和追求，也反射出他鄙弃贪图富贵、追名逐利世态的心理和自己追求洁身自好的美好情操。这篇散文思想深刻，爱莲情趣健康，内蕴无比丰富。周敦颐谓莲为花中之君子，故莲又称君子花。自此，周敦颐被后人称为"中国爱莲第一人"。

【注解】

蕃：意思为茂盛、蕃茂或繁多。

279.堪笑荣华枕中客，对莲余做世外仙
出自宋代周敦颐的《对莲》

【原文】

古柳垂堤风淡淡，新荷漫沼叶田田。

白羽频挥闲士坐，乌纱半坠醉翁眠。

游梦挥戈能断日，觉来持管莫窥天。

堪笑荣华枕中客，对莲余做世外仙。

【诗意】

堤岸垂柳依依，微风阵阵，吹来淡淡花香。湖中新荷绽放，荷叶

田田，盖住了河底的泥沼。我扇着洁白羽扇在此坐着，因为喝多了酒，头上的乌纱帽有点歪斜。我在梦中神游，既能挥戈又能断日。然而一觉醒来，就不要从竹管里窥视天空，异想天开了。那些沉醉于荣华美梦的人们，实在太可笑了。我只想与这些清丽脱俗的莲花为伴，做个游离于世俗之外的仙人。

【鉴赏】

周敦颐一生大多从事办案工作，官做得不大，但敢于说话，刚直不阿。即使身处诡谲多变的官场，始终保持着莲花般的君子气节，不与他人同流合污。周敦颐一生爱莲，晚年抱病辞官，归隐在庐山莲花峰下，将门前小溪唤做"濂溪"。这首诗表达了他旷然物外和豁达的情感，隐藏在深处的感情是对官场和世俗的无奈。"古柳垂堤风淡淡，新荷漫沼叶田田"，诗句写景，清风，垂柳，小池，新荷，环境很雅，惹人陶醉。这里就为结句埋下铺垫。"堪笑荣华枕中客，对莲余做世外仙"，诗句内容看似豁达，其实也有一层无奈在里面。周敦颐除了这首《对莲》外，还有《忆莲》《访莲》《种莲》《咏莲》《采莲》《画莲》《赏莲》《问莲》《赞莲》《梦莲》《残莲》等咏莲诗。这些诗既叙事又咏物，既咏物又言志，如同一幅生动逼真的莲花画卷。

【注解】

白羽：这里指用鸟类羽毛做成的扇子。

乌纱：这里指古代官员戴的乌纱帽。

挥戈：指挥千军万马。

断日：决断天下大事。

280.接天莲叶无穷碧，映日荷花别样红

出自宋代杨万里的《晓出净慈寺送林子方二首》

【原文】

其一

出得西湖月尚残，荷花荡里柳行间。

红香世界清凉国，行了南山却北山。

其二

毕竟西湖六月中，风光不与四时同。

接天莲叶无穷碧，映日荷花别样红。

【诗意】

  清晨的西湖，天边还挂着残月，我们一起穿过十里荷塘，走在杨柳依依的小道上。在这样荷花遍地、清凉怡人的世界里，我们走过了南山，又绕到北山。

  六月里西湖的风光景色，与其他时节是不一样的。那密密层层的荷叶铺展开去，与蓝天相连接，无边无际，青翠碧绿。那亭亭玉立的荷花绽蕾盛开，在阳光辉映下，显得格外的鲜艳娇红。

【鉴赏】

  杨万里八岁丧母，自幼读书非常勤奋，早年多次拜他人为师。绍兴二十四年（1154）进士及第，后被授赣州司户参军。历任国子博士、漳州知州、吏部侍郎、秘书监等。在朝廷中，杨万里是主战派人物。绍熙元年（1190），借焕章阁学士，为金国贺正旦使接伴使。后出为江东转运副

使，反对以铁钱行于江南诸郡，改知赣州，不赴，乞辞官而归，自此闲居乡里。这首诗作于宋孝宗淳熙十四年（1187），当时林子方赴福州任职，杨万里清晨从杭州西湖附近的净慈寺送别林子方，经过西湖边时写下这组诗。"出得西湖月尚残，荷花荡里柳行间"，"月尚残"点明了送人的时间和环境，诗人通过对西湖美景的赞美，曲折地表达对友人深情的眷恋。"接天莲叶无穷碧，映日荷花别样红"，前句写荷叶，突出的是其无边无际的壮阔景象；后句写荷花之红，以红日为衬托，目的是突显其分外娇艳之色。此诗句描写杭州西湖六月美丽景色，被誉为"诗海珍珠"，千古传诵。

【注解】

净慈寺：在杭州西湖南岸，全名"净慈报恩光孝禅寺"，与灵隐寺为杭州西湖南北山两大著名佛寺。

林子方：即林枅，字子方，杨万里的朋友，官居直阁秘书。

红香：谓色红而味香。这里指荷花。

别样：宋代俗语，特别，不一样。

281.六月西湖锦绣乡，千层翠盖万红妆

出自宋代杨万里的《清晓湖上三首》（其三）

【原文】

六月西湖锦绣乡，千层翠盖万红妆。

都将月露清凉气，并作侵晨一喷香。

【诗意】

西湖的六月，宛如锦绣铺成，千万翠色的荷叶层层叠叠，数不清的荷花如火如荼地绽放，让人目不暇接。它们每夜汲取着月光下清露的凉意，到了黎明时一起散发出醉人的香气。

【鉴赏】

杨万里是吉州吉水（今江西吉安吉水县）人，生长在荷花之乡，但是他常年在杭州做京官，这里能够让他安心的，就是有如故乡一样的荷花，所以杨万里经常去西湖赏荷。《清晓湖上》共有三首，描写了夏日西湖清凉的晨景，可以看出杨万里对西湖美景情有独钟。"六月西湖锦绣乡，千层翠盖万红妆"，诗人用翠盖、红妆分别描写荷叶、荷花，形象生动，栩栩如生。荷叶如千层翠盖，荷花如红妆丽人，让帝都于庄严富贵之中又多了一层天然清丽。"都将月露清凉气，并作侵晨一喷香"，诗人最爱早上的荷花，那是在月下露水里滋润了一晚上的荷花，在晨风里送来阵阵清香。

【注解】

侵晨：指天快亮的时候。

282.却是池荷跳雨，散了珍珠还聚

出自宋代杨万里的《昭君怨·咏荷上雨》

【原文】

午梦扁舟花底，香满西湖烟水。急雨打篷声，梦初惊。

却是池荷跳雨，散了真珠还聚。聚作水银窝，泻清波。

【词意】

夏日午眠，梦见自己泛舟在荷花间，满湖烟水迷茫，荷花清香扑鼻。忽然，阵雨急打船篷，发出"扑扑"的声音，把我从赏荷的梦境中惊醒。以为是在西湖赏荷，原来却是在家中午休。梦醒后观庭院荷池，急雨敲打荷叶，雨珠跳上跳下。荷叶上晶莹的雨点忽聚忽散，散了如断线的珍珠四处迸射，使人眼花缭乱。最后，亮晶晶的雨珠聚在荷叶的中央，就像一窝泛波的水银。

【鉴赏】

杨万里的词如其诗一样，都善于描写事物的动态，清新自然，惹人喜爱。这首诗用变幻的手法描写西湖"荷上雨"，把稍纵即逝的风景展现在读者面前，活泼而不受羁绊。"却是池荷跳雨，散了珍珠还聚"，诗人用一个"跳"字，突出雨势之大之急，再以"珍珠"作比，写得活灵活现，动荡迷离，"人所未言"。钱锺书称："诚斋则如摄影之快镜，兔起鹘落，鸢鱼跃，稍纵即逝而及其未逝，转瞬即改而当其未改，眼明手捷，踪矢蹑风，此诚斋之所独也。"（《谈艺录》）

【注解】

扁舟：小船。

烟水：雾霭迷蒙的水面。

283.小荷才露尖尖角，早有蜻蜓立上头

出自宋代杨万里的《小池》

【原文】

泉眼无声惜细流，树阴照水爱晴柔。

小荷才露尖尖角，早有蜻蜓立上头。

【诗意】

泉眼悄然无声，是舍不得细细的水流；树荫倒映水面，是喜爱晴天柔和的风光。娇嫩的小荷叶刚从水面露出尖尖的角，早有一只调皮的小蜻蜓立在它的上头。

【鉴赏】

杨万里主张师法自然，其诗自成一家，独具风格，与尤袤、范成大、陆游合称南宋"中兴四大诗人""南宋四大家"。这首诗紧扣题目中的"小"字，描写了初夏小池优美的风光，写得小巧精致。诗人善于捕捉景物的特征，把泉、流、树和小荷、蜻蜓串联在一起，落笔都小，却玲珑剔透，生机盎然，宛如一幅花草虫鸟彩墨画。"泉眼无声惜细流，树阴照水爱晴柔"，"惜"字用得巧妙，好像泉眼舍不得多流一点儿，变得有情有趣，富有人性。"小荷才露尖尖角，早有蜻蜓立上头"，小荷与蜻蜓，一个"才露"，一个"早有"，形象生动，妙趣横生，充满了浓郁的生活气息。这是千古传诵的咏荷名句，少儿启蒙都学此诗，可谓家喻户晓。

泉眼：泉水的出口。

晴柔：晴天里柔和的风光。

尖尖角：初出水端还没有舒展的荷叶尖端。

284.只有荷蜂不愁雨，蜡房仰卧万花枝

出自宋代杨万里的《咏荷花中小莲蓬》

【原文】

山蜂愁雨损蜂儿，叶底安巢更倒垂。

只有荷蜂不愁雨，蜡房仰卧万花枝。

【诗意】

山里的蜜蜂最害怕风雨淋坏小蜜蜂，在树叶底下筑巢安家，并且倒垂。只有那荷花的小蜜蜂不怕风吹雨打，特意将蜂巢建在花心，安然地躺在蜂房中，仰卧在千千万万花枝里悠闲自在。

【鉴赏】

杨万里虽然不是农民，但是他从小生活在荷塘附近，和父亲度过了最朴素乐观的童年。他没有改变对荷花那种朴实的热爱，同时他又是聪慧而敏感的诗人。这首诗生动俏皮地描写了雨中荷花，这是他真实生活的展示。"只有荷蜂不愁雨，蜡房仰卧万花枝"，诗人太有想象力了，把弯头莲蓬比作蜂房，那莲子就像是小蜜蜂。莲蓬如人般地脸朝上躺着，千千万万荷花映衬着它。而莲子如小蜜蜂似的在莲蓬里自在得很，也是

齐全、稳妥了。诗人写雨中莲蓬别有童趣，将小莲蓬比喻成蜂房，莲子就是避雨的小蜜蜂。

【注解】

蜡房：指小莲蓬，并喻指蜂房。

285.绿池落尽红蕖却，荷叶犹开最小钱
出自宋代杨万里的《秋凉晚步》

【原文】

秋气堪悲未必然，轻寒正是可人天。

绿池落尽红蕖却，荷叶犹开最小钱。

【诗意】

秋风飒飒，秋雨萧萧，一切都显得那么凄凉冷落，令人悲愁。其实未必这样，有这么一点轻微的凉意，恰是气候宜人的美好季节。绿色池塘里的红荷虽然都落尽了，但尚有一些新生的荷叶正茁壮成长，圆圆的嫩叶像小铜钱，真是可爱极了。

【鉴赏】

秋天已不再是荷花的盛季，但心中有热情的人总能发现，那些细节里的生机和美好。这首诗是诗人晚步时的所见所思，观察细致深入，描写生动逼真。诗人在这首诗中所描写的荷花，是盛夏已尽、秋风送爽的时节里，荷花已落尽，荷叶亦凋零。看似渐渐失去生命力的荷花，在杨

万里的笔下，也有着不同寻常的魅力。"绿池落尽红蕖却，荷叶犹开最小钱"，都说秋天让人悲伤，而诗人看来却是"可人"舒适的"轻寒"，新生出的荷叶虽然如铜钱那么小，但倔强又可爱，让人感到生机盎然、孕育希望。诗人感情真挚浓厚，因而意趣盎然，颇能动人，表达了他乐观、豁达的人生态度。

【注解】

晚步：谓傍晚时散步。

却：这里是完、尽的意思。

最小钱：新荷叶像小铜钱那么大。

286.红白莲花共玉瓶，红莲韵绝白莲清

出自宋代杨万里的《瓶中红白二莲五首》（其一）

【原文】

红白莲花共玉瓶，红莲韵绝白莲清。

空斋不是无秋暑，暑被花销断不生。

【诗意】

看着玉瓶中的红莲与白莲，红莲气韵奇绝，白莲清丽高洁。空荡荡的书房不是没了"秋老虎"般的闷热，而是这种热被莲花的清凉之气阻隔，闷热在淡淡的莲香中淡去。

【鉴赏】

杨万里一生作诗二万多首,其中咏荷诗就有二百多首,堪称"中国第一爱莲诗人"。《瓶中红白二莲》有五首,歌咏红白莲花,每首都很精彩。杨万里笔下的荷花,雅气却有质朴的本色。"红白莲花共玉瓶,红莲韵绝白莲清",诗人不偏爱红莲或白莲,而是一视同仁,只要是荷花,他都喜欢。"空斋不是无秋暑,暑被花销断不生",房子里因为有了荷花的香气,暑气全无,不仅表达了诗人对荷花的喜爱之情,而且体现了诗人的清贫本色。杨万里另有一句"折得荷花伴我幽,更搴荷叶伴花愁"(《瓶中红白二莲·其五》),表达了诗人对荷花超乎寻常的热爱。

【注解】

秋暑:犹残暑,指秋季的炎热气候,民间俗称"秋老虎"。

287.红白莲花开共塘,两般颜色一般香

出自宋代杨万里的《红白莲》

【原文】

红白莲花开共塘,两般颜色一般香。
恰如汉殿三千女,半是浓妆半淡妆。

【诗意】

红莲花和白莲花开在一个池塘,虽然它们的颜色不一样,但都有一种淡淡的清香。荷花半浓半淡,犹如汉宫里的无数美女一样,有的浓妆重彩,有的淡妆清丽。

【鉴赏】

杨万里写过许多咏莲的诗，其中不乏佳句，从"小荷才露尖尖角"，到"映日荷花别样红"，至今仍为人们所传诵。这首诗却另辟蹊径，从不同角度构思，再次展示莲花形态之美，并以此坦露诗人自己的生活情趣。"红白莲花开共塘，两般颜色一般香"，诗人用质朴的语言，从色香两方面概述了莲花鲜明的特征，融红白两态之美于一体，极为灵动。"恰如汉殿三千女，半是浓妆半淡妆"，诗人运用拟人手法，用浓妆的宫女比喻红莲花，用淡妆的宫女比喻白莲花，不仅形似，而且神似，再次展示莲花形态之美。"三千"之众，展现莲花盛开时的瑰丽景色，在柔美中又有壮美，极具神韵。

【注解】

三千：形容很多的意思。

288.独行行到荷池上，荷不生风水不香

出自宋代杨万里的《暮热游荷池上》（其一）

【原文】

> 玉砾金沙一径长，暑中无处可追凉。
>
> 独行行到荷池上，荷不生风水不香。

【诗意】

天气太热，我想找一个凉爽的地方纳凉避暑。于是沿着长长的铺着白鹅卵石的小路，独自来到了荷池边。可是出乎意料，这里既没一丝微

风也没闻到荷香，依旧是那么的闷热。

【鉴赏】

　　杨万里热爱自然，善于观察自然，以一双慧眼将日月星辰、山川风物等皆摄入诗中。宋孝宗淳熙四年（1177）夏，杨万里自漳州改知常州。淳熙五年夏，杨万里在常州写下了《暮热游荷池上》。这组诗共有五首，描写的是夏日傍晚荷塘美景，抒发诗人对于荷花的喜爱之情。这是其中之一，诗人通过对酷暑天气的描绘，表达了他"追凉无地"的烦躁心情。整首诗虽平易自然，却有很强的艺术感染力。"独行行到荷池上，荷不生风水不香"，诗人本想到荷池边坐坐，试图以荷花的高洁清净之气来荡涤心中的烦躁不安，结果风不起、荷不香、体不凉、心不静，大失所望。诗人不但观察入微，而且对大自然的体味极为细腻，加上拟人妙笔，写得出神入化。

【注解】

　　玉砾[lì]：白色碎石。

289.荷花入暮犹愁热，低面深藏碧伞中
出自宋代杨万里的《暮热游荷池上》（其三）

【原文】

　　　　细草摇头忽报侬，披襟拦得一西风。

　　　　荷花入暮犹愁热，低面深藏碧伞中。

【诗意】

池边的小草摇头晃脑，似乎在告诉我"风来了"。我急忙敞开衣襟，企图把这阵凉风全拦住，不让它溜走一点，好尽情享受这难得的清凉。虽已到了傍晚，可娇嫩的荷花还是嫌天气太热，依旧低着头藏在碧绿的荷叶下。

【鉴赏】

这首诗情趣盎然，充满了生活气息。诗人写的是热，透露出的是"清爽"之情，表达了杨万里对夏季傍晚美景的喜爱以及对大自然的喜爱之情。"细草摇头忽报侬，披襟拦得一西风"，越是炎暑，诗人越是喜欢亲近荷花，去寻找丝丝凉意，诗人移情于景，用"细草摇头"来衬托自己的心情。"荷花入暮犹愁热，低面深藏碧伞中"，诗人用了拟人的修辞手法，荷花似乎也害怕热气，到了晚上还躲在荷叶底下不愿露面，用荷花的"深藏"来写出天气之热，化静为动，鲜活生动，富有动态美。

【注解】

细草：小草。

侬：我（多见于旧诗文）。

290.荷叶迎风听, 荷花过雨看

出自宋代杨万里的《七月十四日雨后, 毗陵郡圃荷桥上纳凉》

【原文】

荷叶迎风听, 荷花过雨看。

移床桥上坐，堕我镜中寒。

【诗意】

荷叶在微风中摇曳，发出细微声响。雨后来看荷花，更觉娇美动人。于是搬了胡床到荷桥上坐着，雨后荷花在水天一色的湖面上格外清新，竟觉得微微有些凉意涌上心头。

【鉴赏】

杨万里号诚斋，其诗语言浅近明白，清新自然，富有幽默情趣，称为"诚斋体"。这首诗富有生活情趣，抒发了诗人荷桥上纳凉的愉悦心情。"荷叶迎风听，荷花过雨看"，诗句描写荷花荷叶，一个"听"字说明环境幽静，诗人听得见荷叶在风中摇曳的声音；一个"看"字说明雨后荷花分外艳丽，引人注目。"移床桥上坐，堕我镜中寒"，有荷花的地方，既可赏风景，也可避暑，何况雨后荷塘更是纳凉的好去处。

【注解】

毗陵郡：即今江苏常州武进区。

床：在古诗文中一般指胡床，即交椅，一种可以折叠的轻便坐具。

291.芙蕖落片自成舠，吹泊高荷伞柄边
出自宋代杨万里的《泉石轩初秋乘凉小荷池上》

【原文】

芙蕖落片自成舠，吹泊高荷伞柄边。

泊了又离离又泊，看他走遍水中天。

【诗意】

荷花花瓣落在水里，像一艘美丽的小船儿，在高高的荷叶下穿行，在如伞一般的荷柄旁停泊。它停泊了一会儿，马上又开始随波逐流漂泊。看它在小荷池里漂荡不定，走遍了水里的每个角落，真是自由自在啊！

【鉴赏】

杨万里传世作品有四千二百首，是我国文学史上比较高产的诗人。他的思维似乎形成了某种定式，对于所见所闻，不需过多穿凿，即可随口诵出。因此，他的生活之中充满着诗情画意。杨万里擅长抓住自然景物瞬息万变的动态，以景物瞬时之"活"与"美"表现意趣之"活"与"美"。这首诗是诗人在小荷池上纳凉时所作，观察仔细，想象丰富。"芙蕖落片自成舡，吹泊高荷伞柄边"，初秋了，荷花终是不敌时光，一片一片，开始凋落。"泊了又离离又泊，看他走遍水中天"，在诗人眼里，秋池中没有忧愁，只有满满的乐趣，表达了诗人对恬淡生活的向往。

【注解】

舡[chuán]：船。

292.水到荷花蒂，风生菰叶梢

出自宋代杨万里的《荷桥暮坐三首》（其一）

【原文】

水到荷花蒂，风生菰叶梢。

鸥凫晚声散，天水夕光交。

【诗意】

傍晚，荷桥下的水位涨高了，已经接近荷花蒂了。高高的茭白叶，在晚风中轻轻摇摆。水鸟在暮色里飞散，天空与水波在夕阳余晖里相交，江水溶溶。

【鉴赏】

《荷桥暮坐三首》是杨万里的代表作品。这首诗描写了诗人独坐荷桥纳凉所见。"水到荷花蒂，风生菰叶梢"，这是一个清凉又闲适的夏日黄昏时刻，诗人对荷花情有独钟，因为他知道有荷花的地方，一定是纳凉的好地方。"鸥凫晚声散，天水夕光交"，诗句描写了水天一色、水鸟翻跹的荷塘景象，勾画出一幅唯美的荷塘晚景图，同时流露出诗人淡淡的愉快情绪。杨万里还有一首："雨后晨前绝爽时，胡床四面是荷池。荷珠细走惟愁落，为报薰风莫急吹。"（《晚坐荷桥四首·其一》）诗人对荷花一往情深，将自身融入大自然，荷花成了他生活的一部分。

【注解】

菰：茭白。

293.蕉叶半黄荷叶碧，两家秋雨一家声

出自宋代杨万里的《秋雨叹十解》（其三）

【原文】

湿侵团扇不能轻，冷逼孤灯分外明。

蕉叶半黄荷叶碧，两家秋雨一家声。

【诗意】

夜深了，外面下着绵绵细雨，秋雨带来的潮湿侵袭团扇，使它显得格外沉重，还有一股阴冷直逼孤灯，使它显得愈发明亮。整个房间冷冷清清，手持团扇的她在孤灯下想什么呢？芭蕉的叶子半青半黄，荷花的叶子却是碧绿一片，但是秋雨滴芭蕉与秋雨打荷叶，声音则是一样凄凉悲切。

【鉴赏】

杨万里后期的诗明白而富有表现力，透出历经淬炼又天然自在的语言功力。《秋雨叹十解》是杨万里的诗词之一，诗体为绝句，共有十首。这首诗前两句描写的是雨中秋夜的凄凉景象，后两句描绘了一幅有声有色的秋雨芭蕉荷叶图。"湿侵团扇不能轻，冷逼孤灯分外明"，"侵""逼"两字，写出了寒湿之气浓重，令人有一种不可耐的感觉。"蕉叶半黄荷叶碧，两家秋雨一家声"，前句写视觉形象，后句写听觉形象，前后配合，将不一样的颜色与一样的声音统一起来，让人有如临其境、如见其色、如闻其声的现场感。

团扇：又称宫扇、纨扇，是一种圆形有柄的扇子。

孤灯：多喻孤单寂寞。

294.百里青山十里溪，荷花万顷照红衣

出自宋代杨万里的《题张坻夫腴庄图三首》（其一）

【原文】

百里青山十里溪，荷花万顷照红衣。

临平山下西湖上，总被腴庄拨取归。

【诗意】

高高的青山绵延百里，弯弯的溪水有十里长。在湖光山色间，数百万亩荷花竞相绽放，璀璨夺目，如无数身着红衣的仙子。临平山下西湖美丽的风光，全部被画进了这一幅腴庄图。

【鉴赏】

杨万里非常欣赏朋友所画的荷花图，感觉如同身临其境，于是欣然题诗，毫不吝啬对荷的赞美。"百里青山十里溪，荷花万顷照红衣"，诗人用"百里""十里""万顷"等夸张词语，再现了画家笔下的西湖美景。青山绿水之间，万顷荷花仿佛是千百红衣女郎，在风中摇曳，在水上舞蹈，绚丽多彩，让人有着互动愉悦的欢喜。这首题画诗充满了夸张，又极度写意，表现出典型的浪漫主义风格。

临平山：在今杭州市东北，唐时已是游览胜景。

295.重重青盖下，好红红白白

出自宋代苏轼的《荷华媚·霞苞电荷碧》

【原文】

霞苞电荷碧，天然地、别是风流标格。重重青盖下，千娇照水，好红红白白。

每怅望、明月清风夜，甚低迷不语，妖邪无力。终须放、船儿去，清香深处住，看伊颜色。

【词意】

含苞欲放的花蕾与碧绿的荷叶相映生辉，这是大自然赋予的美景，别有一番意境和格调。层层叠叠的荷叶下，清波照出荷花红白相间的娇姿，相互叠映，时聚时散，变幻迷离。每当我心情惆怅时，它们总是在清风明月下含情脉脉、欲言又止，尽显娇媚之态。该放下的最后还得放下，等到荷花绽放之时，我一定要泛舟畅游，去荷香深处一睹其芳颜。

【鉴赏】

苏轼是眉州眉山（今四川眉山）人，嘉祐二年（1057）进士。累除中书舍人、翰林学士、端明殿学士、礼部尚书。曾通判杭州，知密州、徐州、湖州、颍州等。元丰三年（1080）以谤新法贬谪黄州。后又贬谪惠州、儋州。宋徽宗立，赦还。苏轼的词开豪放一派，与辛弃疾同是豪放派代表，并称"苏辛"。这首词清新豪健，采用白描手法，以简洁明快的笔墨，抓住荷花特有的品格与风采，做了栩栩如生的描绘，画面感极强，是咏荷抒怀的佳作之一。"霞苞电荷碧"，一个"霞"字不仅绘出荷苞如霞光般灿烂的色彩，也写出荷塘的开阔与荷株的密集，仿佛一片云霞笼罩池上；而"电"字既突出了荷花的光洁明媚，也反射出晴朗的天空。"好红红白白"，一个"好"字不仅是惊叹水中景色的美妙，也表现了诗人此刻陶醉其中的欢快心情。全词不用一典，以寻常之语写不寻常之境。

【注解】

荷花媚：苏轼自制曲。

标格：风范、风度之意。

妖邪：犹天斜，袅娜多姿。

296.清光偏照双荷叶，红心未偶绿衣结
出自宋代苏轼的《忆秦娥·双荷叶》

【原文】

双溪月，清光偏照双荷叶。双荷叶，红心未偶，绿衣偷结。

背风迎雨流珠滑，轻舟短棹先秋折。先秋折，烟鬟未上，玉杯微缺。

【诗意】

双溪皎洁的月光，照着一个叶柄上同时长出两片叶的双荷叶。荷花还没长出，可这荷叶却悄悄成双了。它背着风迎着雨，水珠飞快地滑入

溪水中。那些来来往往的采莲船，又使它遭到更多的碰撞，因而比其他荷叶先在秋天里夭折。这实在太可惜了，还没等到远山升起云雾，双荷叶已经衰败残缺了。

【鉴赏】

这首词是苏轼任杭州通判时所作。据说是苏轼为好友贾收（字耘老）的小妾而作，借咏荷来咏人。这首词中，苏轼以双荷叶为歌咏对象，以"双"字为词眼，描写了双荷叶有幸而又不幸的遭遇，表达了诗人自身的不幸与哀痛。"红心未偶"隐隐带出"双"字难成的缺憾，"绿衣偷结"则明确荷叶之双之偶。"背风迎雨流珠滑，轻舟短棹先秋折"，诗人痛切地感到多姿之花、多叶之莲，往往会遭受更多风雨的摧残，而多才之人也往往会遭到更多的妒忌、更重的打击。

【注解】

双荷叶：一个叶柄上同时长出两片荷叶。这种情况比较少见，所以词人填词加以歌咏。

双溪：指的是苕溪和霅溪。

烟鬟[huán]：指妇女的鬟发。这里指云雾缭绕的峰峦。

297.微雨过，小荷翻，榴花开欲然
出自宋代苏轼的《阮郎归·初夏》

【原文】

绿槐高柳咽新蝉，薰风初入弦。碧纱窗下水沉烟，棋声惊昼眠。

微雨过，小荷翻，榴花开欲然。玉盆纤手弄清泉，琼珠碎却圆。

【词意】

槐树枝繁叶茂，柳树高大粗壮，浓绿深处的新蝉鸣声乍歇；暖和的东南风初起，拨动了她的心弦。碧绿的纱窗下，香炉中升腾起沉香的袅袅轻烟，下棋之声惊扰了正在午睡的她。细雨过后，小荷娇嫩，随风翻转，石榴花更是红得像火焰。她采摘荷叶后，到清池边舀水嬉耍。水花散溅到荷叶上，像珍珠那样圆润晶亮，一会儿破碎一会儿又圆。

【鉴赏】

苏轼由于"乌台诗案"被贬黄州，元丰七年（1084）他升官了，即将前往河南汝州任职。在黄州的最后几天里，苏轼心情愉悦，看着初夏窗外生机勃勃的景象，就写下了这首词。这首词描写了初夏时节少女的闺阁生活，采用从反面落笔的手法，用一幅幅无声画来展示大自然的生机，并充满着少女楚楚动人的情愫。"微雨过，小荷翻，榴花开欲然"，诗人用"微雨""小荷"这些物象，给人一种悠然之美；一个"然"字则写活了石榴花雨后浓艳欲滴的神韵。"玉盆纤手弄清泉，琼珠碎却圆"，一个"碎"字，把水珠四射、破碎落地的动态表现得十分生动。词句中的少女形象，与一般闺情词中疏慵倦怠、孤闷愁苦的女性形象截然不同，充满了美好清新的勃勃生机和青春气息，给人以耳目一新的感觉。据说苏轼描写的是他的侍妾王朝云，当时她在边上玩弄泉水。

【注解】

然：同"燃"，形容花红如火。

玉盆：指荷叶。

298.一听南堂新瓦响，似闻东坞小荷香

出自宋代苏轼的《南堂五首》（其三）

【原文】

他时夜雨困移床，坐厌愁声点客肠。

一听南堂新瓦响，似闻东坞小荷香。

【诗意】

从前，每当夜雨绵绵，我总是怕听雨声而辗转反侧。有时独自坐着，听那淅沥不尽的雨声，点点滴滴，增人愁思。如今，我一听到南堂屋瓦上响起雨声，不禁联想到东坞池塘中盛开的荷花，似乎闻到那飘溢四周的沁人幽香。

【鉴赏】

《南堂五首》是苏轼创作的七言绝句组诗作品。此组诗围绕置身于南堂的种种感受而写，立意各自不同，但又相互连接，组成一幅精美的山水人物画，表现了清静而壮美的自然环境，表达了悠闲自得的感情，创造出一种清幽绝俗的意境。这首诗是其中之三，描写了诗人幽居的心境。苏轼初谪黄州时，举目无亲，孤独寂寞。后在友人的大力支持下，在临皋亭的南畔筑三间屋，苏轼名之曰南堂。"一听南堂新瓦响，似闻东坞小荷香"，诗人听到雨滴南堂新瓦的铿锵声，不由得浮想联翩，想象东

坞的荷花被雨催开，进而想象已经闻到阵阵荷香。诗句体现了诗人对人生深深的热爱，以及随遇而安的乐观心情。

【注解】

南堂：在临皋亭，俯临长江，是苏轼贬谪黄州后居住的地方。

坞：地势四周高而中间凹的地方，这里指坞中池塘。

299.翻空白鸟时时见，照水红蕖细细香
出自宋代苏轼的《鹧鸪天·林断山明竹隐墙》

【原文】

林断山明竹隐墙，乱蝉衰草小池塘。翻空白鸟时时见，照水红蕖细细香。

村舍外，古城旁，杖藜徐步转斜阳。殷勤昨夜三更雨，又得浮生一日凉。

【词意】

远处是茂盛的树林，有座高山清晰可见；近处是绿色的竹林，一间房屋隐约可见。仿佛没人打理，小小的池塘边长满了荒草，知了在树上胡乱地鸣叫。空中经常有白鹭上下翻飞，倒映在池中的荷花，散发出柔和的幽香。在乡村的野外，古城墙的近旁，我手拄拐杖徐徐漫步，转瞬已是太阳西落。昨天夜里三更时分，多承天公想得周到，下了一场好雨，又使漂泊不定的我度过了凉爽的一天。

【鉴赏】

这首词是苏轼贬谪黄州时期所作，是他当时乡间幽居生活的自我写照。词人身为罪官，才能无从施展，只有过着幽人的生活。这首《鹧鸪天》描绘了一幅夏末秋初雨后的农村小景，表现了词人雨后游赏的欢快、闲适心境，若隐若现地表现出他对眼前境遇的无可奈何。"翻空白鸟时时见，照水红蕖细细香"，词人用"细细香"描写荷香，颇为细腻，是说荷花散出的香味，不是扑鼻的浓烈的香气，而是宜人的淡淡芳香。"殷勤昨夜三更雨，又得浮生一日凉"，一个"又"字，分量很重，对揭示主题起着重要的作用，它表现了词人得过且过、日复一日地消磨岁月的消极情绪。

【注解】

古城：指黄州古城。

杖藜：挂着以藜木制成的拐杖。

殷勤：指热情周到。

浮生：人生飘忽不定。

300.四面垂杨十里荷，问云何处最花多
出自宋代苏轼的《浣溪沙·荷花》

【原文】

四面垂杨十里荷，问云何处最花多。画楼南畔夕阳和。

天气乍凉人寂寞，光阴须得酒消磨。且来花里听笙歌。

【词意】

四面垂柳围绕着十里香荷,请问哪里荷花最多? 应该是画楼的南面最多,尤其在夕阳西下的时候最美。天气乍一变凉,给人带来秋的寂寞。萧索的光阴,需用美酒来打发、消遣。我暂时来这里,一边赏花,一边倾听悠扬哀伤的笙歌。

【鉴赏】

元祐六年(1091),苏轼又被召回朝,但不久又因为政见不合调任颍州(今安徽阜阳)太守。这首词是苏轼在游览颍州西湖时所作,抒发了他面对盛开荷花所引起的仕宦寂寞感受。上片写初秋寻赏荷花,下片写以酒来消解因秋天而生的悲观情绪。全词大起大落,体现了词人当官寂寞孤寥的心情。"四面垂杨十里荷,问云何处最花多",词句描写了夏日傍晚荷花盛开的景象,给人以舒展惬意的美感享受。"且来花里听笙歌",苏轼厌倦仕途,崇尚归田,词句说自己姑且忧中取乐,躲进荷花丛中来听笙歌。总观全词,从词作对特定环境的描写和词人形象的刻画,就可以看到一个抑郁不得志的隐者形象。

【注解】

笙歌:合笙之歌。这里指歌舞声。

301.手红冰碗藕，藕碗冰红手

出自宋代苏轼的《菩萨蛮·回文夏闺怨》

【原文】

> 柳庭风静人眠昼，昼眠人静风庭柳。
>
> 香汗薄衫凉，凉衫薄汗香。
>
> 手红冰碗藕，藕碗冰红手。
>
> 郎笑藕丝长，长丝藕笑郎。

【词意】

庭院风静，柳条低垂，女子有点困，要去午休了。当她睡得正香时，清风却起，吹得庭柳左右摇摆。微风吹动她薄薄的衣衫，既吹香汗又生凉意，而在她的凉衫中又透出微微的汗香。醒来以后，她红润的手端起了盛有冰块拌藕丝的小碗，而这盛有冰块拌藕丝的小碗又冰冷了她红润的手。情郎调笑说碗中的藕丝太长了，她一边吃着长丝藕，一边又嘲笑她的情郎不识情趣。

【鉴赏】

苏轼到了黄州之后，便杜门谢客，在家中做回文词消磨时光，于是就有了四首回文闺怨词。这四首词都是婉约风格，从春天写到冬天，笔触细腻地刻画出女子在深闺中的幽怨，又用了回文的笔法，字字珠玑，令人倍感惊艳。这首词通过描写夏日女子的相思，抒发她郁闷惆怅的心情。"手红冰碗藕，藕碗冰红手"，前句写女子手捧冰藕碗消暑，后句则写冰藕碗冰冷了女子的手。"郎笑藕丝长，长丝藕笑郎"，诗人以藕丝来比喻情郎的薄情寡义，"笑"字中隐含女子的埋怨之情。

【注解】

藕丝长：古诗词中，常以"藕"谐"偶"，以"丝"谐"思"，藕节同心，亦象征情人的永好。藕丝长，象征着人的情意绵长。

302.凤凰山下雨初晴，芙蕖开过尚盈盈
出自宋代苏轼的《江神子·江景》

【原文】（节选）

（湖上与张先同赋，时闻弹筝）

凤凰山下雨初晴，水风清，晚霞明。

一朵芙蕖，开过尚盈盈。

何处飞来双白鹭，如有意，慕娉婷。

【词意】

凤凰山下，雨后初晴，云淡风轻，晚霞明丽。一朵荷花，虽过了盛开的时刻，但是仍然美丽清净。忽然，不知从什么地方飞过来一对白鹭，它们似乎特地而来，倾慕弹筝人的美丽。

【鉴赏】

苏轼乐观开朗，在杭州过得很惬意，自比唐代的白居易。这首词是苏轼于熙宁五年（1072）至七年在杭州通判任上与当时已八十余岁的著名词人张先同游西湖时所作。这里节选上阕，词人富有情趣地描写弹筝

人的美丽。"一朵芙蕖，开过尚盈盈"，词句既实写水面荷花，又是以出水芙蓉比喻弹筝的美人，收到了双关的艺术效果。据说弹筝人三十余岁，"风韵娴雅，绰有态度"。词人用"一朵芙蕖，开过尚盈盈"的比喻写她，不但准确，而且极有情调。"何处飞来双白鹭，如有意，慕娉婷"，词句以白鹭的行为，衬托弹筝女的美丽或音乐的美妙。全词用语自然贴切，呈现了一幅人物与景色相映成趣、音乐与山水相得益彰的画面。

【注解】

凤凰山：在杭州西湖南面。

303.放生鱼鳖逐人来，无主荷花到处开

出自宋代苏轼的《六月二十七日望湖楼醉书五绝》（其二）

【原文】

放生鱼鳖逐人来，无主荷花到处开。

水枕能令山俯仰，风船解与月徘徊。

【诗意】

雨过天晴之后，西湖碧波如镜，很多放生的鱼鳖追逐着船上的人，湖面上到处盛开着不知谁种的荷花。我喝了点小酒，躺在船里看景，湖水像巨大的枕头，不觉水波起落，只见连绵的山在眼前忽高忽低。任那帆船在水面上随风摇来摇去，月亮在高空中徘徊，似乎一直跟着我呢。

【鉴赏】

　　在苏轼的一生中，他与杭州结缘颇深，曾两次来杭为官，与湖山朝夕为伴，写下了不少脍炙人口的诗文。《六月二十七日望湖楼醉书五绝》作于熙宁五年夏天，当时苏轼写了五首绝句。这是其中的第二首，描写了西湖的风景和乘船时的愉快感受，表达了诗人对西湖风土人情的热爱。"放生鱼鳖逐人来，无主荷花到处开"，西湖的荷花没有谁去种植，完全凭着自然力量生长，自开自落，反而显示出一派野趣。

【注解】

　　望湖楼：古建筑名，又叫看经楼，位于杭州西湖畔。

　　风船：即木帆船，是利用风帆靠风力前进的船。

304.旋折荷花剥莲子，露为风味月为香
出自宋代苏轼的《莲》

【原文】

城中担上卖莲房，未抵西湖泛野航。

旋折荷花剥莲子，露为风味月为香。

【诗意】

　　城中有人挑着担子在卖莲蓬，这莲子的味道不如我在西湖泛舟时摘的好吃。想当初，我随即攀折荷花，剥出莲蓬内的莲子。那莲子太新鲜，有着露水的风味、月色的清香。

【鉴赏】

　　这首诗写出了诗人泛舟西湖品尝莲子的高兴心情，反映了诗人不以官场失意为意的恬淡闲适的心情。"旋折荷花剥莲子，露为风味月为香"，诗人用"露"和"月"来形容莲子的风味和香气，"露"是什么"风味"？"月"是什么"香"？谁也不知道。但"露"在视觉上是晶莹湿润的，给人的感觉是清凉的；而"月"在视觉上是皎洁的，或者是淡雅朦胧的。用视觉形象来形容味觉和嗅觉形象，这在修辞上叫"通感"。用"露"和"月"来形容莲子的风味和香气，似乎不合情理，但这种形容却给人留下无限的想象空间和无穷的回味，表达了诗人希望回归自然、对大自然的野趣充满向往之情。

【注解】

　　野航：指农家小船。

　　旋：随即的意思。

305.荷尽已无擎雨盖，菊残犹有傲霜枝
出自宋代苏轼的《赠刘景文/冬景》

【原文】

　　　　荷尽已无擎雨盖，菊残犹有傲霜枝。
　　　　一年好景君须记，最是橙黄橘绿时。

【诗意】

　　秋风中，水面上不见了形如伞盖的荷叶；风霜中，只有那开败了菊

花的花枝还傲霜斗寒。一年中最好的景致你一定要记住，就是在橙子金黄、橘子青绿的秋末冬初的时节啊!

【鉴赏】

这首诗作于元祐五年（1091），是苏轼写赠给好友刘景文的。此诗表面上描写初冬景致，但托物言志，抒发诗人的广阔胸襟和对同处窘境中友人的劝勉和支持，意境高远。"荷尽已无擎雨盖，菊残犹有傲霜枝"，诗人用擎雨无盖表明荷败净尽，描绘出秋末冬初的萧瑟景象；"已无""犹有"强烈对比，意在突出菊花傲霜斗寒的形象。"一年好景君须记，最是橙黄橘绿时"，诗句议景，揭示赠诗的目的。是说初冬虽然萧瑟冷落，但也有硕果累累、成熟丰收的一面，而这一点恰恰是其他季节无法相比的。好比人到壮年，虽已青春流逝，但也是人生成熟、大有作为的黄金阶段，勉励朋友珍惜这大好时光，乐观向上，努力不懈。苏轼在这首诗中，熔写景、咏物、赞人于一炉，含蓄地赞扬了刘景文的品格和秉性。

【注解】

刘景文：刘季孙，字景文，工诗，时任两浙兵马都监，驻杭州。苏轼视他为国士，曾上表推荐，并以诗歌唱酬往来。

擎雨盖：擎是向上托的意思，雨盖就是指雨伞，这里指荷叶。

306.田田抗朝阳，节节卧春水

出自宋代苏轼的《荷叶》

【原文】

田田抗朝阳，节节卧春水。

平铺乱萍叶，屡动报鱼子。

【诗意】

春末夏初，荷花还没开放，碧绿的荷叶在朝阳下闪闪发光。透过清澈的河水，可以清楚地看到细绿的莲茎连着水底的莲鞭，一节连着另一节，静静地躺卧在春水中。荷叶四处伸展挤压浮萍，只见荷叶反复摇动，原来是小鱼儿嬉戏时一再碰撞了纤细荷茎的缘故。

【鉴赏】

这首五言绝句，专门描写荷叶。唐代诗人李群玉的《新荷》："田田八九叶，散点绿池初。嫩碧才平水，圆阴已蔽鱼。浮萍遮不合，弱荇绕犹疏。增在春波底，芳心卷未舒。"苏轼的这首诗似乎是对李群玉《新荷》的提炼，但诗人从自己的内心，书写了荷叶那种发自本心的慈悲大气之美。"田田抗朝阳，节节卧春水"，诗人先写水上繁茂的荷叶，继写水中细长的莲鞭。"平铺乱萍叶，屡动报鱼子"，诗句描写荷叶与浮萍争春、鱼儿与荷叶相戏的细节，反反复复，辅之以寸步不让的浮萍与嬉闹不已的鱼儿，将人们常见而又熟知的荷叶写得惹人喜爱。

【注解】

　　鱼子：这里指刚出生不久的鱼。见苏轼《鱼》："湖上移鱼子，初生不畏人。"

307.新荷弄晚凉，轻棹极幽探

出自宋代苏轼的《凤翔八观·东湖》

【原文】（节选）

新荷弄晚凉，轻棹极幽探。

飘摇忘远近，偃息遗佩篸。

【诗意】

　　刚冒出水的嫩荷随风摇曳，让夏日的傍晚凉爽了许多。我们轻轻划着小船，不知不觉到了荷花深处。小船在湖里随风摇动，不知不觉忘记了距离。当我们歇息时，有人不小心遗失了佩簪。

【鉴赏】

　　嘉祐六年（1061），苏轼应中制科入第三等，授大理评事、签书凤翔（今陕西宝鸡凤翔区）府判官。他刚到凤翔不久，便倡导官民在原有饮凤池基础上，扩湖、建亭、修桥、种莲、栽柳。因地处城东，饮凤池改名为东湖。苏轼在凤翔不到三年时间，将凤翔有名的文物古迹、园林名胜写了八首诗，总称之为《凤翔八观》。这首诗是其中之一，描写了苏轼在游览东湖时的所见，不惜笔墨盛赞东湖之美。这里节选其中四句。"新荷弄晚凉，轻棹极幽探"，诗人泛舟东湖，小小新荷如铜钱般浮在水面，凉意顿生。一个"弄"字写活了新长成的小荷，生动形象，回味无穷。诗句简洁明快，展现出一幅初夏的东湖新荷图。

【注解】

凤翔：古称雍，项羽封章邯为雍王，即在此地。因"凤凰鸣于岐、翔于雍"的传说，唐至德二年（757）改为凤翔府。

东湖：这里指凤翔的西湖，在今凤翔东南角。凤翔东湖与杭州西湖因为都与苏轼结缘，并称"姊妹湖"。

轻棹：指小船。

幽探：谓探求幽胜之境。

篸：古通"簪"。

308.菰蒲无边水茫茫，荷花夜开风露香

出自宋代苏轼的《夜泛西湖五绝》（其四）

【原文】

菰蒲无边水茫茫，荷花夜开风露香。

渐见灯明出远寺，更待月黑看湖光。

【诗意】

西湖无边无际，湖水浩浩荡荡，荷花在夜色中开放，连风和露都渗透了它的幽香。随着小舟的行进，渐渐看见青红色的灯火从远方四圣观的方向出现，而要目睹西湖秀丽的夜景，则要待到月落夜黑之后。

【鉴赏】

《夜泛西湖五绝》是熙宁五年（1072）七月苏轼任杭州通判时所作。当时苏轼与任观察推官的吕仲甫夜游西湖，五首诗都紧扣"夜泛"二字着笔，表现了"夜泛西湖"的全过程。这首诗是其中之四，描绘夜色下西湖的景色，但句与句之间，仿佛暗藏着淡淡的悲伤，皎洁的月光、平静的湖水、被桨激起的一圈圈的波纹和那昏昏的灯光，似乎都是诗人当时心情的写照。"菰蒲无边水茫茫，荷花夜开风露香"，菰蒲无边，湖水茫茫，荷花夜开，清香扑鼻，月夜泛舟于这样的荷花丛中，令人陶醉。

【注解】

菰蒲：意思是菰和蒲，借指湖泽，这里指西湖。

寺：这里指四圣观，旧在西湖东岳庙西，又名"四圣灵堂"。

309.荷背风翻白，莲腮雨退红

出自宋代苏轼的《宿余杭法喜寺，寺后绿野亭，望吴兴诸山，怀孙莘老学士》

【原文】（节选）

荷背风翻白，莲腮雨退红。

追游慰迟暮，觅句效儿童。

【诗意】

一阵风吹过，荷叶背后翻卷起来，露出一片叶白；一场雨下过，粉红色的荷花花瓣更秀丽了。人到晚年要多外出旅游，要学儿童动脑写诗句。

【鉴赏】

孙莘老是苏轼好友。苏轼任杭州通判期间，写了不少给孙莘老的诗，如《赠孙莘老》《将至湖州戏赠莘老》《孙莘老求墨妙亭诗》等，足见两人知心。这首诗情真意切，诗人通过对眼前景物的描写，表现了他对朋友的怀念之情。这里节选其中四句。"荷背风翻白，莲腮雨退红"，莲腮指荷花瓣，诗人比喻奇特，色彩明丽，对荷花优美风姿的描绘极为细腻形象，令人回味无穷。"追游慰迟暮，觅句效儿童"，流露出诗人想要远离政治旋涡的心情。诗人对当时腐败的政局失去了信心，这就更使他寄情于与孙觉的友谊，寄情于当地的佳山秀水，使紧张的心情缓解下来，受伤的心灵能得到安慰。

【注解】

法喜寺：咸淳《临安志》记载，在县郭内，溪北。东坡尝宿于寺，望吴兴诸山怀孙莘老，留题亭上。

孙莘老：孙觉，字莘老，仁宗皇祐元年（1049）进士。熙宁二年（1069）召知谏院、审官院。忤王安石，出知广德军。四年，徙知湖州。

退红：指粉红色。

追游：意思是寻胜而游，追随游览。

310.贪看翠盖拥红妆，不觉湖边一夜霜

出自宋代苏轼的《和文与可洋川园池三十首·横湖》

【原文】

贪看翠盖拥红妆，不觉湖边一夜霜。

卷却天机云锦段，从教匹练写秋光。

【诗意】

　　尽情地观赏着横湖风光，只见翠绿的荷叶簇拥着娇红的花朵，彼此顾盼。不知不觉，一夜秋凉，湖边竟然已是橙黄橘绿、万类霜天。天上如锦缎般的云彩似乎全被卷走了，从而使湖水印染上了秋天澄静的图案。

【鉴赏】

　　宋神宗熙宁年间，文同在洋州（今陕西洋县）做知州。文同在洋州喜好种植花木、修建园亭，曾就各处景物逐一题咏，写了《守居园池杂题》诗共三十首。苏轼对此十分欣赏，逐一和诗，这就是《和文与可洋川园池三十首》。这是其中之一，描绘了洋州横湖秋景，豪宕开阔，意境优美。"贪看翠盖拥红妆，不觉湖边一夜霜"，诗句描写荷花盛开之景，"贪看""不觉"既写出了诗人流连忘返，又表达了诗人的喜爱之情。"卷却天机云锦段，从教匹练写秋光"，诗句描写横湖风光，虽然不如杭州西湖，但是也有亮点，鲜艳的荷花竞相开放，如织锦一样倒映在水中央。如此的横湖，真是一幅美丽的风景画。

【注解】

　　文与可：文同，字与可。

　　横湖：湖名，洋州（今陕西汉中洋县、佛坪一带）城内一池沼。出自文同《守居园池杂题·横湖》，其诗曰："长湖直东西，漾漾承守寝。一望见荷花，天机织云锦。"

天机云锦：天上织出的丝锦。

段：通"缎"。

从教：任凭，从而使。

匹练：长幅白绢。此处指湖水。

311.开花浊水中，抱性一何洁

出自宋代苏辙的《和文与可洋州园亭三十咏·菡萏轩》

【原文】

开花浊水中，抱性一何洁。

朱槛月明时，清香为谁发。

【诗意】

荷花生长于浑浊的水中，却能长出碧绿的叶子，开出艳丽的花朵。它能如此坚守本性，保持自身的洁净，是多么可贵啊！明月照在红色的栏杆上，荷花的香气随风而来，这淡淡的幽香又是为谁而散发呢？

【鉴赏】

苏辙是眉州眉山（今四川眉山）人。嘉祐二年（1057），苏辙登进士第，初授试秘书省校书郎、商州军事推官。宋神宗时，因反对王安石变法，出为河南留守推官。此后随张方平、文彦博等人历职地方。宋哲宗即位后，入朝历官右司谏、御史中丞、尚书右丞、门下侍郎等职，位列执政。哲宗亲政后，因上书谏事而被贬知汝州，连谪数处。宰相蔡京掌权时，再降朝请大夫，遂以太中大夫致仕。晚年寓居许昌颍水之滨，号颍滨遗老，直至去世。苏辙与文同乃从表兄弟，其后又结为儿女亲家，二人关系自非一般。宋代文人喜欢诗词唱和，同一圈子里的人更借以交流思想、切磋技艺、联络感情。他同苏轼一样，对文同的《守居园池杂题三十首》一一予以应和，写下了《和文与可洋州园亭三十咏》，在想象的驰骋里描摹自然，显示着自己的亲近之思。这首诗通过写荷花的恶劣生活环境，赞美了荷花高洁守性、清香宜人的高贵品质。"开花浊水中，抱性一何洁"，荷花之品质的高洁，给它添上了一层飘摇不可寄的美感，诗人在描摹过程中寄托了一定的感情，流露了自己像荷花一样"出淤泥而不染"的人生态度，寄寓了洁身自好的美好愿望。

【注解】

萐莒轩：轩名。出自文同《守居园池杂题·萐莒轩》，其诗曰："胡阳媚秋漪，萐莒隔深竹。谁开翠锦障，无限点银烛。"

一何：多么。

洁：清洁，这里指佛教主张的脱离凡俗的"净"。

312.谁家白莲花，不受风霜残

出自宋代苏辙的《盆池白莲》

【原文】

> 白莲生淤泥，清浊不相干。
>
> 道人无室家，心迹两萧然。
>
> 我住西湖滨，蒲莲若云屯。
>
> 幽居常闭户，时听游人言。

色香世所共，眼鼻我亦存。

邻父闵我独，遗我数寸根。

潩水不入园，庭有三尺盆。

儿童汲甘井，日晏泥水温。

反秋尚百日，花叶随风翻。

举目得秀色，引息收清芬。

此心湛不起，六尘空过门。

谁家白莲花，不受风霜残。

【诗意】

　　白莲花生于淤泥，但清清白白，与浊水一点也无关。有极高道德的人孤身一人，思想和行为都悠闲自在。我住在西湖的边上，香蒲荷花如云朵囤积般繁多。虽然我不太出门，但经常听见游人这么说。荷的颜色与香气世人所共见，我也常常闻到。邻居的老人家可怜我孤独，送给我好几根莲种。潩河之水不流经庭园，我就筑了三尺左右的盆池。孩子们提来井水，日暮时分提高泥水温度。在秋天已过了百日之后，荷的叶子终于迎风起舞。绽放的朵朵花瓣洁白无瑕，淡淡的清香搅得人心荡漾，让摒弃红尘潜身修行的成果成空。这是谁家的白莲花啊，竟然不受风霜的摧残。

【鉴赏】

　　苏辙与父亲苏洵、兄长苏轼齐名，合称"三苏"。苏辙性格内敛，其诗力图追步苏轼，虽文采稍逊，但诗风纯朴无华，讲求义理，洒脱自然，淡雅有味。这首咏白莲诗，实际上是诗人精神的寄托。"谁家白莲花，不受风霜残"，诗人用诘问的语调，以白莲花的顽强勇敢，表达了诗人守护灵魂净土的芳洁、不怕打压欺凌的信心和决心。

【注解】

道人：旧时对道士的尊称。

溰［yì］水：清溰河，水名，颍河的支流，在河南。

日晏：天色已晚。

313.莲花生淤泥，净色比天女
出自宋代苏辙的《千叶白莲花》

【原文】

莲花生淤泥，净色比天女。

临池见千叶，谪堕问何故。

空明世无匹，银瓶送佛所。

清泉养芳洁，为我三日住。

蔫然落宝床，应返梵天去。

【诗意】

这千叶白莲花虽然出自淤泥，但有着与天上仙女一样清净的长相。走近盆池，仔细欣赏盛开的千叶白莲花，试问天上仙女，为何谪落人间。它空旷澄明，世间罕见，装入银瓶送到寺庙。每天给它换水，保证其芳香净洁，至少能为我留住三天。最后它枯萎了，掉落到供桌上，应是仙女返回天宫去了。

【鉴赏】

莲花在佛教中象征不染、清静。宋朝盛行佛教，观音大士莲花座，莲花的宗教意义提升，莲花的人工培植更进一步，培育出了复瓣莲花。所谓千叶莲，就是多瓣莲花。而白色的千瓣莲花更是珍品。在此诗中，苏辙对莲花的描写和理解，深受佛教影响，反映了当时社会浓厚的禅味，使莲花也沾上了香火气。"莲花生淤泥，净色比天女"，诗人形容这千叶白莲花是天上仙女，不仅姿色洁净，而且有清净心。从此，莲花之友亦称"净友"。

【注解】

谪堕：犹谪降，这里指仙人获罪而贬降、托生人世。

银瓶：银制的瓶。

宝床：贵重的坐具或卧具。这里指寺庙中陈设者。

314.谁于水面张青盖，罩却红妆唱采莲

出自宋代欧阳修的《荷叶》

【原文】

池面风来波潋潋，波间露下叶田田。

谁于水面张青盖，罩却红妆唱采莲。

【诗意】

清澈的水面上，清风拂过，波光粼粼。碧绿的荷叶上，滚动着晶莹的露珠，荷叶茂盛，随风摇曳。那圆圆的荷叶，好像是谁在水面上撑起

的绿色大伞，而伞下的荷花如同红妆少女，正在唱着动人的采莲曲。

【鉴赏】

欧阳修是吉州庐陵永丰（今江西吉安永丰县）人，景德四年（1007）出生于绵州（今四川绵阳）。宋仁宗天圣八年（1030）进士及第，历仕仁宗、英宗、神宗三朝，官至翰林学士、枢密副使、参知政事。他是北宋古文运动的领袖。散文说理畅达，抒情委婉，为"唐宋八大家"之一；诗风与其散文近似，语言流畅自然。这首诗描绘了荷叶护花、荷花映日的动人景象，栩栩如生。整首诗前两句平淡无奇，"池面风来波潋潋，波间露下叶田田"，诗人运用白描手法，描写了池塘中茂密的荷叶在风中摇曳的样子。后两句却化腐朽为神奇，"谁于水面张青盖，罩却红妆唱采莲"，诗人把青盖红妆拟人化，由物及人，由如绿伞一样的荷叶联想到在它下面的红妆少女，生动活泼，富有情趣。

【注解】

青盖：这里指荷叶。

红妆：这里指荷花。

315.荷深水风阔，雨过清香发

出自宋代欧阳修的《和圣俞百花洲二首》（其一）

【原文】

荷深水风阔，雨过清香发。

暮角起城头，归桡带明月。

【诗意】

宽阔的水面上,盛开着成片的荷花;阵阵风吹过来,荷花在波光里荡漾。雨后的荷花,散发出迷人的清香。傍晚时分,城里响起了号角声,而我们流连忘返,直到明月升起,才划着小船归去。

【鉴赏】

这首诗写于宝元二年(1039)。百花洲在吴县(今苏州)城内西南,北自胥门,南至盘门,水极深广。梅尧臣有歌唱之,欧阳修以二诗相和。这是其一,描写湖光雨色令人难去之状。"荷深水风阔,雨过清香发",诗人以"深"状"荷"之多,构成一个满溪绿荷、满眼清碧的画面,描绘出百花洲水深风大、雨过清香四溢的情景。"暮角起城头,归桡带明月",夜幕降临,天上的月色特别皎洁,城头又传来号角声,诗句描绘了一幅清丽明快的百花洲夜景图。欧阳修的《和圣俞百花洲二首》之二:"野岸溪几曲,松蹊穿翠阴。不知芳渚远,但爱绿荷深。"抒写的是沿途美景迷人驻足之情。

【注解】

圣俞:梅尧臣,字圣俞。梅尧臣少即能诗,与欧阳修并称"欧梅"。

归桡:意思是归舟。

316.荷花开后西湖好，前后红幢绿盖随

出自宋代欧阳修的《采桑子·荷花开后西湖好》

【原文】

荷花开后西湖好，载酒来时。不用旌旗，前后红幢绿盖随。

画船撑入花深处，香泛金卮。烟雨微微，一片笙歌醉里归。

【词意】

西湖风光实在是好，荷花开后清香缭绕。我们坐船来玩，载着酒宴，没有旌旗仪仗，自有红花为幢绿叶为盖相随。彩画游船驶入荷花深处，精美的酒杯里泛起沾了荷香的酒沫。西湖烟雾茫茫，还下起了小雨，在一片音乐歌声里，船儿载着醉倒的我们归去。

【鉴赏】

宋神宗皇祐元年（1049），欧阳修时知颍州，趁着盛夏之季游玩西湖，官场上的失意和烦闷，都被这荷香和微雨所冲散，带回的是超尘脱俗的心境。这首词记载了颍州西湖风光及游湖之乐，寓情于景，抒发了诗人洒脱的情怀。上片用"旌旗"来比况荷花的"红幢绿盖"，创造了一个童话般的境界。"前后红幢绿盖随"，词人以"红幢绿盖"比拟荷花荷叶，形象生动。荷花荷叶好像是仪仗队，随着自己前呼后拥，写出了西湖荷花开放的旺盛姿态。下片写词人泛舟荷花深处，饮酒听曲赏花，已完全沉醉这大自然的美景之中了。"一片笙歌醉里归"，写出词人心情十分惬意，这是观赏西湖秋荷所导致的，秋季西湖之美就在不言中了。

【注解】

幢［chuáng］：古代的帐幔。

盖：古代一种似伞的遮阳物。

金卮［zhī］：指金制酒器。亦为酒器之美称。

317.酒盏旋将荷叶当，时时盏里生红浪

出自宋代欧阳修的《渔家傲·花底忽闻敲两桨》

【原文】

花底忽闻敲两桨，逡巡女伴来寻访。酒盏旋将荷叶当。莲舟荡，时时盏里生红浪。

花气酒香清厮酿，花腮酒面红相向。醉倚绿阴眠一饷。惊起望，船头阁在沙滩上。

【词意】

采莲女忙碌着采摘，忽听到不远处传来双桨击水的声响，原来是女伴犹豫地来找寻探访。她们聚在一起，摘下荷叶当酒杯，争着吮吸荷杯中的醇酒。船在荷花池中荡漾，粉红色的荷花映在酒中，杯里时时泛起红浪。清新的荷香、醇美的酒味搅在一起，粉红的荷花、粉红的脸蛋同映酒杯。绿色的荷花丛中，醉了正好躺一躺。她们一觉醒来，轻轻抬头一望，只见船头搁浅在沙滩上。

【鉴赏】

欧阳修现存的词作中，用《渔家傲》这一词牌填的采莲词共六首。

这首词即为其中之一，词人以清新可爱而又富有生活情趣的语言，描写采莲女荡舟时喝酒逗乐的情景，塑造出活泼大胆、天真烂漫的江南水乡姑娘形象。"酒盏旋将荷叶当"，"时时盏里生红浪"，几个清纯的姑娘用荷叶作杯品酒，荷杯中的酒映出了荷花及她们的红脸，诗句描绘了一幅生动而富有乡土气息的采莲女行乐图。"花气酒香清厮酿，花腮酒面红相向"，词人是从花、酒与人等方面作交错描述，花的清香和酒的清香相互混合，花的红晕和脸的红晕相互辉映。这首词中，欧阳修写尽了美酒给采莲女们带来的美好生活，不愧是《醉翁亭记》的作者。

【注解】

逡［qūn］巡：徘徊不前，迟疑不决。

花腮：指荷花。形容荷花像美人面颊的花容。

318.荷叶田田青照水，孤舟挽在花阴底

出自宋代欧阳修的《渔家傲·荷叶田田青照水》

【原文】

荷叶田田青照水，孤舟挽在花阴底。昨夜萧萧疏雨坠。愁不寐，朝来又觉西风起。

雨摆风摇金蕊碎，合欢枝上香房翠。莲子与人长厮类。无好意，年年苦在中心里。

【词意】

碧绿的荷叶倒映在水中，层层叠叠，繁盛茂密。我独自划着船，

徜徉于荷塘景色中。蓦然想起往事，不觉有些怅然，于是就停泊在荷花丛中。昨晚断断续续下着小雨，冷清的夜让我难以入睡，今早又刮起了秋风，令人惆怅不已。果然，眼前许多荷花已吹落了花瓣，露出了清新的小莲蓬。小莲蓬的生长，与人如此相像，一生都是在风雨里，大自然没有给它更多的呵护。它长出甜美的莲子，年年傲立在风雨中，却无人知道莲心有多苦。

【鉴赏】

欧阳修曾和范仲淹一起提出了改革的主张，但是宦海多变，不久改革新政失败，他继续被贬到外地做小官。沧桑正道自古难，但欧阳修想得开，从自然界中寻求心灵的共鸣，练就了沧桑之中的洒脱气。这是欧阳修在被贬时写的一首咏荷词，此时他已四十多岁。他在这首词中，寄豪情于山水，给人以一种苍凉和洒脱之感。"荷叶田田青照水，孤舟挽在花阴底"，风雨后的荷花塘依然荷叶田田，一人一船，清静可人。词人享受着大自然赐予他的快乐，暂时忘记了心里的那些烦恼。"雨摆风摇金蕊碎，合欢枝上香房翠"，虽然"雨摆风摇"，许多荷花已凋谢了花瓣，但是团团荷叶之间，清新的小莲蓬正在雨后茁生，那翠生生的煞是喜人。

【注解】

香房：这里指莲蓬。

莲子：这里指小莲蓬。

薏：双关"薏"，指莲心。

319.五月薰风才一信，初荷出水清香嫩

出自宋代欧阳修的《渔家傲·五月薰风才一信》

【原文】

五月薰风才一信，初荷出水清香嫩。乳燕学飞帘额峻。谁借问，东邻期约尝佳酝。

漏短日长人乍困，裙腰减尽柔肌损。一撮眉尖千叠恨。慵整顿，黄梅雨细多闲闷。

【词意】

农历五月的东南风刚吹起，是告诉人们要进入盛夏了。初生的荷花冒出水，别有一种清香稚嫩。小燕子刚长齐羽毛，只够飞到屋檐边上，还觉得檐子太高，必须得努力扑腾。是谁在问，东边邻居是不是约我们去品尝美酒呀。夏天昼长夜短，容易让人犯困。她的裙腰松了，似乎瘦了许多。她的眉头紧锁，仿佛有很多愁绪。因此，她变得慵懒了，不想打扮自己。黄梅时节，细雨绵绵，人会寂寞，人更愁闷。

【鉴赏】

欧阳修写有二十四首《渔家傲》，每月两首，用词的形式来表达自然和社会的互动和变化，其实是对唐朝元稹二十四节气诗的扩展，又有了宋朝的文化风俗特征。这一首写农历五月的诗，清新淡雅，婉约蕴藉，既写出梅雨季节的自然变化和人与社会的状态，同时也写出了江南女子夏日愁绪。"五月薰风才一信，初荷出水清香嫩"，"清香嫩"是描写嫩荷叶，不是荷花绽放时的那种幽香。微风吹过，许许多多的新荷冒出水，

阵阵嫩荷叶的清香飘来，沁人心脾。"一撮眉尖千叠恨。慵整顿，黄梅雨细多闲闷"，一个"恨"字，诗人似乎有话要说，流露出他内心的委屈和怨恨。一个"慵"字，表明了女子心事重重、愁眉不展。黄梅天气潮湿闷热，加上经常下雨，女子淡淡的忧愁涌上心头。古代文人经常在诗中把自己比喻为女子。欧阳修也不例外，他在诗中描写女子的"恨"和"闲闷"，其实反映了自己当时的心境。

【注解】

帘额：帘子的上端。

佳酝：意思是美酒。

裙腰：裙的上端紧束于腰部之处。

320.愿妾身为红菡萏，重愿郎为花底浪
出自宋代欧阳修的《渔家傲·近日门前溪水涨》

【原文】

近日门前溪水涨，郎船几度偷相访。船小难开红斗帐，无计向，合欢影里空惆怅。

愿妾身为红菡萏，年年生在秋江上。重愿郎为花底浪，无隔障，随风逐雨长来往。

【词意】

最近以来，家门前的溪水涨了许多，心上人的船儿正好顺流而下，多次与我江上约会。可惜船实在太小了，难以挂上帐子，不能亲热，没有

办法，我们望着江中并蒂莲的影子，心里感觉空荡荡的。我愿自己是那水上的红莲，年年生长在秋天的江水上。更希望我的心上人是那花下的波浪，能与红莲紧密相依，没有一丝隔障。即使刮风下雨，也不能拆散我们，每一天都可以自在逍遥地常来常往。

【鉴赏】

欧阳修的词婉丽，承袭南唐余风。这首词即景取譬，托物寓情，融写景、抒情、比兴于一体，以新颖活泼的民歌风味，以莲塘秋江为背景，歌咏水乡女子对爱情的追求与向往。"近日门前溪水涨，郎船几度偷相访"，一个"偷"字，既表明了这是一份秘密的爱，同时也描绘出这一对情人情感的深挚。"愿妾身为红菡萏""重愿郎为花底浪"，词人用"红菡萏"和"花底浪"来比喻情人间亲密相依的关系，比得奇巧妙合，堪称一大创造。诗句描写情人留恋于爱情路上，但愿彼此间没任何阻碍，得以长相厮守、欢乐终生。词人通过女子的想象，塑造了一个为了爱而敢于挑战世俗的少女形象。

【注解】

红斗帐：指一种红色斗型的圆顶小帐。

合欢：这里指并蒂而开的莲花。

321.红蕖嫣然摇动，冷香飞上诗句

出自宋代姜夔的《念奴娇·闹红一舸》

【原文】

闹红一舸，记来时，尝与鸳鸯为侣。三十六陂人未到，水佩风裳无数。翠叶吹凉，玉容销酒，更洒菰蒲雨。嫣然摇动，冷香飞上诗句。

日暮，青盖亭亭，情人不见，争忍凌波去。只恐舞衣寒易落，愁入西风南浦。高柳垂阴，老鱼吹浪，留我花间住。田田多少，几回沙际归路。

【词意】

我划着小船，穿行在荷花竞相绽放的荷塘里。记得刚来时，那些鸳鸯在荷叶下自在嬉水。我放眼望去，荷叶茂密，罕见游人踪迹，只有无数映水的荷花在微风中摇曳。碧绿的荷叶间凉风阵阵，花容娇艳仿佛带着醉意，更有细雨飘来。荷花如美人般嫣然微笑，轻摇倩影，幽冷的清香瞬间飞上我赞美荷花的诗句。太阳落山了，荷叶亭亭玉立，可心上人的影子始终没出现，我怎忍心泛舟荡波而去呢？我只担心寒秋来临，舞衣般的荷瓣容易凋落，秋风吹得南浦一片狼藉，会使我更愁苦。那高高的柳树垂条婆娑，绿荫覆着湖面。肥大的鱼儿吞吐着湖水，吹成朵朵浪花。此情此景，仿佛要留我在荷花间住下。荷叶茂盛，不知其数，而我也不知有多少回徘徊在沙洲边的归路上，不忍离去。

【鉴赏】

姜夔是饶州鄱阳（今江西上饶鄱阳县）人，少年孤贫，屡试不第，终生未仕，一生转徙江湖，靠卖字和朋友接济为生。他多才多艺，精通音律，能自度曲，其词格律严密。这首词托物比兴，写出了词人赏爱荷花时最真切的心灵感受。姜夔一生襟怀清旷，诗词亦如其人。他写"意象幽闲，不类人境"的荷塘，实是要体现他所追求的一种理想境界，在这个冰清玉洁、一尘不染的境界中，有美人兮，在水一方。"嫣然摇动，冷香飞上诗句"，原是词人闻到荷花香而作的，这里词人却把它说成是荷香飞到词人的句子中来，奇思妙想，令人赞叹。"日暮，青盖亭亭，情人不见，争忍凌波去"，荷花对词人如此深情，而词人对荷花呢，"只恐舞衣寒易落，愁入西风南浦"，也是无限依恋。全词写出了姜夔对荷花的一片怜惜爱护之情、流连忘返之意，情深意切，感人至深。

【注解】

三十六陂［bēi］：地名，在今江苏扬州。诗文中常用来指湖泊多。

水佩风裳：意思是以水作佩饰，以风为衣裳，本写美人的妆饰，后用以形容荷叶荷花之状貌。出自李贺《苏小小墓》诗："风为裳，水为佩。"

菰蒲：这里借指荷塘。

322.荷叶似云香不断，小船摇曳入西陵

出自宋代姜夔的《湖上寓居杂咏十四首》（其九）

【原文】

苑墙曲曲柳冥冥，人静山空见一灯。

荷叶似云香不断，小船摇曳入西陵。

【诗意】

花园的围墙曲曲折折，柳树在夜色中昏昏暗暗，若隐若现。夜深人静，远山寂寥，只见有户人家屋内点着一盏孤灯。西湖暮色沉沉，茂密的荷叶像云彩，荷花送来阵阵清香。一只小船摇摇晃晃，在夜色下驶向西泠方向。

【鉴赏】

姜夔作品素以空灵含蓄著称，他对诗词、散文、书法、音乐，无不精善，是继苏轼之后又一难得的艺术全才。《湖上寓居杂咏》十四首是诗人晚年寓居杭州西湖时所写的组诗。时姜夔四十六岁，政治上落魄失意。以隐居为志的清气，正是这组诗的基调。姜夔笔下的西湖清幽恬淡，性格使之然。这首诗描写西湖夏夜景象，可以说句句透着淡雅，处处流露清韵。"苑墙曲曲柳冥冥，人静山空见一灯"，诗人写景抒情，将苑墙、冥柳、空山、孤灯凝于笔端，渲染出一派恬静清幽的氛围。"荷叶似云香不断"，荷花喷发出阵阵香气，荷叶似连绵不绝的绿云，诗句描写了暮时荷香叶暗的景状，比喻精美，意境清幽。诗人描写荷叶不著色相，映衬其心境的凄清。

【注解】

湖上：指杭州西湖。

西陵：西泠，杭州西湖孤山西麓。

323.家住石湖人不到，藕花多处别开门

出自宋代姜夔的《次石湖书扇韵》

【原文】

桥西一曲水通村，岸阁浮萍绿有痕。

家住石湖人不到，藕花多处别开门。

【诗意】

桥的西头有一条弯曲的河流通向村落，湖水和河流相接的岸边滞留着绿色的痕迹，那是村中池塘漂流出的浮萍。原来主人家住石湖，外人很少来到这里。这里别有洞天，远离尘嚣，幽静安宁。湖面多处荷花盛开，令我眼前一亮，而主人就在这里开立了自己的门户。

【鉴赏】

范成大晚年去职归隐苏州石湖，自号石湖居士。宋孝宗淳熙十四年（1187）夏，范成大归隐石湖后的第一个生日，姜夔从湖州赶往石湖祝寿。他在看了范成大手中扇子上的题诗以后，作了这首诗来抒发他的感受。范成大书扇的原作已佚，但姜夔的这首次韵却留下了石湖悠然意远的风致和神韵。姜夔在这首诗中，描绘了一幅绿水环绕、荷花飘香、清幽静雅的画面。"家住石湖人不到，藕花多处别开门"，诗句看似写景，实则写人，写人的品格、胸襟、情趣。石湖就如陶潜的桃花源，是范成大的精神家园。范成大特地居住在荷花繁盛之处，体现了主人高雅的志趣，既是对同道中人的迎接，也是对利禄之徒的婉言谢绝。

次：次韵，古人"和韵"的一种格式，又叫"步韵"，它要求作者用所和的诗的原韵原字，其先后次序也与被和的诗相同。

324.鱼浪吹荷香，红衣半狼藉
出自宋代姜夔的《惜红衣·吴兴荷花》

【原文】

簟枕邀凉，琴书换日，睡余无力。细洒冰泉，并刀破甘碧。墙头唤酒，谁问讯、城南诗客。岑寂，高柳晚蝉，说西风消息。

虹梁水陌，鱼浪吹香，红衣半狼藉。维舟试望故国。眇天北。可惜渚边沙外，不共美人游历。问甚时同赋，三十六陂秋色。

【词意】

我在竹枕席上乘凉，抚琴读书消磨时光，睡醒了觉得疲惫无力气。于是用泉水仔细清洗水果，用利刀将瓜果切开。可我比杜甫寂寞，不能隔着墙头问邻居有酒吗，也没有人来访问我，我不是那城南诗客。家中孤寂冷落，只有落叶的柳树、哀鸣的秋蝉，它们都在告诉我，秋天已经到了。眼前拱桥如月，湖堤漫长，鱼儿随波嬉游，湖面飘着清香，可荷花已半数凋零。系船停泊遥望故乡，我思念的人还在遥远的北方。可惜在这水岸沙边，不能与相爱的美人携手游玩。想问什么时候才能同赏，眼前这水乡湖塘秋日的美丽风光。

【鉴赏】

姜夔之词素以深至之情为体，以清劲之笔为用。这首词颇能见其特色。调名《惜红衣》，借取惜荷花凋零之意。"簟枕邀凉，琴书换日"，词人起笔用对偶句开头，就使人便觉笔力精健，气势动人。"虹梁水陌，鱼浪吹香，红衣半狼藉"，鱼浪吹香之句，景象极其清美，似可用以忘忧；但"红衣半狼藉"句，诗人笔锋转写荷花已半凋零，写出了荷塘秋天凄凉的景象。"维舟试望故国。眇天北。可惜渚边沙外，不共美人游历"，词句点出怀人主题，美人在天一涯渺不可及，词人怀人情感至深由此可见。词中所怀思之人指谁，可能是指一位挚友，但更可能是指一位与他相爱过的合肥女子。无论所怀之人为谁，此词情深意切，都是能感人肺腑的。

【注解】

并刀：古时并州（今太原一带）所产的刀，当时以利、快闻名。

墙头唤酒：化用杜甫诗《夏日李公见访》："隔屋唤西家，借问有酒不？墙头过浊醪，展席俯长流。"

城南诗客：指在《夏日李公见访》中杜甫借酒所居于"僻近城南楼"。

325.半夜月明珠露坠，红腮点点相思泪
出自宋代晏殊的《渔家傲·脸傅朝霞衣剪翠》

【原文】

脸傅朝霞衣剪翠，重重占断秋江水。一曲采莲风细细。人未醉，鸳鸯不合惊飞起。

欲摘嫩条嫌绿刺，闲敲画扇偷金蕊。半夜月明珠露坠。多少意，红腮点点相思泪。

【词意】

这秋荷像化了妆的少女，脸如朝霞，身穿翠衣，亭亭玉立在清水中，荷花荷叶层层叠叠，一望无际。忽然，江面上响起采莲曲，微风吹来阵阵荷香。如此美景，令人将醉未醉，悠扬的歌声惊飞起一对鸳鸯。这位唱歌的采莲女，想采摘荷叶的嫩条，却嫌上面有绿色的芒刺，于是无聊地轻敲那圆圆的荷叶，摘了莲蓬，又偷采了花朵。夜深人静，明月将其清辉洒于秋江上，又有露珠坠落在荷叶上。此时，她想起了离别的心上人，心中升起无尽的相思意。只见她那红脸两旁，尽是点点相思之泪。

【鉴赏】

晏殊是抚州临川文港沙河（今江西南昌进贤县）人，自幼聪慧，十四岁以神童入试，赐同进士出身，被任命为秘书正字。天禧二年（1018）被选为升王府僚，后迁太子舍人。历任知制诰、翰林学士，因为人慎密而受到宋真宗赏识。宋仁宗即位后，他建议刘太后垂帘听政，并在崇政殿为仁宗讲授《易》，一度升至枢密副使，后因得罪刘太后而出知应天府。仁宗亲政后，他更受宠遇，最终官拜集贤殿大学士、同平章事兼枢密使，成为宰相。晚年出知陈州、许州、永兴军等地，获封临淄公。晏殊以词著于文坛，尤擅小令，风格含蓄婉丽，与欧阳修并称"晏欧"。这首词以少女为比，读来如荷风扑面，清香徐来，株株荷花如成群结队的少女，神采飞扬，令人陶醉。"半夜月明珠露坠""红腮点点相思泪"，词人又将本无情感可言的荷花说成有情有义的美人。它与前面两句互相照应，也与上半阕遥为呼应。整首词笔调婉丽，风格朴实，充分表现了晏殊独特的生活情趣和艺术感受。晏殊咏荷词很多，常在词中把荷花比作美人，例如"人面荷花，的的遥相似"（《蝶恋花·玉碗冰寒消暑气》），词句情景交融，有极强的艺术感染力。

【注解】

重重：这里指很多层，一层又一层。

画扇：有画饰的扇子。这里指荷叶。

326.荷叶初开犹半卷，荷花欲坼犹微绽
出自宋代晏殊的《渔家傲·荷叶初开犹半卷》

【原文】

荷叶初开犹半卷，荷花欲坼犹微绽。此叶此花真可羡。秋水畔，青凉伞映红妆面。

美酒一杯留客宴，拈花摘叶情无限，争奈世人多聚散。频祝愿，如花似叶长相见。

【词意】

只见湖面上荷叶初展，似开似合；荷花含苞欲放，欲开还闭。秋天湖边，荷花荷叶相映成趣，就像一个个少女撑着绿色的伞。在饯别宴会上，大家醉意朦胧，流连忘返，采了荷花又摘荷叶，情意无限。但无奈世人聚散无常，离别就在眼前，不知道何时才能再相见。于是情不自禁地频频举杯祝愿，希望天下有情人都能如荷花荷叶一样长久

相守，永不分离。

【鉴赏】

晏殊写有《渔家傲》十四首，大多借荷起兴。这首词风格娴雅，语言婉丽，词人围绕荷花荷叶的开合来写人世的聚散，借相依相生的荷花荷叶表达对长相守的期盼。"荷叶初开犹半卷，荷花欲坼犹微绽"，词句描写荷花荷叶在水中卷舒开合，着力描摹了荷花荷叶婀娜多姿、旖旎动人的情态，又展现出一种蓬勃的生命力。"如花似叶长相见"，词人似乎反用李商隐"此花此叶常相映，翠减红衰愁杀人"（《赠荷花》）之意，选其"常"，弃其"愁"，给人一种独特的审美体验。

【注解】

坼：裂开。

清凉伞：这里喻指荷叶。

红妆面：这里喻指荷花。

327.莲叶层层张绿伞，莲房个个垂金盏
出自宋代晏殊的《渔家傲·越女采莲江北岸》

【原文】

越女采莲江北岸，轻桡短棹随风便。人貌与花相斗艳。流水慢，时时照影看妆面。

莲叶层层张绿伞，莲房个个垂金盏。一把藕丝牵不断。红日晚，回头欲去心撩乱。

【词意】

　　有位美女在江的北岸采摘荷花,划着小船顺风而行。她的美貌可以与艳丽的荷花媲美。江水流得很慢,她时不时地看看自己在水中的妆容。荷花丛中,撑开的荷叶像是一把把绿伞,低垂的莲蓬如同一只只酒杯。她拨弄着藕断丝连的莲藕,不由得又想起了恋人。太阳下山了,她急着想回去找他,可心里极为烦乱。

【鉴赏】

　　晏殊善于描写女性,这首词也不例外,描写了采莲女在江边采莲时优雅的身姿和温婉的风情。词人从头到尾运用大量细节描写采莲女艳丽的容颜、高尚的情操以及因情爱萌动而产生的不安与烦躁,给人以清新淡雅、宁静闲适之感。"莲叶层层张绿伞,莲房个个垂金盏",通过对莲叶、莲房的描写,既写出了采莲女的心境,又反映了词人的心情。"一把藕丝牵不断",词人以"丝"谐"思",写出了采莲女对恋人牵肠挂肚的思念之情。

【注解】

　　金盏:酒杯的美称。

　　撩乱:犹缭乱,纷乱的意思。

328.疑是水仙开洞府，红幢绿盖朝天路

出自宋代晏殊的《渔家傲·杨柳风前香百步》

【原文】

杨柳风前香百步，盘心碎点真珠露。疑是水仙开洞府，妆景趣，红幢绿盖朝天路。

小鸭飞来稠闹处，三三两两能言语。饮散短亭人欲去，留不住，黄昏更下萧萧雨。

【词意】

垂柳随风飘拂，水中的荷花亭亭玉立，香气飘散到百步之外。荷叶上落满了点点露水，宛如珍珠一般晶莹透亮。如此佳景，让人疑惑，难道是水中仙子打开了她的洞府，将景色装点得如此可爱有趣。只见荷叶荷花簇拥在水中，远看像神仙们乘坐着红幢绿盖的车驾，到天上去朝见天帝。忽然，几只小鸭子飞入茂盛的荷花丛中，三三两两叫着，似在轻言细语。短亭中的筵席散后，随着宾客渐渐离去，只留下自己落寞的身影。此时天色已晚，忽然下起潇潇细雨，无限凄凉与愁绪霎时涌上心头。

【鉴赏】

这首词并没有描写荷花高洁自爱的品质，而是寥寥几笔，勾勒出荷之美，更让人感受到一种荷趣。"杨柳风前香百步，盘心碎点真珠露"，风送荷香，荷露点点，写出了晨曦中的荷花荷叶，令人心旷神怡。"疑是水仙开洞府""红幢绿盖朝天路"极为出彩，可见晏殊那高超的想象力和炼字功底。这种比喻可谓别开生面，令人佩服。晏殊在前面大力渲染

了荷塘美好的景致，簇拥的荷花、晶莹的露珠、欢快的小鸭子，一切都是那么灵动而美好。但在这美好时节的背后，却面临着一场充满惆怅的分别。"饮散短亭人欲去，留不住，黄昏更下萧萧雨"，人生总是聚少离多，朋友间一番小聚后，终究还是要离去，"萧萧雨"更徒增了无限凄凉与愁情。

【注解】

洞府：水府，水神所辖，水中仙境。

红幢绿盖：这里指荷花荷叶。

稠闹：密集而喧闹。

短亭：古时离城五里的亭子叫短亭，离城十里的亭子叫长亭。

329.饶将绿扇遮红粉，芳心拗尽丝无尽

出自宋代晏殊的《渔家傲·叶下鸂鶒眠未稳》

【原文】

叶下鸂鶒眠未稳，风翻露飐香成阵。仙女出游知远近，羞借问，饶将绿扇遮红粉。

一掬蕊黄沾雨润，天人乞与金英嫩。试折乱条醒酒困，应有恨，芳心拗尽丝无尽。

【词意】

荷叶下的鸂鶒还未熟睡，微风轻轻吹来，荷露颤动，荷香飘散。荷花与荷叶簇拥着，犹如仙女外出游玩。似乎羞于被人询问，她们就将绿

色的扇子遮掩娇艳的粉脸。是天上的仙人将如此美丽的花赐予人间，那黄色的花蕊被雨点沾湿，润洁艳丽。我想折枝荷花，来醒一醒酒困。但我知道，它应该心里有幽怨，即使花蕊拗尽，也仍有无穷无尽的思念。

【鉴赏】

在晏殊的词作里，有哀愁，却没有刻薄的哀嚎；有惆怅，却没有汪洋恣肆的宣泄；有深情，却不是浓烟香软的俚俗。这首咏荷词中，词人一方面着力描摹荷叶荷花外在形貌的美艳，另一方面则特别注重研炼物情。"叶下鸡鹍眠未稳，风翻露飐香成阵"，词句开篇描写了静静的荷塘，引人入胜。接着，荷花犹如仙女出游，"饶将绿扇遮红粉"，词人把荷叶比作绿扇、荷花比作红粉，刻画出荷花荷叶相依相偎的可爱形象。最后，词人借景抒情，"芳心拗尽丝无尽"，词人将"丝"之"思"，借谐音双关，巧妙地将物情、物态予以人格化。

【鉴赏】

金英：指金黄色的花。

酒困：谓饮酒过多，神志迷乱。

芳心：指花蕊，俗称花心。这里指女子的心境。

330.粉泪暗和清露滴，罗衣染尽秋江色
出自宋代晏殊的《渔家傲·幽鹭慢来窥品格》

【原文】

幽鹭慢来窥品格，双鱼岂解传消息。绿柄嫩香频采摘。心似

织，条条不断谁牵役。

粉泪暗和清露滴，罗衣染尽秋江色。对面不言情脉脉。烟水隔，无人说似长相忆。

【词意】

白鹭在幽静的水面上飞过，它也许是来察看荷花开得怎样。水中的鲤鱼怎会懂得传递消息呢，它只能徒然离开。含苞欲放的荷花常被采摘，花与叶一次又一次分离。秋天的荷花如伤心佳人，心似织网，绵绵不绝的相思情怀深入魂魄。她的泪水沾湿了粉脸，如同晶莹的露珠，一滴一滴地往下掉。江风猎猎，她的丝绸衣裳也被染成了秋色。当初，他们相知相爱，默契十足，对面而立，即便一言不发，嘴角眉梢全是脉脉深情。如今他已离开，音信全无，只有烟水茫茫，阻隔了相聚的希望。她只能长相思，执着不悔，苦苦等待。

【鉴赏】

晏殊少年得志，生活安稳，仕途一帆风顺。太平宰相的经历，让他养成了含蓄、优雅、清健的词风。这首诗情景交融，描写了女主人公对远方恋人的刻骨相思。"绿柄嫩香频采摘。心似织，条条不断谁牵役"，词人写荷花经常被采摘，用花叶分离来比喻男女的别离，生动感人。"粉泪暗和清露滴，罗衣染尽秋江色"，词人描绘雨露中的秋荷，在咏荷过程中，加入了对美人情态的描摹，"粉泪""罗衣"，似人似花，十分凄美。"对面不言情脉脉。烟水隔，无人说似长相忆"，词人在结尾处点出主题，原来是她与恋人相隔两处，只能"长相忆"。

【注解】

双鱼：古乐府有以"双鲤鱼"遗书信的吟咏，后人因以双鲤或双鱼代指书信或传递书信。这里反用本典表现难以向对方传递信息。

牵役：谓心情被牵动而不能自主。

331.宿蕊斗攒金粉闹，青房暗结蜂儿小

出自宋代晏殊的《渔家傲·宿蕊斗攒金粉闹》

【原文】

宿蕊斗攒金粉闹，青房暗结蜂儿小。敛面似啼开似笑。天与貌，人间不是铅华少。

叶软香清无限好，风头日脚干催老。待得玉京仙子到。凭向道，红颜只合长年少。

【词意】

昨夜开的荷花纷纷簇聚在一起，显得十分繁华而又热闹，但有不少已暗暗地结成了莲蓬，酷似那小小的蜂窝。有的荷花含苞欲放，脸上似乎挂着笑容。这是老天爷给予的容貌，不是人世间没有铅粉去装扮它。荷叶柔软，荷花香清，实在是太美好，但是风吹日晒使它衰败。如果有一天，天上的仙子来到这里，一定让荷花对她说，红颜应当永远像青春年少时那样。

【鉴赏】

这首词借写荷花凋零、莲房成熟，惋惜美好年华不能长久。"宿蕊

斗攒金粉闹，青房暗结蜂儿小”，词句描写了荷花由绽放到悄悄结莲蓬的情景，一个"闹"字烘托出荷花之盛。"敛面似啼开似笑""叶软香清无限好"，词人用拟人化手法，描绘荷花"似啼""似笑"，写出了荷花的"无限好"。"风头日脚干催老""红颜只合长年少"，词人用岁月无情催人老的比喻来告诉人们，赏花须及时，抒发出词人对青春红颜不能久驻的惋惜情感。

【注解】

斗攒：纷纷簇聚在一起。形容荷花等簇聚形态。

青房：指莲房、莲蓬。

风头日脚：谓风吹日晒。

玉京：道家称天帝所居之处。泛指仙都。

332.剪翠妆红欲就，折得清香满袖
出自宋代晏殊的《雨中花·剪翠妆红欲就》

【原文】

剪翠妆红欲就，折得清香满袖。一对鸳鸯眠未足，叶下长相守。

莫傍细条寻嫩藕，怕绿刺、罥衣伤手。可惜许、月明风露好，恰在人归后。

【词意】

少女们打扮得红红绿绿，如同荷花一样，娇嫩而又害羞。她们折得

荷花, 清香满袖, 花与人面交相辉映。不远处, 一对鸳鸯睡意蒙眬, 久久相守在荷叶下。少女们相互叮咛, 千万不要抓住叶柄来取嫩藕, 因为叶柄上长满了绿色的刺, 一不小心会挂破衣裙, 手指会被刺伤。值得惋惜的是, 当她们离开后, 荷塘月色正好, 明月照耀着花与叶, 清风微露, 风光怡人。

【鉴赏】

　　这首词写女子采莲, 内容与传统题材无大异, 但在意境创造和人物心理描写上却另辟蹊径, 独自旁观立言, 趣味不俗。"剪翠妆红欲就, 折得清香满袖", 词句充满动感, 红红绿绿相映, 花香衣香交杂, 富有生机, 令人回味。词人借绿叶红花喻女子妆扮, 人花合一, 描绘了一群少女采莲的优美画面。"一对鸳鸯眠未足, 叶下长相守", 词人勾画了一幅荷叶下鸳鸯相守图, 寄寓了古今男女的无限情感和对美好婚姻生活的向往。"可惜许、月明风露好, 恰在人归后", 词人写出了采莲女的遗憾, 花前月下本是恋人相会的好地方, 但眼前只有那一对长相守的鸳鸯。

【注解】

　　雨中花: 词牌名。宋人中以晏殊作此调为早, 然字句格律皆不同, 或系沿旧名而创新调。

　　剪翠妆红: 言女子画眉施粉。

　　罥〔juàn〕: 挂、缠绕。

333.荷花欲绽金莲子, 半落红衣雨微微

出自宋代晏殊的《采桑子·林间摘遍双双叶》

【原文】

林间摘遍双双叶，寄与相思。朱槿开时，尚有山榴一两枝。

荷花欲绽金莲子，半落红衣。晚雨微微，待得空梁宿燕归。

【词意】

有位女子漫步在树林间，她摘遍了成双成对的叶子，准备夹在书信里寄给远方思念的人。早夏正是木槿花开之时，还有那么一两枝杜鹃花还在开放。碧水蓝天下荷叶田田，荷花绽放了，有的花瓣落了一半，露出里面嫩黄的花蕊，小莲蓬开始结子了。傍晚下起微微细雨，她拿着代表相思的杜鹃花和双双叶，像空着的屋梁等待归燕一样，一心一意地盼望着恋人早日回来。

【鉴赏】

这首词雅致清新，很有乐府民歌的味道，描写了初夏时节女子对远方心上人的思念，表达了她的纯情和痴情。"林间摘遍双双叶，寄与相思"，描写女子在无花的初夏，为表达自己的深情，就走遍了此时夏天的树林，要摘那成双成对的叶子，寄在书信里送给爱人。"荷花欲绽金莲子，半落红衣"，词人描写了荷花半开半落时的景致，暗喻这位女子渴望结婚生子。"晚雨微微，待得空梁宿燕归"，女子忙碌了一整天，回家时下起了绵绵细雨，只看见房梁的燕子，心情似乎有所失落，表达了女子盼望恋人早日回家的相思和情思。

朱槿：落叶灌木，叶阔卵形，花红、白色。又名扶桑、赤槿等。

山榴：指杜鹃花。

334.湖上西风急暮蝉，夜来清露湿红莲

出自宋代晏殊的《浣溪沙·湖上西风急暮蝉》

【原文】

湖上西风急暮蝉，夜来清露湿红莲。少留归骑促歌筵。

为别莫辞金盏酒，入朝须近玉炉烟。不知重会是何年。

【词意】

暮色悄然弥漫了这片园林，秋风中传来阵阵急促的蝉鸣声。湖上接天的莲叶中，一朵朵红莲亭亭玉立，夜晚的清露如同雾气，渐渐晕染在花瓣上。宴会开始，歌声响起，如此良辰美景，他们只为多留住我片刻。亲爱的朋友啊，离别在即，请不要推辞这杯美酒。此去经年，在帝都朝廷之上，一定会多靠近皇上，确保仕途平稳，只是我们再次相聚不知是何年。

【鉴赏】

天圣五年（1027），三十七岁的晏殊因其刚峻的性格被贬知宋州（今河南商丘市南）。次年晏殊被召回京，拜御史中丞。这首词描写的便是回京前夕友人为其在宋州南湖饯别的场景。全词含蓄委婉，于宁静淡泊中寓寄词人内心深处的不平，也透露了晏殊被贬后急于回京的心情。

"湖上西风急暮蝉，夜来清露湿红莲"，词人以景起兴，开篇描写夜景：傍晚夕阳斜照，微风吹过湖面，蝉鸣不歇；夜晚降临，颗颗清露点缀在红莲之上，煞是可爱。因为离别的焦虑，所以暮蝉之"急"乃是最强烈的感受。接着，逐渐转向歌筵现场，叙写举酒话别时的真情寄语。"为别莫辞金盏酒，入朝须近玉炉烟"，词句犹如摘录了送别者的寄语来营造现场感。"不知重会是何年"，词人向歌筵中的友人表达了依依不舍之情。

【注解】

少留：即片刻停留。

金盏：酒杯的美称。

玉炉：玉制的香炉，古代宫廷常见熏香器皿，或是陈设于书房以供观赏。这里代指皇帝。

335.腰自细来多态度，脸因红处转风流

出自宋代晏几道的《浣溪沙·一样宫妆簇彩舟》

【原文】

一样宫妆簇彩舟，碧罗团扇自障羞。水仙人在镜中游。

腰自细来多态度，脸因红处转风流。年年相遇绿江头。

【词意】

这一朵朵荷花如同这些装扮既时尚又华贵的女子，亭亭玉立在彩船上。她们每人手持一把碧罗团扇，害羞地挡在面前。她们走走停停，仿佛是仙女在水平如镜的湖中游玩。她们个个身材苗条，雍容华贵，神

采奕奕，风情万种。她们相约，今后每年这个时候，就到美丽的鸭绿江边来相会。

【鉴赏】

晏几道是抚州临川文港沙河（今江西南昌进贤县）人，晏殊第七子，世称"晏小山""小晏"。晏几道出生时，晏殊已四十七岁，算是老来得子。晏几道自幼聪颖过人，继承了父亲优良的文学天赋，七岁就能写文章，十四岁就参加科举考试，拿了个进士的身份回来。其词风似父，而造诣过之。工于言情，其小令语言清丽，感情深挚，尤负盛名。这首词采用拟人手法，描绘了夏日荷花盛景。"一样宫妆簇彩舟，碧罗团扇自障羞"，这些装扮既时尚又华贵的女子站立在船上，手持团扇，不过薄纱团扇还是遮不住她们满带娇羞的容颜。词人以"宫妆"来描写花瓣，以"碧罗团扇"来描绘荷叶，使本无情感可言的荷花有了感情、姿态、动作，也有了思想。"年年相遇绿江头"，词句意蕴含蓄、生意盎然，抒发了词人对美好生活的向往之情。

【注解】

碧罗团扇：指绿油油的荷叶。

水仙：指"水中之仙"，即"水神"。仙人在天曰天仙，在地则是地仙，在水即为水仙。

态度：姿态。

336.照影弄妆娇欲语，西风岂是繁花主

出自宋代晏几道的《蝶恋花·笑艳秋莲生绿浦》

【原文】

笑艳秋莲生绿浦，红脸青腰，旧识凌波女。照影弄妆娇欲语，西风岂是繁花主。

可恨良辰天不与，才过斜阳，又是黄昏雨。朝落暮开空自许，竟无人解知心苦。

【词意】

荷叶铺满了池塘，荷花宛如似曾相识的凌波仙女，红花是她的笑脸，茎干是她的细腰。荷花迎风临水，美艳婀娜，欲语还羞。秋风起兮，荷花行将凋谢。可惜天公不作美，傍晚还是晴空万里，黄昏又下起了雨。非常期望这花儿能够早上才凋落，到傍晚又能盛开，可我这心思又有谁能明白呢？

【鉴赏】

晏几道历任颍昌府许田镇监、乾宁军通判、开封府判官等。其性孤傲，中年家境中落。这首词描写秋天的荷花，表面上是咏荷，其实词人是以荷花自喻，哀叹自己不为时用的不平心态，并抒发了自己不随波逐流的气节与志向。"笑艳秋莲生绿浦，红脸青腰"，词人把莲花比作了少女，用"笑""艳"二字分别写荷花之神情和色泽，言简语赅。"红脸青腰"，好像是把一株莲花叠印在了一位少女的身上，红花是她的脸，青茎是她的腰，美艳婀娜的形象立即展现出来。"照影弄妆娇欲语，西风岂

是繁花主"，词人以"照影弄妆"比喻莲花的迎风临水，"西风"二字与首句的"秋莲"相呼应，亦属点题，而繁花无主则是感叹秋莲即将凋谢。"朝落暮开空自许，竟无人解知心苦"，一个"苦"字，道出词中寓含着词人的某种情感，似乎有所寄托，意犹未尽，令人遐思。

【注解】

红脸青腰：指红花绿茎。

自许：自我期许。

337.长爱碧阑干影，芙蓉秋水开时

出自宋代晏几道的《临江仙·长爱碧阑干影》

【原文】

长爱碧阑干影，芙蓉秋水开时。脸红凝露学娇啼。霞觞熏冷艳，云髻袅纤枝。

烟雨依前时候，霜丛如旧芳菲。与谁同醉采香归。去年花下客，今似蝶分飞。

【词意】

好喜欢到这里游玩，池边倒映着绿色的栏杆影，荷花开在清澈的池水中。那盛开的花朵像美女的脸颊，艳红的颜色如同敷上了一层又薄又匀的胭脂。花瓣上的露珠，如少女悲泣的泪。黄昏时分，落霞与酒杯一色，荷花沐浴在霞光里，呈现出冷艳的姿容。花朵在荷梗上袅袅微颤，好像是仙女凌波微步时的发髻。深秋，烟雨风霜依旧，又是采莲时候。

荷花已然结成莲蓬，池塘经霜以后，只剩下了一片枯枝败叶。还能有谁与我一起醉酒采莲而归呢。去年一起在花下徘徊的人，今天已像蝴蝶一样各飞东西了。

【鉴赏】

晏几道的小词如歌，如幽咽，但是有一种典雅含蓄浑厚的美，这在历代词人中是不多见的。这是一首描写荷花的词，上片调动多种修辞手法，极力描绘荷花之美。"长爱碧阑干影，芙蓉秋水开时"，描写了荷塘的全景，荷花开时，水光、花色、阑干影构成了美妙的景色，"秋水"二字既交代季节时令，更说明池水的清澈。下片抒写离别之情，仍然围绕着荷花而展开。"去年花下客，今似蝶分飞"，词人借景抒情，抒发了对旧友的眷恋之情。

【注解】

霞觞：犹霞杯，指盛满美酒的酒杯。

338.守得莲开结伴游，约开萍叶上兰舟
出自宋代晏几道的《鹧鸪天·守得莲开结伴游》

【原文】

守得莲开结伴游，约开萍叶上兰舟。来时浦口云随棹，采罢江边月满楼。

花不语，水空流，年年拼得为花愁。明朝万一西风动，争奈朱颜不耐秋。

【词意】

等到了莲花盛开、莲蓬成熟的时候，姑娘们相约来到湖中，一起坐船，拨开浮萍采莲。来时，旭日初升，浦口水面上如烟的水雾，在长桨四周缭绕。采莲后回到岸上，月光已照满了高楼。莲花默默无语，只有水在独自流淌，但年年都为凋落而伤感发愁。现在担心的是，万一明天秋风骤然强劲，无奈这些莲花抵抗不住寒冷，花瓣很快就会凋落。

【鉴赏】

这首词是晏几道家境尚可之时所作。其时晏殊虽已去世，但其家中境况仍能供其吟风弄月，词中"莲""萍""云"等字，可能是他赏慕的歌女之名。这首采莲词不着重写莲花或采莲女子的外表美，而着重写采莲的环境美和采莲女的心灵美，兼具民歌的清新明净和文人词的隽雅含蓄，别具情韵而又楚楚动人。"守得莲开结伴游，约开萍叶上兰舟"，写出了莲开前的耐心等待，采莲前的细致动作。"花不语，水空流，年年拼得为花愁"，美好的事物无法保护，只能给心灵蒙上阴影，带来悲伤，表露了词人对美好生活的怀念。"明朝万一西风动，争奈朱颜不耐秋"，词人对采莲女子及落花命运的深切关怀与爱惜，也从中得到了体现。

【注解】

争奈：怎奈、无奈。

朱颜：红润美好的容颜。这里指荷花瓣。

339.草际芙蕖零落，水边杨柳欹斜

出自宋代王安石的《西太一宫楼》

【原文】

草际芙蕖零落，水边杨柳欹斜。
日暮炊烟孤起，不知鱼网谁家。

【诗意】

夏天草丛里的荷花已经开始凋零，河水边的杨柳横乱歪斜。太阳落山，炊烟升起，不知是谁家的渔网还在那里。

【鉴赏】

王安石是抚州临川（今江西抚州）人，庆历二年（1042）进士及第，历任扬州签判、鄞县知县、舒州通判等职，政绩显著。熙宁二年（1069），被宋神宗升为参知政事，次年拜相，主持变法。因守旧派反对，熙宁七年罢相。一年后，被神宗再次起用，旋即又罢相，退居江宁。元祐元年（1086），保守派得势，新法皆废，王安石郁然病逝于江宁钟山，享年六十六岁。这首诗大约作于熙宁元年秋，描绘了一幅田园风光图：残荷、斜柳、炊烟、渔网，有浓郁的乡村生活气息。"草际芙蕖零落，水边杨柳欹斜"，诗中纯用景语，先写荷花凋谢，后写杨柳飘风，水边、草际，互文见义。"日暮炊烟孤起，不知鱼网谁家"，一缕炊烟袅袅而上，一副渔网晒在屋旁，生活气息扑面而来。

太一宫：即太乙宫，是皇家祭祀场所。北宋汴京建有东西太乙宫。

340.亭亭风露拥川坻，天放娇娆岂自知

出自宋代王安石的《荷花》

【原文】

亭亭风露拥川坻，天放娇娆岂自知。

一舸超然他日事，故应将尔当西施。

【诗意】

池塘岸边，荷花虽经风露，依然亭亭玉立。荷花自然绽放，自己并没有刻意表现但无比娇媚，是上天赋予的。这美丽的荷花简直就是西施沉湖后的重生，所以应把荷花当作西施，既是绝代佳人，也是人间最美的花。

【鉴赏】

历代诗人是一群性情中人，最爱赏花写诗。王安石也不例外，他写荷花的诗歌就有二十五首。诗人对荷花喜爱到了极点，他在这首诗中赞美荷花的"娇娆"是上天赋予的，把她比作人间最美的女子西施。这首诗明是描写荷花，其实另有所指。王安石在宋神宗时为宰相，创新法以改革弊政，但遭到大官僚大地主的反对，后辞官退居南京。诗人借花言志，以"天放娇娆岂自知"的诗句，来回答政敌们的无端中伤。"一舸超然他日事，故应将尔当西施"，诗人引用西施典故，表明自己一旦完成皇

上的使命，他就会主动离开政坛，隐居于山水之间，展示了诗人宽阔的胸怀和豁达的人生态度。

【注解】

川坻：河岸的意思。

舸：船。

341.芙蕖耐夏复宜秋，一种今年便满沟

出自宋代王安石的《芙蕖》

【原文】

芙蕖耐夏复宜秋，一种今年便满沟。

南荡东陂无此物，但随深浅见游鯈。

【诗意】

荷花既受得住暑热，又适宜在秋天生长，所以只要年初种植了，到了秋天，整个水沟都是盛开的荷花。可惜的是，南荡东面的池塘没看到荷花，只有鯈鱼在水面上游来游去。

【鉴赏】

王安石的诗"学杜得其瘦硬"，擅长说理与修辞，晚年诗风含蓄深沉，深婉不迫，以丰神远韵的风格在北宋诗坛自成一家，世称"王荆公体"。其诗歌内容多与变法运动有关，展现了他于疾风骤雨般政治风云中苦苦挣扎的处境。这首诗借景抒情，诗人选取了夏日里随处可见的小

景以特写，意趣顿感绝妙。"芙蕖耐夏复宜秋，一种今年便满沟"，诗人写荷花，也是写自己的情怀，既有广度，又有深度，赞美了荷花具有顽强的生命力，表露了诗人对荷花的喜爱之情。"南荡东陂无此物，但随深浅见游鲦"，诗句通俗易懂，隐隐透露出他对改革受挫的无奈。王安石一生爱国利他，他的改革就像是拔除杂草，种植荷花，最终打造成良好富庶的整体环境。

342.柳叶鸣蜩绿暗，荷花落日红酣

出自宋代王安石的《题西太一宫壁二首》（其一）

【原文】

柳叶鸣蜩绿暗，荷花落日红酣。

三十六陂春水，白头想见江南。

【诗意】

浓密的柳叶深处，蝉儿正在鸣叫。在落日映照下，荷花更加鲜艳夺目。时光如梭，我已满头白发，眼前荷塘春水荡漾，好想回到江南水乡。

【鉴赏】

这首诗应是诗人晚年所作，语调自然，清绝，愁绝。诗人由眼前的初夏美景联想起江南故乡的风光，抒发了他对故乡、亲人的思念。"柳叶鸣蜩绿暗，荷花落日红酣"，诗句全是景物堆砌，但却清新雅致。"绿暗"极写柳叶之密、柳色之浓，"红酣"把荷花拟人化，令人联想到美人喝醉了酒，脸庞泛起了红晕。"落日"不仅点出时间，而且表明那本来

就十分娇艳的荷花，由于落日的斜照，更显得红颜似醉。"三十六陂春水，白头想见江南"，平常之中却透露着浓浓的乡情，十分动人。整首诗中，"绿""红""白"鲜明的色调对比映衬，使得红者更红，绿者更绿，描写出三十六陂春末初夏景色，衬托出景物更加明艳动人，再与尾句"白"相映照，透露出"白头"人想念江南故乡的思乡情感。

【注解】

蜩[tiáo]：古书上指蝉。

343.数株碧柳苍苔地，一丈红蕖绿水池

出自宋代王安石的《筹思亭》

【原文】（节选）

数株碧柳苍苔地，一丈红蕖绿水池。

坐听楚谣知岁美，想衔杯酒问花期。

【诗意】

几棵浓绿的柳树下，地面长满了青苔。一丈宽的绿水池中，红艳艳的荷花正盛开着。坐听楚地歌谣，知道岁月静好。好想端起酒杯问一下，这荷花开花持续的时间有多长。

【鉴赏】

欧阳修称赞王安石："翰林风月三千首，吏部文章二百年。老去自怜心尚在，后来谁与子争先。"王安石是一个讲究修辞炼字的人，他

的名句"春风又绿江南岸,明月何时照我还",其中的"绿"字,据说从"到""过""入""满"等改了十几遍,最后才定为"绿"字。这首诗描绘了诗人在筹思亭所见的景致。这里节选四句,写了一个清静幽美的碧柳红荷繁生的环境。"数株碧柳苍苔地,一丈红蕖绿水池",诗人用"碧柳"对"红蕖"、"苍苔"对"渌水",不仅用词讲究、对仗工整,而且颜色对比得自然贴切,描绘了一幅红绿相映的清丽画图,令人神往。"坐听楚谣知岁美,想衔杯酒问花期",流露出诗人对如此良辰美景的留恋之情。

【注解】

楚谣:楚地歌谣。指《楚辞》。

344.红粉靓梳妆,翠盖低风雨
出自宋代辛弃疾的《卜算子·荷花》

【原文】

红粉靓梳妆,翠盖低风雨。占断人间六月凉,期月鸳鸯浦。

根底藕丝长,花里莲心苦。只为风流有许愁,更衬佳人步。

【词意】

风雨过后,荷花比梳妆打扮过的佳人还要美丽,那碧绿的荷叶却低垂着头。六月中难得的雨后清凉,被怒放的荷花完全拥有。她整月在等待风雨之后,心中的月亮升起在鸳鸯池上。荷根底的藕丝细长,那是她绵长的思念;莲蓬里的莲心苦涩,那是她长久的等待。只因为她有此风韵，才有说不出的情思，更像是绝代佳人的凌波微步，带有一丝淡淡的忧伤。

【鉴赏】

辛弃疾是济南府历城县（今山东济南历城区）人。出生时山东已为金人所占，早年与党怀英齐名北方，号称"辛党"。青年时参与耿京起义，回归南宋，献《美芹十论》《九议》等，条陈战守之策。先后在江西、湖南、福建等地为守臣，平定荆南茶商赖文政起事，又力排众议，创制飞虎军，以稳定湖湘地区。由于他与当政的主和派政见不合，故而屡遭劾奏，数次起落，最终退隐山居。开禧北伐前后，宰臣韩侂胄接连起用辛弃疾知绍兴、镇江二府，并征他入朝任枢密都承旨等官，均遭辞免。辛词现存六百多首，是宋代存词最多的词家。他经常在词中移情于物，借花抒情，感慨很深。只因为他有很高的才能，又有一片爱国的赤子之心，所以才有许多忧愁。这首词采用拟人化的手法，没有一味地写愁苦和压抑，反而在一种表面的清新里，让人读懂那优雅下的隐忍、坚守和苦涩。"红粉靓梳妆，翠盖低风雨"，词人描摹了荷花在风雨后明丽的姿容，色彩明快，对比鲜明，很有意境。"占断人间六月凉"一句甚妙，尽管荷花无意争芳斗艳，却把人间六月的凉爽都占尽了，委婉地写出了词人的曲衷和怨尤。此句被金代赵沨引用。

【注解】

红粉：妇女化妆用的胭脂和粉，这里指年轻女子。

期［jī］月：一整月。

佳人步：南唐后主李煜昏庸无能，沉湎于酒色之中。他有个宫女名窅娘，轻丽善舞，用布帛把足缠裹得纤小弯曲如新月一般，穿着白色袜子在六尺高的金制莲花台上翩翩起舞，飘飘然有水仙凌波的姿态。结果很快国破家亡，李煜身为囚虏，被天下人耻笑。"佳人步"即借用此典故。

345.晚风吹雨，战新荷、声乱明珠苍璧

出自宋代辛弃疾的《念奴娇·西湖和人韵》

【原文】

晚风吹雨，战新荷、声乱明珠苍璧。谁把香奁收宝镜，云锦红涵湖碧。飞鸟翻空，游鱼吹浪，惯趁笙歌席。坐中豪气，看公一饮千石。

遥想处士风流，鹤随人去，老作飞仙伯。茅舍疏篱今在否，松竹已非畴昔。欲说当年，望湖楼下，水与云宽窄。醉中休问，断肠桃叶消息。

【词意】

初夏傍晚，风雨交加，疾风骤雨打在荷叶上，溅起一片水珠，就像珍珠打在青色的玉石上。雨后天晴，满天晚霞倒映湖中，荷花次第绽放，仿佛云锦初织，勾出一幅浓淡相宜的画卷。鸟在空中上下飞舞，鱼在水里游动吐泡，它们已习惯于逐笙歌追游人，在游船边嬉戏觅食。我与友人豪饮，看他一醉方休。遥想林逋那段风流的生活，现在鹤随人去。林逋死后，上升仙界成为飞仙之长。茅草屋稀疏的篱笆不知还在不在，可松竹已今非昔比。我不禁感慨当年，望湖楼下那水天一色的景色。还是让我们继续饮酒吧，不要再去打听，那令人心碎的情人消息。

【鉴赏】

辛弃疾一生以功业自诩,却命运多舛,壮志难酬。但他始终没有动摇恢复中原的信念,而是把满腔激情和对国家兴亡、民族命运的关切、忧虑,全部寄寓于词作之中。其词艺术风格多样,以豪放为主,风格沉雄豪迈又不乏细腻柔媚之处。这首词作于宋孝宗乾道六年(1170)左右,当时只有三十岁的辛弃疾任司农寺主簿。虽然他尽心尽职,但由于无法上沙场杀敌,词人心中极其郁闷,有一次与朋友一起游览西湖,排遣忧闷,于是赋词一首。这首词吟咏杭州西湖,虽然抒写了浓浓的游兴,却在字里行间流露出一种淡淡的忧伤。"晚风吹雨,战新荷、声乱明珠苍璧",词句写雨打新荷的声音,气势豪迈,悦耳动听。"飞鸟翻空,游鱼吹浪,惯趁笙歌席",诗人虚实兼备,动静结合,生动地描绘出笙歌乐舞、鱼鸟追逐游船的场面,不仅表现出西湖的自然美,也写出人与自然的和谐美,别有一番风味。

【注解】

香奁[lián]:古代盛梳妆用品的匣子。

处士:古时候称有德才而隐居不愿做官的人,后亦泛指未做过官的士人。这里指林逋。林逋字君复,杭州钱塘人。结庐西湖之孤山,二十年足不及城市,号西湖处士。

畴昔:往日。

桃叶:《古乐府》注:王献之爱妾名桃叶,尝渡此,献之作歌送之曰:"桃叶复桃叶,渡江不用楫。但渡无所苦,我自迎接汝。"

346.红莲相倚浑如醉,白鸟无言定自愁

出自宋代辛弃疾的《鹧鸪天·鹅湖归病起作》

【原文】

枕簟溪堂冷欲秋,断云依水晚来收。红莲相倚浑如醉,白鸟无言定自愁。

书咄咄,且休休。一丘一壑也风流。不知筋力衰多少,但觉新来懒上楼。

【词意】

我躺在水边阁楼的竹席上,享受着秋天般的清凉。朵朵白云悠悠,水天一色,傍晚了才渐渐散去。红艳艳的莲花互相倚靠,酷似喝醉了酒的美女,羽毛雪白的水鸟无声站在旁边,肯定是在独自发愁。与其像殷浩向天空书写"咄咄怪事"发泄怨气,倒不如像司空图安闲自在地去隐居。一座山丘,一条谷壑,也是一种风韵,潇洒又多逸趣。这一次生病,我不知衰损了多少精力,只觉得近来上楼有点心慌气短。

【鉴赏】

这首词是辛弃疾谪居鹅湖时受尽权奸排斥,病初愈后抒情寄意之作,借景抒情,基调低沉。"红莲相倚浑如醉,白鸟无言定自愁","醉"字由莲脸之红引出,"愁"字由鸟头之白生发,这两词用的真是恰到好处。红莲白鸟互相映衬,境界虽美,但"醉""愁"二字表露出词人内心的苦闷。"不知筋力衰多少,但觉新来懒上楼",词句中流露了词人的消极情绪,反映封建社会一些有志之士在饱受打击后的精神状态。

【注解】

鹅湖：在江西铅山县。辛弃疾曾谪居于此，后卒于此。

咄咄：用殷浩事，表示失意的感叹。《世说新语·黜免》篇："殷中军被废，在信安，终日恒书空作字。扬州吏民寻义逐之，窃视，唯作'咄咄怪事'四字而已。"

休休：用司空图事，谓安闲自得貌。《旧唐书·司空图传》载司空图轻淡名利，隐居中条山，他作的《休休亭记》云："休，休也，美也，既休而具美存焉。"

347.最喜小儿亡赖，溪头卧剥莲蓬
出自宋代辛弃疾的《清平乐·村居》

【原文】

茅檐低小，溪上青青草。醉里吴音相媚好，白发谁家翁媪？

大儿锄豆溪东，中儿正织鸡笼。最喜小儿亡赖，溪头卧剥莲蓬。

【词意】

茅草盖的屋檐又低又小，溪边长满了翠绿的小草。吴侬软语听起来温柔又美好，那满头白发的老夫妻是哪一家的？大儿子在小溪东边的豆田锄草，二儿子正在家里编织鸡笼。讨人喜欢的小儿子有点顽皮，他正横卧在溪边草丛，剥出莲蓬里莲子尝鲜。

【鉴赏】

辛弃疾在上饶、铅山隐居时期，写了不少流连诗酒、啸傲溪山的作

品，其中有部分描写农村景物和农民生活的小词，如《清平乐·村居》。这首词描绘了一家五口在乡村的生活情态。"最喜小儿亡赖，溪头卧剥莲蓬"，一个"卧"字，把小儿趴在溪边剥莲蓬吃的天真、活泼、顽皮的劲儿和盘托出，跃然纸上，从而使人物形象鲜明，意境耐人寻味。

【注解】

吴音：也称江南话、江东话、吴越语，一般指吴地的方言。

媪［ǎo］：指年老的妇女。

亡赖［wú lài］：不务正业。这里指淘气顽皮。

溪头：犹溪边。

348.沉醉不知归路，误入藕花深处

出自宋代李清照的《如梦令·常记溪亭日暮》

【原文】

常记溪亭日暮，沉醉不知归路。

兴尽晚回舟，误入藕花深处。

争渡，争渡，惊起一滩鸥鹭。

【词意】

我常回忆起年轻时的事，有一次到溪亭附近游玩，直到日暮时分，因陶醉在优美的景色中而忘记了回去的路。等玩到兴尽时天色已晚，返回的小船迷失了方向，驶入了荷花深处。我和同伴奋力划船，船桨拍击水面的声音，惊飞了正在沙滩上栖息的一群水鸟。

【鉴赏】

　　李清照是齐州章丘（今山东济南章丘区）人，出身于书香门第，早期生活优裕，其父李格非藏书甚富，她小时候就在良好的家庭环境中打下文学基础。出嫁后与丈夫赵明诚共同致力于书画金石的搜集整理。金兵入据中原时，流寓南方，境遇孤苦。其所作词，前期多写悠闲生活，后期多悲叹身世，情调感伤。这首词是记游赏之作，清新别致，表现了一个少女欢乐的心情。"兴尽晚回舟，误入藕花深处"，"误入"一句流畅自然，毫无斧凿痕迹，同前面的"不知归路"相呼应，显示了词人的忘情心态。在荷花盛放的溪流上，有一叶扁舟摇荡着，舟上是游兴未尽的少女。这美如画的景色，一下子跃然纸上，呼之欲出。接着，词人连用两个"争渡"，表达了少女急于从迷途中找寻出路的焦灼心情。正是由于"争渡"，所以又"惊起一滩鸥鹭"，把在沙滩上栖息的水鸟都吓飞了。至此，词戛然而止，言尽而意未尽，回味无穷。

【注解】

　　常记：时常记起，难忘的意思。

　　溪亭：临水的亭台。据考在济南大明湖内。

　　争渡：奋力把船划出去。

349.红藕香残玉簟秋，花自飘零水自流

出自宋代李清照的《一剪梅·红藕香残玉簟秋》

【原文】

　　红藕香残玉簟秋。轻解罗裳，独上兰舟。云中谁寄锦书来？雁

字回时，月满西楼。

花自飘零水自流。一种相思，两处闲愁。此情无计可消除，才下眉头，却上心头。

【词意】

粉红的荷花已凋谢，幽香也消散了，光滑如玉的竹席带着秋的凉意。我轻轻提起丝裙，一个人登上小船。仰头凝望远天，那白云舒卷处，谁会将书信寄来？等到雁群飞回来时，月光已洒满了西楼。荷花花瓣纷纷飘落，随着水流四处漂泊。我们都在思念对方，可又不能相见，只好天各一方，独自愁闷。这相思苦实在无法排遣，刚从微蹙的眉间消失，却隐隐又缠上心头。

【鉴赏】

此词是李清照前期的作品，当作于婚后与丈夫赵明诚离别不久，寄寓着词人不忍离别的一腔深情，反映出初婚少妇沉溺于情海之中的纯洁心灵。词人以女性特有的敏感捕捉稍纵即逝的真切感受，将抽象而不易捉摸的思想感情，以素淡的语言表现出具体可感的实物。"红藕香残玉簟秋"，词句表面上写荷花残、竹席凉这些寻常事情，实质上暗含青春易逝、红颜易老、"人去席冷"之意境。"花自飘零水自流"，词句承上启下，展示花落水流之景，与"红藕香残"相拍合，给人以"无可奈何花落去"之感、"水流无限似侬愁"之恨。整首词移情入景，借景抒情，情景交融，耐人寻味。

玉簟[diàn]：光滑似玉的精美竹席。

锦书：前秦苏惠曾织锦作《璇玑图诗》，寄其夫窦滔，计八百四十字，纵横反复，皆可诵读，文辞凄婉。后人因称妻寄夫为锦字，或称锦书。亦泛为书信的美称。

350.湖上风来波浩渺，莲子已成荷叶老
出自宋代李清照的《双调忆王孙·赏荷》

【原文】

湖上风来波浩渺。秋已暮、红稀香少。水光山色与人亲，说不尽、无穷好。

莲子已成荷叶老。青露洗、蘋花汀草。眠沙鸥鹭不回头，似也恨、人归早。

【词意】

微风轻拂湖水，更觉烟波浩渺。已是深秋季节，荷花渐渐凋尽，风中吹来淡薄清香。山水秀丽，景色宜人，岁月有说不尽的美好。莲子已经成熟，莲叶也枯黄了，清晨的露水洗涤着水中蘋花、汀上水草。在沙滩上睡觉的水鸟一动不动，似乎在怨恨游人回去得太早了。

【鉴赏】

这首词当写于李清照南渡前，词人以其独特的方式，细腻委婉又具体形象地传达出一种特色鲜明的阴柔之美。全词由莲实、红藕、蘋花、

青草、沙鸥、白鹭等组成了一幅清幽寂静的风景画，富有生气，色彩鲜明，处处蕴藏着词人对自然景物的热爱之情。"湖上风来波浩渺""莲子已成荷叶老"，深秋到了，荷花虽然已凋谢，莲蓬里的莲子却成熟了，早已换了一幅风光。此时此刻，词人的心情似有许多无奈。"水光山色与人亲""眠沙鸥鹭不回头"，词人巧妙地运用拟人化手法，写出了物我交融的深秋美意，富有一种自然之美。

【注解】

浩渺：形容水面辽阔。

汀［tīng］草：小洲上的草。

351.行到闹红无水面，红莲沉醉白莲酣

出自宋代范成大的《立秋后二日泛舟越来溪三绝》（其一）

【原文】

西风初入小溪帆，旋织波纹绉浅蓝。

行到闹红无水面，红莲沉醉白莲酣。

【诗意】

我乘着帆船来到越来溪，只见秋风吹皱湖水，一会儿织出波纹，一会儿织出浅蓝。船行驶到荷花茂密的地方，根本就看不见水面。在千万朵荷花中，红白莲花争奇斗艳，红莲妩媚动人，犹如贵妃醉酒，而白莲似醉未醉，在尽情地绽放。

【鉴赏】

范成大是平江府吴县（今江苏苏州）人，绍兴二十四年（1154）登进士第，累官礼部员外郎兼崇政殿说书。乾道三年（1167），出知处州。乾道六年，作为泛使出使金国，索求北宋诸帝陵寝之地，并争求改定受书之仪，不辱使命而还。乾道七年，自中书舍人出知静江府。淳熙二年（1175），调任敷文阁待制、四川制置使。淳熙五年，升任参知政事，此后相继知明州、建康府，颇著政绩。晚年退居苏州石湖，并加资政殿大学士。这是范成大的一首秋游诗，描写西风从小溪吹到湖面，再吹到荷塘，使红白莲花随风摇摆，似醉酒的美女，传神地写出了荷花艳丽的外表与娇憨之态。"行到闹红无水面，红莲沉醉白莲酣"，一个"闹"字突出了荷花之盛，红、白两种颜色与前面浅蓝的颜色相呼应，一起勾勒出色彩斑斓的溪上秋景，画面感十足。一"醉"一"酣"，采用拟人手法，写出了红莲白莲的动人，更写出了诗人对于秋景的深深迷恋与陶醉。

【注解】

越来溪：在今苏州古城西南，胥门外五里。《吴地记》：胥门"西南五里有越来溪"。

352.凌波仙子静中芳，也带酣红学醉妆
出自宋代范成大的《州宅堂前荷花》

【原文】

凌波仙子静中芳，也带酣红学醉妆。

有意十分开晓露，无情一饷敛斜阳。

泥根玉雪元无染，风叶青葱亦自香。

想得石湖花正好，接天云锦画船凉。

【诗意】

　　堂前池中的荷花如凌波仙子，静静地散发着芳香。那花朵的颜色，好似贵妃醉酒后脸上的晕红。清晨，它迎着朝霞绽放，花瓣上残留着清露，很有诗情画意；傍晚，它片刻之间毫无声息，在落日的余晖中敛起花瓣。它虽然生长在污泥之中，但它洁白如雪，一尘不染。它的叶子青葱碧绿，也散发出特有的清香。此刻，我看着堂前的荷花，不由得想起了家乡石湖的荷花，估计开得正盛，浮云映在水中，石湖变得如云锦一般，游船穿梭其中。

【鉴赏】

　　范成大在这首诗中，塑造了"凌波仙子"的美丽形象，重点描写其早晚"妆容"有别，早晨有意盛开，晚上无情闭合，出淤泥而不染，还带有淡淡的清香，优美婉约，令人沉醉。"泥根玉雪元无染，风叶青葱亦自香"，诗人抒发了对荷花的喜爱与赞美之情，并且借花喻人，表达出不与世俗同流合污的高洁志向。"想得石湖花正好，接天云锦画船凉"，范成大是苏州人，他由州宅堂前的荷花，想到自己家乡的荷花以及往来穿梭的画舫，表达了诗人的思乡之情和归隐之心。

【注解】

　　凌波仙子：荷花的别称。

　　一饷：片刻。

石湖：位于苏州古城西南。

353.柳外轻雷催几阵，半川荷气融香浥

出自宋代范成大的《满江红（雨后携家游西湖，荷花盛开）》

【原文】(节选)

柳外轻雷，催几阵、雨丝飞急。雷雨过，半川荷气，粉融香浥。

弄蕊攀条春一笑，从教水溅罗衣湿。打梁州、箫鼓浪花中，跳鱼立。

【词意】

柳树方向传来轻轻的打雷声，等雷声响过几次后，天空中如丝的小雨疾射而下。不过夏天的雷阵雨来得快，去得也快，西湖中成片的荷花在雨后更加生机勃勃，芳香扑鼻。只见荷叶上的水珠滚来滚去，在阳光的照射下闪闪发光。被雨水冲刷过的荷花，显得格外洁净娇艳。此时我们泛舟湖上，采了荷花，又摘莲蓬，尽情赏花游乐，任凭水溅衣裙，欢声笑语不断。箫鼓吹奏着高亢的梁州旧曲，又见鱼儿在浪花中高高跃起。

【鉴赏】

乾道七年(1171)，范成大以集英殿修撰出知静江府（今广西桂林）兼广西经略安抚使，乾道九年到任，在桂林的时间实际不满两年。范成大在桂林期间，多次至西湖游赏。这首词前有小序"雨后携家游西湖，荷花盛开"几句。这里节选上阕，词人通过对荷花之美和游湖之乐的记

叙，抒发了他乐观开朗的情怀。"柳外轻雷，催几阵、雨丝飞急"，词句描写天气情况。"雷雨过，半川荷气，粉融香浥"，雷雨过后的荷池，香阵阵，意融融。词句描写了雨后荷花盛开的情状，一簇簇翠盖红妆，滋润挺拔，清香飘远，娇滴可爱，真是美不可言。"弄蕊攀条春一笑，从教水溅罗衣湿"，描写词人泛舟西湖碧波之上，尽情赏花游乐，任凭水溅衣服。"打梁州、箫鼓浪花中，跳鱼立"，词人一家在音乐伴奏下，观鱼赏花，心潮更比浪花高。

【注解】

西湖：这里指桂林西湖，在城西三里，阔七百余亩。

香浥［yì］：香气盛貌。

从教：这里是听任、任凭的意思。

罗衣：轻软丝织品制成的衣服。

梁州：即《凉州曲》，原是凉州（治所在今甘肃武威）一带的歌曲。

354.叶上初阳干宿雨，水面清圆，一一风荷举

出自宋代周邦彦的《苏幕遮·燎沉香》

【原文】

燎沉香，消溽暑。鸟雀呼晴，侵晓窥檐语。叶上初阳干宿雨，水面清圆，一一风荷举。

故乡遥，何日去。家住吴门，久作长安旅。五月渔郎相忆否。小楫轻舟，梦入芙蓉浦。

【词意】

尽管下过阵雨，但夏天的夜还是很闷热，我焚烧了沉香，来消除潮湿的暑气。拂晓时分，听见小鸟在屋檐下叽叽喳喳，似乎在说天晴了。我起床后来到池塘，看到荷叶上的雨珠被阳光晒干了。这些荷叶清净圆润，晨风吹来，一张张荷叶在水面上舒展开来。此情此景，我想起了遥远的故乡，不知何时才能回去。我的家乡在江南，目前却长久地客居汴京。又到农历五月，不知家乡的朋友是否也在思念我。我梦想着回到家乡，划着一叶扁舟，荡漾在那开满荷花的西湖。

【鉴赏】

周邦彦是钱塘（今浙江杭州）人，自少性格疏散，但勤于读书。宋神宗时成为太学生，受到神宗赏识，升任太学正。此后十余年间，在外漂流，历任庐州教授、溧水县令等职。宋哲宗亲政后，周邦彦回到开封，任国子监主簿、校书郎等职。宋徽宗时一度提举大晟府，负责谱制词曲，供奉朝廷。后又外调顺昌府、处州等地。据载，宋神宗元丰六年（1083），周邦彦入汴京为太学生。而周邦彦的故乡，却是远在千里之外的钱塘。因此当周邦彦看到汴京的荷花时，便想到了故乡的荷花，从而产生了浓浓的思乡情。这首词清新自然，写出了游子的思乡情结。词人以荷为媒，怀念那荷花遍布的江南水乡，通过对清圆的荷叶、五月的江南、渔郎的轻舟这些情景进行虚实变幻的描写，把思乡之情刻画得淋漓尽致，表达了他对故乡的深深眷念。"叶上初阳干宿雨，水面清圆，一一风荷举"，一个"举"字，将雨后初晴的晨荷在水面挺立秀拔的风姿写得形象入神。这首词的妙处，正如王国维在《人间词话》评价说"真能得荷之神理者"，为写荷之绝唱。

溽：湿。

鸟雀：泛指小鸟。

侵晓：拂晓。

宿雨：指荷叶上隔夜的雨水珠。

吴门：古吴县城亦称吴门，即今之江苏苏州。此处以吴门泛指江南一带。

长安：原指今西安，唐以前此地久作都城，故后世每借指京都。词中借指汴京，今河南开封。

渔郎：意思是打鱼的年轻男子。这里指诗人家乡的朋友。

355.翠葆参差竹径成，新荷跳雨泪珠倾

出自宋代周邦彦的《浣溪沙·翠葆参差竹径成》

【原文】

翠葆参差竹径成，新荷跳雨泪珠倾。曲阑斜转小池亭。
风约帘衣归燕急，水摇扇影戏鱼惊。柳梢残日弄微晴。

【词意】

草木茂盛，新生枝芽参差不齐，而春笋入夏已经长成竹林。初长成的新荷青翠欲滴，急雨洒在荷叶上，水珠溅跳，犹如美女泪流。栏杆曲曲弯弯，通向池塘边的小亭子。几位游人匆匆行走在风雨中，燕子也飞快地远去。湖水波浪起伏，荷叶在水中的倒影摇摇晃晃，惊动了正嬉水的鱼。终于雨过天晴，池边杨柳依依，在夕阳里生辉。

【鉴赏】

周邦彦的词，艺术形象比较丰满，语言比较秾丽。他善于精雕细琢，在雕琢中能时出新意，给人以比较深刻的印象。这首词描写夏日雨中荷塘乍雨还晴的景致，笔触细腻，生动形象。"翠葆参差竹径成，新荷跳雨泪珠倾"，诗句描绘初夏景致。词人首先从远处的树木、竹林写起，勾勒了一个怡情悦目的环境，显示夏季的时令特点。接着描写雨打嫩荷，"新"字突出夏日荷叶新长成，嫩绿清新，充满生机的特点；"跳"字，用拟人化的手法将落在荷叶上滚动的雨珠，描摹得生动活泼。"柳梢残日弄微晴"，词句描写雨后夕阳中柳梢随风摆荡。"柳梢"为地面景物，"残日"是空中景象，"微晴"则言天气状况，一"弄"字将这些层次不同的景物组合在一起，构成了一幅清新的画面。全词六句，句句写景。词人以情写景，融情于景，在景物描写中抒发了他闲适惬意的心情。

【注解】

翠葆：形容草木青翠茂盛。

跳雨：形容雨滴打在荷叶上如蹦玉跳珠。

356.艳妆临水最相宜，风来吹绣漪
出自宋代吴文英的《醉桃源·芙蓉》

【原文】

青春花姊不同时，凄凉生较迟。艳妆临水最相宜，风来吹绣漪。惊旧事，问长眉。月明仙梦回。凭阑人但觉秋肥，花愁人不知。

【词意】

荷花与春花在不同的时间开放，荷花因开花太迟，没有群芳相伴，而孤寂异常。荷花红妆绿裳摇曳在碧水边是最合适的，风吹荷花，使其倒影摇曳，在水面上形成了彩色的涟漪。荷花梦见自己像当年的赵飞燕一般在风中翩跹起舞，正欲仙去，却忽然从梦中惊醒，只见月明如水，发现自己红衰翠减，老之将至。惊于汉宫旧事，便向旁边的侍女询问。可惜身倚栏杆的人只知道秋天莲大藕肥，却不知荷花因凋零而悲愁。

【鉴赏】

吴文英是四明（今浙江宁波）人，一生未第，于苏、杭、越三地居留最久，并以苏州为中心。游踪所至，每有题咏。其词上承温庭筠，近师周邦彦，在辛弃疾、姜夔词之外，自成一格。词作数量丰沃，风格雅致，多酬答、伤时与忆悼之作，号"词中李商隐"。这首词"咏物而不滞于物"，从写荷花生不逢时的凄凉转到艳妆临水的高昂，再转到月明梦回，最后归结于"花愁人不知"，抒写了词人生不逢时的慨叹，蕴藉隽永，哀怨动人。"艳妆临水最相宜，风来吹绣漪"，写荷花盛开时的美景，词人对荷花之形只言"艳妆"二字一笔带过。荷花虽然生不逢时，却天生丽质难自弃，艳妆照水之时，连风都来吹动涟漪，以衬托其美。"花愁人不知"，词句与欧阳修的"泪眼问花花不语，乱红飞过秋千去"正好相反，通过人不知花愁，寄寓深远。

【注解】

花姊：指先于芙蓉开放的其他花，因时节早于芙蓉，故曰"花姊"。

绣漪：形容涟漪如绣。

旧事：似指汉宫旧事。

长眉：借指美女。这里指宫人侍女。

仙梦：似指赵飞燕风中托舞欲仙去之事。

357.香笼麝水涨红波，一镜万妆争妒
出自宋代吴文英的《过秦楼·黄钟商芙蓉》

【原文】（节选）

藻国凄迷，麹澜澄映，怨入粉烟蓝雾。香笼麝水，腻涨红波，一镜万妆争妒。

湘女归魂，佩环玉冷无声，凝情谁诉。又江空月堕，凌波尘起，彩鸳愁舞。

【词意】

荷池里漂浮着萍藻，景色迷茫，有点清冷。蓝天倒映在青黄色的水中，水天一色，波光明净。那些荷花荷叶朦朦胧胧，似有一股怨气，躲进了淡蓝如沙的烟雾中。荷花绽放，香似麝水，红艳艳的花色把水波也染成了胭脂红。水面平静如镜，荷花亭亭玉立在水中，恰似临镜梳洗的绝色佳人，高洁典雅，令人生妒。到了深夜，这荷花如同湘女飘然而至，她佩戴的饰物虽多，但冷寂无声。她独立水面的专注神态，似乎心中有愁苦要向人倾诉。明月西坠，水面空旷，她步态轻盈地来到池边，带着几分哀愁，在月光下翩翩起舞。

【鉴赏】

　　吴文英的词注重音律，长于炼字，雕琢工丽。这首词借咏荷花抒发词人对一位怨女的追忆之情，同时着重描写了她无处倾诉的哀怨。吴文英在词中，以艳丽多姿的字眼，如"鞠""粉""蓝""红""彩"等，着色瑰丽，描绘了一幅哀怨动人的咏荷图景。"香乱麝水，腻涨红波，一镜万妆争妒"，词人想象怨女如荷花一样的出众美貌。这是化用了杜牧《阿房宫赋》中的句子"绿云扰扰，梳晓鬟也；渭流涨腻，弃脂水也；烟斜雾横，焚椒兰也"，来写荷花怨的理由。正是因为荷花太过艳丽出众，所以才遭到嫉妒，被弃之不取。这里隐含着芳魂月夜归来、冤魂不散的意思。

【注解】

　　藻国：荷生水中，故云藻国。这里指荷池。

　　鞠澜：即青黄色的水波。

　　湘女归魂：出自唐代陈玄《离魂记》倩女离魂的故事。倩娘因其父张镒游宦住在湘中的衡阳，为爱情不遂而离魂追赶所恋者，私相结合。

　　彩鸳：指代绣鞋，同时又借指女性。这里指湘女归魂。

358.风拍波惊露零，断绿衰红江上

出自宋代吴文英的《法曲献仙音·秋晚红白莲》

【原文】

　　风拍波惊，露零秋觉，断绿衰红江上。艳拂潮妆，澹凝冰靥，别翻翠池花浪。过数点斜阳雨，啼绡粉痕冷。

宛相向。指汀洲、素云飞过，清麝洗、玉井晓霞佩响。寸藕折长丝，笑何郎、心似春荡。半掬微凉，听娇蝉、声度菱唱。伴鸳鸯秋梦，酒醒月斜轻帐。

【词意】

风急浪大，令人感到了深秋的寒意，江面上的荷花凋谢了，花瓣零落，绿叶渐黄。而我家里的这盆红白莲却艳姿犹存，像化了晨妆的冰美人，在瑟瑟秋风中翩翩起舞。夕阳西下之时，飘来丝丝秋雨，落在它们的花瓣上。它们相对而立，仿佛两个娇女子在喁喁而语，指着远处的江中沙洲，说是有白云飘过那里。清晨，当玉井星坠向西边，彩霞从东方出现之时，红白莲花随着微风发出飒飒的响声，并散发出浓郁的香气。它们的藕根虽短，但折断后的丝是抽扯不绝的。不要笑我，我虽然与爱人分隔两地，但心常思之也。眼前的红白莲捧起一点水，感受那微微的凉意，侧耳倾听柔媚的蝉声自远及近，声调好似在唱采菱曲。我梦见红白莲像鸳鸯般双宿水上，酒醒后才发觉人在床上，而月亮已偏西。

【鉴赏】

这首词是追忆之作。吴文英用拟人手法，生动形象地描写了红白莲，并衬以词人自己的联想，写花即写人也，表达了词人对爱人的思念之情。"风拍波惊，露零秋觉，断绿衰红江上"，词人以极其凝练的笔法，勾勒了一幅晚秋江景图。秋风瑟瑟，红衰绿残，色调灰暗，一派萧瑟之景，暗示了词人心境的落寞凄凉。"伴鸳鸯秋梦，酒醒月斜轻帐"，词人的无限情思，尽在这一结句之中，与柳永"今宵酒醒何处，杨柳岸，晓风残月"，有异曲同工之妙。

法曲献仙音：又名"越女镜心""献仙音"。陈旸《乐书》："法曲兴于唐，其声始出清商部，比正律差四律，有铙、钹、钟、磬之音。《献仙音》其一也。"

玉井：即参星下四小星名。

何郎：即三国时的何晏，人称"粉面何郎"。这里借代词人自己。

声度：声调。

359.翠香零落红衣老，残柳眉梢暮愁锁

出自宋代吴文英的《惜黄花慢·送客吴皋》

【原文】

送客吴皋，正试霜夜冷，枫落长桥。望天不尽，背城渐杳，离亭黯黯，恨水迢迢。翠香零落红衣老，暮愁锁、残柳眉梢。念瘦腰、沈郎旧日，曾系兰桡。

仙人凤咽琼箫，怅断魂送远，《九辩》难招。醉鬟留盼，小窗剪烛，歌云载恨，飞上银霄。素秋不解随船去，败红趁一叶寒涛。梦翠翘，怨鸿料过南谯。

【词意】

我来到吴江之滨送客远行，此时正是秋霜初降，晚上冷冷清清，片片枫叶飘落在长桥边。客船渐渐远去，水天茫茫一望无际，背后的城郭也越来越朦胧。送别的长亭景色暗淡，无尽的离恨如水东流。岸边的荷花已凋尽，荷叶也枯黄了。暮霭像片片愁云，笼罩在残柳枝头。如此

情景，让我想起瘦腰的沈郎，过去也曾在此停泊，傍柳系舟。刚才在饯别酒宴上，年轻歌女的曼妙声音，好似弄玉吹箫作凤鸣一般。怎奈友人渐行渐远，纵然是宋玉的《九辩》，也无法解开这令人魂断的离情。微醉的歌女留意我们酒席上的心情，在小窗前频剪烛花，她满含离愁的歌声飞上云霄。悲秋伤别之情，不可能因客人的离去而消失，只有一缕断魂，在寒冷的波涛里，追随客船到天涯。我在梦幻之中，见到了鬓插翠翘的远方情人，料想那传递怨情的鸿雁已飞过南谯。

【鉴赏】

吴文英曾为江南东路提举常平司幕宾，流连吴门十二年，这首词当作于这期间。当时吴文英泊舟吴江，在僧寺饯别好友尹惟晓（尹梅津，名焕，字惟晓），作此词以赠别。吴文英借与友人离别之苦，进而抒发自己与情人的久离之苦。上片由吴江送客的情景，生出"念瘦腰"的追忆之情，下片由饮宴告别而"梦翠翘"，思路自然合理，感情真挚动人。全词虚实、隐显、真幻互相结合，令人回味无穷。"翠香零落红衣老，暮愁锁、残柳眉梢"，写水中、岸上所见景物，进一步描绘离情。翠叶凋零，花老香消，情兼比兴。"残柳"是岸上之物，它枝叶黄落，愁烟笼罩，也好似在替人惜别。睹凋荷而伤年华，见残柳而添离恨，迟暮之嗟、离别之恨，于此交融，令人难以忘怀。

【注解】

长桥：即垂虹桥，在今江苏苏州吴江区。

瘦腰：典故出自南朝著名文士沈约。本指由于生病而引起的身体消瘦，后多用于形容人病容憔悴、郁郁寡欢。

九辩：是战国时期楚国文学家宋玉创作的一首长篇抒情诗。此诗主要抒发的是"贫士失职而志不平"这种在中国古代社会中带有普遍性的感慨。

南谯[qiáo]：地名，在今安徽滁州西南。

360.有三秋桂子，十里荷花

出自宋代柳永的《望海潮·东南形胜》

【原文】

东南形胜，三吴都会，钱塘自古繁华。烟柳画桥，风帘翠幕，参差十万人家。云树绕堤沙，怒涛卷霜雪，天堑无涯。市列珠玑，户盈罗绮，竞豪奢。

重湖叠巘清嘉，有三秋桂子，十里荷花。羌管弄晴，菱歌泛夜，嬉嬉钓叟莲娃。千骑拥高牙，乘醉听箫鼓，吟赏烟霞。异日图将好景，归去凤池夸。

【词意】

杭州地处东南，地理形势优越，是三吴的都会，自古以来就很繁华。这里烟柳画桥，酒旗斜矗，树林郁郁葱葱，楼阁高高低低，约有十万人家。高耸入云的树木环绕着钱塘江沙堤，波涛汹涌的浪头冲过来，白如霜雪的浪花在翻飞，宽阔的钱塘江绵延无边。市场上的珠玉珍宝琳琅满目，家家户户都存满了绫罗绸缎，争相比奢华。西湖与远山相映成景，山清水秀，风光旖旎。秋天桂花飘香，十里荷花绽放。不论是白天还是夜晚，湖面上都飘荡着羌管的笛声和采菱的歌声，钓鱼翁、采莲女都喜笑颜开。黄昏时分，恰有高官外出，只见成群的马队簇拥着高高的牙旗，前呼后拥，在微醺中听着箫鼓管弦，吟诗作词，赞赏着美丽的水色山光。他日若把这美好景色画出来，将来回朝廷时可以给他人欣赏。

【鉴赏】

柳永是崇安（今福建南平武夷山市）人，生于沂州费县（今山东临沂费县），出身官宦世家，先世为中古士族河东柳氏，少时学习诗词，有功名用世之志。咸平五年（1002），柳永离开家乡，流寓杭州、苏州，沉醉于听歌买笑的生活之中。大中祥符元年（1008），柳永进京参加科举，屡试不中，遂一心填词。景祐元年（1034），柳永暮年及第，历任睦州团练推官、余杭县令、晓峰盐监、泗州判官等职，以屯田员外郎致仕，故世称柳屯田。柳永与孙何为布衣交，当时孙何已荣升为两浙转运使驻节杭州，门禁甚严，柳永见之不得，遂作此词。这首拜谒诗，着重描写了杭州的富庶与美丽。上片描写杭州的自然风光和都市的繁华，下片写西湖，展现杭州百姓和平宁静的生活景象。全词以点带面，明暗交叉，铺叙晓畅，形容得体，一反柳永惯常的风格，以大开大阖、波澜起伏的笔法，浓墨重彩地铺叙展现了杭州繁华的壮丽景象。"有三秋桂子，十里荷花"，"三秋"为时间轴，"十里"为空间轴；"桂子"为嗅觉，"荷花"为视觉。词句确实写得高度凝练，它把西湖以至整个杭州最美的特征概括出来，具有撼动人心的艺术力量。

【注解】

烟柳画桥：古代文人对街巷河桥美丽的赞美。

巘［yǎn］：大山上的小山。

清嘉：美好。

羌管：也被称为羌笛。竖着吹奏，两管发出同样的音高，音色清脆高亢，并带有悲凉之感。

高牙：古代行军有牙旗在前引导，旗很高。

凤池：凤凰池，原指皇宫禁苑中的池沼。这里指朝廷。

361.秋暮，乱洒衰荷，颗颗真珠雨

出自宋代柳永的《甘草子·秋暮》

【原文】

秋暮，乱洒衰荷，颗颗真珠雨。雨过月华生，冷彻鸳鸯浦。

池上凭阑愁无侣，奈此个、单栖情绪。却傍金笼共鹦鹉，念粉郎言语。

【词意】

深秋的傍晚，大雨瓢泼，乱打着池塘衰败的荷花，颗颗雨珠如珍珠般晶莹。雨过风停，明月升空，鸳鸯栖息的水滨一片清冷。她独自凭栏凝望，忧愁没有同伴而独宿。孤眠冷清煎熬着她的心。她站在鸟笼旁逗弄鹦鹉，向它诉说着对心爱郎君的无限思念。

【鉴赏】

柳永是第一位对宋词进行全面革新的词人，也是两宋词坛上创用词调最多的词人。柳永大力创作慢词，将敷陈其事的赋法移植于词，同时充分运用俚词俗语，以适俗的意象、淋漓尽致的铺叙、平淡无华的白描等独特的艺术个性，对宋词的发展产生了深远影响。这是一首绝妙的闺情词，主人公为一女子。词作先写她秋暮时分池边观雨感受到的孤单凄冷，之后借对室内鹦鹉"念粉郎言语"的描写含蓄表达思念之情。在柳永笔下，荷花虽然在夏日里花团锦簇，但是谁又能敌过秋风的萧杀，到了暮秋，荷塘一片衰败，荷尽已无擎雨盖，秋风秋雨愁煞人。"秋暮，乱洒衰荷，颗颗真珠雨"，句中"乱"字，既写出雨洒衰荷历乱惊心的声响，又画出跳珠乱溅的景色，间接地显示了凭阑凝伫、寂寞无聊的女主人公形象。

【注解】

月华：月光。

粉郎：即傅粉郎君。三国魏何晏，美仪容，面如傅粉，封列侯，人称"粉侯"，亦称"粉郎"。后用作对心爱郎君的爱称。

362.仙娥画舸，露渍红芳交乱，难分花与面
出自宋代柳永的《河传·芙蓉》

【原文】

淮岸，向晚。圆荷向背，芙蓉深浅。仙娥画舸，露渍红芳交乱，难分花与面。

采多渐觉轻船满，呼归伴，急桨烟村远。隐隐棹歌，渐被蒹葭遮断，曲终人不见。

【词意】

在淮河一处临岸的水边，天色已近傍晚。圆圆的荷叶在风中左右摇曳，盛开的荷花有红色，也有粉红色。装饰华美的小船上，美丽的采莲女与带露花朵交相辉映，让人眼花缭乱，分不清是花朵还是人脸。经过一天劳动，她们采了好多荷花莲蓬，小船几乎装不下了，于是招呼同伴回家。远处的村庄炊烟袅袅，她们奋力划着小船。她们唱着船歌，人影随着歌声，渐渐地消失在芦苇荡中。

【鉴赏】

这首词格调高雅，描写了江淮水乡女子采莲晚归时的动人场面，富有浓厚的生活气息。上片写她们天仙般美丽的身姿，花面相映，清丽可爱。下片则描写她们满载而归的喜悦，愉快地唱着歌。最后以"曲终人不见"作结，歌声没了，人影也不见了，意境优美。此词语言明白如话，自然浅显，民歌风味很浓。"圆荷向背，芙蓉深浅"，词句描绘了荷花的繁茂景象。"仙娥画舸，露渍红芳交乱，难分花与面"，采莲女划着小船采莲，露珠湿了红花，也沾湿了她们的芳颜。柳永巧运妙笔，创出了咏荷的新意。这与梁元帝萧绎《采莲曲》中所写的"莲花乱脸色，荷叶杂衣香"有异曲同工之妙。

【注解】

向晚：夕阳西下。

向背：这边和那边。

仙娥：指美女。这里指采莲女。

露渍 [zì]：这里指积存在花朵上的露水。

蒹葭：指芦苇。

363.芰荷香喷连云阁，阁上清声檐下铎

出自宋代潘阆的《酒泉子·长忆孤山》

【原文】

长忆孤山，山在湖心如黛簇。僧房四面向湖开，轻棹去还来。

芰荷香喷连云阁，阁上清声檐下铎。别来尘土污人衣，空役梦魂飞。

【词意】

虽然身在外地，但我时常想起孤山。孤山处于西湖中心，远看山峰如同眉峰簇聚。山上有一座僧房，僧房四面的门窗面湖而开，僧人和游人可以乘坐小船在湖上往返。山顶上有一座连云阁，阁的四面临湖，湖面上开满了艳丽的荷花，清香四溢；阁檐四角悬挂着铃铎，风吹铃动，清音远扬。自从我离开杭州后，一直风尘仆仆于旅途中，徒然只能在梦中重游孤山。

【鉴赏】

潘阆是大名（今河北邯郸大名县）人，一说扬州（今江苏扬州）人，宋初著名隐士、文人。为人疏狂放荡，一生颇富传奇色彩，曾两次坐事亡命。真宗时释其罪，任滁州参军。晚年遨游于大江南北，放怀湖山。潘阆作《酒泉子》共有十首，分咏杭州诸景。这首词是回忆杭州西湖孤山胜景。词人的追忆和感叹，也正着眼于孤山的幽静、佛地的圣洁，用

来与扰攘纷浊的人世对照，最后以"空役梦魂飞"一句表现他对孤山这块乐土的深切怀念。"芰荷香喷连云阁，阁上清声檐下铎"，一取荷香，一取铃音，这香与音，都不断地在空中飘扬、传播，同样也造成一种四散流动的感觉，显得优雅、淡泊。

【注解】

黛簇：形容山峰如同眉峰簇聚。

铎［duó］：大铃的一种。

364.槐柳风微轩槛凉，芙蕖绿叶映池光
出自宋代曹冠的《浣溪沙·槐柳风微轩槛凉》

【原文】

槐柳风微轩槛凉，芙蕖绿叶映池光。几多飞盖拥红妆。

泉试云龙花乳泛，袖笼宝鼎水沈香。纹楸戏战赌霞觞。

【词意】

初秋时节，微风吹拂槐柳。我倚在长廊的栏杆上，感到了一丝凉意。荷花荷叶交并相依，在清水中映出倒影。荷花像那红妆待裹的女子，在重重华盖的掩映下，显得格外娇美。池水清澈如泉，含苞欲放的花朵在云雾缭绕中若隐若现。荷花花瓣如丝绸衣袖，散发出浓浓的幽香。我一边下着棋，一边喝着美酒，多么逍遥自在。

【鉴赏】

　　曹冠是婺州东阳（今浙江金华东阳市）人，以乡贡入太学，秦桧延之为诸孙师。高宗绍兴二十四年（1154）进士。擢太常博士，兼检正诸房公事。绍兴二十六年，革正前举桧党出身，改冠等七人阶官并带"右"字。孝宗时许再试，复登乾道五年（1169）进士，知郴州，转朝奉大夫致仕。这首诗是游赏之作，上片写赏，下片写游，叙述了宋代文人士大夫闲适自在的快乐生活。"槐柳风微轩槛凉，芙蕖绿叶映池光"，诗句从触觉起笔，写回廊中槐柳风轻并有一丝凉意，点明时令是初秋。接着从视觉着笔写回廊中所见，描绘初秋荷塘美景。"几多飞盖拥红妆"，红花绿叶，相依相偎，赏心悦目。"泉试云龙花乳泛，袖笼宝鼎水沈香"，词人想象奇特，巧妙比喻，描绘出荷花朦胧的美姿和非同一般的幽香。

【注解】

　　槐柳：是一种乔木。夏天结满一长串带着两个翅膀的果实，叶序是对生，形状尖卵形。

　　云龙：印有龙的图案的茶饼，为宋朝的贡茶。泛指优质名茶。

　　花乳：含苞未放的花朵。

　　宝鼎：指香炉。

　　水沈：亦作沉水，一种香料。

　　绞楸：一种游戏，应该是指下棋。

　　霞觞：即霞杯，指盛满美酒的酒杯。

365.绛榴细蹙香罗，绿云初展圆荷

出自宋代曹冠的《夏初临·琴拂虞薰》

【原文】(节选)

琴拂虞薰，月裁班扇，麦秋槐夏清和。笋变琅玕，绛榴细蹙香罗。

绿云初展圆荷。见金鳞、戏跃清波。山丹舒艳，葵花映日，萱草成窠。

【词意】

初夏到了，南风仿佛虞薰琴曲吹来。月儿弯弯，夜晚变得越来越短。麦子到了收割季节，槐树也开花了，天气清明和暖。竹笋变翠竹，红色的石榴花就像柔软的丝绸微微收缩在一起。远远地看，碧绿荷叶团聚如云，那娇嫩的荷花在风中初露风姿。蓦然，一条鲤鱼从水面跃起，水花四溅。百合花开红艳艳，向日葵尽情地开放，绿色的萱草长成一窝一窝。

【鉴赏】

曹冠创作《夏初临》共有三首，都是描写初夏江南的自然美景。这首词辞藻华丽，有很强的画面感和冲击力。这里节选上阕，词人通过层层描绘，勾画了一幅幅美丽的江南夏景图。"绛榴细蹙香罗，绿云初展圆荷"，"绿云"言荷叶之茂盛，诗人用"绛榴"与"绿云"相对，色彩鲜明，展现了一派生机盎然的景象。

【注解】

虞熏:即虞舜熏风曲,民族乐曲。

班扇:班婕妤的齐纨扇。这里以扇喻月,指圆月。

麦秋:收割麦子的时候。古人引申称初夏为麦秋。

琅玕 [láng gān]:翠竹。

香罗:绫罗的美称。

蹙 [cù]:这里是收缩的意思。

绿云:形容荷叶团聚如云。

金鳞:指鱼。

山丹:百合的一种。

366.荷盖倾新绿,榴巾蹙旧红
出自宋代程垓的《南歌子·荷盖倾新绿》

【原文】

荷盖倾新绿,榴巾蹙旧红。水亭烟榭晚凉中。又是一钩新月、静方栊。

丝藕清如雪,橱纱薄似空。好维今夜与谁同。唤取玉人来共、一帘风。

【词意】

荷叶微微倾斜,露出嫩绿之色。红石榴花刚过花期,上面满是褶皱。阵阵凉风吹过水边的亭子,水榭在夜色中朦朦胧胧。天上又是一弯新月,静静地照在窗栊上。新采的莲藕洁白如雪,橱窗的纱帘薄得犹如不存在。她遥望着窗外的天空，这样美好的夜晚有谁陪我一起度过呢? 最好是唤来美男子，共同沐浴在一帘清香的荷风里。

【鉴赏】

程垓是眉州(今四川眉山)人，苏轼中表程之才(字正辅)之孙。南宋淳熙十三年(1186)游临安，陆游为其所藏山谷帖作跋。撰有帝王君臣论及时务利害策五十篇。绍熙三年(1192)，已五十许，杨万里荐以应贤良方正科。其词潇洒脱俗，挚婉蕴藉。这首词描写少女月夜怀春，抒发了她向往幸福生活的美好愿望。"荷盖倾新绿，榴巾蹙旧红"，"旧红""新绿"春去也，也关情，诗句描绘了初夏季节的美丽景色。"唤取玉人来共、一帘风"，词人将这名女子对爱情的渴求写到了极致，流露出她对爱情火一样的热情，词句极为大胆、开放，毫无掩饰。

【注解】

荷盖: 即荷叶。

新绿: 指初春草木显现的嫩绿色。

蹙[cù]: 皱。

栊: 窗户的框格，窗栊。

玉人: 容貌美丽的人，这里指美男子。

367.风入藕花翻动，夜气与香俱纵

出自宋代程垓的《如梦令·风入藕花翻动》

【原文】

风入藕花翻动，夜气与香俱纵。

月又带风来，凉意一襟谁共。

情重，情重，可惜短宵无梦。

【词意】

柔柔的晚风吹入荷塘，娇艳的荷花翻转飘动。夜间的清凉之气与荷花的芳香，一齐散发出来。这美好的夜晚，月亮又带风儿过来，令人心旷神怡。但这满怀清风明月，有谁与我共享呢？真挚的感情很重要啊，可惜今夜太短了，无法与她在梦中相见。

【鉴赏】

程垓的词在风格情调上，都与柳永词有近似的地方，所以有人将他的词看作是柳词的余绪。这首词写得比较隐晦，表面上是描写荷塘月色，实际上词人借景抒情，表达了对知己难求、时光易逝的感叹。"风入藕花翻动，夜气与香俱纵"，因为"藕花"更容易让人有"思偶"的联想，"藕花翻动"，就像一个美女在起舞。"月又带风来，凉意一襟谁共"，"月"的意象很多，但这里是否有"月亮代表我的心"之意，不是那么确定。"情重，情重，可惜短宵无梦"，这里的"短宵"，还是让人容易往"良宵美景"方向联想，如此美好的夜晚和景色，词人却是孤枕难眠，营造了一种凄清的环境。

纵：发的意思。

襟：怀的意思。

情重：情谊深厚。

368.拥红妆，翻翠盖，花影暗南浦

出自宋代高观国的《祝英台近·荷花》

【原文】

拥红妆，翻翠盖，花影暗南浦。波面澄霞，兰艇采香去。有人水溅红裙，相招晚醉。正月上、凉生风露。

两凝伫。别后歌断云间，娇姿黯无语。魂梦西风，端的此心苦。遥想芳脸轻颦，凌波微步。镇输与、沙边鸥鹭。

【词意】

映日荷花分外艳丽，风吹荷叶格外醒目，一大片荷花之影荫蔽了水边之地。晚霞映在湖面上，水波粼粼。我们泛舟湖上去采荷花，有人泼水相戏，溅湿了色如荷花的丝裙。我们举杯对饮，彼此都有了些醉意。不知不觉，夜幕降临，月儿初上，风清露凉，欢乐已随白昼消逝，分别的时刻终于来到了。我们黯然难舍，久久不愿离去。自从与她分别后，我耳边再也听不到她美妙的歌声，脑海里总浮现她娇美的姿容。秋风乍起，别情无限，魂牵梦萦，我心中的苦确实像莲心一样。遥想她此时亦正为相思所苦，她微微皱着眉，如凌波仙子漫步在水滨。好羡慕那些成对的水鸟，它们自在地在沙洲边嬉戏。

【鉴赏】

高观国是山阴（今浙江绍兴）人，生活于南宋中期，年代约与姜夔相近。他一生以填词为业，为"南宋十杰"之一。其词句琢字炼，格律谨严。他善于创造名句警语，如"香心静，波心冷，琴心怨，客心惊""开遍西湖春意烂，算群花、正作江山梦""岸花香到舞衣边，汀草色分歌扇底"等等，都颇为后人传诵。这首词先写荷花再写人，借景抒情，融情于景，寄托了一种浓浓的挥之不去的思念之情。"拥红妆，翻翠盖，花影暗南浦"，词句描绘荷花、荷叶，以红妆翠盖来形容它们，以"拥"字衬托荷花之艳丽，以"翻"字刻画风吹荷叶的状态，以"暗"字形容荷花众多、荷叶茂盛。"魂梦西风，端的此心苦"，词句描写西风乍起，思念同舟赏荷的伊人，心中良苦。这里亦暗指荷花红、莲心苦。

【注解】

祝英台近：词牌名，又名"祝英台""祝英台令""怜薄命""月底修箫谱"等。

采香：采摘荷花。

轻颦［pín］：微微皱眉。

输与：不如。

369.三十里，芙蓉步障，依然红翠相扶

出自宋代赵汝茪的《汉宫春·着破荷衣》

【原文】

着破荷衣，笑西风吹我，又落西湖。湖间旧时饮者，今与谁

俱。山山映带，似携来、画卷重舒。三十里，芙蓉步障，依然红翠相扶。

一目清无留处，任屋浮天上，身集空虚。残烧夕阳过雁，点点疏疏。故人老大，好襟怀，消减全无。慢赢得，秋风两耳，冷泉亭下骑驴。

【词意】

我身穿破旧的隐士衣裳，笑那秋风又将我吹送到了西湖。曾经与我一起在西湖对饮的友人，如今不知去向。西湖四周青山环绕，山光水色秀丽迷人，好似从前那幅画卷又被带来重新打开一样。湖中那绵延三十里的荷花层层叠叠，红花绿叶相依相偎，景色依旧。西湖无穷的美景映入眼帘，湖水清澈如镜，岸上的房屋如同浮在天上，人也仿佛置身在浩渺无边的天际，飘飘然如临仙境。仰望长空，夕阳悬在西边，像一个即将烧尽的火球。美丽的晚霞中，一群不成阵的大雁匆匆掠过天空。昔日的友人如今衰老不堪，那些豪迈情怀早已消磨殆尽。我怀着怅惘的心情上了岸，独自骑着毛驴来到冷泉亭下，秋风在我耳边呼啸而过。

【鉴赏】

赵汝茪，生卒年不详。他是宋太宗第四子、商王元份七世孙，为赵善官之幼子。其工词，有词名，周密曾拟其词体作词。这首词是他重游西湖、感慨伤怀所作。从词中可看出，他似乎已从生活优裕的宗室子弟，沦为身着破荷衣、冷泉亭下骑驴、逃避世俗的隐者。整首诗情调哀痛沉郁，透露出一种"世纪末"的悲凉色彩。很可能，这是他经历了赵宋王朝式微、宗室零落后的晚期作品。"三十里，芙蓉步障，依然红翠相扶"，西湖依然风姿如画，美景依旧。词人巧用反衬之法，抓住西湖典型的景色，着意渲染，以热色艳丽的风景反衬冷色的零落的人事，抒发了世易时移、物是人非的悲凉情怀。"慢赢得，秋风两耳，冷泉亭下骑驴"，词人描绘出一个鲜明的形象：一个着破荷衣的宗室子弟，骑着一头毛驴，踽踽独行在冷泉亭下。这等凄楚的情景，正是王室式微的绝好象征。但这沉痛的心意由"慢赢得"三字引出，沉痛之情偏以淡语、谐语、反语道之，更有一种悲从中来的异样的兴发感动力量。

【注解】

荷衣：这里指隐士之服。

步障：用以遮蔽风尘或视线的一种屏幕。这里是指层层叠叠的荷花。

冷泉亭：在杭州西湖灵隐寺西南飞来峰下。

370.当年不肯嫁春风，无端却被秋风误
出自宋代贺铸的《芳心苦·杨柳回塘》

【原文】

杨柳回塘，鸳鸯别浦。绿萍涨断莲舟路。断无蜂蝶慕幽香，红衣脱尽芳心苦。

返照迎潮，行云带雨。依依似与骚人语。当年不肯嫁春风，无端却被秋风误。

【词意】

环曲的池塘边杨柳依依，一对鸳鸯在水流交汇处嬉戏。水面布满

了绿色的浮萍，采莲的小船也难以前行。荷花散发出幽幽的芳香，却很少有蜂蝶前来采花粉。艳丽的荷花渐渐地衰老，在寂寞中褪尽了红色的花瓣，只剩下孤苦的莲心。潮水在夕阳的回光中涌进荷塘，流动的云夹着雨点无情地打在荷花上。晚风中摇曳的荷花，像是满怀深情地在向我诉说自己的遭遇。正是因为当年不愿意在春天里与百花争艳，最后却只能在这秋风中受尽凄凉，很快凋谢完了。

【鉴赏】

贺铸出生于卫州（今河南新乡卫辉市），宋太祖贺皇后族孙。曾任右班殿直，元祐中曾任泗州、太平州通判。晚年退居苏州，杜门校书。他不附权贵，喜论天下事。这首咏荷词写得极为唯美，也很生动。贺铸将荷花比作一位幽洁贞静、身世飘零的女子，通过美人的自嗟自叹，暗露了自己年华的虚度，寄寓了他的身世之感。贺铸是贺知章后裔，出身高贵却长期屈居下僚，很有才华却长得极丑，因此其心中的苦楚是一般人难以体会的。"断无蜂蝶慕幽香，红衣脱尽芳心苦"，词句描写荷花极为凄美，有一种淡淡的忧愁，同时托物言志，也表达了词人对于爱情的向往，可谓手法高妙。"当年不肯嫁春风，无端却被秋风误"，词人借美人之口言志，指出荷花之所以"不肯嫁春风"，是因为她具有一种高洁的、孤芳自赏的性格，不愿意和其他的花一样地争妍取怜，反映了词人满腹才华却只能在落寞中度过一生的悲惨遭遇。

【注解】

别浦：江河的支流入水口。古文中储水之地谓之塘，进水之地则谓之浦。

骚人：狭义为多愁善感的诗人，泛指忧愁失意的文人。这里指词人。

不肯嫁春风：语出韩偓《寄恨》诗"莲花不肯嫁春风"。张先在《一丛花》词里写道："沉恨细思，不如桃杏，犹解嫁东风。"贺铸是把荷花与桃杏隐隐对比，写荷花有"美人迟暮"之感。

371.小荷障面避斜晖，分得翠阴归

出自宋代张先的《画堂春·外湖莲子长参差》

【原文】

外湖莲子长参差，雾山青处鸥飞。水天溶漾画桡迟，人影鉴中移。

桃叶浅声双唱，杏红深色轻衣。小荷障面避斜晖，分得翠阴归。

【词意】

外湖的莲蓬长势喜人，望上去高低错落有致。天已放晴，在那翠绿的山峰之间，白鸥自在地飞翔着。水天一色，清澈的湖水已经与天空融为一体。满载着游人的画船，在湖面上缓缓行进。湖水明澈，波平如镜，游人坐在船上，人影映在水中，宛如在明镜中移动。船上的歌女双双唱起《桃叶歌》，她们的杏红衣衫在青山绿水的映衬之下，显得格外扎眼。夕阳西下，阳光照耀在游船上，她们随手拿来荷叶遮挡光芒，让人也能感受到荷叶带来的凉意。

【鉴赏】

张先是乌程（今浙江湖州）人，天圣八年（1030）进士。曾任安陆县的知县，因此人称"张安陆"。治平元年（1064），以尚书都官郎中致仕。其能诗及乐府，至老不衰，是北宋婉约派代表人物。晚年退居湖杭之间。曾与梅尧臣、欧阳修、苏轼等游。善作慢词，与柳永齐名，造语工巧，曾因三处善用"影"字，世称"张三影"。这首诗便是诗人晚年回到江南之时所作，描写了江南美丽的自然风光，以及人物的心灵之美，同时表现出了诗人清新脱俗的审美风格，抒发了诗人对于大自然美丽景物的喜爱之情。"外湖莲子长参差，霁山青处鸥飞"，词句开门见山，直写湖中美景。当外湖长满莲蓬的时候，远远望去，高低参差，比起荷花盛开，又是别有一番风味。"小荷障面避斜晖，分得翠阴归"，暑天斜晖犹热，故而歌女采来荷叶遮面。荷叶虽小，但词人感觉到，好像自己也分得了她手持荷叶的一丝清凉。歌女用小荷障面之姿态很美，分得翠阴之感受，虽为错觉，但更美。

【注解】

霁山：雨后青山。

迟：谓缓行。

桃叶：这里指桃叶歌，是东晋乐府"清商曲辞·吴声歌曲"中的一个曲调。

372.双头莲子一时花，天碧秋池水如镜

出自宋代张先的《木兰花(席上赠同邵二生·般涉调)》

【原文】(节选)

> 弄妆俱学闲心性，固向鸾台同照影。
>
> 双头莲子一时花，天碧秋池水如镜。

【词意】

这并蒂莲好像一对姐妹，悠闲地在梳妆台前打扮。她们相对而立，含情脉脉，相互怜爱。秋高气爽，天蓝蓝的，池水清澈如镜，并蒂莲倒映在水中，格外高洁清丽。

【鉴赏】

这是一首歌咏并蒂莲的诗，用词婉约细腻，给人以清新明丽之感。这里节选下阕，词人绘声绘色地写出了并蒂莲美丽的姿容。"弄妆俱学闲心性，固向鸾台同照影"，词人用深闺姐妹的照妆闲情来比喻并蒂莲，比起用仙女的比喻更加有人间气息。"双头莲子一时花，天碧秋池水如镜"，词人寥寥数语，勾画了一幅秋水荷花图。象征吉祥的并蒂莲花开在秋池中，有碧水蓝天的衬托，显得更加美丽动人。

【注解】

闲心：清静安逸的心情。

鸾台：是宫殿高台的美称，还可解释为妆台、仙女居处等。

双头莲子：指两个莲子长在一起的并蒂莲。

373.玉骨清无汗，亭亭碧波千顷

出自宋代黄载的《隔浦莲·荷花》

【原文】

瑶妃香透袜冷，伫立青铜镜。玉骨清无汗，亭亭碧波千顷。云水摇扇影。炎天永，一国清凉境。

晚妆靓，微酲不语，风流幽恨谁省。沙鸥少事，看到睡鸳双醒。兰棹歌遥隔浦应。催暝，藕丝萦断归艇。

【词意】

这荷花像瑶妃清香秀美，长时间地站在铜镜前。她冰洁高雅的姿容，令人一见，顿生凉意。荷叶绿意盎然，摇曳在千里碧波之上。湖水清澈，荷叶的倒影如扇子，随着水波微微荡漾。在炽热如火的盛夏里，这里成了清凉的小天地。夜幕渐临，荷花楚楚动人。可她即使有仪态万方、千种风情，却无人知。沙滩上的水鸟悠闲得没有什么事儿，睡着的鸳鸯双双醒来后又依偎在一起。我们划着船儿逐渐离去，只有相互应和的歌声还不断飘来。一切的一切都似乎在催促夜晚早来，可归船上的我，心如藕丝，依旧牵挂着刚才的美景。

【鉴赏】

黄载是宋代诗人，具体生平不详。诗词以描写山水、花鸟为主，类似于唐代的田园派。这首词在赞美荷花冰清玉洁、香透四周的同时，把诗人内心深处不为人解而生的愁闷寓于其中。上片，词人满怀着温柔，描写了夏天白昼的荷花。"玉骨清无汗，亭亭碧波千顷"，词人一面写荷花的形体，一面写远角的视野，荷花冰凉之气透骨，而水流是千顷秀色，令人心旷神怡。下片，词人略带忧愁，叙述了傍晚的荷花。"催暝，藕丝萦断归艇"，诗人借物言情，此时已是人去浦空、舟远歌遥，谁还顾怜呢？透露出诗人的苍凉之感。

【注解】

瑶妃：女神名，西王母之女。

玉骨：清瘦秀丽的身架，多形容女子的体态。

374.梦回不见万琼妃，见荷花被风吹
出自宋代蒋捷的《燕归梁·风莲》

【原文】

我梦唐宫春昼迟，正舞到、曳裾时。翠云队仗绛霞衣，慢腾腾、手双垂。

忽然急鼓催将起，似彩凤、乱惊飞。梦回不见万琼妃，见荷花、被风吹。

【词意】

我在虚幻的梦境中，飘飘然地到了巍峨轩昂、富丽堂皇的唐代皇宫中。一群舞女，青春妙龄，婀娜多姿。她们纤手轻提裙裾，列队起舞，翡翠色的裙带飘逸如流云，深红色的舞衣翩翩如彩霞，轻松的碎步徐徐挪换，娇柔的玉臂缓缓舞动，转而舞袖回收，垂手而立。忽然间，紧锣密鼓，繁音促拍，如同飙风暴雨，舞女们宛如受惊的彩凤，鼓翼勃飞。

千姿百态，色彩斑斓，令人眼花缭乱，目不暇接。就在彩凤乱飞之时，我蓦然惊醒，眼前已不见那一群如同琼妃的舞女，只有一池红红白白的荷花，在秋风中摇曳生姿。

【鉴赏】

蒋捷先世为宜兴（今属江苏无锡）大族，南宋咸淳十年（1274）进士。南宋覆灭，深怀亡国之痛，隐居不仕，人称"竹山先生""樱桃进士"，其气节为时人所重。蒋捷长于词，与周密、王沂孙、张炎并称"宋末四大家"。其词多抒发故国之思、山河之恸，风格多样，而以悲凉清俊、萧寥疏爽为主。尤以造语奇巧之作，在当时词坛上独标一格。这首词构思新颖、意颇深隐，并没有以"风莲"直接起兴，却托之于梦境中见美人，这样一转笔锋，出现的不是一池荷花，而是一群舞女。词人以盛唐的繁荣与南宋覆灭后的衰败进行对比，托物寓意，抒发自己内心的无限感慨。"梦回不见万琼妃，见荷花、被风吹"，这是梦境和现实的完美糅合，眼前风中的荷花翩翩起舞，幻出霓裳羽衣舞的梦境，壮丽又华美，最后梦境完全化为烟云，让人回味无穷。蒋捷还有一首《蝶恋花·风莲》："我爱荷花花最软。锦拶云挨，朵朵娇如颤。一阵微风来自远，红低欲蘸凉波浅。莫是羊家张静婉。抱月飘烟，舞得腰肢倦。偷把翠罗香被展，无眠却又频翻转。"描写了风中之荷那种灵动的姿态。

【注解】

绛[jiàng]：深红色。

彩凤：神话传说"凤生九雏"，彩凤是九雏中第二个出生的。其外形美丽动人，全身羽毛鲜艳，熠熠生辉，翩翩飞舞时，像彩虹一样横空出世，璀璨瑰丽。

琼妃：这里是美女、仙女的意思。

375.袅袅水芝红，脉脉蒹葭浦

出自宋代葛立方的《卜算子·席间再作》

【原文】

袅袅水芝红，脉脉蒹葭浦。淅淅西风淡淡烟，几点疏疏雨。

草草展杯觞，对此盈盈女。叶叶红衣当酒船，细细流霞举。

【词意】

艳红的荷花开放在长满芦苇的水滨，婷婷袅袅，含情脉脉。秋风徐徐吹来，泛起淡淡轻烟；稀稀疏疏的小雨，断断续续地下着。雨过天晴，我们泛舟湖上，随意地端起酒杯开怀畅饮，细细欣赏如轻盈少女般的荷花。片片荷花瓣儿如同一个个酒杯，我们以此为杯，把那美酒的滋味细细地品一品。

【鉴赏】

葛立方是丹阳（今属江苏镇江）人，后定居湖州吴兴（今浙江湖州），绍兴八年（1138）举进士。曾任正字、校书郎及考功员外郎等职。后因忤秦桧而得罪，罢吏部侍郎，出知袁州、宣州。绍兴二十六年归休于吴兴汛金溪上。其父葛胜仲也是填词名家，父子齐名于世。这首词最为人所称道的就是叠字的应用，不仅将荷花的娇艳柔美描写得活灵活现，更增强了韵律感，读来朗朗上口，被词作家称为"妙手无痕"。词人通过层层点染，步步铺陈，描写了夏日雨过天晴时荷花的美景，勾画出一幅清新、流丽、色彩淡雅的水墨画。"袅袅水芝红，脉脉蒹葭浦"，"红"既写其颜色之美，同时也写其开放之盛；"袅袅"则兼写外貌与精神，准确而生动地写出了荷花的柔丽妩媚、婉转多姿。那袅袅的荷花、浩大的蒹葭水域，出现在词人的眼前。词人寓情于景，直接表达了对荷花的喜爱之情。"叶叶红衣当酒船，细细流霞举"，词人泛舟湖上，以荷为杯，其恬淡闲适的生活情趣由此可见。

【注解】

水芝：荷花的别称。

杯觞：酒杯的意思。

酒船：供客人饮酒游乐的船。这里指酒杯。

流霞：神话中的仙酒。这里指美酒。

376.新荷小小，比目鱼儿翻翠藻

出自宋代石孝友的《减字木兰花·新荷小小》

【原文】

新荷小小，比目鱼儿翻翠藻。小小新荷，点破清光景趣多。

青青半卷，一寸芳心浑未展。待得圆时，篝定鸳鸯一对儿。

【词意】

新荷出水，小巧的样子清新可爱。三三两两的比目鱼，穿行在水草间。有了美丽的新荷，水面别有一种参差的美，没有了晚春的寂寞。比如池塘里有一株新荷，刚冒出水面，还卷着青青的叶子。不过这也值得期待，等它长得又大又圆时，就可以像雨伞一样，为宿在芦苇席上的一对鸳鸯遮风挡雨。

【鉴赏】

　　石孝友是江西南昌人，孝宗乾道二年（1166）进士。填词常用俚俗之语，状写男女情爱。仕途不顺，不美富贵，隐居于丘壑之间。这首诗描绘新荷叶的可爱，有一种让人期待的美，暗示了荷叶具有蓬勃的生命力。“新荷小小，比目鱼儿翻翠藻”，“小小”两字写出了新荷的神韵，小巧可爱，犹如新出生的婴儿，招人疼爱。虽然这不是爱情诗，但词人写了“比目鱼”“一寸芳心”“鸳鸯一对”，似乎又给人以联想，激发人们对美好事物的向往和追求。荷叶旺盛的生命力有一种让人期待的美，“待得圆时，簟定鸳鸯一对儿”，“圆”谐音“缘”，有缘千里来相会，表达了词人对幸福爱情的深切期待。

【注解】

　　比目鱼：旧说此鱼一目，须两两相并始能游行，故古代常用以比喻形影不离的情侣。

　　簟［diàn］：本意是指蘸竹所制竹席。

377.溪上新荷初出水，花房半弄微红

出自宋代米友仁的《临江仙·野外不堪无胜侣》

【原文】（节选）

溪上新荷初出水，花房半弄微红。

晓风萧爽韵疏松。

娟娟明月上，人在广寒宫。

【词意】

清溪上的荷花刚开放，花苞开了一半，花瓣有淡淡的红色，就好像少女因害羞而微红的脸庞。早晨吹来凉爽的风，令人轻松愉快。到了夜晚，在皎洁的月光下，仿佛人到了广寒宫，无比清凉。

【鉴赏】

米友仁是山西太原人，北宋画家米芾长子，世称"小米"。早年以书画知名，北宋宣和四年（1122）应选入掌书学，南渡后备受高宗优遇，官至兵部侍郎、敷文阁直学士。他承继并发展米芾的山水技法，奠定"米氏云山"的特殊表现方式，就是以表现雨后山水的烟雨蒙蒙、变幻空灵而见称。这首词描写初夏野外赏荷所见景致，具有柔婉之风，清而见骨。这里节选下阕，词人采用近似白描的手法，勾画出一幅清新淡雅的新荷出水图。"溪上新荷初出水，花房半弄微红"，词句描写新荷出水、花开半红的景象，动词"弄"的运用非常生动，使人由半红的荷花联想到少女因害羞而微红的脸庞，意境也因之而顿时大开。米友仁另有一首《渔家傲》："从古荆溪名胜地，溪光万顷琉璃翠。极望荷花三十里，香

喷鼻。我舟日在花间叙。"描绘了荆溪三十里荷花的壮观场景。

【注解】

花房：这里指花苞、花蕾。

萧爽：这里指凉爽。

广寒宫：也称月宫，是古代中国神话传说中位于月亮上的宫殿。

378.小桥秀绝，露湿芙蕖花上月
出自宋代毛滂的《减字木兰花·李家出歌人》

【原文】

小桥秀绝，露湿芙蕖花上月。月下人人，花样精神月样清。

谁言见惯，到了司空情不慢。丞相瞋无，若不瞋时醉倩扶。

【词意】

池塘边的小桥精致玲珑，露水滋润着朵朵艳丽的荷花，花露上映出皎洁的月亮。月光之下，人头攒动，荷花盛开，如在梦幻般的清凉世界。谁说李司空习以为常，其实是他心情平静，所以不足为奇。后来他做了丞相，脾气大了，如果他开心时喝醉了酒，还需有歌妓去搀扶。

【鉴赏】

毛滂是江山（今浙江衢州江山市）人，生于"天下文宗儒师"世家，父维瞻、伯维藩、叔维甫皆为进士。他自幼酷爱诗文词赋，与当时的名士苏轼、苏辙、释参寥、释维琳等皆有文字来往。哲宗元祐间为杭州法曹，受知府苏轼赏识并赞称其"文词雅健,有超世之韵"。元符元年(1098)任武康知县,崇宁元年(1102)由曾布推荐进京为删定官。后曾布罢相,滂连坐受审下狱。政和元年(1111)罢官归里,寄迹仙居寺。后流落东京。大观初年填词呈宰相蔡京被起用,任登闻鼓院。政和年间任词部员外郎、秀州(今嘉兴)知州。毛滂一生中的大部分时间,皆因仕途辗转往返于各地,过的是典型的宦游生活。他更多地从寄情山水、游赏宴饮中自得其乐,自我解脱。他的诗词被时人评为"豪放恣肆""自成一家"。这首诗上阕描写荷塘月色,宛如一幅清淡的水墨画,自然深挚,秀雅飘逸。"小桥秀绝,露湿芙蕖花上月",面对荷花,看到月色,诗人信手拈来,意境纯美,给人一种清新自然之感。下阕写人,展示了诗人闲适自得的洒脱情怀,有意无意地流露出一种离经叛道的个性。

【注解】

司空:唐代一种官职,这里指晚唐诗人李绅。刘禹锡担任苏州刺史时,大司空李绅来到苏州小住。因仰慕刘禹锡的大名,请他喝酒,并请了几个歌妓作陪。刘禹锡觉得李绅太奢侈,写下一首诗《赠李司空妓》:"高髻云鬟宫样妆,春风一曲杜韦娘。司空见惯浑闲事,断尽苏州刺史肠。"字面意思是赞美歌妓姿色出众,其实在嘲讽李绅醉生梦死、耽于享乐。

瞋〔chēn〕:指发怒时瞪着眼睛。

379.藕花簪水，清净香无比

出自宋代王十朋的《点绛唇·清香莲》

【原文】

十里西湖，淡妆浓抹如西子。藕花簪水，清净香无比。

记得曾游，短棹红云里。聊相拟，一盆池水，十里西湖似。

【词意】

十里西湖，无论是晴日还是雨天，西湖之美景都美不胜收，如同美女西施一样，不管是淡淡梳妆，还是浓施粉黛，总是与她那秀美的容貌协调一致。荷花临水而立，花瓣上水珠晶莹剔透，纤尘不染，实在无比清净，还有淡淡幽香。记得以前游过西湖，当时坐着小船，船在红艳的荷花丛中飘动，如入红云之中。现在辗转他方，那怀念西湖时怎么办呢？姑且以其他池水替代之。

【鉴赏】

王十朋是乐清（今浙江温州乐清市）人，少时颖悟强记。绍兴二十七年（1157）被宋高宗亲擢为状元，官秘书郎。曾数次建议整顿朝政，起用抗金将领。孝宗立，累官侍御史，力陈抗金恢复之计。历知饶、夔、湖、泉诸州，救灾除弊，有治绩，时人绘像而祠之。王十朋以《点绛唇》词调分咏丁香、竹、茉莉、兰、梨、海棠、牡丹、荼蘼、莲、水仙、菊、桂、含笑、蜡梅、芍药、梅、瑞香、檐葡，以花喻人，托物言志，各具特色，共十八首。这首词既描写了十里西湖荷花香，又写出了词人在西湖任意放舟的畅快心境。"十里西湖，淡妆浓抹如西子"，词人完全借用了苏轼"欲把西湖比西子，淡妆浓抹总相宜"（《饮湖上初晴雨后》）诗句的本意，只是把字句调整简化，倒也贴切。这样一来便为那清香莲作了很好的铺垫，侧面表现出它的不同凡俗，生长在如此秀美的西湖之上。

"藕花簪水，清净香无比"，荷花那挺出水面的花朵本已洁净鲜艳，现在又在鲜嫩的花瓣上"戴"上皎洁的水珠，显得更加光彩照人。这九个字妙可传神，极具诗情画意。

【注解】

西子：指西施。

簪：古人用来插定发髻或连冠于发的一种长针，后来专指妇女插髻的首饰。这里活用成动词，即"戴"之意。

短棹：这里指小船。

380.扁舟三日秋塘路，繁花相送过青墩

出自宋代陈与义的《虞美人·扁舟三日秋塘路》

【原文】

扁舟三日秋塘路，平度荷花去。病夫因病得来游，更值满川微雨、洗清秋。

去年长恨拏舟晚，空见残荷满。今年何以报君恩，一路繁花相送、过青墩。

【词意】

划着小船在荷塘上行驶了三天，小船在水面上平稳地行进着，两旁

的荷花纷纷向后退去。自己因病而得以观此胜景，又正逢满川雨后天晴气爽、分外宜人，只见满湖荷花盛开，舟前舟后，有如朝霞相映，一望无垠。去年也来这里，但因时已秋深，道中荷花已一朵不存，只看到些残荷枯梗，令人扫兴。今年多亏皇上准假归隐，才能在还乡的路上一直由荷花伴送。

【鉴赏】

　　陈与义是河南洛阳人，自幼聪明好学，能诗文，为同辈所敬重。在北宋做过地方府学教授、太学博士，考中进士后当上文林郎。绍兴元年（1131）为礼部侍郎，绍兴七年授参知政事。其工于填词，豪放处尤近于苏轼，语意超绝，笔力横空，疏朗明快，自然浑成。宋高宗绍兴五年六月，词人托病辞职，以显谟阁直学士提举江州太平观，实际上是领俸禄闲居，卜居青墩，立秋后三日出发。这首词可能是词人作于船上或者到青墩不久的日子里。自古以来咏荷的词作颇多，但基本是从荷花的品性着笔。陈与义的这首词却别开生面，以行程为线索，描写了江南水乡荷花满塘的胜景。"扁舟三日秋塘路，平度荷花去"，"三日"是写实，从临安到青墩，水路约需三日行程。"秋塘"点明季节与时间，用语精炼而又准确。"平度"二字，写出了舟行平稳，反映了词人"无官一身轻"的舒畅心情。"一路繁花相送、过青墩"，诗句节奏明快，格调轻松，表现了舟行时词人的欢快之情。盛开的荷花，本为无情之物，此刻却把词人一直送到青墩，这是用拟人化的方法形容荷花的连绵不绝，语意超绝。

【注解】

　　挐[ná]舟：谓牵舟，这里指乘船。

青墩：这里指青墩镇。

381.绳床乌木几，尽日繁香里

出自宋代陈与义的《菩萨蛮·荷花》

【原文】

南轩面对芙蓉浦，宜风宜月还宜雨。红少绿多时，帘前光景奇。

绳床乌木几，尽日繁香里。睡起一篇新，与花作主人。

【词意】

在百花大多凋零的夏季，荷花格外引人注目。我居住的小屋面对着荷花盛开的池塘，不论何时都有一幅奇绝的风光图映在窗前。花落叶盛，正值春夏季节交替。我自己的生活虽然清贫，但因不慕世俗荣利，颇喜终日得与荷花为伴，真令人有啸傲之乐。每天起床之后填写一曲新词，该是何等惬心快意。何必去追求世间的功业，且容我任情管领鲜花罢了。

【鉴赏】

昔人评陈与义诗，常常是"两句景即两句情，两句丽即两句淡"，"又有一句景对一句情者，妙不可言"（见方回《桐江集》卷五）。由此可见，陈与义在艺术结构上很讲究匀整、对称，讲究情景搭配，浓淡相宜。细读此词，也很有这种特色。上阕描写荷花之赏心悦目，下阕抒写人物之旷达高雅，花与人、境与意扣合得自然而严密。自从东晋陶渊明吟出"采菊东篱下，悠然见南山"的名句以后，历代文人都十分欣赏这种高逸悠远的情怀。这首词透过对荷花的赏玩，刻画出一个高人雅士的生动形象。"绳床乌木几，尽日繁香里"，诗句以所用器具之简陋括写主人的清贫境况，但因不慕世俗荣利，颇喜终日得与鲜花为伴。荷花的品性与人物的情怀，居处的清幽与心胸的恬淡，完全融为一体。

【注解】

南轩：南向开窗的小屋。

绳床：即胡床，指一种交椅。唐代自印度传入，为倚背垂足之坐，如椅子亦曰绳床。

382.水阁薰风对万姝，闹花深处泛红绿

出自宋代曹勋的《八音谐·赏荷花》

【原文】（节选）

波静翠展琉璃，似伫立、飘飘川上女。弄晓色，正鲜妆照影，幽香潜度。

水阁薰风对万姝，共泛泛红绿，闹花深处。移棹采初开，嗅金罂留取。

【词意】

经过雨水的洗涤，荷叶更加清新翠绿，色如碧绿明透的宝石。荷花亭亭玉立，随风微微飘动，像那身穿绿裙子的妙龄少女。她晨妆浓抹，明艳俏丽的倩影映照在碧水之中，缕缕幽香飘向四周。我静坐水阁中，温暖的东南风轻轻吹来。眼前的千万朵荷花，简直如同队队美女，红红

绿绿在碧波中荡漾，那么妩媚可爱。于是我划着船，去寻找、采摘初开的荷花，而留存那些闻起来香浓且花蕊已绽放的荷花。

【鉴赏】

曹勋是颍昌阳翟（今河南许昌禹州市）人，北宋末词人曹组之子。宣和五年（1123），以荫补承信郎，特命赴进士廷试，赐甲科。靖康元年（1126），与宋徽宗一起被金兵押解北上，受徽宗半臂绢书，自燕山逃归。建炎元年（1127）秋，向宋高宗上御衣书，请求招募敢死之士，由海路北上营救徽宗。当权者不听，被黜。绍兴十一年（1141），宋金和议成，充报谢副使出使金国，劝金人归还徽宗灵柩。后又两次使金，孝宗朝拜太尉。曹勋作词，与其父相反，避俗趋雅。这首词状物巧妙，境界幽美。这里节选其中部分，词句描写了荷花在清晓时的秀丽风姿，突出了荷花初开时的清香美艳。"波静翠展琉璃，似伫立、飘飘川上女"，词人总写荷花形象，用"川上女"作比，生动活泼，给人以深刻的印象。"水阁薰风对万姝，共泛泛红绿，闹花深处"，诗人用一个"闹"字描写荷花之盛，把满塘荷花竞相开放、艳红满眼、目不暇接的热闹情状生动地表现出来。曹勋咏荷诗句还有不少，如"面面荷花供眼界，顿如身不在凡尘"（《聚景园看荷花》），"雨后风微荷芰香，顿驱初暑作疏凉"（《端午帖子九首》），"倚栏澄碧龟鱼乐，照眼荷花风露香"（《泛湖次柳洲二首》）等。

【注解】

姝[shū]：美好的意思。此处指美丽的女子。

泛泛：广大众多的样子。

留取：留存之意。

383.新绿池塘，一两点、荷花微雨

出自宋代张半湖的《满江红·夏》

【原文】（节选）

新绿池塘，一两点、荷花微雨。人正静，桐阴竹影，半侵庭户。

欹枕未圆蝴蝶梦，隔窗时听幽禽语。卷沙帏、随意理琴丝，黄金缕。

【词意】

池塘里又冒出嫩绿的荷叶，突然天空下起毛毛细雨，小雨滴飘落在艳丽的荷花上。夜深人静，梧桐树阴和竹影在庭院里摇曳。此时，有位女子斜靠着枕头，却难以入睡，没有能像庄周那样梦为蝴蝶。隔着窗户，不时传来幽雅的鸟鸣声。于是乎，她卷起帐子，随意弹起琴弦，一曲黄金缕哀婉动人。

【鉴赏】

张半湖是宋代诗人，字号、生平不详。这首词感情细腻，叙述了一名女子夏夜纳凉的全过程。这里节选上阕，词人刻画了一个多情女子的形象，也许是旧情难忘情思婉转，也许是天各一方缠绵悱恻，令人心生怜惜。"新绿池塘，一两点、荷花微雨"，词人抓住池塘"新绿"与"一二点"微雨，就勾画出细雨蒙蒙下的荷塘景色，清新自然。"欹枕未圆蝴蝶梦，隔窗时听幽禽语"，词人通过"未圆""时听"两个细节，写出了女子心中无尽的相思或者莫名的愁怨。除了这首词外，张半湖还有一首咏花词流传下来。"日将下。是那处藕花，香胜沈麝"，出自他的《扫花游》，词句描绘荷香胜于沉香和麝香。

【注解】

纱帷:即纱帐。

蝴蝶梦:比喻迷离之梦。

黄金缕:词牌名,又名蝶恋花。

384.今日傍池行,新荷昨夜生

出自宋代吕本中的《菩萨蛮·客愁不到西池路》

【原文】

客愁不到西池路,残春又逐花飞去。今日傍池行,新荷昨夜生。故人千虑绕,不道书来少。去住隔关河,长亭风雨多。

【词意】

每到西池路口,我总会想起故乡,忆起故人。春去也,花也随之而去。一夜风雨,我早上去池边看看,发现居然荷花一晚上就长了出来。时光如流水,外出太久了,我不由得乡愁涌上心头。故人啊,我该怎么跟你说呢,我一路向西到关塞,不能及时写信,也是因为这一路风雨太多,实在没有闲暇。

【鉴赏】

吕本中是寿州(今安徽淮南凤台县)人,仁宗朝宰相吕夷简玄孙,江西诗派著名诗人。高宗绍兴六年(1136),召赐进士出身,历官中书舍人、权直学士院。因忤秦桧罢官。这首词分外耐读,词人触景生情,微妙地写出了有情人的心态。"客愁不到西池路,残春又逐花飞去",词人开篇以"客愁"定调,表明了这首词的主题。"残春"点出时令,包含了淡淡的忧愁。"今日傍池行,新荷昨夜生",词人暗用了李商隐"荷叶生时春恨生"的典故,一定是家里有人想他了,所以化作这荷叶来提醒。"去住隔关河,长亭风雨多",词句流露出一种无奈。你一定知道啊,因为旅途风雨太多未能给你写信,但我的心就像那荷叶生长,代表永恒的思念。

【注解】

客愁:行旅怀乡的愁思。

西池:瑶池的别称。这里指西面的池塘。

关河:关塞、关防的意思。

385.风蒲猎猎小池塘,过雨荷花满院香
出自宋代李重元的《忆王孙·夏词》

【原文】

风蒲猎猎小池塘,过雨荷花满院香。

沉李浮瓜冰雪凉。

竹方床。针线慵拈午梦长。

【诗意】

在精致的小小池塘里,风中的水草猎猎有声,雨后的荷花散发出沁人的芬芳,满院都是荷花淡淡的清香。炎热的夏季,难得的雨后清爽。这时候,享用着用冷水浸后的瓜果,真像冰雪一样清凉舒爽。躺在竹制

的卧榻上，谁还有心思去拿针线做那枯燥无味的女红呢？没了汗，有了倦，只想美美地睡上一个午觉。

【鉴赏】

李重元，生卒年不详，约宋徽宗宣和前后在世。他在宋代群星璀璨的文坛上鲜有名气，历史上对他的记载少之又少，然而他写的一组以春、夏、秋、冬四季命名的《忆王孙》，全部被收入《宋词》中。《忆王孙》行文如流水，字字如珠玑。这首词以女子的口吻述说夏天景色，写出了夏日里的味道和风情，抒发了她相应的情感。此词虽短，却语言清丽，描绘了一幅颇有风致的夏令特色的仕女图，别有情趣。"风蒲猎猎小池塘，过雨荷花满院香"，池水清浅，过雨荷香弥漫整个庭院，宁静清新，给炎炎长夏带去一丝凉意，让人心生欢喜。

【注解】

沉李浮瓜：意思是以寒泉洗瓜果解渴。后代指消夏的生活。出自三国魏曹丕《与朝歌令吴质书》："浮甘瓜于清泉，沉朱李于寒水。"

方床：卧榻。

慵拈［yōng niān］：懒拿的意思。

386.并蒂芙蓉本自双，晓来波上斗新妆
出自宋代晁端礼的《鹧鸪天·并蒂芙蓉本自双》

【原文】

并蒂芙蓉本自双，晓来波上斗新妆。朱勾檀口都无语，酒入圆

腮各是香。

辞汉曲，别高唐。芳心应解妒鸳鸯。不封虢国并秦国，应嫁刘郎与阮郎。

【词意】

这并蒂莲像一对好姐妹，她们手牵着手，相依相偎。一大清早，她们迎着朝霞，仿佛穿上了美丽的红衣裳。娇美的脸上涂着淡淡的白粉，抿着鲜艳的嘴唇，温柔不语。那一朵朵花瓣分明是她们娇美的脸颊，此时分不清是酒香还是花香。她们推托去唱汉乐府的采莲曲，也推掉了云梦水泽的约会。她们美好的心灵和情感何人能解，就是连鸳鸯也嫉妒呢。这样美丽的姐妹，不求获得虢国夫人和秦国夫人那样的恩宠，应嫁给英俊的仙郎才符合她们的气质呀。

【鉴赏】

晁端礼是澶州清丰县（今河南濮阳清丰县）人，神宗熙宁六年（1073）举进士，历单州城武主簿，知州平恩县，官满授泰宁军节度推官，迁知大名府莘县事。因得罪上司，废徙达三十年之久。徽宗政和三年（1113），由于蔡京举荐，晁端礼应诏来到京城。适逢宫禁中莲荷初生，他进《并蒂芙蓉本自双》这首词，大得徽宗称赏。这首词采用拟人手法，生动形象地描绘了并蒂莲清丽脱俗的姿容。"并蒂芙蓉本自双，晓来波上斗新妆"，词人把并蒂莲比喻为一对姐妹，一个"斗"字写出了荷花的动态美，也表现了词人此刻陶醉其中的欢快心情。词句颇有南北朝诗歌的灵动朝气，彰显出荷花独特的美丽。"朱匀檀口都无语，酒入圆腮各是香"，"无语"不是无言，而是本有千种情、万般意，却尽在相对不言中。词句描写了并蒂莲的神态美，她们温柔沉默，散发出浓郁的芳香。诗人眼中的并蒂莲，如同娇羞、柔婉的佳人。

【注解】

檀口：红艳的嘴唇，多形容女性嘴唇之美。这里喻指花瓣。

虢国：指虢国夫人，是李隆基宠妃杨玉环的三姐。杨贵妃得宠于唐玄宗以后，虢国夫人和杨贵妃的另两个姐姐一起迎入京师。天宝初年分封她们三人为国夫人，分别为虢国夫人、韩国夫人和秦国夫人。

387.雾柳暗时云度月，露荷翻处水流萤
出自宋代张元干的《浣溪沙·山绕平湖波撼城》

【原文】

山绕平湖波撼城，湖光倒影浸山青。水晶楼下欲三更。

雾柳暗时云度月，露荷翻处水流萤。萧萧散发到天明。

【词意】

连绵的山峦环绕着平湖，波涛汹涌，似有摇动城墙之势。山色青葱，湖水的波光里倒映着山峦的影子，荡漾着沉醉的氤氲。玩到深夜，只见湖光照到楼上，犹如水晶一般清莹。天上的月亮经常被云层遮盖住，柳树如同笼罩在雾中时明时暗。带着露珠的荷叶被风吹动，荷叶上的水珠如萤火般闪亮。我披散着花白的头发，静静地等天亮。

【鉴赏】

张元干是芦川永福(今福建福州永泰县)人，出身书香门第，为张睦九世孙，与张孝祥并称南宋初期"词坛双璧"。为官期间，多次遭朝廷奸臣陷害。绍兴十二年(1142)因为写诗为胡铨送行，激怒了秦桧，张元干被抄家、逮捕入狱，削除名籍。出狱后，主要在吴越一带漫游。这首诗是他晚年漫游吴越时所作，通过描写湖光山色，表达了词人寄情山水的闲适之情。"雾柳暗时云度月，露荷翻处水流萤"，词人以柳树、流云、夜月、露珠、荷花等意象，共同组成了一幅绝美的平湖月色图。尤其是"水流萤"，词人描写露珠晶莹像萤火虫一样，比喻新颖，生动有趣。

【注解】

平湖：湖名，位于浙江嘉兴东南。

波撼城：波涛汹涌，撼动城郭。化用孟浩然《望洞庭湖赠张丞相》"气蒸云梦泽，波撼岳阳城"诗意。

水晶楼：楼名，在浙江吴兴。这里借指湖水泛着波光照到楼上，如同水晶一样。

388.翠盖千重钱万叠，藕花无数斗芬芳
出自宋代王之道的《满庭芳·和王常令双莲堂》

【原文】（节选）

翠盖千重，青钱万叠，雨余绿涨银塘。

藕花无数，高下斗芬芳。

浑似华清赐浴，温泉滑、洗出真香。

【词意】

雨后荷塘,清澈明净,水位也涨高了,碧荷更茂盛了。无边无际的荷叶在风中招展,逸致无穷。嫩荷初露如无数青钱,叠在一起点缀绿波。水面数不清的荷花,高高低低,争奇斗艳。此刻,就像唐玄宗赐杨贵妃到华清池沐浴,泉水温润,芙蓉池里散发出幽香。

【鉴赏】

王之道是庐州濡须(今安徽芜湖无为县)人,徽宗宣和六年(1124)与兄之义、弟之深同登进士第。绍兴和议初成,之道方通判滁州,力陈辱国非便。大忤秦桧意,谪监南雄盐税。坐是沦废者二十年。后累官湖南转运判官,以朝奉大夫致仕。王之道能诗善文,文章明白晓畅,诗亦真朴有致。这首词描写雨后荷塘生机勃勃的景色。"翠盖千重,青钱万叠,雨余绿涨银塘",词人以"青钱"比喻嫩荷叶,荷钱初露点缀绿波,生动地写出了荷叶初生的形态。"藕花无数,高下斗芬芳",词句将荷花盛开的场景轻轻托出,展示出一幅优美动人的图画,使人心旷神怡。

【注解】

银塘:清澈明净的池塘。

华清赐浴:典故出自白居易的《长恨歌》:"春寒赐浴华清池,温泉水滑洗凝脂。"词中的华清为"华清池",专为帝王所享用。华清池分为九龙汤和芙蓉池,九龙汤专供皇帝御洗,芙蓉池专供杨贵妃沐浴,后来亦称为"贵妃池"。

389.亭亭青盖倚宫妆，新浴温泉体自香

出自宋代王之道的《荷花》

【原文】

> 亭亭青盖倚宫妆，新浴温泉体自香。
>
> 暂借清风来一霎，欲披云锦见蜂房。

【诗意】

荷花亭亭玉立在水中，像化了晨妆的宫女，红妆翠盖相映相倚；又像杨贵妃刚从温泉中出浴，白里透红，清香自来。暂且借得清风来吹一会，彩云般的花蕊里露出了莲房，似有蜜蜂飞进飞出。

【鉴赏】

这首咏荷诗写得很特别，诗人没有以颂扬荷花的"出淤泥而不染"的品格来标榜自己的超然出世，而是着力写荷花本身的自然美态，挥洒自如，轻松诙谐，恰似一幅清新淡雅的水粉画。"亭亭青盖倚宫妆，新浴温泉体自香"，诗人采用拟人手法，描写出荷花的色和香，展现出真实、鲜明、传神的荷花形象。"新浴温泉体自香"，与王之道另两首诗词中的"浑似华清赐浴，温泉滑、洗出真香""过雨荷花净如浴"，似乎一脉相承。"暂借清风来一霎，欲披云锦见蜂房"，诗人把鲜艳的荷花比作云锦，把饱满的莲蓬比作蜂房，生动形象，富有动感。他的咏荷诗句还如"昼睡醒来日过中，山光入座水函空。绿杨堤外荷花富，招致清香赖有风"（《回峰寺和浮屠坦然韵》），其中的"清香赖有风"就很有韵味。王之道是一位高产的作家，今存诗文有近两千篇，其著述的《文献

通考》也流传于世。他为人慷慨有气节，罢官闲居家中之时，在庭院中不仅种竹，还有一池的荷花，"好在红蕖相映，卷帘如见吴姝"（《朝中措》），可见其高尚的情操。

【注解】

宫妆：意思是指宫中女子的装束。

一霎：形容时间很短。

390.数朵芙蕖，嫣然一笑凌清晓

出自宋代汪莘的《点绛唇·数朵芙蕖》

【原文】

数朵芙蕖，嫣然一笑凌清晓。

谢家池沼，秋景偏宜少。

气挟清霜，似把群花小。

秋风袅，湘君来了。一曲烟波渺。

【词意】

几朵荷花，迎着朝霞，如少女般地嫣然一笑百媚生。在这谢家池塘，秋景不多不少，有了几朵荷花就好。那早晨的低温露水，让荷花别有霜一样的清凉气，足以笑傲群芳。秋风吹动，仿佛是湘水之神来了，湖面烟波浩渺，远处传来美妙的乐曲。

【鉴赏】

汪莘是休宁（今安徽黄山休宁县）人，布衣，隐居黄山。徐谊知建康时，想把他作为遁世隐士向朝廷荐举，但未能成功。晚年筑室柳溪，与朱熹友善。汪莘善写词，风格清丽。这首词紧扣数朵荷花来写，信手拈来，清新动人。"数朵芙蕖，嫣然一笑凌清晓"，诗人采用拟人手法，几朵荷花犹如美女，一个"笑"字，写出了荷花之甜美，给人以美的享受。"秋风袅，湘君来了。一曲烟波渺"，诗人把荷花比作女神，将所咏之物融入景中。那秋风中摇曳的荷花仿佛是女神凌波微步，写出了秋水荷花的神韵，营造出一个美妙迷人的境界。

【注解】

谢家：指晋太傅谢安家，亦常用以代称高门世族之家。

湘君：湘水之神。

391.闲寻稚笋今朝长，静数新荷昨夜添

出自宋代汪莘的《春夏之交风雨弥间耳目所触即事十绝》（其七）

【原文】

雷电阴晴共一帘，残春首夏境相兼。

闲寻稚笋今朝长，静数新荷昨夜添。

【诗意】

春夏之交，天气反复无常，一会儿电闪雷鸣、倾盆大雨，一会儿又雨过天晴。昨夜风雨声，花落知多少，但风雨之后也有乐趣，竹林里的嫩

笋一早破土而出，池塘中的新荷又多了些嫩叶。

【鉴赏】

汪莘诗学李白，风格多样，不乏清新之作。这首诗描写新荷，虽一笔带出，但别具一格，令人回味。"雷电阴晴共一帘，残春首夏境相兼"，诗句描写春夏之交多变的天气和景色，"雷电阴晴共一帘"与刘禹锡"东边日出西边雨"的意境类似。"闲寻稚笋今朝长，静数新荷昨夜添"，诗人描写雨后竹笋荷叶茁壮成长，展现了初夏的蓬勃之美。"闲寻"和"静数"，表达出诗人宁静、闲适、恬淡的心境。他还有一首《湖上早秋偶兴》："坐卧芙蓉花上头，清香长绕饮中浮。金风玉露玻璃月，并作诗人富贵秋。"描写早秋荷塘景色，清新自然，表达了诗人安贫乐道的愉快心情。

【注解】

稚笋：嫩笋。

392.小池塘荷净，空擎承露盖
出自宋代刘光祖的《洞仙歌·荷花》

【原文】

晚风收暑，小池塘荷净。独倚胡床酒初醒。起徘徊、时有香气吹来，云藻乱，叶底游鱼动影。

空擎承露盖，不见冰容，惆怅明妆晓鸾镜。后夜月凉时，月淡花低，幽梦觉、欲凭谁省。且应记、临流凭阑干，便遥想，江南红酣千顷。

【词意】

晚风吹拂，消除了白天的暑气，小池塘里荷花洁净无染，挺立在清水中。我从胡床上酒后醒来，独自徘徊在池塘边。微风不断吹来荷叶的清香，水草晃动，看得见荷叶下鱼儿在游动。颀长的荷茎空空地举着残败的枯叶，而那冰清玉洁的荷花已难睹其面。我忧愁啊，荷花的模样已经如此这般，明晨怎堪对镜化妆呢？夜深人静，寒气逼人，月光惨淡，花朵低垂，犹如一个凄凉幽幻的梦境。这情景有谁会理解，又有何人能够同情呢？也应记得，那临江靠着栏杆眺望的情景，期待来年这江南的千顷湖面，依旧是一片浓红的荷花美景。

【鉴赏】

刘光祖是简州阳安（今四川成都简阳市）人，考中进士后被任命为剑南东川节度推官。因为丞相赵汝愚的推荐，刘光祖被召回朝中。宋光宗即位后，刘光祖被任命为军器少监兼权侍左郎官，后官至显谟阁直学士。这首词以优美的词句，生动、形象地描绘了月下荷塘动人的景色。词人借败荷抒怀，抒发了孤独惆怅的内心感受，含蓄地表达了自己忧愤的情怀。刘光祖是南宋中期立朝敢言、疾恶如仇的名臣，此词可能就是他在贬谪期间所作。"晚风收暑，小池塘荷净"，一个"净"字，把荷花出污泥而不染、冰洁玉润的姿影描绘得极为生动。"空擎承露盖，不见冰容"，词句描写了荷花凋谢后的情状，令人倍感悲戚。"便遥想，江南红酣千顷"，词人追忆江南水乡千顷荷花竞相开放的美景，表达了他对明年荷花重现艳景的殷殷期待。

【注解】

　　胡床：一种可以折叠的轻便坐具。由胡地传入，故名。

　　冰容：形容女子洁白纯净的面容。出自唐代施肩吾《赠施仙姑》："缥缈吾家一女仙，冰容虽小不知年"。

393.平池碧玉秋波莹，绿云拥扇青摇柄

出自宋代张耒的《鸡叫子·荷花》

【原文】

　　平池碧玉秋波莹，绿云拥扇青摇柄。

　　水宫仙子斗红妆，轻步凌波踏明镜。

【词意】

　　平静的池水泛着微微的涟漪，青绿如玉般的荷花在秋波中摇曳。繁茂的荷叶如同一把把宫扇，随着微风不停地起伏。而美丽的荷花就像一群水宫仙子，似乎在比着谁的妆容最艳丽。荷花在明镜般的水面上绽放，像仙女的凌波微步，清澈的水中映照出她们的红妆倩影。

【鉴赏】

　　张耒是亳州谯县（今安徽亳州）人，熙宁年间考中进士，历任临淮主簿、著作郎、史馆检讨。宋徽宗初，召为太常少卿。哲宗绍圣初年，以直龙阁学士知润州。因其曾担任过起居舍人，所以人又称其"张右史"；因其晚年居陈（今河南淮阳），陈地古名宛丘，所以人亦称其"宛丘先生"；因其仪观甚伟，魁梧逾常，所以人复称其"肥

仙"。张耒受唐音影响颇深，诗学白居易、张籍，平易舒坦，不尚雕琢。这首小令富有浪漫色彩，勾画了一幅绝妙的芙蓉出水图，清新优美，诗意盎然。"平池碧玉秋波莹，绿云拥扇青摇柄"，词人巧用比喻，绘声绘色，描写了荷花在微风中的动态美。在诗人眼里，荷花恰似美女摇着团扇一样，柔美动人。"水宫仙子斗红妆，轻步凌波踏明镜"，词人采用拟人手法，写出了荷花在秋水中的俊美风姿。荷花宛如水宫仙子，红衣绿裳，争奇斗妍，在清澈的水面上翩翩起舞。

【注解】

碧玉：这里指青绿色的荷花。

绿云：古人常用来形容佳人的美发。此处指荷叶。

水宫仙子：荷花的别称。因荷花生水中，亭亭玉立于水面，好似仙女飘然而行，故名。

394.芙蓉花开秋水冷，水面无风见花影

出自宋代张耒的《荷花》

【原文】

芙蓉花开秋水冷，水面无风见花影。

飘香上下两婵娟，云在巫山月在天。

【诗意】

荷花开时已是秋天，池水有点寒冷；风平浪静之时，没有一点水波，水面上只有荷花的倒影。随着清香飘来，那荷花及其倒影仿佛两个

美女，如同仙女朝云在巫山、仙女嫦娥在月宫。

【鉴赏】

熙宁四年（1071），苏轼出任杭州通判前，来陈州与其弟话别，张耒得以谒见苏轼，颇受青睐，后成为"苏门四学士"之一。这首诗自然奇逸，诗人以平易明快的笔法，描绘了秋水中的荷花之美，富有神韵。"芙蓉花开秋水冷，水面无风见花影"，荷花伫立在秋水中，倒影清丽，如梦如幻。"飘香上下两婵娟，云在巫山月在天"，诗人巧用神话故事，形容荷花如同"两婵娟"，宁静仙美。这样唯美的画面，让人生出无穷的审美和禅意来。一说此诗出自曾巩的《芙蓉台》。

【注解】

云：这里指朝云，巫山神女名。战国时楚怀王游高唐，昼梦幸巫山之女。后好事者为立庙，号曰朝云。

月：这里指嫦娥。

395.碧圆自洁，向浅洲远浦，亭亭清绝
出自宋代张炎的《疏影·咏荷叶》

【原文】

碧圆自洁，向浅洲远浦，亭亭清绝。犹有遗簪，不展秋心，能卷几多炎热。鸳鸯密语同倾盖，且莫与、浣纱人说。恐怨歌、忽断花风，碎却翠云千叠。

回首当年汉舞，怕飞去漫皱、留仙裙折。恋恋青衫，犹染枯

香，还叹鬓丝飘雪。盘心清露如铅水，又一夜、西风吹折。喜静看、匹练秋光，倒泻半湖明月。

【词意】

荷叶多么雅洁，面向着清浅的沙洲、遥远的水边，亭亭玉立，清姿妙绝。水面刚冒出的新荷微微半卷，像美人坠落的玉簪，似乎抱着一片素洁的心田，可卷走多少暑气。圆圆的荷叶如同伞盖，下面有一对鸳鸯喁喁私语。这种情景，暂且不要向浣纱女说起。我只恐秋风忽然吹来，一片哀怨之声，吹乱了满池层层叠叠的荷叶。回想当年赵飞燕翩翩起舞，天子怕大风吹走她的舞袖，叫人胡乱扯皱了舞裙，自此带皱褶的留仙裙就在后世流传。可叹我恋恋不舍的青衫，似乎沾染着枯荷的余香，还感慨自己的鬓发白如飘雪。荷叶上晶莹的露珠，好似金铜仙人的点点清泪，又是一夜秋风将它吹落。我喜欢静静地观看，明月洒下清澄的光辉，如银白色的匹练，倾泻入半个湖面。

【鉴赏】

张炎祖籍陕西凤翔，六世祖张俊是宋朝著名将领。生于钟鸣鼎食之家，前半生在贵族家庭中度过。元兵攻破临安时，张炎祖父张濡被元兵所杀，家财被抄没。此后，家道中落，贫难自给。曾北游燕赵谋官，失意南归。张炎长期寓居临安，落魄而终。在这首咏荷诗中，诗人借赵飞燕留仙裙故事，回首往昔盛事，实则表现了他对故国繁华的眷念，流露出一个落魄文人的清愁。"碧圆自洁，向浅洲远浦，亭亭清绝"，词句简明扼要描写荷叶神态："碧""圆"是荷叶的形象，"洁"是荷叶的特点，"洲""浦"是荷生长的环境，"亭亭"是它的风姿，"清绝"是它的品格。

"恋恋青衫，犹染枯香，还叹鬓丝飘雪"，词人感叹自己发如白雪，不免心生怅惘，但又庆幸自己能欣赏流泻如练的月光，暗寓自己高洁自守，表达了终老林泉的心迹。

【注解】

碧圆：这里指荷叶。

遗簪：指刚出水面尚未展开的嫩荷叶。未展叶之荷叶芽尖，似绿簪。

汉舞：汉成帝皇后赵飞燕身轻如燕，舞姿甚美。此处即指赵飞燕之舞。

留仙裙：《赵后外传》："后歌归风送远之曲，帝以文犀箸击玉瓯。酒酣风起，后扬袖曰：'仙乎仙乎，去故而就新。'帝令左右持其裙，久之，风止，裙为之皱。后曰：'帝恩我，使我仙去不得。'他日宫姝或襞裙为皱，号'留仙裙'。"

青衫：古时书生所穿之衣服。

盘：指西汉建章殿前铜铸仙人捧的承露盘。李贺《金铜仙人辞汉歌》中有"忆君清泪如铅水"的句子。

鬓丝：鬓发。

匹练：成匹的长幅白绢。这里比喻月光倾泻而下，如匹练般壮观。

396.荷花深处放舟行，棹触荷珠碎又成

出自宋代宋祁的《忆与唐公游西湖》

【原文】

红鲜高下照横溪，勃窣含情欲上堤。

手揽绁茎那忍折，戏鱼长在叶东西。

荷花深处放舟行，棹触荷珠碎又成。
莫道使君迷醉曲，分明认得采莲声。

【诗意】

想起那年与唐公一起游西湖，荷花开得鲜艳，高高低低倒映在溪水中。荷叶茂盛，含情脉脉地想与堤岸连成一片。我手拉住浅黄色的莲茎，却不忍心去折断它，只见那鱼儿在莲叶间忽东忽西游动。

小船悠悠，我们来到荷花深处，由于撑篙触动了莲茎，荷叶上的水珠瞬间掉入湖里，在水面上溅起一个个圆。不要说使君喝多了酒迷迷糊糊，仍能分辨出附近有采莲的声音。

【鉴赏】

宋祁是安州安陆（今湖北孝感安陆市）人，后徙居开封雍丘（今河南开封杞县），其祖先是周武王所封的宋国君主微子。北宋天圣二年（1024），宋祁与其兄宋庠同举进士，有"双状元"之称。是北宋官员、文学家、史学家、词人。宋祁师承晏殊，二人志同道合，亦师亦友。诗词语言工丽，因《玉楼春》词中有"红杏枝头春意闹"句，世称"红杏尚书"。曾与欧阳修等合修《新唐书》，《新唐书》大部分为宋祁所作，前后长达十余年。书成，进工部尚书，拜翰林学士承旨。这是回忆之作，描写盛夏西湖美景。诗人与唐公都是爱玩之人，俩人都是享受生活的好手，泛舟赏荷，饮酒赋诗，很是风流。"红鲜高下照横溪，勃窣含情欲上堤"，诗句描绘了一幅夏季西湖的荷花图，不仅优美如画，而且饱含了诗人对西湖荷花的热爱之情。"荷花深处放舟行，棹触荷珠碎又成"，诗人观察生活仔细入微，也许是刚下过雨，荷叶上雨珠晶莹，船桨一碰到荷叶，荷露就坠入水中。"莫道使君迷醉曲，分明认得采莲声"，意境与诗人另一首《荷花》中的诗句"使君迷已久，落晚且徘徊"相类似，表达了诗人对美好景色的留念之情。

【注解】

勃窣[sū]：意思为才气横溢，词采缤纷。这里指荷叶茂盛。

使君：汉以后用作对州郡长官的尊称。最早出自汉乐府《陌上桑》："使君从南来，五马立踟蹰。"这里指宋祁自称。

397.秋后渐稀霜后少，白头黄叶两相怜
出自宋代宋祁的《秋塘败荷》

【原文】

去时荷出小如钱，归见荷枯意惘然。

秋后渐稀霜后少，白头黄叶两相怜。

【诗意】

我离开这个荷塘时，还是春天，看到新荷才出水面，比铜钱还要小。当我归来的时候，荷叶已经枯萎了，不由得怅然若失。秋天后的荷叶渐渐稀疏，再经历寒霜侵袭，更会越来越少。我看着枯黄的荷叶，而自己已满头白发，心中的惆怅暗自滋生。我怜惜这秋塘败荷，而它也怜惜我，两个衰老的生命惺惺相惜。

【鉴赏】

宋祁十岁能诗，身材俊雅，文采出众，风流自赏。与宋祁同一时期的蔡襄曾这样评价："英采秀发，久视之，真神仙中人也。"他曾因一首词与一位女子结缘，即《鹧鸪天》："画毂雕鞍狭路逢。一声肠断绣帘中。身无彩凤双飞翼，心有灵犀一点通。金作屋，玉为笼。车如流水马游龙。刘郎已恨蓬山远，更隔蓬山几万重。"有一日，宋祁走在路上，皇室车马正巧路过，他被车上一位女子所唤，两人对视，随后他久久不能忘怀，便写下这首词，寄托自己的情思。后来这首词被宋仁宗知道，皇帝打趣道："蓬山并不远呀。"之后便成全了这段姻缘。宋祁的故事多多，一生生活豪华，风流倜傥，不拘礼数。人生百年不过须臾间，他与老师晏殊一样，最懂得及时行乐。这是一首触景生情之作，诗人借荷叶荣枯抒发人生苦短、聚散无常之情，暗含虚度岁月的忧伤和失意之感。"秋后渐稀霜后少，白发黄叶两相怜"，宋祁长期在京城忙碌，错过了无数次荷花绽放。诗人用"白发"与"黄叶"来抒情，他和眼前的败荷一样，生命被风刀霜剑摧残，曾经的豪情万丈如今却是空空的行囊，诗人内心的怅惘表露无余。

【注解】

惘然：形容失意的样子。

398.晓开一朵烟波上，似画真妇出浴时

出自宋代杜衍的《咏莲》

【原文】

凿破苍苔涨作池，芰荷分得绿参差。

晓开一朵烟波上，似画真妃出浴时。

【诗意】

估计是昨夜的雨，池塘水位涨高了，青色苔藓被冲刷了一遍。荷叶长出一片新绿，虽长短不齐，但错落有致。在晨雾笼罩的水面上，只见一朵水灵灵的荷花刚盛开，这个画面就像杨贵妃出浴时的情景。

【鉴赏】

杜衍是越州山阴（今浙江绍兴）人，唐朝名相杜佑之后。其善诗，工书法，所写正、行、草书皆有章法，为世人推重。杜衍的这首咏莲诗，没有以颂扬莲花的"出淤泥而不染，濯清涟而不妖"的品格来标榜自己的超然出世，而是着力写莲花本身的自然美态，写天亮时刻莲花的丽质，恰似一幅清新淡雅的水粉画。"凿破苍苔涨作池，芰荷分得绿参差"，一个"绿"字，看似用得毫不经意，却将荷叶生长的繁盛之貌轻轻托出，自然贴切。"晓来一朵烟波上，似画真妃出浴时"，诗人以杨贵妃出浴时的神态来比喻带露初开的荷花，展现出荷花娇艳的风姿，真是柔情绰态、风光无限，起到神形兼备的效果。人似花，花似人，真妃出浴之画，出神入化，给人留下了想象的空间。

【注解】

凿：这里是冲刷的意思。

真妃：是道家女仙的名号。这里指杨贵妃。因杨曾为女道士，号太真，故称。

399.翠盖佳人临水立，檀粉不匀香汗湿

出自宋代杜衍的《雨中荷花》

【原文】

翠盖佳人临水立，檀粉不匀香汗湿。

一阵风来碧浪翻，真珠零落难收拾。

【诗意】

雨中荷花宛如翠盖佳人站立于水边，花瓣、荷叶上散落着分布不匀的雨珠，如同佳人粉脸上湿润的汗珠。一阵风吹过来，荷叶随风摆动，好似绿色波浪，雨珠不受控制地快速滑落，一发不可收拾。

【鉴赏】

大中祥符元年（1008），杜衍登进士第，补扬州观察推官，历知乾、扬、天雄、永兴、并等州军，以善于治狱闻名。宋仁宗特召其为御史中丞，兼判吏部流内铨。历任知审官院、知永兴军、枢密使等职。庆历四年（1044），拜同平章事，支持"庆历新政"，为相百日而罢，出知兖州。庆历七年，以太子少师致仕，累加至太子太师，封祁国公。这首诗采用拟人化的手法，写出了雨中荷花的娇羞之态，美不胜收。"翠盖佳人临水立，檀粉不匀香汗湿"，诗人没有直接描绘荷花，而是巧妙地以临水佳人来作比喻，将亭亭玉立的荷花比作美女，而将花瓣上的花粉比作美女的檀粉，又将滚动在花叶上的雨珠喻为美女的香汗，不仅想象丰富，构思奇特，而且也与美女的形象十分贴切。"一阵风来碧浪翻，真珠零落难收拾"，词句形象地描绘出雨中荷花的实景，动感十足，富有极强的感染力。

翠盖佳人：这里指荷花。

檀粉：原指化妆用的浅红色脂粉。这里比喻红色荷花上的花粉。

400.芙蓉照水弄娇斜，白白红红各一家

出自宋代杜衍的《荷花》

【原文】

芙蓉照水弄娇斜，白白红红各一家。

近日新花出新巧，一枝能著两般花。

【诗意】

荷花在水中斜斜的倒影十分娇美，红的白的各自绽放。最近有朵新开的荷花不仅新奇而且精巧，一枝上能开出红白两朵不一样的花。

【鉴赏】

杜衍宦海一生，两袖清风，一身正气，刚正不阿，清正廉洁，名垂青史。其从不设置私产，退休后一直住在驿舍之中直到去世。这首诗描写了一朵奇特的并蒂莲，抒发了诗人的喜爱之情。并蒂莲作为荷花中的极品已极少遇见，这一枝开出红白花朵的更是罕见。"芙蓉照水弄娇斜，白白红红各一家"，荷花颜色有红有白，如同佳人临水而立，诗句描绘了荷花盛开时的娇姿和艳态。"弄"字，更显出了一种情趣，表现出荷花如佳人般天真、可爱、喜悦的情态。此诗也有人归杨万里所作。

【注解】

新巧：形容新奇而精巧。

两般：两样，不同。

401.汉室婵娟双姊妹，天台缥渺两神仙
出自宋代邵雍的《并蒂莲》

【原文】

汉室婵娟双姊妹，天台缥缈两神仙。

当时尽有风流过，谪向人间作瑞莲。

【诗意】

眼前的这朵并蒂莲，宛如汉朝赵飞燕、赵合德姊妹二人，传说到天台山当了神仙。也许她们犯下风流的过错，如今被天帝贬谪到人间来，化作吉祥的并蒂莲。

【鉴赏】

邵雍生于林县（今河南安阳林州市），一说生于范阳（今河北保定涿州市），与周敦颐、张载、程颢、程颐并称"北宋五子"。随父徙卫州共城（今河南新乡辉县市），居城西北苏门山，刻苦为学。其三十岁，游历河南，因将父母葬在伊水（河南境内南洛水支流）之上，遂而成为河南（今河南洛阳）人。他是宋朝真正的隐士，身居洛阳城，学识闻天下，谓之"小隐于野，大隐于市"，颇有孔明之才。宋仁宗嘉祐与宋神宗熙宁初，两度被举，均称疾不赴，终身未入仕途。这首诗想象奇特，描绘了并蒂

莲如梦如幻般的仙姿，给人以美的享受。"汉室婵娟双姊妹，天台缥缈两神仙"，并蒂莲好似从天上落到人间的仙女，绽放万种美态。"当时尽有风流过，谪向人间作瑞莲"，在诗人的想象中，这并蒂莲乃"谪仙"也，流露出淡淡的悲伤。

【注解】

双姊妹：这里指赵飞燕、赵合德姊妹。

402.七月芙蕖正烂开，东南园近日徘徊
出自宋代邵雍的《秋游六首》（其一）

【原文】（节选）

七月芙蕖正烂开，东南园近日徘徊。

有时风向池心过，无眼香从水面来。

【诗意】

农历七月的荷花正烂漫地绽放，我每天都去东南园欣赏荷花，流连忘返。偶尔会有风吹过池中央，看不见的荷香会从水面上扑鼻而来。

【鉴赏】

邵雍拒绝做官，既安于林泉，又天性好诗，写诗自然就成了他的主事。邵雍的诗纯系自乐，目的和用途只有一个：乐自己生命之乐，乐与天地万物一体之乐。正是在这种心态也即诗态、诗态也即心态的审美愉悦中，他写出了一些自然天成的好诗。这首诗描写秋游所见。农历七月

已经立秋，但是此时暑热依然。"七月芙蕖正烂开，东南园近日徘徊"，七月是荷花最绚烂的季节，诗人用一个"烂"字，点明了那种韶华胜极的美。"有时风向池心过，无眼香从水面来"，荷香似有若无却飘数里，象征着君子不刻意求善却声名远播，表现出诗人对荷香的沉迷，清澈无垢的荷香如同他温润的醇儒风度。

【注解】

烂：明亮，色彩绚丽。

403.微凉待月画楼西，风递荷香拂面吹

出自宋代朱淑真《纳凉桂堂二首》（其一）

【原文】

微凉待月画楼西，风递荷香拂面吹。

先自桂堂无暑气，那堪人唱雪堂词。

【诗意】

夜色迷人，月亮高高挂在楼阁西边；凉风习习，阵阵荷花香气迎面而来。外面是炎热的天气，桂堂内却清凉无比，一家人围坐在桌边纳凉，像苏东坡一样谈天赏月，其乐融融。

【鉴赏】

朱淑真是钱塘（今浙江杭州）人，祖籍安徽歙州（今安徽黄山歙县）。生于仕宦家庭，相传为朱熹的侄女，其父曾在浙西做官，家境优

裕。幼颖慧，博通经史，能文善画，精晓音律，尤工诗词，素有才女之称。这首诗是朱淑真与家人在家中桂堂纳凉时所作。"微凉待月画楼西，风递荷香拂面吹"，诗人抬头看到的是皎洁的月亮，低头闻到的是淡淡的荷香，诗情画意十足。"先自桂堂无暑气，那堪人唱雪堂词"，从诗句描绘的此番景象看，朱淑真年轻时的生活条件是非常富裕的，可以说是无忧无虑，因此她早年也会写下这种表达惬意、舒适的诗。

【注解】

雪堂：苏轼在黄州，寓居临皋亭，就东坡筑雪堂。苏轼亲自写了"东坡雪堂"四个大字悬挂在门匾上。

404.平波浮动洛妃钿，翠色娇圆小更鲜

出自宋代朱淑真的《新荷》

【原文】

平波浮动洛妃钿，翠色娇圆小更鲜。

荡漾湖光三十顷，未知叶底是谁莲。

【诗意】

初夏时光，波平如镜，新荷如洛妃头上的金花，星星点点，散落在宽广的水面上。翠绿色的荷叶，细细小小，圆圆巧巧，显得十分鲜嫩。满湖都是随着水波荡漾的荷叶，不知哪片叶与水下的哪一根茎相连。

【鉴赏】

朱淑真一生婚姻坎坷，她没有像李清照那样能遇到懂她的丈夫赵明诚，可以"心有灵犀一点通"，可以"此情无计可消除"，她不幸的婚姻带给她的是无尽的哀伤与自怜。这首诗借咏新荷，抒发了诗人胸中的积怨与苦闷。"平波浮动洛妃钿，翠色娇圆小更鲜"，诗句描绘新荷十分传神，正面写出了荷叶的娇嫩圆巧、鲜嫩可爱。朱淑真写这首诗时正当年少，犹如刚出水面的新荷。但她所嫁非人，遭人冷弃，故借新荷为比，慨叹"未知叶底是谁莲"。诗中的"莲"与"怜"谐音，正隐约道出了诗人生活中的种种不幸与忧伤。

【注解】

洛妃：洛水之神。

405.暑气炎炎正若焚，荷花于此见天真
出自宋代朱淑真的《荷花》

【原文】

暑气炎炎正若焚，荷花于此见天真。

香房馥郁随风拆，笑脸妖娆映水新。

间叶浅深殷似点，满池繁媚丽于春。

年年占得余芳在，几见当时步步人。

【诗意】

烈日当空，热浪滚滚，就像有火在燃烧一样。此刻，只有荷花比平

时更娇媚，显露出它的天然本性。有的荷花虽已结成莲蓬，但仍香气浓厚，莲蓬外皮在夏风中开裂；有的荷花面带微笑，倒映在清澈的水中，妩媚动人。荷花颜色或深或浅，在荷叶间时隐时现。整个池塘繁花似锦，简直比春天还美丽。荷花并不失时也不失信，年年成为夏天的主人，将它的芬芳留给人们。而当年被宠爱得无以复加的潘妃，如今又在哪里步步生莲呢？

【鉴赏】

这首诗，描写了夏日荷花的动人姿态。"香房馥郁随风拆，笑脸妖娆映水新"，诗人用"笑脸"来比喻盛开的荷花花朵，生动传神，巧妙地写出了花朵那喜盈盈的姿态。即使天气如火烧一般炎热，荷花也要以"笑脸"示人，这就是荷花的"天真"，也是大自然对于人类的恩赐。朱淑真与丈夫志趣不合、夫妻不睦，最终导致其失意于婚姻，抑郁早逝。"年年占得余芳在，几见当时步步人"，荷花应时盛放是其天然之性，而那步步生莲的人不过是个虚幻的泡影，谁又会看见呢？诗人借景抒情，发出了人不如花的感叹，既是对荷花的赞美，也是对人生的哀叹。

【注解】

香房：这里指莲蓬。

拆：犹坼，裂开的意思。

步步人：指南朝齐废帝的潘妃。据《南史》记载，齐废帝宠爱潘妃，专门为她修筑豪华的宫殿，并凿金为莲花，铺贴于地，让潘妃在上面行走起舞，齐废帝赞扬潘妃姿态之美，谓"步步生莲花"。后即以"步步人"借称潘妃。

406.莲生淤泥中，不与泥同调
出自宋代黄庭坚的《赣上食莲有感》

【原文】

莲实大如指，分甘念母慈。

共房头角戢，更深兄弟思。

实中有幺荷，拳如小儿手。

令我忆众雏，迎门索梨枣。

莲心正自苦，食苦何能甘。

甘餐恐腊毒，素食则怀惭。

莲生淤泥中，不与泥同调。

食莲谁不甘，知味良独少。

吾家双井塘，十里秋风香。

安得同袍子，归制芙蓉裳。

【诗意】

　　莲子大如手指头，我在分享甘美之味时，想起母亲分给孩子们吃莲子的情景。看到莲房里的莲子济济一堂，更加深了我对兄弟的思念。莲子中有莲心，卷曲像小儿手，这使我想起了儿女，他们年幼时在门口迎着我讨梨枣吃的场景历历在目。莲心本性是苦，吃苦的东西怎么能感到甜呢？吃甜的怕有毒，比方做大官拿重禄，贪图享受，害了自己。白吃是可耻的，比方做官不办事吃白食，应该感到心中惭愧。莲生在淤泥中，偏偏不和泥同调。吃莲谁不感到甘甜，但真懂得莲味的就很少。我的家乡在双井塘，秋风十里送荷香。哪里能找到志同道合者，与我一起回家，效仿屈原用芙蓉做衣裳。

【鉴赏】

　　黄庭坚是洪州府分宁（今江西九江修水县）人，治平四年（1067）进士及第，历任叶县县尉、北京国子监教授、宣州知州、鄂州知州、吏部员外郎、太平州知州等职。一生为官清正，治学严谨，以文坛宗师、孝廉楷模垂范千古。这首诗构思新颖，写出了前人未写过的食莲知味。诗人从食莲子时"念母慈"，从莲蓬的莲子想到"兄弟思"，从莲心的"拳如小儿手"而"念众雏"，都是因食莲而起的对家人的怀念。再从莲心苦引出食甘，比喻做官拿重禄的危害，这是他入仕经历的有感之言。"莲生淤泥中，不与泥同调"，诗人从莲生淤泥而不染而产生新的感受，莲花具有不同流合污的高尚品德，是清正廉洁的象征。"安得同袍子，归制芙蓉裳"，屈原用芙蓉做衣裳象征人的高洁。诗人明白"进不免遇祸，还不如退归"的道理，含蓄地表露了对隐居生活的期待和向往。

【注解】

　　戢：本指牛羊角集聚在一起，这里形容莲子挤在一个莲房，尖头一一露在外边。

　　幺荷：指莲心。

　　甘餐恐腊毒：香甜的东西吃久了会受毒害。

　　素食：吃白食，指尸位素餐。

　　同调：比喻志趣或主张相同。

　　双井塘：位于江西九江市修水县境内。

　　同袍：这里指朋友。

407.四顾山光接水光，凭栏十里芰荷香

出自宋代黄庭坚的《鄂州南楼书事四首》（其一）

【原文】

四顾山光接水光，凭栏十里芰荷香。

清风明月无人管，并作南楼一味凉。

【诗意】

我独自登上南楼，靠着栏杆眺望远方，只见远山近水相接，辽阔的水面上菱角荷花盛开，飘来阵阵香气。清凉的晚风，皎洁的明月，谁也不能对它们管头管脚，它们合在一起为南楼送来清凉，令人感到惬意。

【鉴赏】

黄庭坚的一生，道路崎岖坎坷，由于遭人陷害中伤，曾贬官司蜀中六年之久；召回才几个月，又被罢官司来武昌闲居。《鄂州南楼书事四首》便是黄庭坚在武昌闲居时所写，这是其中之一。这首诗描写的是黄庭坚夏夜登楼眺望的情景。"四顾山光接水光，凭栏十里芰荷香"，诗人登上南楼后，只见皎洁的月光下，湖光山色，十里荷花，美得令人心醉。诗句描绘十里荷花，清香怡人。"清风明月无人管，并作南楼一味凉"，"明月"在诗中起了重要的作用，因为有朗朗的明月，才能在朦胧中看到难以区别的山水一色的景象，才知道闻见的花香是十里芰荷散发的芬芳。诗人想到自己每欲有所作为却是动辄得罪，怅恨之情暗生，但眼见明月清风无拘无束，并化作一味凉，心情就变得轻松了。其时流寓鄂州的诗人正等待命运的安排，这一个"凉"字概括了诗人留恋、陶醉于山水间的种种感受。

鄂州：旧称吴都、古武昌，在今湖北省武汉、黄石一带。

南楼：在武昌蛇山顶。

凭栏：指身倚栏杆。古诗词中，男主人公用"凭栏"，女主人公用"倚楼"。凭栏的人一般都是有心事，有的沉思，有的是盼望远方的人归来，所以在诗歌中常会用来表示忧愁、思念、独自沉思等意。

一味：意思是顿悟了佛法，解除了烦恼。佛经中以如来教法，喻为甘味，因其理趣之唯一无二，故曰一味。

408.晚风池莲香度，晓日宫槐影西

出自宋代黄庭坚的《次韵王荆公题西太一宫壁二首》（其二）

【原文】

晚风池莲香度，晓日宫槐影西。

白下长干梦到，青门紫曲尘迷。

【诗意】

柔柔的晚风吹过莲池，淡淡的莲香随风飘过。早晨的太阳照到宫里，高耸的槐树影子西斜。江南家乡的景色来到梦中，京城道路上的尘土使人迷茫。

【鉴赏】

这首诗是宋哲宗元祐元年（1086）秋天所作。西太一宫是汴京的一

座道观。王安石有《题西太一宫壁二首》："柳叶鸣蜩绿暗，荷花落日红酣。三十六陂春色，白头想见江南。""三十年前此地，父兄持我东西。今日重来白首，欲寻陈迹都迷。"王安石还有《西太一宫楼》："草际芙蕖零落，水边杨柳欹斜。日暮炊烟孤起，不知鱼网谁家。"从诗的内容看，西太一宫当时已荒凉了。黄庭坚用王安石的诗韵和诗题来写，所以称"次韵题西太一宫"。"晚风池莲香度，晓日宫槐影西"，前句写晚景，后句写晓景。王安石的诗句"荷花落日""芙蕖零落"，也讲荷花。这里写"香度"，从晚风送香来写，又有不同。西太一宫里是种槐树的，写"晓日宫槐"就显得很自然。"白下长干梦到，青门紫曲尘迷"，诗人概括了王安石的两首诗意。这样的次韵，不仅用了王安石两首诗的原韵，还写了西太一宫的景物，概括了原诗的诗意，但写得又有同有异。就写法来说，王安石的第一首，先写景后抒怀，这首诗也是先写景后抒怀，写法相同。但王安石抒的是自己的胸襟，这组诗不仅概括了王安石的怀抱，而且把王安石第二首中的感慨也归纳进去了，写法又有不同。

【注解】

王荆公：王安石的别名。

白下：地名。今南京金川门外南区。

长干：地名。今南京市南。

青门：指长安的青城门。

紫曲：紫陌，指长安的道路。

409.淤泥解作白莲藕，粪壤能开黄玉花

出自宋代黄庭坚的《次韵中玉水仙花二首》（其二）

【原文】

淤泥解作白莲藕，粪壤能开黄玉花。

可惜国香天不管，随缘流落小民家。

【诗意】

在淤泥中可长出雪白的莲藕，在粪土中能开出金盏玉盘般的水仙花。值得惋惜的是如此国色天香的美女，连老天爷也不管，随着缘分流落到平常百姓家。

【鉴赏】

黄庭坚在诗、词、散文、书、画等方面取得很高成就。黄庭坚与张耒、晁补之、秦观都游学于苏轼门下，合称为"苏门四学士"。黄庭坚的诗，被苏轼称为"山谷体"。《次韵中玉水仙花二首》意蕴丰富，表达了诗人对水仙花的喜爱和赞美之情。这首诗是其中之二，黄庭坚以久沉下僚的积怨来写妍丽出众而不为人知的民间美女，笔端充满了感情、流露着不平之气。"淤泥解作白莲藕，粪壤能开黄玉花"，诗人连用两个比喻，赞美了莲藕和水仙花。诗人托物寄意，说的是在恶劣的环境中并不是所有的事物都肮脏，自有如同莲藕一样具有高洁秉性的事物独立其中。其实，诗人是借以自比，表现出不与社会中的黑暗现象同流合污的高尚节操。"可惜国香天不管，随缘流落小民家"，"可惜"二字饱含了诗人无限的感慨，"随缘"二字显出诗人无可奈何之情，表明了诗人对"流落"贫寒之家的

美女的同情，也寄寓自己身世之感。诗人自己满腹经纶，才华横溢，却长期贬谪在四川、荆南一带，其仕途之坎坷更为可惜。

【注解】

淤泥：滞积的污泥。

解作：可以长出，谓天地解冻、草木复苏。

黄玉花：水仙花的别称。

国香：泛指高品位的花。这首诗中既指名花，又指佳丽，同时也是诗人自喻。

410.荷叶罩芙蓉，圆青映嫩红

出自宋代曹修古的《池上》

【原文】

荷叶罩芙蓉，圆青映嫩红。

佳人南陌上，翠盖立春风。

【诗意】

圆圆的荷叶如同一把把青伞，遮盖了下面盛开的荷花；荷花在碧绿的荷叶衬托下，显得更加娇艳动人。这美丽的荷花就像美人，站在南面的道路上，迎着春风，花枝招展。

【鉴赏】

曹修古是建州建安（今福建南平建瓯市）人，宋大中祥符元年

（1008）进士。天圣五年（1027）修古出任歙州知府，不久调任南剑州，以后复任开封府判官，调殿中侍御史。在这期间，章太后涉预朝政，修古因直言而被降职为工部员外郎，知兴化军。后遇赦复官，还未及回京都，病死在兴化军中。修古生活俭约，洁身自爱，死时贫困不能归葬。

这首诗仅二十字，描绘了池上荷花的风姿，便展现出一幅清新的画面。"荷叶罩芙蓉，圆青映嫩红"，诗句对仗工整，红花绿叶相映生辉。"佳人南陌上，翠盖立春风"，诗人采用拟人手法，描绘出荷花妖娆的风姿。诗人用"南陌"意象，将诗的氛围烘托得温润可人。艳如荷花的佳人在春风中盼望什么呢？也许这是诗人的一种愉快等待。

【注解】

圆青：色青而形圆。这里指荷叶。

南陌：指南面的道路。出自南北朝沈约的《临高台》："所思竟何在，洛阳南陌头。"

411.风露青冥水面凉，旋移野艇受清香

出自宋代陆游的《荷花》（其一）

【原文】

风露青冥水面凉，旋移野艇受清香。

犹嫌翠盖红妆句，何况人言似六郎。

【诗意】

秋风送爽，秋露如珠，水天茫茫，一片清凉。我在湖面上划着船，

只是为了感受荷花的清香。我讨厌别人把荷花比作翠盖红妆的美女，更不赞同有人把荷花比作粉面的莲花六郎。至少在我的心里，这些比喻，都太对不住特立独行、高洁傲岸的荷花。

【鉴赏】

　　陆游是越州山阴（今浙江绍兴）人，尚书右丞陆佃之孙。宋高宗时，陆游参加礼部考试，因受宰臣秦桧排斥而仕途不畅。宋孝宗即位后，赐进士出身，历任福州宁德县主簿、敕令所删定官、隆兴府通判等职。乾道七年（1171），应四川宣抚使王炎之邀，投身军旅，任职于南郑幕府。次年，幕府解散，陆游奉诏入蜀，与四川制置使范成大相知。宋光宗继位后，升为礼部郎中兼实录院检讨官，不久即因"嘲咏风月"罢官归居故里。嘉泰二年（1202），宋宁宗诏陆游入京，主持编修孝宗、光宗《两朝实录》和《三朝史》，官至宝章阁待制。书成后，陆游长期蛰居山阴。这首诗与众多的咏荷诗词不同，还原了荷花本来的面貌。"风露青冥水面凉，旋移野艇受清香"，诗人咏荷，没有用华丽的辞藻，只是"清香"二字，看起来如此平凡平淡，但荷花就是荷花，只要懂得，无需太多词语描绘。"犹嫌翠盖红妆句，何况人言似六郎"，咏荷诗中形容荷花"翠盖红妆"及莲花六郎的典故已经用烂，诗人非常清醒，因为他知道自己心中的荷花是什么样子，由此可见陆游立意高远，令人心生敬佩。

【注解】

　　青冥：指青天，形容青苍幽远。

　　野艇：即野船，指乡村小船。

　　六郎：指武则天的宠臣张昌宗。

412.若教具眼高人看，风折霜枯似更奇

出自宋代陆游的《荷花》（其二）

【原文】

南浦清秋露冷时，凋红片片已堪悲。

若教具眼高人看，风折霜枯似更奇。

【诗意】

我一大早来到南浦，荷叶上的露珠透着凉意，已是寒冷的深秋。只见荷花凋零，片片花瓣飘落水中，仿佛特别悲凉。这被秋风吹过、寒霜打过的残荷，像历经沧桑的老人，宁静而从容，守望着生命的厚重与重生。若是请得有眼力的高人来欣赏，残荷别有一种高傲和清奇。

【鉴赏】

这首诗写得并不华丽，却写出了诗人对荷花深沉的爱，那是灵魂之爱。"南浦清秋露冷时，凋红片片已堪悲"，诗句描写秋荷，"冷"和"悲"字层层渲染，写出了残荷凄凉的环境。无边无际的残荷中，诗人的影子若隐若现，一时令人物我两忘，残荷是诗人，自己亦如残荷。"若教具眼高人看，风折霜枯似更奇"，诗人心目中的荷花，不曾放弃过自己的傲骨，顽强挺立在风月清露、风霜雨雪里。通过赞美"风折霜枯"的荷花，表达了诗人的高风亮节。诗人写这首诗时虽近晚年，但仍然有着心系社稷的情怀。

清秋：特指深秋。

具眼：指谓有识别事物的眼力，或指有眼力的人。

413.双头折得欲有赠，重重叶盖羞人见

出自宋代陆游的《采莲曲》

【原文】

采莲吴妹巧笑倩，小舟点破烟波面。

双头折得欲有赠，重重叶盖羞人见。

女伴相邀拾翠羽，归棹如飞那可许。

倾鬓障袖不应人，遥指石帆山下雨。

【诗意】

采莲的吴地小妹浅笑盈盈，划着小船穿行在雾茫茫的水面。她采到了罕见的并蒂莲，一时不知想送给谁，躲在茂密的荷叶下想心事，怕被别人看见。这时，恰有女伴邀她回家游玩，于是采莲船划得如飞一般。一会儿，采莲女不敢回应人了，她指点着远方的石帆山，原来那里已经下雨了。

【鉴赏】

这首诗情景交融，描写逼真传神，塑造了一个可爱的采莲女的形象。"采莲吴妹巧笑倩，小舟点破烟波面"，描写采莲妹子泛舟荷塘，语调明快，画面清新。"双头折得欲有赠，重重叶盖羞人见"，可谓荷中有

人，人中有荷，人与荷的形象交相辉映，合二为一，难以分离。既写出了荷的青翠，也写出了人的娇羞灵动。陆游热爱生活，一生喜爱花草，对荷花也特别怜爱。他一生写了万首诗，相对而言咏荷诗并不多，但荷花也常出现在他的诗中。例如描写新荷"稚荷出沟港，芳杜满汀洲"，描写荷露"新竹出林时解箨，小荷翻露已成珠"，描写残荷"枕上雨声如许奇，残荷丛竹共催诗"，描写白莲"千叶芙蕖白玉肤，一樽沆瀣碧琳腴"等等，都是借景抒情，平淡之中自带深沉，值得品味。

【注解】

　巧笑倩：出自《诗经》："巧笑倩兮，美目盼兮。"形容女子浅笑盈盈。

　拾翠羽：拾取翠鸟羽毛以为首饰。后多指妇女游春。语出曹植《洛神赋》："或采明珠，或拾翠羽。"

　障袖：以袖遮面，这里指采莲女。

　石帆山：即今浙江绍兴东二十二里之吼山。望之如帆，因以为名。

414.三更画船穿藕花，花为四壁船为家
出自宋代陆游的《同何元立赏荷花追忆镜湖旧游》

【原文】（节选）

　　　　三更画船穿藕花，花为四壁船为家。

　　　　不须更踏花底藕，但嗅花香已无酒。

【诗意】

　夜深人静，画船从荷花丛中穿过，船厅四面都是荷花的影子，这船

就是我们的家。不用再去采荷花底下的莲藕，还没等到闻到花香，我已喝完了酒。

【鉴赏】

陆游年轻时曾和前妻唐婉有着一段刻骨铭心的感情经历，他悼念前妻的诗歌情真意切，晚年创作的《沈园二首》被后人称作"绝等伤心之诗"，是古代爱情诗中不可多得的精品。这首诗感情真挚，描写了陆游年轻时与表妹唐婉夜游镜湖的情景。这里节选其中四句，诗人记录当时俩人游湖赏荷之乐。"三更画船穿藕花，花为四壁船为家"，诗人记忆中的美景历历在目，那是因为有一个人藏在他心底，抒发了诗人难以言状的凄楚痴情。

【注解】

何元立：陆游好友。

三更：古时一夜分五更，三更即半夜，相当于现在的夜十一点至一点。

415.荷香浮绿酒，藤露落乌巾

出自宋代陆游的《晨至湖上》（其一）

【原文】

剑南无剧暑，长夏更宜人。

啼鸟常终日，幽花不减春。

荷香浮绿酒，藤露落乌巾。

莫作天涯想，翛然梦里身。

【诗意】

在剑南地区，每年夏天没有特别炎热的时候，置身在幽静之处，可以感受凉风吹来，心旷神怡。此时绿意浓浓，树上有鸣蝉，虽没春天那般百花齐放姹紫嫣红，却也别有一番独特的韵味。放眼望去，池水中长满了粉色的荷花和碧绿的荷叶，真是惊艳至极。一阵清风吹来，似乎新酿的酒中都漂浮着荷花的清香，长藤上清新的露水滴落在黑头巾上。与其抱有像天涯一样遥远的希望，还不如在梦里做一个无拘无束、自由自在的闲人。

【鉴赏】

剑南是唐代的一条道路，因为是在剑阁之南，因而得名剑南。陆游曾在蜀中生活了大约十年，他颇为喜欢蜀道风土人情，创作下了大量诗歌，并编辑成《剑南诗稿》。这首《晨至湖上》便是其中一首，诗中情景交融，清逸圆润，表达了陆游当时的恬淡心境。"荷香浮绿酒，藤露落乌巾"，诗句描绘了一幅剑南长夏明丽清凉的荷景图，有荷香有藤露，动静结合，色香俱全，美得令人心旷神怡。"莫作天涯想，翛然梦里身"，诗句表达了陆游此时的心境，也饱含一丝苍凉与无奈。从整首诗的内容来看，此刻诗人如陶渊明一样不慕荣华，远离尘俗。

【注解】

剑南：地理名称，因位于剑门关以南，故名。

长夏：指夏日。因其白昼较长，故称。

绿酒：指的是未经过滤的酒。古时酿酒，未过滤时，酒面上会浮起很多绿色的酒渣，细如绿蚁。白居易在《问刘十九》中写道："绿蚁新醅酒，红泥小火炉。"其中的"绿蚁"指的也是这种酒。

翛［xiāo］然：无拘无束、超脱的样子。

416.只把千樽为月俸，为嫌铜臭杂花香

出自宋代陆游的《梦行荷花万顷中》

【原文】

天风无际路茫茫，老作月王风露郎。

只把千樽为月俸，为嫌铜臭杂花香。

【诗意】

我梦中的万顷荷塘，风平浪静，湖水浩渺，连绵无际。等我老了，我就去做个管理荷花的月王或风露郎官，这样就可以荷为伴，终老一生。我只要千杯荷花酒作为月薪，因为其他的东西有铜臭味，我不是唯利是图之人，只是愿意与芳洁的荷花作伴。

【鉴赏】

陆游把在现实生活中无法实现的壮志豪情都倾泻在诗中，常常凭借幻境、梦境来一吐胸中的壮怀英气。他的梦境、幻境诗飘逸奔放，被誉为"小李白"。陆游一生崇拜荷花，自称"莲花博士"。这首诗是他临终时写的咏荷诗。诗人借花述怀，表露了他对污浊的仕途利禄的厌恶。"天风无际路茫茫，老作月王风露郎"，诗句中描绘的梦景，许是陆游离世前的幻觉，也是他一生的梦想。"只把千樽为月俸，为嫌铜臭杂花香"，诗人希望与芳洁的荷花作伴共舞，消融在大自然的清风朗月之中，

表现了诗人的高洁情操。

【注解】

天风：风。风行天空，故称。

月王：对月的尊称。

417.藕花开后满船月，枫叶落时缘路霜

出自宋代苏泂的《走笔谢高秘书送示诗文》

【原文】(节选)

藕花开后满船月，枫叶落时缘路霜。

年过三纪不称意，随分江湖作醉乡。

【诗意】

秋天的池塘里，荷花绽放以后，正是游赏的好时候，月光洒满小船，多么逍遥自在。这个季节，就算枫叶落了，沿着小路还有满地秋霜。我过了三十六岁，尽管人生并不如意，但是还有退路，让我安心隐居在山水乡野，享受大自然带给我的馈赠和快乐。

【鉴赏】

苏泂是越州山阴(今浙江绍兴)人，曾从陆游学诗。与之唱和者，有辛弃疾、姜夔等，皆一时名士。这首诗借景抒情，诗人通过描写月下秋荷，抒发自己对归隐田园的向往。这里节选其中四句。"藕花开后满船月，枫叶落时缘路霜"，荷花在秋天开得依旧有田园气息，那无数荷花

沐浴在清秋明月里，那荷花中的精美小船，也别有仙美与清凉吧。"年过三纪不称意，随分江湖作醉乡"，意境与杜甫的诗句"年过半百不称意，明日看云还杖藜"（《暮归》）相类似，表达了诗人对大自然和自由的热爱。

【注解】

走笔：用笔很快地写。

缘：这里是沿着的意思。陶渊明《桃花源记》："缘溪行，忘路之远近。"

三纪：这里指的是年龄。古代一纪是十二年。

随分：指安分。

418.荷花宫样美人妆，荷叶临风翠作裳

出自宋代苏泂的《荷花》

【原文】

荷花宫样美人妆，荷叶临风翠作裳。
昨夜夜凉凉似水，羡渠宛在水中央。

【诗意】

池塘里盛开的荷花风姿绰约，就像宫里化了晨妆的美人。荷叶随风翻动，如同美人翠绿的衣裳在摇曳。昨晚夜色凉如水啊，好美慕荷花宛然犹在秋水中。

【鉴赏】

苏洞少从其祖宦游入蜀，长而落拓走四方，曾再入建康幕府。这首诗清丽清美，诗人将荷花拟人化，描绘了秋水荷花楚楚动人的姿容，赞美了荷花顽强的生命力。"荷花宫样美人妆，荷叶临风翠作裳"，诗人把荷花比作宫中美人，用荷叶比作衣裳，与大自然融为一体，意境优美，引人遐想。"昨夜夜凉凉似水，美渠宛在水中央"，晨曦下的荷花，幽幽凉凉，神秘而又清丽，瞬间钻进人的心底，令人沉迷。苏洞巧妙运用了通感的手法，用一个"凉"字，写出了秋夜的凉，体现了诗人凄凉的心境。

【注解】

渠：这里指荷花。

419.绿盖半篙新雨，红香一点清风

出自宋代宋伯仁的《荷花》

【原文】

绿盖半篙新雨，红香一点清风。
天赋本根如玉，濂溪以道心同。

【诗意】

雨后荷塘，嫩绿的荷叶如翠盖，婀娜多姿的荷花就像翠盖佳人，水位涨了足有半根竹篙。有的荷花正在含苞欲放，那一点红色渐渐地绽放开来，芳香随着清风飘散出去。荷花本性如玉，是出淤泥而不染的君子，品质高尚纯洁。所以濂溪先生爱这荷花，与我的心境是相同的。

【鉴赏】

宋伯仁是广平（今河北邯郸广平县）人。其工诗，善画梅，是"梅花谱"的鼻祖。自称："每至梅花放时，徘徊竹篱茅屋间，满腹清霜，两肩寒月，谛玩梅之低昂俯仰，分合卷舒，自甲坼以至就实，图形百种，各肖其形。"这首诗描写了雨后荷塘美景，不仅画面感强，而且意境深远。"绿盖半篙新雨，红香一点清风"，诗人观察细致入微，用"绿"与"红"、"新雨"与"清风"相对，描绘了一幅清新艳丽的荷花图。"天赋本根如玉，濂溪以道心同"，诗人借用周敦颐爱莲的典故，表达自己具有莲花一样的高贵品行，以及不愿同流合污的品质。

【注解】

红香：这里指荷花。杨万里有"红香世界清凉国"的诗句，出自《晓出净慈送林子方二首》。

本根：指最初的。

濂溪：这里指《爱莲说》的作者周敦颐，号濂溪。

420.泓泓圆碧漾新荷，猎猎斜风颤绿莎
出自宋代宋伯仁的《夏日》（其二）

【原文】

泓泓圆碧漾新荷，猎猎斜风颤绿莎。

农事正忙三月后，野田齐唱插秧歌。

【诗意】

夏日荷塘，新长出的荷叶青翠欲滴。暖和的东南风吹来，碧绿的小草微微飘动。农历三月后，农事开始繁忙，水满山野天地，男女弯腰插秧，歌声欢快嘹亮。

【鉴赏】

宋伯仁有三首《夏日》，其中有两首咏荷。这是其中之二。诗句清丽淡雅，描写了江南水乡的田园风光。"泓泓圆碧漾新荷，猎猎斜风颤绿莎"，新荷初生，微风阵阵，一切都是那么美好。"农事正忙三月后，野田齐唱插秧歌"，在晴朗的天气插秧，就感觉是上天的恩赐。所以村民们也特别有精神，在插秧的同时，也不忘高歌一曲。

【注解】

泓泓：水清澈貌。

猎猎：风声。

绿莎：绿色的莎草。泛指绿草地。

421.桥边十里荷花荡，输与渔人卧晚凉

出自宋代宋伯仁的《夏日》(其三)

【原文】

数点沙鸥掠野塘，雨声初歇水微茫。

桥边十里荷花荡，输与渔人卧晚凉。

【诗意】

一阵骤雨刚刚停歇，野外池塘水雾迷茫，只有几只水鸟飞快掠水而过。附近桥边，十里荷花竞相绽放。天色已晚，荷花飘香，不如像渔民那样逍遥自在，在凉风中悠然入睡。

【鉴赏】

这首诗淡泊闲适，描写了夏日荷塘雨后清新之景，字里行间充满了对大自然的喜爱，令人倍感清爽。"数点沙鸥掠野塘，雨声初歇水微茫"，诗句直接描写夏日雨后沙鸥在荷塘上自由地掠水飞翔，表达了诗人对闲适自由生活的向往。"桥边十里荷花荡，输与渔人卧晚凉"，"十里荷花"给人无穷想象，令人赏心悦目。荷花朵朵，景色美丽，傍晚时暑气消失，渔人在休息乘凉，抒发了诗人热爱田园生活的愉快心情。宋伯仁还有一首《羊角埂晚行》："葛裙蒲履帽乌纱，迤逦乘凉到水涯。数寺晚钟声未歇，满身凉月看荷花。"描写西湖夏夜荷景，人与荷一样地清雅恬淡，远处山寺报时的晚钟，在暮色中悠悠回旋。诗句风格清放而自如，表现了一位清高自持的士大夫的内心追求和满足。

【注解】

输与：不如，比不上。

422.晚色鞭蕖静，秋香桂子寒

出自宋代刘焘的《题召伯埭斗野亭》

【原文】(节选)

晚色鞭蕖静，秋香桂子寒。

更无山碍眼，剩觉水云宽。

【诗意】

天色已晚，荷花静静盛开着，空气中弥漫着荷香。秋天到了，天气虽有点凉，但桂花吐着浓浓的芳香。秋凉了，野亭外，古道边，一望无际，水淡云远。

【鉴赏】

刘焘是长兴（今浙江湖州长兴县）人，年少负才，未冠即入太学，与陈伯亨等称为"八俊"。元祐三年（1088），苏轼知贡举称其文章典丽，中甲科。其善书法，笔势遒迈，尤以草书名世。历任知郓州、秘阁修撰。这首诗描写诗人路途见闻，意境开阔。这里节选其中四句。"晚色鞭蕖静，秋香桂子寒"，诗句对仗工整，描写傍晚荷花静立水中、秋风之中桂花飘香的景象。一个"静"字，突出了秋景的静美；一个"寒"字，渲染出一种清幽的氛围。"更无山碍眼，剩觉水云宽"，清新淡远的流水闲云，可以忘却一切烦恼，体现了诗人开阔的胸襟。全诗用笔自然，写景鲜明，风格壮美，极富韵致。

召伯埭：今江苏省扬州市江都区邵伯镇。东晋太元十年（385）谢安于广陵县步丘筑埭，堰水以灌民田。后人追思，比之扶周之召伯，故名为召伯埭。

鞭蕖：荷花的别称。

423.新秋菡萏发红英，向晚风飘满郡馨
出自宋代刘兼的《莲塘霁望》

【原文】（节选）

新秋菡萏发红英，向晚风飘满郡馨。

远岸牧童吹短笛，蓼花深处信牛行。

【诗意】

一场秋雨过后，荷塘里含苞的荷花开始绽放。鲜艳的花瓣散发出缕缕馨香，随晚风飘散到城里。远处岸上，有位牧童在吹短笛。他悠闲地骑着牛，消失在蓼花深处。

【鉴赏】

刘兼是长安（今陕西西安）人，尝官荣州（今四川自贡荣县）刺史。开宝六年（973），诏修《五代史》。这首诗描写了莲塘所见风景，富有乡土生活气息。这里节选其中四句。"新秋菡萏发红英，向晚风飘满郡馨"，诗人即景而写，荷花盛开，满城飘香，构成了一幅饶有生活情趣的田园风景图。"远岸牧童吹短笛，蓼花深处信牛行"，牧童吹笛，笛声悠

长，表现出诗人对无忧无虑、悠闲自在情致的向往。

【注解】

霁 [jì]：雨后转晴。

424.风送秋荷满鼻香,竹声敲玉近虚廊

出自宋代刘兼的《秋夕书怀呈戎州郎中》（其二）

【原文】

> 风送秋荷满鼻香，竹声敲玉近虚廊。
>
> 梦回故国情方黯，月过疏帘夜正凉。
>
> 菱镜也知移艳态，锦书其奈来年光。
>
> 鸾胶处处难寻觅，断尽相思寸寸肠。

【诗意】

秋风送来了荷花的香气，而风吹竹叶之声如同空寂的走廊里有人在轻敲玉器。我梦里回到了故乡，醒来后却神情黯然，只见月光斜过疏帘，夜色正凉。眼前的菱花镜里，会不会出现她的艳影呢？无奈的是书信难寄，只能期待下一年吧。我心中只此一人，任相思断肠，夙夜不眠，任时光渐杳，生出一片凉，也无怨悔。

【鉴赏】

这是一首相思之作，写得荡气回肠、刻骨铭心。"风送秋荷满鼻香，竹声敲玉近虚廊"，秋荷将残，香气悠悠，夜深人静，更容易触动离人内

心的相思情。"梦回故国情方黯，月过疏帘夜正凉"，一"黯"一"凉"，进一步渲染了清幽寂静的环境。"鸾胶处处难寻觅，断尽相思寸寸肠"，能把断了的弓弦再粘在一起的鸾胶是很难寻找的，相思的痛苦能使人的肚肠断成一寸一寸的了，抒发了诗人对故乡亲人的无限思念之情。

【注解】

戎州：今四川宜宾。

虚廊：空寂的走廊。

菱镜：古代以铜为镜，映日则发光影如菱花，因名"菱镜"。

其奈：无奈。

鸾胶：相传以凤凰嘴和麒麟角煎的胶可黏合弓弩拉断了的弦，人们称这种胶为续弦胶或鸾胶。后多用以比喻续娶后妻。

425.最喜晚凉风月好，紫荷香里听泉声
出自宋代曾巩的《西湖纳凉》

【原文】

问吾何处避炎蒸，十顷西湖照眼明。

鱼戏一篙新浪满，鸟啼千步绿阴成。

虹腰隐隐松桥出，鹢首峨峨画舫行。

最喜晚凉风月好，紫荷香里听泉声。

【诗意】

在炎热的日子里，到何处去避暑呢？就到宽阔的大明湖，波光粼

鲕、凉风习习。湖面上泛起波浪，水底鱼儿相戏，长堤上绿树成荫，树上鸟儿啼啭。拱起的木桥上隐见彩虹，高大的游船来往穿梭。我最喜欢月光下的大明湖，幽幽荷香随风飘来，泉水之声淙淙悦耳，令人心清气爽，乐不思归。

【鉴赏】

曾巩生于建昌军南丰（今江西抚州南丰县），后居临川。其祖父曾致尧、父亲曾易占皆为北宋名臣。曾巩天资聪慧，记忆力超群，幼时读诗书，脱口能吟诵，年十二即能为文。嘉祐二年（1057）与其弟曾牟、曾布及堂弟曾阜一同登进士第，后历任齐州、襄州、洪州、福州、明州、亳州、沧州等知州。元丰四年（1081），以史学才能被委任史官修撰，管勾编修院，判太常寺兼礼仪事。他在齐州（今济南）任职时疏浚了大明湖，并写下了这首诗。这首诗清新脱俗，诗人以自己的亲身感受，描写了夏日大明湖的美好景致。"最喜晚凉风月好，紫荷香里听泉声"，既嗅花香又听泉声，在浓郁的荷香气息中物我两忘，表达了诗人对大明湖的挚爱和赏荷时的愉悦心情。曾巩文学成就突出，其文"古雅、平正、冲和"，位列唐宋八大家之一，世称"南丰先生"。

【注解】

炎蒸：暑热熏蒸。

西湖：这里指济南大明湖。

虹腰：指虹的中部。

鹢[yì]首：古时船头常画有鹢鸟，故借代为船。

峨峨：高大貌。

426.娇红娅姹不胜姿，只许行人半面窥

出自宋代赵鼎臣的《过邢州柳溪中门扃锁甚严隔户窥之见荷花烂然盈沼作》

【原文】

娇红娅姹不胜姿，只许行人半面窥。

恰似姑苏明月夜，水晶宫殿锁西施。

【诗意】

仲夏时节，我散步经过柳溪时，忽然瞥见一座紧闭门户的院子里满池荷花在微风中摇曳生姿，美不胜收。虽然门户紧闭不能见其全貌，可是荷花亭亭玉立，艳丽动人的花姿令人怦然心动。这灿烂的荷花好比是美艳绝伦的西施，当年幽居在姑苏馆娃宫内，遥望明月，顾影自怜，无法让人一睹芳姿。

【鉴赏】

赵鼎臣是滑州韦城（今河南安阳滑县）人，才气飘逸，记问精博。元祐间进士，后知邓州，官至太府卿。其工诗，与苏轼、王安石诸人交好，相与酬唱。戴复古曾赞赵鼎臣："学如刘子政，不使校书天禄阁。文如李太白，不使待诏金銮殿。"（《寄赵鼎臣》）这首诗吟的是荷花，却未对物象诸特征展开正面描绘，情趣盎然。"娇红娅姹不胜姿，只许行人半面窥"，一个"窥"字，既活脱脱勾写出"行人"的心态，又交代了"隔户"赏荷这一特定情形，使"娇红娅姹不胜姿"带上了几分神秘韵味。"恰似姑苏明月夜，水晶宫殿锁西施"，诗人想象丰富，巧妙地运用比喻，把盛开的荷花比作西施。一个"锁"字，不仅蕴含着诗人因不能

尽情领略池荷丰姿的遗憾心情，还流露出荷花虽美却无法向人展示的自身惆怅。

【注解】

邢州：今河北邢台。

娅姹：意思是美丽多姿，喻指美女。

姑苏：苏州的别称。

水晶宫殿：这里指馆娃宫，坐落在江苏苏州的灵岩山上。春秋时期，吴王夫差为宠幸西施而兴建。

427.万木方零落，荷先叶自伤
出自宋代陈昂的《有令赋残荷遂口占》

【原文】

万木方零落，荷先叶自伤。

既圆应有破，久翠渐多黄。

盖或随波荡，茎犹惹露香。

蒣收无赖日，恼杀两鸳鸯。

【诗意】

当万物都像秋天的树木一样开始落叶时，荷花也开始衰败。圆圆的荷叶上有了破洞，原本翠绿的颜色也渐渐枯黄。荷叶偶尔随着波涛起伏，荷茎在风露中犹有清香。池塘里再无可遮蔽的荷叶，唯余衰颓之景，一对鸳鸯对此非常怨恨，因为它们再也不能享受美好时光。

【鉴赏】

陈昂是长溪（今福建宁德霞浦县）人，徽宗政和五年（1115）进士，授承事郎。高宗绍兴三年（1133），除秘书丞，迁都官员外郎，后为知信州。这首诗描写秋荷枯败，不仅是让人感伤，连水鸟也受到感染，不复从前的欢乐。"万木方零落，荷先叶自伤"，秋去冬来，荷花先零落于水中，接着是叶也开始枯萎，这是过程也是规律。"盖或随波荡，茎犹惹露香"，诗句描写残荷虽枯犹香。在诗人眼里，枯荷虽然衰飒而苍凉，但也未必不是一种美。整首诗融叙述、描写、抒情于一体，表达了诗人的爱荷之意、惜荷之情。

【注解】

口占：谓口授其辞谓作诗文不起草稿，随口而成。

万木：各种各样的树木。这里指万物。

蓐［rù］：草席。

428.绿萍漂合旧根斜，独恨来迟过了花
出自宋代韦骧的《枯荷》

【原文】

绿萍漂合旧根斜，独恨来迟过了花。

不见离披照秋水，尽依名阁作余霞。

【诗意】

深秋的荷塘里，水面上只剩下绿萍漂荡，干枯的荷柄倾斜着。我是

不是来得太迟了呀，荷花早已经开过了。荷花不再风光无限，只有枯荷低垂着头，倒映在清冷的水中。枯荷之畔，水阁空无一人，天边晚霞未尽，带给人淡淡的哀愁。

【鉴赏】

韦骧是钱塘（今浙江杭州）人，年十七，以文谒王安石，安石奇之。皇祐五年（1053）进士，历福建转连判官、尚书主客郎中，后除知明州丐宫祠，以左朝议大夫提举洞霄宫。其工诗文，结交者如朱伯英、孙叔康、颜长道、邓温伯等均为当时才俊。这首诗情景交融，写出诗人对深秋荷花凋谢的惋惜之情，也表达他错过荷花盛开的遗憾。"绿萍漂合旧根斜，独恨来迟过了花"，诗人告诉我们，要看荷花一定要趁早，时光不会等待我们，这世上没有什么是不变的。"不见离披照秋水，尽依名阁作余霞"，诗句描绘了枯荷在残霞中的画卷。南北朝谢朓有名句"余霞散成绮，澄江静如练"（《晚登三山还望京邑》），描写灿烂的晚霞铺满天空，犹如一匹散开的锦缎。后人为纪念谢朓，曾在宣城建余霞阁。诗人巧用谢朓诗句，颇有意境。

【注解】

离披：意思是分散下垂貌、纷纷下落貌。

余霞：残霞。

429.西风为报西湖道,留取芙蓉供醉吟

出自宋代白玉蟾的《忆西湖》

【原文】

银月窥人夜漏沉,断蒲疏柳忽关心。

西风为报西湖道,留取芙蓉供醉吟。

【诗意】

月光皎洁,我独自在夜色中徘徊,眼前的残草败柳令人惆怅。我回忆起西湖的早秋,晚风习习,凉爽宜人。此时泛舟湖上,有清香的荷花相伴,让我醉酒后再吟诗。

【鉴赏】

白玉蟾是北宋琼管安抚司琼山县(今海南海口琼山区)人,原名葛长庚,七岁能赋诗,十二岁应童子科落第,渐渐厌恶科举仕途。十六岁时离家云游,最后入住武夷山止止庵,创立道教南宗宗派。他善诗词及书画,尤妙画梅竹人物,间或自写其容,数笔立就,工画者不能及。白玉蟾嘉定十五年(1222)赴临安,伏阙上书,言天下事,"沮不得上达,因醉执逮京尹,一宿乃释",然臣僚上言其以左道惑众。这首诗就是在这样的背景下创作的。诗人借忆西湖,追忆在朝廷参事但反而得不到重用的遭遇,抒发他内心深处对自由生活的向往。诗人用了西风、醉、断、疏、夜、留、漏等词,反映出了他忧伤的心情。"银月窥人夜漏沉,断蒲疏柳忽关心",一个"沉"字写出了夜静虚空、一派天清地肃的气象,从诗句中隐隐感到诗人的一丝孤独与寂寞。"西风为报西湖道,留

取芙蓉供醉吟"，荷花开在秋风里，清秋美色，不如在此喝点小酒，就算喝多了也无妨。

【注解】

夜漏：指夜间的时刻。

留取：犹留存。

430.恍似瑶池初宴罢，万妃醉脸沁铅华

出自宋代白玉蟾的《荷花》

【原文】

小桥划水剪荷花，两岸西风晕晚霞。

恍似瑶池初宴罢，万妃醉脸沁铅华。

【诗意】

一座小桥架在荷花丛中，荷花亭亭玉立在桥左右，仿佛是剪刀划开了锦绣的红绿丝绸。秋风从岸上吹过来，无数的荷花被天边的晚霞映红了脸。这些荷花宛如上万天上仙女，刚从瑶池赴宴归来。她们都喝多了，在荷塘里嬉戏，醉脸微红，妩媚动人。

【鉴赏】

白玉蟾是海南历史上第一位在全国有影响的文化名人。其咏物诗有个特点，就是以画引出仙，与景物融为一体，给人以丰富的联想。这首咏荷诗，颇吻合这一特点。"小桥划水剪荷花，两岸西风晕晚霞"，诗人用小桥、荷花、西风、晚霞，勾勒出一幅秋日赏荷图。"恍似瑶池初宴

罢，万妃醉脸沁铅华"，万妃醉酒，场面恢宏，诗人想象奇特，采用拟人手法，突出描写了荷花的妖娆与瑰丽。白玉蟾的咏荷诗很有韵味，又如："芳而润，清且洁。白似玉，寒于雪。"（《满江红·咏白莲》）描写白莲像玉一样晶莹，赛雪明洁。还如："临水玩芙蓉，一花还两影。上倚夕阳斜，下浸秋波冷。"（《芙蓉》）写出了水中荷花的冷艳。

【注解】

瑶池：古代神话传说中西王母所居之地，位于昆仑山上。

铅华：指女子的美丽容貌、青春年华。

431.水中仙子并红腮，一点芳心两处开

出自宋代释仲殊的《荷花》

【原文】

水中仙子并红腮，一点芳心两处开。

想是鸳鸯头白死，双魂化作好花来。

【诗意】

这并蒂莲好像是水中仙子，两朵红色的花并在一起。它是同一个花蕊开出两朵花，显得楚楚动人。莫非是一对鸳鸯白头到老死了，它们的魂魄化成了这美好的并蒂莲。

【鉴赏】

释仲殊是安州（今湖北孝感安陆市）人，尝应进士试，不中，弃家

为僧，曾住苏州承天寺、杭州宝月寺。苏轼称其"胸中无一毫发事"，"能文善诗及歌词，皆操笔立成，不点窜一字"。这首诗描写并蒂莲花，写得风姿绰约，情意绵绵。诗人想象丰富，"水中仙子并红腮，一点芳心两处开"，先是把它比作水中仙子。接着，又想象它是一对鸳鸯的化身，"想是鸳鸯头白死，双魂化作好花来"，写出了并蒂莲的神韵，凄婉动人。

【注解】

腮：这里比作花瓣。

432.美人艳新妆，敛袂照秋水

出自宋代秦观的《荷花》

【原文】(节选)

> 方塘收雨脚，落日半遥岑。
> 芙蕖净娟娟，丽服抚翠衾。
> 美人艳新妆，敛袂照秋水。
> 薄暮风雨来，独立泪如洗。

【诗意】

池塘里的雨刚停歇，夕阳坠在远处半山腰。风雨后的荷花无比清净，姿态柔美，红花绿叶如同美丽的衣被交相辉映。荷花仿佛美人新妆，艳丽多姿。她整理好衣袖，亭亭玉立在秋水中，气质优雅。傍晚时分，忽然风雨交加，荷花独立在风雨中，荷叶上的雨珠似美人哭泣的眼泪。

【鉴赏】

　　秦观是高邮军武宁乡（今江苏扬州高邮市）人，少时聪颖，曾与苏轼同游，以诗见赏于王安石。元丰八年（1085）进士。元祐初，因苏轼荐，任太学博士，后迭遭贬谪。这一系列的惨痛经历，使秦观的心态由最初的进取心态逐渐转变为忧郁心态，最后心灰意冷，乃至绝望。这首诗语言婉丽，意致淡远，不仅描写了雨后荷花的干净娟丽，而且借以抒怀人之思，寓不遇之感。"芙蕖净娟娟，丽服抚翠衾"，诗句描绘雨后荷花之美，犹如一幅色彩绚丽的风景画。"美人艳新妆，敛袂照秋水"，诗人从荷花写到美人，因为二者都具有美艳的特质，因此自然贴切。"薄暮风雨来，独立泪如洗"，诗人再以美人之泪，寄寓自己身世之悲，动人心弦。

【注解】

　　遥岑：远处陡峭的小山崖。

　　衾：被。

　　敛袂：释义为整理衣袖，行礼拜揖的准备动作。

　　薄暮：傍晚。

433.月明船笛参差起，风定池莲自在香
出自宋代秦观的《纳凉》

【原文】

　　　　携扶来追柳外凉，画桥南畔倚胡床。

　　　　月明船笛参差起，风定池莲自在香。

【诗意】

携杖出门去寻找纳凉圣地，在华丽的画桥南畔，柳树成荫，坐靠在胡床之上非常惬意。皎洁的明月下，船上的笛声起伏不定，萦绕在耳边响起。晚风吹来，池中莲花盛开，幽香散溢，沁人心脾。

【鉴赏】

秦观善诗赋策论，与黄庭坚、晁补之、张耒合称"苏门四学士"。其尤工诗词，著名的如"两情若是久长时，又岂在朝朝暮暮"（《鹊桥仙》）等，为北宋婉约派重要作家。所写诗词高古沉重，寄托身世，感人至深。这首诗写乡居生活，描绘了江南宁静美妙的夏夜景色。此诗可能是秦观在仕途遭到挫折后所作，诗中流露出他向往清凉世界的感情。"携杖来追柳外凉，画桥南畔倚胡床"，诗人连用"携""来""追"三个动词，把人携杖出户后的动作，分出层次加以表现。其中"追"字更是曲折、含蓄地传达出诗人追寻理想中的纳凉胜处的内在感情。"月明船笛参差起，风定池莲自在香"，月上柳梢头，池中荷花散发出淡淡幽香，笛声悠扬而起，在自然的禅意中，暑热自然就遗忘了，思绪早已随着星光、荷香飘扬而去。秦观怀有用世之志，他对官场的奔竞倾夺表示厌弃，力求远避。诗人寓情于景，把思想感情寄托在另外一个理想王国。

【注解】

画桥：雕饰华丽的桥梁。

胡床：古时一种可以折叠的轻便座椅。

434.双头并蒂出天然，呈瑞悬知好事连

出自宋代吴芾的《再见双头莲》

【原文】

我来才见月初圆，两度池开并蒂莲。

嘉瑞还来非偶尔，悬知连岁有丰年。

双头并蒂出天然，呈瑞悬知好事连。

若得故人来对饮，何妨一笑到金莲。

【诗意】

我才来到池边，月亮刚刚升起，这并蒂莲已连续两年盛开了。这样的吉利并非偶然发生的，预示着这里将风调雨顺，连年都会是丰收年。

我知道并蒂花开不是人为的，料想必会好事连连。果然是有老朋友来访，我们在并蒂莲花下畅饮美酒。何妨说，这佳兆，就是为了我们的友谊而显现。

【鉴赏】

吴芾是浙江台州人，绍兴二年（1132）进士，官秘书正字，因揭露秦桧卖国专权被罢官。后任监察御史，上疏宋高宗自爱自强、励精图治。这首诗描写并蒂莲，象征吉祥，拓展了并蒂莲的审美意象。"双头并蒂出天然，呈瑞悬知好事连。若得故人来对饮，何妨一笑到金莲"，描写了并蒂莲带来的祥瑞和故人相见的快乐。吴芾还有一首咏荷诗《东湖观荷有感》："自有东湖知几年，荷花今日尚依然。堪嗟世事时时改，只有荷花岁

岁妍。"描写家乡东湖荷花，流露出对人生无常、世事沧桑的感慨。另有咏荷名句"芳春柳色连，长夏荷花绕"（《登遐观亭》），为人称道。

【注解】

悬知：料想、预知。

435.翠盖红幢耀日鲜，西湖佳丽会群仙
出自宋代杨巽斋的《荷花》

【原文】

翠盖红幢耀日鲜，西湖佳丽会群仙。

波平十里铺云锦，风度清香趁画船。

【诗意】

荷花荷叶相依相偎，在阳光的照耀下显得更加鲜艳，如同西湖美女与一群仙女聚集在一起，姹紫嫣红，赏心悦目。十里西湖风平浪静，如同铺满了彩色的锦缎。画船在荷花丛中穿行，荷花的清香随微风吹来，令人心旷神怡。

【鉴赏】

杨巽斋，生卒年不详，尝为监丞。现存二十九篇诗文中多数是咏花诗，《荷花》是其中之一。这首诗采用拟人手法，描绘了西湖荷花盛开场景，非常具有张力。"翠盖红幢耀日鲜，西湖佳丽会群仙"，诗人用了大胆的想象和推测，映日荷花分外鲜艳，成千上万株形色各异、花瓣精巧

的荷花，如同一群美女与仙女争奇斗艳。"波平十里铺云锦，风度清香趁画船"，诗句描绘西湖十里荷花美景，荷香似乎追着画船，沁人心脾。诗人用一个"趁"字，写出了荷香之浓，表明荷花之繁盛，从而使这一幅美丽的画面活了起来。

【注解】

佳丽：指漂亮的女子。

趁画船：追逐画船。

436.冯夷不敢受，捧出碧波心

出自宋代王禹偁的《咏白莲》

【原文】

昨夜三更后，姮娥堕玉簪。

冯夷不敢受，捧出碧波心。

【诗意】

昨夜三更后，嫦娥用人间的湖水作镜子，不小心坠落了白玉簪子。水神捡到不敢私藏，老老实实把它捧出水面，原来是一朵如玉般的白莲花，含水带露，伫立在碧波荡漾的湖中央。

【鉴赏】

王禹偁是济州钜野（今山东菏泽巨野县）人，出身于磨面为生的贫苦人家，九岁能赋诗，十余岁能撰文。北宋太平兴国八年（983），考中进士，授成武县（今山东成武）主簿，迁大理评事。次年，改任长洲（今江苏苏州）知县。历任右拾遗、左司谏、知制诰、翰林学士。他是宋初有名的直臣，为官清廉，敢于直言讽谏，屡受贬谪。宋真宗即位，授知制诰、黄州知州，世称王黄州。他的诗和散文一样，语言平易流畅，风格简雅古淡。这首诗非常有画面感，圣洁、唯美，颇有仙幻之美。"昨夜三更后，姮娥堕玉簪"，诗人用物比物，把白莲比作嫦娥头上的玉簪，新颖出奇，之前似未有人道过。"冯夷不敢受，捧出碧波心"，"捧出"动感十足，将白莲花半夜出水开放那种清雅淡然，婀娜之美，写得让人沉醉。整首诗只字未题白莲，但白莲风姿绰约、圣洁无瑕的鲜明形象，令人无限遐想。

【注解】

姮娥：嫦娥。中国古代神话中的人物，又名恒我、姮娥、常娥、素娥，羿之妻，因偷吃了不死药而飞升至月宫。

冯夷：水神。中国古代神话中的黄河水神。

437.湖边柳色媚清涟，湖上新荷叠绮钱
出自宋代姜特立的《和张倅湖上十绝》（其三）

【原文】

湖边柳色媚清涟，湖上新荷叠绮钱。

料得高人初出郭，眼中风物一醒然。

【诗意】

湖边柳色青青，倒映在碧波中。湖上新荷像铜钱似的层层叠叠，色

彩绮丽。估计是高人初出城所为，眼前的旖旎风光令人豁然开悟。

【鉴赏】

姜特立是处州丽水（今浙江丽水）人，以父恩补承信郎。淳熙中，累迁福建兵马副都监。时海贼姜大獠部在福建沿海一带活动猖獗，特立以一战舟，入贼阵，擒贼首。将领赵汝愚赏识其智勇，向朝廷举荐。淳熙十一年（1184），孝宗召见，特立献诗百篇。孝宗大喜，授其阁门舍人，命充任太子宫左右春坊兼皇孙平阳王伴读，深得太子恩宠。太子即位，除知阁门事。恃恩纵恣，遂夺职。帝颇念旧，复除浙东马步军副总管。宁宗时，官终庆远军节度使。他虽长期为官，但工于诗，意境超旷。他的《和张倅湖上十绝》，描写西湖风光，篇篇精彩。这首咏荷诗是其中之一，描写初夏西湖新荷景象。"湖边柳色媚清涟，湖上新荷叠绮钱"，诗人把新荷比喻成铜钱，那西湖仿佛就是一个巨大的聚宝盆，俗中见雅，可爱清新。他还有一首咏荷诗："水气澄鲜暑气微，一池菡萏映涟漪。精神妙处无人见，只在风清月冷时。"（《刘晃之家园六咏·露华》）描绘清冷的月光下荷花盛开之景，自然流露，不事雕琢。

【注解】

高人：精神能力超越凡俗的人。

醒然：犹豁然，开悟的意思。

438.败荷已尽小荷圆，照眼含香尚忍怜

出自宋代张继先的《新荷》

【原文】（节选）

败荷已尽小荷圆，照眼含香尚忍怜。

月帝来寻青玉匣，金童立认碧铜钱。

【诗意】

残荷叶已消失，新荷叶刚刚圆。这碧绿的新荷叶带着一股清香，在微风中摇曳，楚楚动人。夜晚月照荷塘，呈现出一种银绿圣洁的颜色。这么美的池塘，让人怀疑是月帝遗落的青玉宝匣，所以月帝特地来寻找。月光下的小荷叶圆溜溜地站着，那一定是金童认得的天上的碧玉铜钱。

【鉴赏】

张继先出生在江西龙虎山，是道教正一派第三十代天师，号翛然子。其五岁不言，一日，闻鸡鸣，忽笑，赋诗曰："灵鹊有五德，冠距不离身，五更张大口，唤醒梦中人。"他九岁嗣教，得宋徽宗恩宠，却志在冲淡，喜在山中旷逸自怡，清静修道，屡乞还山。这首诗描写了早夏的荷塘月色。"败荷已尽小荷圆，照眼含香尚忍怜"，晚春初夏，新荷像苏醒的孩子，舒展浮在水面上，别有一种视觉的清新。"月帝来寻青玉匣，金童立认碧铜钱"，字里行间充满了道教的光影仙气。莲花在道教象征着修行者，有清静无为的秉性。张继先还有一首《莲花》："淡淡红生细细香，半开人折寄山房。只缘清净超尘垢，颇似风流压众芳。"描写莲花如

同道教修行者独立高华、超凡脱俗。

【注解】

照眼：光亮耀眼。

月帝：传说中月宫的天子。

玉匣：精美的匣子。

金童：仙童。

439.东风忽起垂杨舞，更作荷心万点声

出自宋代刘攽的《雨后池上》

【原文】

一雨池塘水面平，淡磨明镜照檐楹。

东风忽起垂杨舞，更作荷心万点声。

【诗意】

一场骤雨过后，荷塘里又涨满了水，水面平静无波。清澈的水面犹如蘸水轻轻磨过的镜子一样，映照出岸边房屋的倒影。东风忽然吹起，万千杨柳枝条袅娜起舞，柳枝上的水珠洒向池中荷叶中间，不断发出清脆悦耳的声音。

【鉴赏】

刘攽是樟树（今江西宜春）人，庆历六年（1046）进士，历任曹州、兖州、亳州、蔡州知州，官至中书舍人。他一生潜心史学，治学严谨。他助

司马光纂修《资治通鉴》，充任副主编，负责汉史部分。这首诗写雨后荷塘幽美迷人，以动衬静，动中有静，描绘了一幅静怡的雨后池塘春景图。

"东风忽起垂杨舞，更作荷心万点声"，诗句中荡漾的东风、婆娑起舞的垂杨、荷叶上的"万点"声响，无一不具有一种流动的韵致和盎然的生机，反映了诗人雨后静观自然的怡然心态，给人以清美的艺术享受。

【注解】

平：这里指水涨与地面平。

淡磨：恬静安适。

檐楹：房屋的瓦檐、楹柱。这里指房屋。

荷心：这里指荷叶中间。

440.相忘一笑一杯酒，荷叶雨声生晚凉
出自宋代葛绍体的《荷渚即景》

【原文】

轩槛空明照野塘，闲看渔父濯沧浪。

相忘一笑一杯酒，荷叶雨声生晚凉。

【诗意】

厅堂宽敞明亮，我倚在长廊的栏杆上，悠闲地观看眼前的荷景，不远处野外的池塘清波粼粼，有位渔翁无忧无虑地在那里钓鱼。此时此景，我要把过去的事情淡忘，只想开开心心地喝杯酒。夜色降临，外面传来雨打荷叶的声音，多么清凉，令人心情舒畅。

【鉴赏】

葛绍体是建安（今福建南平建瓯市）人，侨居黄岩（今浙江台州黄岩区），亦曾寓居临安。他师事叶适，博学善属文，在嘉兴等地做过地方官。夏季江南，野塘荷花随处可见，这首诗描写的就是荷塘即景，表达了诗人对闲适生活的喜爱和向往。"轩槛空明照野塘，闲看渔父濯沧浪"，诗人引用"沧浪濯缨"典故，隐约流露出归隐之意。"相忘一笑一杯酒，荷叶雨声生晚凉"，诗人一边赏景饮酒，一边倾听雨打荷叶之声，世俗间的烦恼尽去，这是何等惬意的事。

【注解】

渔父：屈原赋中所描写的一位避世隐身、以渔钓自乐的隐士。后沿用为咏隐士的典故。

濯沧浪：源见"沧浪濯缨"，指洗心涤虑，超脱世俗。唐代戴叔伦《春江独钓》诗："荷衣尘不染，何用濯沧浪。"

441.彤云赤雾生绀房，朝霞变蕊朱粉光
出自宋代梅尧臣的《南轩盆植重台莲移种池》

【原文】（节选）

彤云赤雾生绀房，朝霞变蕊朱粉光。

萍根科斗得自在，荷芰明年出水央。

【诗意】

红彤彤的彩霞照在盆池，重台莲笼罩在晨雾中，莲房四周金灿灿

的，花蕊的粉熠熠闪光。蝌蚪在青萍中游来游去，预计明年这个时候，荷花菱叶又会出现在水中央。

【鉴赏】

梅尧臣是宣州宣城（今安徽宣城宣州区）人，少即能诗，初以恩荫补桐城主簿，历镇安军节度判官。皇祐三年（1051），年近五十的梅尧臣经宋仁宗召试，被赐予"同进士出身"。后以欧阳修荐，为国子监直讲，累迁尚书都官员外郎。他与苏舜钦齐名，时号"苏梅"，又与欧阳修并称"欧梅"。为诗主张写实，反对西昆体，所作力求平淡、含蓄，被誉为宋诗的"开山祖师"。这首诗通过写景抒发情感，隐隐透露出诗人对美好生活的憧憬。"彤云赤雾生绀房，朝霞变蕊朱粉光"，诗句辞藻华丽，描绘了日出时的重台莲，预示美好和新的开始。"萍根科斗得自在，荷芰明年出水央"，诗句朴素自然，表达了诗人对来年美景的盼望和期待。

【注解】

彤云：彩霞。

科斗：即蝌蚪，古时写作"科斗"。

442.浩露同一色，澄澈寒鉴里

出自宋代梅尧臣的《和寿州宋待制九题其三白莲堂》

【原文】

蟋蟀在秋堂，芙蕖出深水。

浩露同一色，澄澈寒鉴里。

佳人耻施朱，欲与天真比。

沙鸟闲且都，谁将拟公子。

【诗意】

秋天的蟋蟀在白莲堂里鸣叫，外面白莲花在深水中绽放。浓重的露水与白莲花同一种颜色，寒冷的池水清澈而透明。白莲花就像清纯的美丽女子，不屑于那些有颜色的荷花，就喜欢这样纯洁清净的样子。白莲堂的主人行止娴静高雅，连荷池里的沙鸟也想模仿。

【鉴赏】

南宋诗词巨擘陆游，认为欧阳修的古文、蔡襄的书法、梅尧臣的诗"三者鼎立，各自名家"。其诗常常于平实淡然中出新见深，生动传神、深沉含蓄。这首诗古朴而淡雅，诗人把白莲比作佳人，在描写白莲的同时赞美白莲堂主人，平淡中有几分清丽。"浩露同一色，澄澈寒鉴里"，诗句描绘的是秋天池塘里白莲带露盛开的独特景象，"浩露同一色"，诗人在画面上又轻轻涂抹了一层亮晶晶的白色，增添了勃勃生机。梅尧臣曾任建德（今安徽池州东至县）县令，居官清廉正直。他在考察当地民情时作诗曰："山茗烹仍绿，池莲摘更繁。"把茶叶与池莲并为建德之美。看多了莲花的诗人，对莲的品质自然有更深切的感受。梅尧臣的咏荷诗句还如"荷叶半黄莲子老，霜苞微绿橘林明"（《重送周都官》），诗人描绘秋天中的两种植物，通过"黄""绿"的对比，表现了秋的特色。再如"纹禽忽飞去，冲落波上霞"（《莲塘》），极富诗情画意。

寿州：今安徽淮南寿县。

待制：古代官员头衔。早唐时为皇帝咨询近臣的称号，晚唐至宋朝时成为高级官员的头衔，位于学士、直学士之下。

寒鉴：比喻清澈闪光的水面。

佳人：这里喻指白莲花。

闲且都：指仪态雍容娴雅。闲：通"娴"，文雅的样子。

公子：古代诸侯之子称公子。这里指白莲堂主人。

443.白藕作花风已秋，不堪残睡更回头

出自宋代王氏的《莲花》

【原文】

白藕作花风已秋，不堪残睡更回头。

晚云带雨归飞急，去作西窗一夜愁。

【诗意】

一尘不染的白莲花风韵犹存，但秋风已起，毕竟进入秋季了。我不能忍受总是半梦半醒，更不能忍受总是回忆过去美好生活。每到夜晚，遇到了骤然而至的风雨，愁思总会不断涌上心头，盼望有情人来相聚夜语。

【鉴赏】

这首诗是宋代女子王氏所写。古籍记载，王氏年纪很大还没有出

嫁，有恨嫁之心，于是写出了这首诗。王氏在这首诗中，以秋雨中的荷花自怜自喻，借荷花以抒发春恨无尽的感叹和青春将逝的愁闷之情。而当时著名诗人赵令畤（宋太祖之后人，苏轼为之改字德麟）因为原配夫人去世，正准备找个好女子续弦。他看到王氏写的这首诗之后，非常感动，也非常欣赏王氏的才华，就派人去求亲。两人就这样结为夫妻，人们便把这首诗看作是"二十八字媒"，传为一时美谈。"白藕作花风已秋，不堪残睡更回头"，诗句用秋荷来表达女主人公寂寞的心灵和挥之不去的忧愁，因为饱含真情实感，所以除了文采飞扬，更有一种独特的哀怨，令人读后忍不住怜惜哀叹。

【注解】

西窗：指客舍之窗，暗含凄凉、萧索之意。这里指女子住所的窗户。

444.五月临平山下路，藕花无数满汀洲
出自宋代道潜的《自姑苏归西湖临平道中作》

【原文】

风蒲猎猎弄轻柔，欲立蜻蜓不自由。

五月临平山下路，藕花无数满汀洲。

【诗意】

我从苏州返回杭州，第一时间就到西湖，只见蒲柳叶嫩，随风乱舞、柔婉袅娜，发出猎猎的响声。可爱的小蜻蜓飞来飞去，欲立荷花枝头而又站立不稳。此时正值农历五月，我走在临平山下的路上，许多鲜

艳的荷花覆盖了整个汀洲间的水面。

【鉴赏】

道潜是於潜（今浙江杭州临安区）人，俗姓何，自幼出家。他是苏轼的好友，两人唱和往还，结为忘形之交，不离不弃。他曾不远万里去黄州探望苏轼，陪了一日又一日，竟然居留一年有余。苏轼甚爱之，认为他的诗句清绝，与林逋不相上下。他文学造诣极高，能诗善文，其诗清丽可喜，超凡脱俗。宋朱昂《续骫骳说》："参寥子（道潜，字参寥）尝在临平道中赋诗云云，东坡一见而刻诸石。宗妇曹夫人善丹青，作《临平藕花图》，人争影写。"道潜的这首诗行文朴素，出语平淡，采用了动静结合的技法，描绘了五月西湖到处都是荷花盛开之景象，充满了浓重的画意。"风蒲猎猎弄轻柔，欲立蜻蜓不自由"，一个"不自由"极富神韵，反衬出自然界无限的生机与自由。"五月临平山下路，藕花无数满汀洲"，诗人通过对临平山一带如诗风光的细腻描绘，表达了一位出家清净的衲子对佛性真如与宇宙自然的纯朴本真的赞美之情。整首诗无一句一字抒情，却在所写景物中让人感受到诗人内心的闲适以及对大自然热爱的情感。

【注解】

临平：指临平山，即今天的浙江杭州东北。

风蒲：指蒲柳，即水杨。

汀洲：水中小块陆地。这里指汀洲间的水面。

445.荷叶似侬鬓，荷花似侬妆

出自宋代文珦《采莲曲》

【原文】

荡桨入平湖，湖波渺无极。

红白芙蓉花，何如妾颜色。

荷叶似侬鬓，荷花似侬妆。

夫婿常别离，羞见双鸳鸯。

采莲莫伤根，伤根不成藕。

因思藕不成，悔作征人妇。

采莲惟采花，不敢采莲子。

其中有苦意，与妾心相似。

【诗意】

　　我划着船进入平湖，湖水浩荡，一望无际。那红红白白的荷花，与我相比哪个好看。

　　如果说荷叶像我的鬓发，那么荷花就像我的红妆。我与丈夫常年不在一起，故怕见那嬉戏的一对鸳鸯。

　　我采荷花时没使劲，免得动摇了它的根，如果根伤了就长不成藕了。思念一个人但又无法在一起，我好后悔嫁给了征人。

　　我采莲只采荷花，不敢摘莲子。都说莲子心苦，与我心境相似。

【鉴赏】

文珦是於潜（今浙江杭州临安区）人，自号潜山老叟。早岁出家，遍游东南各地，游踪略见《闲中多暇追叙旧游成一百十韵》，有"题咏诗三百，经行路四千"之句，后以事下狱，久之得免，遂遁迹不出。宋朝很多僧人都写诗，而且写得非常入世和细腻。文珦的这组采莲曲，颇有乐府韵味。"荷叶似侬鬓，荷花似侬妆"，诗人用荷叶比喻女子的青鬓，用荷花比喻女子的容颜，非常妥帖。整首诗语言洗练，以第一人称的代入法描写女子采莲过程中的心理活动，写出了她因丈夫不在而产生的忧伤和痛苦，令人回味无穷。文珦终年八十余岁，其人生不顺却获高寿。他的一首《晚秋野外》："隔岸茅茨低小，临溪草径横斜。杨柳已无余叶，芙蓉尚有残花。"诗句描写深秋野外的荒凉之景，溪中荷叶枯萎，唯有零星的残花傲然枝头。诗人以眼前景寓心中境，抒发了他郁郁不得志的心情。

【注解】

无极：这里是无边际的意思。

征人：指出征或戍边的军人。

446.翠盖风翻红袖影，芙蓉一路照波间
出自宋代杨备的《采香径》

【原文】

馆娃南面即香山，画舸争浮日往还。

翠盖风翻红袖影，芙蓉一路照波间。

【诗意】

采香径在馆娃故宫南面，香山脚下，这里每天游船来来回回，络绎不绝。正值夏季，碧绿的荷叶在风中摇曳，荷花倒映在清澈的水中，隐约可见采莲女的倩影在舞动。泛舟其中，一路有荷花相伴，水面波光粼粼，真是美不胜收。

【鉴赏】

杨备是建平（今安徽宣城郎溪县）人。仁宗天圣中知长溪县，明道初知华亭县。庆历中为尚书虞部员外郎，分司南京。嘉祐中以虞部郎中知广德军，官终于尚书郎中。杨备与当时名臣宋祁交好，故而文学造诣极高。他特别喜欢苏州的山水美景，"尝乐吴地风俗之美"，定居苏州，尝效白居易体作《我爱姑苏好》十章，并作《姑苏百题诗》三卷。《姑苏百题诗》描写苏州及太湖的景物，每题笺释其事，后范成大修志多采用之。这首诗是其中之一，描写了苏州采香径夏日荷花盛开的景色。"翠盖风翻红袖影"，"翠盖""红袖"色彩对比突出，美丽的采莲女在茂密的荷花丛中忙碌着，如诗如画，回味无穷。"芙蓉一路照波间"，诗句描绘了荷花之盛景，如梦如幻，令人难忘。

【注解】

采香径：即采香泾，又名箭泾河，在今江苏苏州吴中区。《吴郡志》："采香泾在香山之旁，小溪也，吴王种香于香山，使美人泛舟于溪以采香。今自灵岩山望之，一水直如矢，故俗又名箭泾。"

馆娃：即馆娃故宫，古代吴宫名，在今江苏苏州吴中区。春秋时吴王夫差为西施建造。吴人呼美人为娃，馆娃宫即为美女所居之宫。

红袖：女子的红色衣袖。这里指美女。

447.一花一叶自相连，待得花开叶已圆

出自宋代孔平仲的《咏荷花》

【原文】

一花一叶自相连，待得花开叶已圆。

应为施朱嫌太赤，故将嫩绿间婵娟。

【诗意】

荷花荷叶紧紧相连生长，等到花开时，荷叶已长成圆，就像一个个碧绿的大圆盘。估计应该是涂以红粉就怕太红的缘故，就将嫩绿的荷叶来点缀如仙女般的荷花。

【鉴赏】

孔平仲是峡江县（今江西吉安峡江县）人，孔子后裔。与二兄孔文仲、孔武仲"以文章名世"，嘉祐、治平年间连续三科顺次登进士第，元祐初同入朝为官，声名卓著，时号"三孔"。黄庭坚有"二苏（苏轼、苏辙）联璧，三孔分鼎"之誉。其诗豪放流丽，近于苏轼。这首咏荷诗，流丽清整，通畅明快。"一花一叶自相连，待得花开叶已圆"，诗句描写了荷花与荷叶共生共长，是共同体，从来都是相互依偎着一起生长。"应为施朱嫌太赤，故将嫩绿间婵娟"，一个"间"字写出了红花还需绿叶扶。诗人再用拟人的修辞手法，把荷花比作"婵娟"，使得荷花充满了仙气，突显出荷花的美丽与高贵。

【注解】

婵娟：古诗文里多用来形容女子，也形容月亮、花等。这里指荷花。

448.竹风寒如玉，荷雨急跳珠

出自宋代司马光的《闲中有富贵》

【原文】（节选）

> 水净齐纨展，花繁蜀锦纤。
>
> 竹风寒扣玉，荷雨急跳珠。

【诗意】

池水清澈见底，一张张荷叶如团扇迎风招展。一朵朵荷花沐浴在阳光中，灿如精美的蜀锦。清凉的风伴着雨吹来，那些雨珠无落脚地，才沾上荷叶就起跳，犹如大珠小珠落玉盘。

【鉴赏】

司马光是陕州夏县（今山西运城夏县）人，七岁时，不仅能背诵《左氏春秋》，还能讲明白书的要义，并且做出了"砸缸救友"这一件震动京洛的事。他为人温良谦恭，刚正不阿；做事用功，刻苦勤奋，主持编撰了近四百万字的编年体史书《资治通鉴》。他曾二度为相，以"日力不足，继之以夜"自诩，堪称儒学教化下的典范。这首诗中的描写绘形绘色，表达了诗人休闲的心情。这里节选其中四句。"水净齐纨展，花繁蜀锦纤"，诗人运用了恰当的比喻，展示了一副璀璨的夏荷图，再现了如画般的田园风光。"竹风寒扣玉，荷雨急跳珠"，诗句描写了雨荷美丽的景象。正是荷叶不沾水的特性，急雨跳珠是一道另类的赏荷风景。司马光还有一首咏荷诗："平湖漠漠芰荷稠，水国芳春不胜秋。空有棹歌人不见，晚风一曲去悠悠。"（《龙女祠后塘自生荷花数杈与史诚之更相酬和》）有一种悠闲惬意的情怀。"空有棹歌人不见"与王维的"空山不见人，但闻人语响"意境十分相似，充满了朦胧神秘的感觉。晚风一曲去悠悠，歌声渐行渐远，余响犹在，令人回味无穷。

【注解】

齐纨：齐地出产的白细绢。这里喻指荷叶。

蜀锦：四川出产的传统的染色丝织品。这里喻指荷花。

竹风：是指竹间之风，常指清凉之风。出自唐代杜甫的《远游》诗。

449.荷花荷叶满池塘，柄柄摇风作晚凉

出自宋代邹浩的《池上》

【原文】

荷花荷叶满池塘，柄柄摇风作晚凉。

忽忆新开湖里过，绕船终日送清香。

【诗意】

荷花开满了整个池塘，一张张荷叶在风中摇曳，每到晚上就给人送来清凉。忽然想起荷花刚开时，我们划船去采莲，在池塘里来来回回，荷花的清香整天伴随在我们周围。

【鉴赏】

邹浩是晋陵（今江苏常州）人，北宋后期的著名谏臣、学者。元丰五年（1082）进士，历任扬州颍昌府教授、太常博士、襄州教授。为人性格耿直，敢于直言。为官一身正气，曾四年中被除名罢官、流放三次。他曾与苏轼、黄庭坚、秦观、张耒交游，世称"五君子"。这首诗明快流畅，描写诗人池上所见荷景。"荷花荷叶满池塘，柄柄摇风作晚凉"，满池荷花映入眼帘，微风吹来阵阵荷香，给人带来晚凉，何等惬意。邹浩还有一首描写残荷的诗："万顷菱荷一一荒，骈头相倚卧池塘。追惟弄日摇深绿，不谓凌风折败黄。"（《枯荷》）展现了荷花生命尽头的苍凉之美。

【注解】

摇风：指风吹摆动。

450.双双白鹭坠青空，飞入花汀杂翠红

出自宋代择璘的《荷花》

【原文】

双双白鹭坠青空，飞入花汀杂翠红。

烟火一篷渔舍晚，归时荡漾小船风。

【诗意】

晴朗的天空中，一对白鹭翩然而至，忽然飞入翠盖红妆的荷花丛中。岸边渔家灯火初亮，炊烟袅袅，湖面上有一艘小船悠悠归去，随风荡漾。

【鉴赏】

　　择璘，生卒年不详。据载，北宋时他是江南剡中（即浙江绍兴嵊州市）宝积寺的一名僧人，擅长作诗。诗风沉雄雅健，富有情致，可惜很多诗作已经失传，存有咏荷花、牡丹、梅花、杜鹃花等几首诗。这首诗描写了荷塘暮景，恬静又有生机。"双双白鹭坠青空，飞入花汀杂翠红"，诗人用"青空"与"翠红"相对，勾画出绚丽的色彩，再用一个"杂"字，把"白鹭"与"翠红"相映衬，完整地描绘出一幅鲜明的动态风景图。"烟火一篷渔舍晚，归时荡漾小船风"，诗句描绘了一幅恬静幽美、清新喜人的图画，表现出诗人宁静、闲适的生活状态。

【注解】

　　汀［tīng］：水边平地。

　　篷：船帆。这里指船。

451.新荷贴贴铺水面，要渠起立良独难

出自宋代饶节的《感新荷》

【原文】

　　　　新荷贴贴铺水面，要渠起立良独难。

　　　　一朝时至鹤鹭立，清凉月下飞翻翻。

【诗意】

　　一张张嫩荷叶刚露出水面，让它们立起来都有难度。一旦恰有白鹤鹭鸶来到荷塘，清凉如水的月光下，就见这些鸟儿飞来飞去。

【鉴赏】

饶节是临川（今江西抚州临川区）人，从小好学，曾游家鄂皖豫等地，早年志向颇为远大，遭遇不顺，便纵酒烂醉，数日不醒。出家后法名如壁，过着闲云野鹤式的生活。他是江西诗派重要诗人，与谢逸、汪革、谢薖并称为江西诗派"临川四才子"。其诗纯真朴实，华而不绮，陆游称其为当时诗僧第一。这首描写新荷的诗，生动形象，意境幽美。"新荷贴贴铺水面，要渠起立良独难"，写出了新荷刚出水的景象，如同不会走路的婴儿，温馨地躺在水面上。他还有一首咏荷诗："雨后新荷拥岸青，菰蒲相向立蜻蜓。此中佳处君知否，应对文君赋小星。"（《赵元达久不至池上作诗戏之》）描写雨后荷塘，充满勃勃生机。

【注解】

贴贴：意思是紧紧贴在一起。

翻翻：意思是翻飞、飞翔貌。

452.金红开似镜，半绿卷如杯

出自宋代文同的《咏莲》

【原文】

金红开似镜，半绿卷如杯。

谁为回风力，清香满面来。

【诗意】

漫步池畔，映入眼帘的首先是那艳红的莲花。它在阳光照耀下鲜艳夺目，简直像镜子一样闪射出耀眼的光彩。而与它相伴的是翠绿的新叶，半卷着就像碧玉琢成的酒杯。是什么力量让回风吹起，使荷花的清香扑面而来？

【鉴赏】

文同是梓州梓潼郡永泰县（今四川绵阳盐亭县）人，宋仁宗皇祐元年（1049）进士，迁太常博士、集贤校理，历官邛州、大邑、陵州、洋州等知州或知县。元丰初年，文同赴湖州就任，世人称文湖州。他是当时著名的画家、诗人，深为司马光等人赞许，尤受其从表弟苏轼敬重。他尤善画竹，有"成竹在胸"的典故。这首简短的咏荷诗，充满了中国画的意味。诗人通过对莲花细致的观察，把莲花、荷叶、清香等方面的特点都用诗表现了出来。"金红开似镜，半绿卷如杯"，先画上一朵盛开的红莲，再配上一柄半卷的新叶。虽只有一花一叶，但明净简洁的构图却是以少胜多，让人想到覆满池塘的田田荷叶和亭亭花枝。"谁为回风力，清香满面来"，荷香扑面而来，美景令人陶醉。或许本来就没有风，而是莲花自己送来阵阵幽香。

【注解】

金红：红而微黄的颜色。

回风：指回旋的风。

453.红苞绿叶共低昂，满眼寒波映碧光

出自宋代文同的《西湖荷花》

【原文】

红苞绿叶共低昂，满眼寒波映碧光。

应是西风拘管得，是人须与一襟香。

【诗意】

我来到西湖边，恰是赏荷的好时节。红色的花苞与碧绿的荷叶一起随风摇曳。映入我眼帘的，尽是荷花在清水中泛起的翠绿色光芒。这个季节，我料想是秋风也管束不了，任何人都能带着荷香回去。

【鉴赏】

文同有六首描写西湖的诗，估计是他在浙江湖州就任时所作。此诗虽不如苏轼"水光潋滟晴方好，山色空蒙雨亦奇。欲把西湖比西子，淡妆浓抹总相宜"那么出名，但也值得细细品味。"红苞绿叶共低昂，满眼寒波映碧光"，一个"昂"字，勾画出荷花在碧水中生机勃勃的形象。"应是西风拘管得，是人须与一襟香"，诗句赞美荷花香气怡人，表达了诗人高洁的情操。

【注解】

低昂：形容升降起伏、高低不定。

是人：犹人人，任何人。

一襟香：这里指所穿衣服的衣带散发的香气。襟：衣上代纽扣

的带子。

454.翠盖佳人临水立，寂寞雨中相对泣

出自宋代任希夷的《荷花》

【原文】

  翠盖佳人临水立，寂寞雨中相对泣。

  漫泉浮出玉肌寒，檀娄不施香汗湿。

  一阵风来碧涩翻，珍珠零落难收拾。

【诗意】

  一朵朵荷花就像佳人，亭亭玉立在水中。她们在无人陪伴的寂寞里，只能在雨中相对无言，似乎在哭泣。广阔的水面上漂浮着荷花瓣，如同佳人娇容，给人一种寒意。荷叶上湿漉漉的，那些雨珠疑是佳人的汗珠。忽然一阵风吹过，碧绿的荷叶翻起来，大大小小的水珠瞬间落下去，不可收拾。

【鉴赏】

  任希夷祖籍眉州（今四川眉山），后徙居福建邵武（今属福建南平）。他小时候求知欲强，喜欢苦思探索义理，不分昼夜，从不间断。曾跟随朱熹学习"二程"（程颢、程颐）学说，深得理学精要，受到朱熹的器重。弱冠登宋孝宗淳熙三年（1176）进士第，调浦城簿、萧山丞。宋宁宗开禧初为太常寺主簿。嘉定四年（1211），以宗正丞兼太子舍人，累迁

礼部尚书兼给事中。十二年签书枢密院事,十三年兼参知政事。十四年出知福州。这首诗描写了雨中荷花的姿态,用词讲究,形象生动。"翠盖佳人临水立,寂寞雨中相对泣",诗人采用拟人手法,"相对泣"似有某种悲伤在佳人心里,写得凄美动人。"漫泉浮出玉肌寒,檀娄不施香汗湿","玉肌"的"玉"象征荷花的品质高贵,"檀娄不施"说明荷花注重内在美。此诗与杜衍的《雨中荷花》部分诗句雷同,但又有新意。

【注解】

漫:指水向四面八方流淌,浩大的样子。

玉肌:犹言玉容。这里指花瓣。

檀娄:比喻女子的嘴和脸红而香。

455.三千美女学宫妆,占断薰风水一方
出自宋代云岫的《画荷花二首》(其一)

【原文】

三千美女学宫妆,占断薰风水一方。

试问画工何处在,移来五月鉴湖凉。

【诗意】

这一大片荷花犹如众多美女,正按宫女的装束打扮自己。红妆翠盖在水一方,迎着暖暖的东南风而立,风姿绰约。试问哪里有这样的画师,请五月来鉴湖画一幅新荷弄晚凉图。

【鉴赏】

云岫是庆元府昌国（今浙江舟山）人，师事直翁，遍叩丛林名宿，后为青原下十八世、直翁举禅师法嗣。俗姓李，字云外，"云岫"取自陶潜《归去来兮辞》："云无心以出岫。"这首诗气势恢宏，描绘了一幅鉴湖夏日荷花图。"三千美女学宫妆，占断薰风水一方"，诗人用"三千美女"形容众多荷花，用"占断薰风"形容花多势众，场面十分壮观。他另一首《画荷花二首》（其二）："高擎万柄绿参差，匹练横铺锦一机。喜对薰风描写得，秋风夜雨不敢知。"则描写了秋荷之美景。

【注解】

薰风：和暖的风，指初夏时的东南风。《吕氏春秋·有始》："东南曰薰风。"

画工：指以绘画为职业的人。

456.花落波间生缬纹，香飘风外似炉薰
出自宋代喻良能的《荷花》

【原文】

花落波间生缬纹，香飘风外似炉薰。

六郎颜色应惭汝，八子风流定似君。

【诗意】

静静的湖面上，荷花随风摇曳，泛起彩色波纹。微风带着花香，似袅袅的焚香，四处飘散。荷花的姿色，估计六郎应自叹不如你；荷花的

风采,估计八子也只能与你相似。

【鉴赏】

喻良能是义乌(今浙江金华义乌市)人,出身于书香门第之家,官至兵部郎中、工部郎官。他一生忙于政事,但这并不影响其诗才的充分发挥。晚年告老还乡,建"亦好园",内有磐湖、钓矶等景点。会友吟诗,觞咏自娱,逍遥悠闲,留下许多闲逸诗。这首诗文笔老到,估计是晚年所作。"花落波间生缬纹,香飘风外似炉薰",诗人观察细微,用"缬纹"侧写荷花颜色,用"炉薰"比喻荷花香气。花正艳、香亦浓,赏荷正当时,表达了诗人轻松愉快的心情。"六郎颜色应惭汝,八子风流定似君",诗人通过对荷花的赞美,表达了对荷花的喜爱之情。

【注解】

缬纹:彩色花纹。

六郎:指武则天的男宠张昌宗,别名张六郎,人称六郎美如莲花。后用为咏莲之典实。

八子:是秦汉时期皇帝侍妾称号。

457.亭亭张翠盖,面面睹晨妆
出自宋代陈宓的《荷花》

【原文】

亭亭张翠盖,面面睹晨妆。

玉鉴三千匣,金钗十二行。

雨添骊水浴，月解月宫裳。

对此谁能赋，端须铁石肠。

【诗意】

清晨，碧绿的荷叶像一把把打开的绿伞，荷花亭亭玉立在水中央，四面八方都能看到它美丽的妆容。平静清澈的湖面像白玉磨成的镜子，朵朵荷花如同一群美女，娉娉婷婷。雨落池塘，如同给杨贵妃沐浴的芙蓉池添加泉水；月照荷花，仿佛给月宫里的嫦娥解开霓裳羽衣。对于这些谁能赋诗，就需要有不为感情所左右的铁打心肠。

【鉴赏】

陈宓是宋兴化军莆田县（今福建莆田）人，系南宋名相陈俊卿之子。少尝及登朱熹之门，熹器异之。受父荫，历任泉州南安盐税、主管南外睦宗院、安溪知县、进奏院监察、军器监簿、南康知军、延平知府、南剑州知州等职。嘉定十四年（1221），任南剑州太守陈宓在南平城南九峰山麓，仿照白鹿洞书院模式建造延平书院，这是中国古代第一所官办书院。他为官清廉，曾自言"居官必如颜真卿，居家必如陶潜，而深爱诸葛亮身死家无余财，库无余帛"。这首诗引经据典，想象丰富，勾画出一幅荷花在池塘中争奇斗艳的画面。"亭亭张翠盖，面面睹晨妆"，荷花如翠盖佳人亭亭玉立在池塘中，其花瓣的颜色在清晨是最鲜艳的。

【注解】

金钗十二行：出自南朝梁武帝《河中之水歌》。后以比喻姬妾之众多。

铁石肠：犹铁石心。

458.弄云初月光犹淡，出水新荷绿未深
出自宋代郑刚中的《晚凉小酌》

【原文】^{（节选）}

城头暮角送阑暑，倚槛顷之风满襟。

去鸟渐迷山落日，鸣蝉忽静木垂阴。

弄云初月光犹淡，出水新荷绿未深。

萧散晚凉君解否，一杯寻见古人心。

【诗意】

　　城墙头日暮的号角声刚送走暑气，我斜靠在栏杆上向远方眺望，阵阵凉风吹动我的衣襟。日落西山，鸟归巢了，山色迷蒙；鸣叫了一天的蝉声也没了，树阴下凉意顿生。初升的月亮从云层里爬出来，它的光淡淡的；新长成的荷叶从水面上升起来，它的颜色还没绿透。这样闲适凉爽的天气，你是否能体会到生活的美好。此时此刻，喝上一杯美酒，能寻找到古人保持本性的初心。

【鉴赏】

　　郑刚中是婺州金华（今浙江金华）人，南宋抗金名臣，累官四川宣抚副使，治蜀颇有方略，威震境内。初刚中尝为秦桧所荐，后桧怒其在蜀专擅，罢责桂阳军居住；再责濠州团练副使，复州安置；再徙封州卒。这首诗娓娓道来，通过描写初夏落日美景，抒发了诗人不随波逐流、不

趋炎附势的决心。"弄云初月光犹淡,出水新荷绿未深",淡淡的月光照在刚出水的新荷上,朦朦胧胧,犹如仙女下凡,诗句描绘了一幅清淡的荷塘暮色图。郑刚中另有咏荷诗句"晚凉荷叶嫩,细雨橘花香"(《故居》),写出了夏天雨荷清新脱俗的美。

【注解】

暮角:日暮的号角声。

顷之:一会儿,不久。

萧散:犹潇洒。形容举止、神情、风格等自然,不拘束;闲散舒适。

459.美艳向人花灼灼,青圆如鉴叶田田
出自宋代郑刚中的《荷花》

【原文】

美艳向人花灼灼,青圆如鉴叶田田。

月明徙倚阑干处,细得真香忆去年。

【诗意】

鲜艳的荷花美丽动人,花瓣明亮似火;圆圆的荷叶随风摇曳,像镜子般洁净。它们层层叠叠,相连成一大片,一望无际。明月之下,我徘徊在栏杆处,清晰地记得去年这个时候赏花,花香醉人。

【鉴赏】

这首诗描写了诗人月下赏荷情景,隐约透露出他淡淡的愁闷。估计

是郑刚中回到故乡婺州金华时所作，尽管仕途不顺，但家乡的荷花是他的寄托。"美艳向人花灼灼，青圆如鉴叶田田"，夏日里，最美是荷花，尤其是故乡的荷花，更有一种情结，让人难以忘怀。他还有一首《题西岩》："终日徘徊得好凉，一杯炎暑亦冰霜。会须日上出山去，更看芰荷生夜香。"抒发了同样的情感。

【注解】

徙倚［xǐ yǐ］：徘徊，流连不去。

460.圆绿风翻翡翠云，娇红露淡石榴裙

出自宋代行海的《荷花》

【原文】

圆绿风翻翡翠云，娇红露淡石榴裙。

采莲声隔花深处，应有鸳鸯梦里闻。

【诗意】

风吹荷叶，翠绿如云般地在湖面上翻卷；映日荷花，仿佛是一个个身穿石榴裙的少女，花瓣上还有淡淡的清露。远处传来悦耳的采莲歌声，荷花深处睡梦中的鸳鸯，也许听到了这歌声。

【鉴赏】

行海是剡溪（今浙江绍兴嵊州）人，早年出家，十五岁游方，咸淳三年（1267）住嘉兴先福寺。行海遍历各地，交游广阔，颇有诗名。作为佛

子，他交往最多的还是佛门中人，且并无禅、教之碍，与禅宗禅师亦有交往。亦与当时江湖诗人过从甚密，如许棐、周弼等。行海有诗三千余首，林希逸选取其中近体二百余首为《雪岑和尚续集》二卷。这首咏荷诗意境优美，表达了诗人对荷花的赞美以及对大自然的热爱之情。"圆绿风翻翡翠云，娇红露淡石榴裙"，"圆绿"对"娇红"，"翡翠云"对"石榴裙"，色彩鲜明，勾画出夏日荷塘美景。"采莲声隔花深处，应有鸳鸯梦里闻"，诗人写人不见人，说明荷塘开阔，荷花茂盛，韵味十足。

【注解】

翡翠云：此处喻指荷叶。

石榴裙：此处喻指荷花。

461.徐娘羞半面，楚女妒纤腰

出自宋代钱惟演的《荷花》

【原文】（节选）

水阔雨萧萧，风微影自摇。

徐娘羞半面，楚女妒纤腰。

【诗意】

春雨潇潇，在宽阔的水面上，那盛开的荷花随着徐徐而来的微风，轻轻地摇曳着。尽管是在雨中，但她风姿不减，神采依旧。就像徐娘半遮羞面一般，美丽俊俏极了；又仿佛有楚国女子纤细的舞腰，美得令人嫉妒。

【鉴赏】

钱惟演是钱塘（今浙江杭州）人，吴越王钱俶第七子，随父归宋，官至工部尚书。他平生唯好读书，坐则读经史，卧则读小说，上厕则阅小辞。他博学能文，在文学创作上颇有建树，为"西昆体"骨干诗人，喜欢招徕文士，奖掖后进，对欧阳修、梅尧臣等人颇有提携之恩。这是一首凄美动人的咏荷诗，这里节选其中四句。"水阔雨萧萧，风微影自摇"，诗句描绘了荷花在微风细雨中的姿态。"徐娘羞半面，楚女妒纤腰"，诗人眼中的荷花婀娜多姿，诗句极其生动形象地描绘了荷花楚楚动人的姿容，荷花的神韵、气质跃然纸上。诗人连用两个典故，贴切自然，可见其深厚的文学功底。

【注解】

徐娘羞半面：据《南史·梁元帝徐妃传》记载："徐娘虽老，尚犹多情。"

楚女妒纤腰：据《韩非子·二柄》载："楚灵王好细腰，而国中人多饿人。"

462.涌金门外凉生早，无数荷花斗娇好
出自宋代湛道山的《荷花》

【原文】

涌金门外凉生早，无数荷花斗娇好。

自怜贫病不出门，无奈心情被花恼。

夜来一雨愁思浓，晚看玉露垂庭草。

便须扶杖买兰舟，莫待红妆被霜老。

【诗意】

秋天的早晨有了一丝凉意，涌金门外荷花绽放，娇美的荷花似乎在争奇斗艳。我怜惜自己体弱多病不能随便出门，可此时的心情被正绽放的荷花吸引而烦恼。昨晚的雨让人愁思更浓，等到夜色降临，看到庭院里青草叶上露珠点点。此时，我就该挂着拐杖去买张船票，不要等到荷花被秋霜催老了，那时就晚了。

【鉴赏】

湛道山，湛汎，字药根，丹徒人，本姓徐，一说是清朝诗人。这首诗描写西湖荷景。"涌金门外凉生早，无数荷花斗娇好"，初秋时节正是荷花盛开之时，涌金门外无数荷花在风中摇曳，不仅早晚生凉，而且令人心动。"自怜贫病不出门，无奈心情被花恼"，写出了诗人对荷花的想念和喜爱之情。"便须扶杖买兰舟，莫待红妆被霜老"，诗人虽然身体虚弱，但还是想亲自到湖中赏荷，因为赏花须趁早，否则又要等一年了。

【注解】

涌金门：古杭州十大古城门之一，历来是从杭州城里到西湖游览的通道。

463.无垢自全君子洁，有姿谁想六郎娇

出自宋代董嗣杲的《荷花》

【原文】

天机雪锦织鲛绡，艳朵亭亭倚画桥。

无垢自全君子洁，有姿谁想六郎娇。

翠房分菂莲须褪，玉藕抽丝暑叶摇。

花里不妨呼净友，采香须棹月明桡。

【诗意】

　　荷花花瓣如天机雪锦织成的薄纱，鲜艳的花朵倚在画桥边，轻柔曼妙。荷花洁净无垢，本性似君子般高洁。荷花风姿绰约，有谁还会去想六郎的娇媚。翠绿的莲蓬中，莲子日益凸显，莲须逐渐干缩。天气最热之时，莲藕快速生长，荷叶随风招摇。在花的世界里，我们不妨称荷花为净友。欲采荷花，欲闻花香，就一定要在月色下划起小船。

【鉴赏】

　　董嗣杲是浙江杭州人，生于南宋末期。理宗景定中榷茶九江富池，度宗咸淳末知武康县。宋亡后，入山做道士。其工诗，吐爵新颖。这首诗从不同角度描写了荷花，表达了对正人君子的钦佩之情。"天机雪锦织鲛绡，艳朵亭亭倚画桥"，诗句从形象上描绘荷花，姿态优美，亭亭玉立。"无垢自全君子洁，有姿谁想六郎娇"，诗人写出了荷花的高洁品质，犹如正人君子。"花里不妨呼净友，采香须棹月明桡"，月下泛舟赏荷吟诗，一定是爱莲者的最爱。诗人赞美荷花高洁，又有自勉之意，流露出对

自由生活的向往。

【注解】

鲛绡：传说中鲛人所织的绡。

画桥：指雕饰华丽的桥梁。

六郎：指唐代张昌宗。

菂［dì］：指莲子。

净友：又称净客，是人们对洁净不染的莲花的一种尊称。

464.水面亭亭尘不染，县知不是蓼花红
出自宋代刘宰的《荷花》

【原文】

污泥除尽藕根花，留得孤芳照病翁。

水面亭亭尘不染，县知不是蓼花红。

【诗意】

把荷花上的污泥除尽作为盆花，让它的芬芳一直陪伴我。荷花临水亭亭玉立、一尘不染，它的花瓣红艳艳的，我就知道不是水边蓼花那种红。

【鉴赏】

刘宰是镇江金坛（今江苏常州金坛区）人，绍熙元年（1190）举进士，历任州县，有能声。寻告归。理宗立，以为籍田令。迁太常丞，知宁

国府，皆辞不就。他性格耿直，不攀附权贵，辞官后隐居三十年，于书无所不读，平平淡淡，自得其所。这首诗是其隐居乡野所作，质朴平淡。"污泥除尽藕根花，留得孤芳照病翁"，诗句描写了他惬意舒适的田园生活。"水面亭亭尘不染，县知不是蓼花红"，诗人歌咏荷花一尘不染，烘托出其积极乐观的人生态度。

【注解】

病翁：指刘宰，号漫塘病叟。

县知：即悬知，料想、预知的意思。

465.十万琼珠天不惜，绿盘擎出与人看

出自宋代王月浦的《荷花》

【原文】

雨余无事倚阑干，媚水荷花粉未干。

十万琼珠天不惜，绿盘擎出与人看。

【诗意】

骤雨初歇，闲来无事，倚靠在栏杆上观赏荷花。在柔美的池塘上，才开放的荷花，花蕊被雨水打湿，好像娇媚的女子那样。老天爷似乎一点也不怜惜，在一张张荷叶上留下了无数的雨珠，宛如玉盘上盛满了玉珠，让人观赏。

【鉴赏】

　　王月浦是宋代诗人，字号、生平不详。这首诗写得清丽俏皮，描绘了雨后荷花的花姿叶貌。"雨余无事倚阑干，媚水荷花粉未干"，"媚"字用得妩媚生动，花蕊沾水的荷花样子，更有一种摇曳的情致美。"十万琼珠天不惜，绿盘擎出与人看"，荷花仙子从水中探出头来，托起巨大的荷叶盘，上面是千万颗珍珠。诗人用"十万琼珠"描绘荷叶上的雨珠，场面蓬勃大气，令人拍案叫绝；用绿叶衬托出了荷花之美，抒发了对雨后荷塘美景的赞美之情。除这首诗外，王月浦还留有一首《琼花》。

【注解】

　　琼珠：这里喻作水珠。

466.一样娉婷绝代无，水宫鱼贯出琼铺

出自宋代郑清之的《荷花》

【原文】

　　　　一样娉婷绝代无，水宫鱼贯出琼铺。

　　　　缘何买得凌波女，为有荷盘万斛珠。

【诗意】

　　荷花千娇百媚，姿色是其他花不能比的，她们如同水宫仙子依次从门里走出来，个个婀娜多姿。为何要买到这像凌波仙子一样的荷花呢？是为了荷叶上有那么多的露珠。

【鉴赏】

郑清之是浙江宁波人，少年时跟从南宋著名学者楼昉学习，能写文章。嘉泰二年（1202）进士及第，参与拥立宋理宗即位，历任参知政事兼签书枢密院事、同知枢密院事等要职。在绍定六年（1233），任右丞相兼枢密使，后改为左丞相，累封齐国公。淳祐年间再登相位，加官至太傅。这首诗通过对荷花姿态的描绘，赞美荷花的婀娜多姿与生机活力，抒发了诗人对荷花的喜爱之情。"一样娉婷绝代无，水宫鱼贯出琼铺"，荷花盛开在水面之上，就像是一位水中仙子，在如明镜般的水面上轻轻摇曳。诗人用拟人化的写法，把荷花比作水宫仙子，饶有风趣。

【注解】

水宫：神话中的水中宫殿。

凌波女：即凌波仙子，这里喻指荷花。

荷盘：指荷叶。荷叶形圆似盘，故名。

万斛：极言容量之多。

467.几夜月明风露下，输侬受用许清香
出自宋代杨公远的《荷花》

【原文】

竹边窗外小池塘，青盖亭亭拥靓妆。

莫把仙娥相比拟，合将君子为平章。

凋时堪供真人艇，老去犹充楚客裳。

几夜月明风露下，输侬受用许清香。

【诗意】

窗外,竹林边有一个小池塘,青青荷叶衬托着靓丽的花朵,荷花如同化了妆的少女,亭亭玉立在水中央。不要只把它比作仙女,一起把它作为君子来看待。荷花凋谢时朵朵花瓣飘在水上,如同一艘艘小船;荷叶衰老了,尚能给屈原制成衣裳。多少个明月夜,在清秋风露里,这荷花给人送来那么多沁人的清香。

【鉴赏】

杨公远是歙县(今安徽黄山歙县)人。其工诗,善画梅。终生未仕,以诗画游士大夫间。这首咏荷诗与众不同,诗人从"青盖亭亭"写到"凋时""老去",不是单纯地描绘荷花之色香美,而是写出了荷花的别样风情。"莫把仙娥相比拟,合将君子为平章",诗人赞美荷花不仅具有外在美,而且还有内在的君子般的品质。"凋时堪供真人艇,老去犹充楚客裳",即使是凋零老去了,残荷也有一种神韵,还有一种傲然风骨。"几夜月明风露下,输侬受用许清香",荷花在皎洁的月色下更加迷人,香远益清。

【注解】

楚客:指屈原。屈原忠而被谤,身遭放逐,流落他乡,故称"楚客"。

468.十里荷花带月看,花和月色一般般
出自宋代杨公远的《月下看白莲》

【原文】

十里荷花带月看,花和月色一般般。

只应舞彻霓裳曲，宫女三千下广寒。

【诗意】

明月高高挂在天上，十里荷花景色撩人，白莲花的颜色与月色是一样的。这些白莲宛如天上三千宫女，舞着霓裳曲子，从广寒宫来到人间。

【鉴赏】

这首诗描写白莲花，想象丰富，诗中有画，极具浪漫情怀。诗人用月色、用广寒宫女比喻白莲花，可见其是多么的洁白无瑕。"十里荷花带月看，花和月色一般般"，白月光下白莲花，那么亮却那么安静，构成了一幅清凉的荷塘月色图。看花赏月，是古代文人的拿手好戏。诗人眼中的白莲，也许是他心中理想的化身。"别岸花孤袅，冰姿带月痕。波沉花月影，疑是谪仙魂"（《月下看白莲其二》），诗句描绘了白莲如仙女般清绝的姿容。杨公远还有一首《白莲》："横塘清浅藕花开，绰约冰姿绝点埃。雨过浑疑汤饼试，风生却讶玉山颓。未经太液承恩去，先向东林结社来。铨次群芳须第一，妖红丽紫尽舆台。"赞美白莲与众不同之美。

【注解】

霓裳[ní cháng]：指以霓所制的衣裳。这里指乐曲名，是唐代宫廷舞曲《霓裳羽衣曲》的简称。

广寒：即广寒宫，是古代中国神话传说中位于月亮的宫殿。

469.万柄绿荷衰飒尽，雨中无可盖眠鸥

出自宋代许棐的《枯荷》

【原文】

万柄绿荷衰飒尽，雨中无可盖眠鸥。

当时乍叠青钱满，肯信池塘有暮秋。

【诗意】

　　盛夏里生机勃勃的万柄绿荷，一下就枯萎了，失去了往日的风采。秋雨打着枯荷，荷花凋谢了，荷叶残破了，连栖息在荷叶下的水鸟都没有了遮挡物。秋雨顺着水鸟的背，落入水中。这样衰败的景象，简直让人难以目睹。可是，这些荷叶在春天初长之时，是多么娇小动人，嫩绿的荷叶圆圆的，就像一个个小铜钱摞在一起，一下子就挤满池面。谁肯相信会有暮秋的这一天，满池荷花变得如此衰飒。

【鉴赏】

　　许棐是海盐（今浙江嘉兴海盐县）人。嘉熙中隐于秦溪，筑小庄于溪北，植梅于屋之四檐，号曰梅屋。四壁储书数千卷，中悬白居易、苏轼二像事之。他贫而嗜书，只要见到有新书出售，他一定要买一本回来，谁家里有奇书，他一定抄一本回来。这首诗以荷花的荣枯以喻人事盛衰，讽刺辛辣，犹如当头棒喝。"万柄绿荷衰飒尽，雨中无可盖眠鸥"，雨中枯萎的荷叶，已非复昔日之亭亭如盖，叶底眠鸥失去了遮护。诗句既于不经意间点化了苏轼《赠刘景文》诗中的"荷尽已无擎雨盖"句，也反用了郑谷《莲叶》诗"多谢浣纱人不折，雨中留得盖鸳鸯"的句意，令人耳目

一新。接着，诗人从荷叶枯萎联想到春天刚萌发时候的生机勃勃景象，他见证了荷叶由盛到衰的生长过程，心中充满对枯荷的怜惜。"当时乍叠青钱满，肯信池塘有暮秋"，诗人采用比兴手法，隐喻了他对现实的强烈不满。言下之意，当年宋王朝如此强大，而现在怎么如此懦弱无能呢？人事沧桑、命运盛衰，那些得意忘形、趾高气扬之辈，会想到将来可能有破败的一天吗？

【注解】

衰飒：衰落萧索之意。

青钱：比喻色绿而形圆之物。这里指初生荷叶。

470.疑是水仙吟意懒，碧罗笺卷未题诗

出自宋代蔡伷的《咏新荷》

【原文】

朱栏桥下水平池，四面无风柳自垂。

疑是水仙吟意懒，碧罗笺卷未题诗。

【诗意】

我站在桥上，倚靠着朱红色围栏，只见桥下池水平静无波，四面无风，池边柳丝袅袅低垂。看那新荷出水，叶尚未圆大，且周边微卷，嫩绿崭新，有如羞涩低回的娴静少女，然而它显示出挺拔、旺盛的生命力。我怀疑这新荷是水中仙女，因吟诗而疲倦了，尚未挺直它的叶柄。面对这碧绿色的丝罗彩笺，因疲乏而未能在上头题写诗句。

【鉴赏】

蔡襄,字坚老,其他不详。这首诗,是他在拜见江西派诗人韩驹(字子苍)时奉命所作。蔡襄咏新荷,不流于泛咏,而是敏锐地捕捉住新荷出水时的模样,形象逼真,诗味隽永。"朱栏桥下水平池,四面无风柳自垂",描绘新荷生长的优美环境,绿柳红桥映衬一池清水,宛如一幅风景优美的画面。"疑是水仙吟意懒,碧罗笺卷未题诗",诗人用比拟的手法,使之人格化,比嫩叶为碧罗笺,以水仙赋诗疲倦的形象及未及题诗的碧罗笺卷的细节,刻画出新荷的特征。既贴切又别出心裁,真可说是笔底生花,因而韵味深长。

【注解】

水仙:传说中的水中神仙。这里喻指荷花。

笺:写信或题词用的纸。

471.步有凌波袜,掌为承露盘

出自宋代洪适的《多叶红莲》

【原文】

步有凌波袜,掌为承露盘。

尚嫌花片少,千叶映朱栏。

【诗意】

那亭亭玉立的红莲容貌俏丽、芳姿婀娜,如洛神般资质高洁、神情超越,步态轻盈。随风摇曳的荷叶高攀向上,如汉武帝修筑的承露盘,叶面上的露珠晶莹透明。花朵也嫌花瓣太少，但后来越长越多。层层叠叠的多叶红莲，映着朱漆栏杆，灿烂多姿。

【鉴赏】

　　洪适自幼聪颖好学，学业优异，有"日诵三千言"之誉。洪适是饶州鄱阳(今江西上饶鄱阳县)人，与弟弟洪遵、洪迈皆以文学负盛名，有"鄱阳英气钟三秀"之称。绍兴十二年(1142)二月，与弟洪遵同中博学宏词科，洪遵为状元，洪适为榜眼。其父洪晧使金十五年全节而归，被誉为苏武第二，官至礼部尚书。洪适因其父而入仕途，四十八岁登丞相位，然而腐败的吏治、黑暗的官场，让洪适最终心灰意冷，选择辞去宰相一职。他在金石学方面造诣颇深，与欧阳修、赵明诚并称为宋代金石三大家。这首诗巧想妙喻，描写了罕见的多叶红莲，从写莲花的风采、神情到其"意识"，意蕴逐层深化，清新自然，耐人寻味。"步有凌波袜，掌为承露盘"，诗人巧用两个典故，采用化实为虚的手法，描绘出多叶红莲的姿态，生动形象。洪适写了《拟古十三首》，其六为《涉江采芙蓉》："涉江采芙蓉，芳藮荫幽沚。相思不相见，芬香欲谁遗。秋容感人心，浪浪睫涵泪。不如膝上琴，哀音入君耳。"诗句描写男女伤别怨离，凄美动人。

【注解】

　　凌波袜：指女子轻盈的脚步。语出三国魏曹植《洛神赋》："凌波微步，罗袜生尘。"

　　承露盘：汉武帝迷信神仙，于建章宫筑神明台，立铜仙人舒掌捧铜盘承接甘露，冀饮以延年。

472.坐忘佛土三生梦，来结人间一夏凉

出自宋代高翥的《莲实》

【原文】

腻玉肌肤碧玉房，累累波面趁红芳。

坐忘佛土三生梦，来结人间一夏凉。

青子绽时仙裳湿，绿包分处蜜脾香。

尊前笑摘酬风露，犹记西湖古柳傍。

【诗意】

莲子如玉般光滑细润，莲蓬嫩绿，它们一个个在水面上低垂着头，以致艳丽的花瓣更快掉落。这美丽的荷花好像是神圣的佛祖离开佛国，如梦般地来到人间，给酷夏带来一片清凉。青青莲子刚绽开时，荷花又像一位仙子，衣裳上沾染了露珠。花苞中间的小莲蓬像蜜蜂窝，闻闻香喷喷的。喝酒之前开心地采摘莲蓬，感谢大自然的馈赠。我准备送给你，仍然记得我们曾经在西湖古柳树边一起度过的美好时光。

【鉴赏】

高翥是余姚（今浙江宁波余姚市）人，少有奇志，不屑举业，以布衣终身。他游荡江湖，专力于诗，是江湖诗派中的重要人物，有"江湖游士"之称。晚年贫困潦倒，无一椽半亩，在上林湖畔搭了个简陋的草屋，小仅容身，自署"信天巢"。这首诗题目写莲实，其实是赞美荷花，写得仙风佛意。"腻玉肌肤碧玉房，累累波面趁红芳"，诗句描写莲蓬青碧鲜

亮，冰清玉洁，在粼粼水光和艳艳荷花的映衬下，更显风姿。"坐忘佛土三生梦，来结人间一夏凉"，诗人从侧面赞美了荷花不仅给人美的享受，还给炎炎夏日带来清凉。

【注解】

腻玉：形容光华细润。

玉房：特指莲房。

绿包：包通苞，即绿房，基本意思指花苞。花未开时，花苞为绿色，故称。

蜜脾：蜜蜂营造的酿蜜的房。其形如脾，故称。

473.风荷百顷占涟漪，烟树溟蒙乳鸭飞
出自宋代高翥的《西湖暮归》

【原文】

风荷百顷占涟漪，烟树溟蒙乳鸭飞。

买断小舟休唤客，时穿萍叶载诗归。

【诗意】

荷叶在微风中颤动，占据了水波荡漾的湖面。在苍茫的暮色之中，柳树如烟，幼小的野鸭子飞来飞去。我自己单独雇了一只小船，也不再去召唤别的客人。独驾小舟，穿行于幽静的荷叶与浮萍之间，充满了诗情画意。

【鉴赏】

　　高翥是江湖诗派中较有才情的诗人，他擅长以平易自然的诗句写出寻常不经意的景色。这首诗描写西湖暮归，轻松自然，抒发了他对这种闲云野鹤般生活的喜爱之情。"风荷百顷占涟漪，烟树溟蒙乳鸭飞"，诗人把风荷、烟树、乳鸭等西湖常见的景物写得相映成趣。"百顷"极言荷花之盛，一幅西湖赏荷图跃然纸上。"买断小舟休唤客，时穿萍叶载诗归"，一人一舟，自由自在，便是人间清欢。诗人虽然常年四处漂泊，却非常喜欢徜徉于青山绿水之间。七十二岁那年，高翥游淮染疾，死于杭州西湖。与湖山长伴，倒是遂了他的心愿。

【注解】

　　溟蒙：形容烟雾弥漫，景色模糊。

474.实里中怀独苦心，富贵花非君子匹
出自宋代包恢的《莲花》

【原文】

　　　　　暴之烈日无改色，生于浊水不受污。

　　　　　疑如娇媚弱女子，乃似刚正奇丈夫。

　　　　　有色无香或无实，三种俱全为第一。

　　　　　实里中怀独苦心，富贵花非君子匹。

【诗意】

　　在夏天的烈日之下，莲花不改鲜艳的本色。生在淤泥当中却不受

污染。你看着它像娇媚柔弱的女子，实际它外柔内刚，是最刚正的大丈夫。很多花，要么有色无香，要么有香无实，能够有花有香又有果实的，有多少呢？莲花就是其中佼佼者。而且莲花的果实莲子，甜中带苦，能静心消暑。莲花是君子之花，是富贵花不能与之相比的。

【鉴赏】

包恢是建昌南城（今江西抚州南城县）人，从小聪明好学，博览群书，通经熟史。曾在父辈学堂为那些门下学子讲释《大学》，其雄才宏辩，将孟子学说的要旨阐发得恰到好处，使百余名学子无不惊美，连父辈也赞叹不已。宋嘉定十三年（1220）中进士，官至刑部尚书。历仕所至，破豪猾，去奸吏，治蛊狱，课盆盐，理银欠，政声赫然。这首咏荷诗让人震惊，这是最坚定的讴歌和赞美，感情真挚饱满。因为包恢就是包拯一样的刚正清官，他以廉洁自守正天下。他在诗中认为，莲花无惧烈日，生于浊水而不受污染，看似柔弱却刚正不阿，而且莲花色、香、实三者俱全，名列花中第一。莲花"乃似刚正奇丈夫"，诗句极有精气神，如同诗人自己。"实里中怀独苦心，富贵花非君子匹"，莲花还常怀苦心、不慕富贵，堪称君子花，这应该是诗人的自勉。一个人说爱荷花很简单，能够践行荷花一样的一生，却是不简单的事啊！

【注解】

匹：这里用作动词，是比得上、相当的意思。

475.奇奇水上花，湛湛花下水

出自宋代李訦的《荷花》

【原文】

奇奇水上花，湛湛花下水。

花得水扶持，水因花富贵。

当中既植藕，四畔还种苇。

自然秋风生，便有江湖意。

【诗意】

奇妙的荷花是水上的花，有荷花的地方就有清澈的水。荷花得到水的滋养，水却因为荷花而变得澄澈而高贵。有荷花的地方还能滋生各种水草，荷塘四周种上芦苇，这样在风中就有江河湖泊高远的意趣了。

【鉴赏】

李訦是晋江（今福建泉州晋江市）人，以祖荫入仕。历知黄、袁二州，以治绩迁夔州路提点刑狱，除转运判官，擢大理寺少卿，免归。后起帅广西，除宝谟、敷文阁待制，出知建宁府。因公丐罢，奉万寿祠以归。国人对于荷花的喜爱，是深入到生活和灵魂里的。只要有水泽的地方，人们都会种上荷花。李訦的这首咏荷诗，前四句描写荷花与水的关系。"奇奇水上花，湛湛花下水"，的确荷花有净水的功能，水和淤泥滋养了荷花，但有荷花的地方，还能滋生各种水藻，浑浊的水塘因为荷花的存在，就会变得清澈。后四句描写荷花的诗情画意。"自然秋风生，便有江湖意"，荷花又自带那种野生的大气，在荷花塘边点缀点芦苇，小小庭园，在风中就有江湖远意，让人有着无限的神思开阔感。

【注解】

藉：从耤。"耤"意为"古法种地"，引申为"祖先种地的地方"。

476.莲花出自淤泥中，过眼嫣然色即空

出自宋代王迈的《莲花》

【原文】

莲花出自淤泥中，过眼嫣然色即空。

争似泥涂隐君子，褐衣怀玉古人风。

【诗意】

莲花出自淤泥之中，花开娇媚，虽然时间短暂，但是超脱俗世，一尘不染。争似一个在乱世中隐居逃避尘世的人，尽管身穿粗布衣服而怀抱仁德，具有古人质朴的性格。

【鉴赏】

王迈是仙游（今福建莆田仙游县）人。嘉定十年（1217）进士，经历南外睦宗院教授、漳州通判等职。他为人刚直敢言，后来由于应诏直言，被台官弹劾而降职。这首诗表达的爱莲之意，简直就是周敦颐《爱莲说》的翻版。"莲花出自淤泥中，过眼嫣然色即空"，诗人简明扼要地写出了莲花的特征和品质。"争似泥涂隐君子，褐衣怀玉古人风"，即使身处逆境，也要保持初心，表达了诗人高洁清白、孤傲正直的人生品格和

精神追求。王迈居官"三生不改冰霜操,万死常留社稷身",刘克庄曾以"策好人争诵,名高士责全"诗句相赠。

【注解】

泥涂:指陷入灾难、困苦之中。

褐[hè]衣:粗布衣服。

怀玉:谓怀抱仁德。

477.玉娥独自到书屏,不管人间暑气深
出自宋代王柏的《白荷花》

【原文】

玉娥独自到书屏,不管人间暑气深。

待得诗成花已谢,应无好句惬花心。

【诗意】

白荷花像一个美貌女子,独自来到书房,也不管此时是人间最炎热的时候。等我写好诗时花已凋谢,感觉也没有好的诗句让这朵花满意。

【鉴赏】

王柏是婺州金华(今浙江金华)人,工于书画,好藏书。少慕诸葛亮为人,自号长啸,三十岁后以为"长啸非圣门持敬之道",遂改号鲁斋。他以教授为业,曾受聘主丽泽、上蔡等书院。从王柏的这首诗可看出,

宋朝赏荷已经进入插花审美阶段。"玉娥独自到书屏，不管人间暑气深"，诗人采用拟人手法，把白荷花比作玉娥，冒着酷暑来到人间，带来一分清凉。从诗句中可以看出，王柏一定是个爱荷之人，而且是一朵清新脱俗的白荷花。"待得诗成花已谢，应无好句惬花心"，诗人为白荷花的过早凋谢而惋惜，也为自己没有及时写出令白荷花满意的诗句而叹息。诗人写白荷花之美无法用言语来表达，从侧面赞美了高雅纯洁的白荷花。

【注解】

玉娥：指美貌的女子。

惬［qiè］：（心里）满足。

478.羽衣何处霓裳遍，翠盖参差踏水云
出自宋代居简的《白荷花》

【原文】

数亩澄漪不用耕，移根玉井不曾耘。

羽衣何处霓裳遍，翠盖参差踏水云。

【诗意】

几亩池塘，清波涟漪，把白莲花的根种在池水中，不需要去耕耘。等到白荷花开，它的花瓣洁白，如同飘拂轻柔的舞衣；荷叶青青，交错在一起耸立在云水之间。

【鉴赏】

居简是潼川(今四川绵阳三台县)人，为南宋临济宗著名文僧。他喜交文士游，与"永嘉四灵"之一的赵师秀、江湖诗人高翥等皆有来往。居简的诗文风格婉丽明畅，多"援儒入释"之语，不类浮屠语录。后居杭之飞来峰北涧十年，晚居天台。宋朝盛行佛教，莲花的宗教意义提升，莲花的人工培植更加普及。这首咏白荷花诗，颇有仙幻之美。"羽衣何处霓裳遍，翠盖参差踏水云"，诗句中的白荷花开在水面，一种出尘，别样清丽。那美丽纯净的白色荷花，也只有月光仙女嫦娥的美可以比拟吧。

【注解】

澄漪：清波的意思。

玉井：太华山上的玉井，这里指池塘。

479.一叶扁舟一弯月，白荷香里听蝉声

出自宋代周密的《西泠小立即事二首》(其二)

【原文】

桂风兰露晚阴清，远翠空蒙去鹭明。

一叶扁舟一弯月，白荷香里听蝉声。

【诗意】

黄昏时刻，风轻云淡，飘来阵阵兰露的浓香。远山如黛，细雨茫茫，几只白鹭在西湖里忽飞忽停。湖边停留着一只小船，等到一弯明月升起，白荷清香袭来，偶尔还能听到几声蝉鸣。

【鉴赏】

　　周密祖籍济南，流寓吴兴（今浙江湖州）。他出身于五世官宦家庭，其父周晋逝世后以门荫入仕。南宋覆灭后，周密入元不仕，专心著述。他的诗文都有成就，又精书画音律。这首诗清新自然，充满了诗情画意。"桂风兰露晚阴清，远翠空蒙去鹭明"，诗人抓住眼前所见景物，有动有静，以动衬静，描绘了一幅清丽的西湖暮色图，表达了诗人对美丽自然生活的喜爱之情。"一叶扁舟一弯月，白荷香里听蝉声"，诗人写出了自己梦想的生活，这样逍遥自在的日子，是多么富有诗情画意啊。《西泠小立即事二首》其一："雨后湖天似水清，断霞新月两峰明。西风恰到芙蓉外，过雁初闻第一声。"诗人描写雨后西湖秋景，同样意境悠悠。

【注解】

　　即事：以当前事物为题材写诗。

　　桂风：犹蕙风，和风。

　　兰露：兰花分泌出的花蜜，如同小水珠，充满香气。

　　空蒙：细雨迷茫的样子。

480.园翁莫把秋荷折，留与游鱼盖夕阳
出自宋代周密的《西塍废圃》

【原文】

吟蛩鸣蜩引兴长，玉簪花落野塘香。

园翁莫把秋荷折，留与游鱼盖夕阳。

【诗意】

蟋蟀低声吟唱，秋蝉高声鸣叫，它们兴致无限悠长，似乎引来秋日的时光。玉簪花飘落了，野外荷塘传来阵阵清香。看园子的老翁啊，请不要折掉那秋天的荷叶，虽然它枯萎了，但留下它，让它给水里的游鱼遮盖夕阳。

【鉴赏】

周密号草窗，其词风格清雅秀润，与吴文英（号梦窗）并称"二窗"。这首诗描写秋天的田园风光，用字细腻准确，且暗含诗人的"仁者"之心，颇有情趣。"吟蛩鸣蜩引兴长，玉簪花落野塘香"，诗句中有听觉、有视觉，也有味觉，把荒园写得非常形象。"园翁莫把秋荷折，留与游鱼盖夕阳"，李商隐留下枯荷是为了听雨声，而周密却为水里的鱼儿考虑，枯荷也是鱼儿的伞，为它们遮挡夕阳。那看园子的老翁，说不定就是诗人自己。虽然以"伞"喻荷并非周密首创，《楚辞》中早有"荷盖"遮雨之喻，但"遮阳伞"之喻，"算是小小翻新"（钱锺书语）。周密有一首《水龙吟·白莲》，借赋白莲以托喻后妃，深沉婉折地倾诉了故国之思，构思新巧，是咏荷之作中的佳品。

【注解】

蛩〔qióng〕：指蟋蟀。

蜩〔tiáo〕：指蝉。

玉簪：植物名。六、七月开白色或淡紫色花，含蕊如簪头，有香味。

481.分明飞下双双鹭，才到花边不见踪

出自宋代姚勉的《四望亭观荷花》

【原文】

面面湖光面面风，可人最是白芙蓉。

分明飞下双双鹭，才到花边不见踪。

【诗意】

四面环水，湖光潋滟，八面来风，最让人心旷神怡的还要数白色的荷花，如冰似玉，清香怡人。刚明明看到一对白鹭飞下湖面，可才到荷花附近就什么也看不见。

【鉴赏】

姚勉是古天德乡（今江西宜春宜丰县）人。他出生后，曾被弃之山野雪地，故其成年后自号"雪坡"以志不忘。宝祐元年（1253）进士及第，廷对第一，点为状元。姚勉在其为官任上，两次斗奸相，也两次被罢官，虽然始终未能仕至高官，然而其忠耿却受到朝野称赞。姚勉的诗作文辞典雅，韵律优美。白荷花通体洁白，一红不染，让人分外动心，仿佛诗人自己，虽然一场宦海浮沉，最终还是清白落拓。这首诗轻松明快，描绘了诗人在四望亭中观荷所见景色。"面面湖光面面风，可人最是白芙蓉"，在碧绿的荷塘里，诗人最喜爱的就是白荷花。"分明飞下双双鹭，才到花边不见踪"，鹭鸟是白色的，飞入荷花丛中，与白荷花杂在一起，远远地看，确实让人难以辨认。

四望亭：这里指杭州西湖四望亭。见姚勉"几队红妆拥盖青，凌波仙子立娉婷。晚凉孤坐香风里，如在西湖四望亭"（《玉井亭观莲》）。

482.荷叶晓看元不湿，却疑误听五更风

出自宋代江万里的《荷花》

【原文】

结亭临水似舟中，夜雨潇潇乱打篷。

荷叶晓看元不湿，却疑误听五更风。

【诗意】

昨晚，我住在临水的草亭里，犹如住在船上；夜来雨急，声声打在屋篷上。早晨，我走出亭外，看到荷叶上没雨珠，难道是凌晨又刮起了风？

【鉴赏】

江万里是南康军都昌（今江西九江都昌县）人，朱熹的再传弟子。其创办的白鹭洲书院，千年来培养出文天祥等十七位状元，二千七百多名进士。他天资聪颖，勤奋好学。五岁进入私塾读书就能一目数行，稍加指导即能琅琅成诵。宋理宗宝庆二年（1226），江万里一举金榜题名。江万里从政几十年，三度为相，秉性耿直，遇事敢言，为政清廉，关心民疾。在元军攻破饶州时，江万里毅然率家人投止水池殉国。其一生堪称古今之完人，千古道德风范之楷模。这首咏荷诗生动形象，意境妙合自然。"荷叶晓看元不湿，却疑误听五更风"，荷叶经过一夜风雨，却

不拖泥带水，写出了荷花自身的品质高洁，从而延伸到人生的品质高洁。诗人将荷花的自洁不沾水特性写得非常到位，既合理又有趣。

【注解】

结亭：比喻在山中栖隐。

483.赢得荷风伴晚凉，夜阑急雨到陂塘

出自宋代家铉翁的《鲸川八景·莲塘雨声》

【原文】

赢得荷风伴晚凉，夜阑急雨到陂塘。
茅檐似减三分暑，鼻观俄然失却香。

【诗意】

夜深了，一场急雨袭来，莲塘里雨打荷叶声声入耳。这雨来得快也去得快，风雨过后，茅屋里似乎降了不少温，清香的荷风吹过来，嗅觉瞬间感觉无比凉爽，伴我入眠。

【鉴赏】

家铉翁是眉州（今四川眉山东坡区）人，其身长七尺，状貌奇伟，威严儒雅。宋亡，守志不仕。以荫补官，赐进士出身。累迁端明殿学士、签书枢密院事。元军至临安近郊，拒绝于丞相吴坚告降檄文上署名。从吴坚使元，留馆中。宋亡，守志不仕。闻文天祥之妹因兄故

没为女奴，倾囊赎之使归。精于《春秋》，以之授徒，每与诸生论宋朝兴亡，叹息流泪。《鲸川八景》是家铉翁创作的一组诗，《莲塘雨声》是其中之一。"彼泽之陂，有蒲与荷"，不管心情如何，与美景相对总是令人开心的事。"赢得荷风伴晚凉，夜阑急雨到陂塘"，诗人雨中观荷，豆大的雨滴落到荷叶上，水花四溅，簌然有声，他似乎听到远处的唏嘘之声。"茅檐似减三分暑，鼻观俄然失却香"，荷香扑鼻，诗人心里莫名的烦恼忧愁随梦而去。

【注解】

鲸川：今河北沧州境内。

夜阑：夜将尽的意思。

急雨：雨滴较大、下降速度快的雨。

茅檐：指茅屋。

鼻观：指嗅觉。

484.莫恨细葩犹未烂，叶香原是胜花香

出自宋代刘挚的《湖上口号》

【原文】

绿荷深不见湖光，万柄清风动晚凉。

莫恨细葩犹未烂，叶香原是胜花香。

【诗意】

宽广无边的湖面上，竟然见不到一点点粼粼的水波，只见一望无际

的满湖绿荷。傍晚时分，湖面上万柄荷叶在晚风中轻轻晃动，送来了阵阵凉意。不要遗憾荷花小小的花苞尚未开放，荷叶的清香若有若无、沁人心脾，甚至胜过荷花的芳香。

【鉴赏】

刘挚是永静东光（今河北沧州）人。嘉祐四年（1059）中进士甲科，元祐二年（1087）升为尚书左丞。一生为官，刚直不阿，多次遭贬。平生酷爱学习，治学严谨，才华横溢。这首咏荷诗，诗人以不同流俗的眼光，着眼于常常不受人们注意的莲叶，写出了一般荷花诗所没有的意境和韵味，表达了对荷叶的极度喜爱之情。"绿荷深不见湖光，万柄清风动晚凉"，诗句描写荷叶之茂盛，给夏天里的人们带来清凉。"莫恨细蔤犹未烂，叶香原是胜花香"，确切地说荷香分花香与叶香。荷叶翠绿，叶香清远。诗人认为荷叶的清香要胜过荷花，比荷花本身还要耐人寻味。

【注解】

口号：古诗标题用语。表示随口吟成，和"口占"相似。

烂：光明。这里指花色彩绚丽。

485.佳人反覆看荷花，自恨鬓边簪不得

出自宋代戴复古的《东湖看荷花呈愿父》

【原文】

团团堤路行无极，一株一步杨柳碧。

佳人反覆看荷花，自恨鬓边簪不得。

【诗意】

我来到东湖，顺着堤岸赏荷，走了一圈又一圈，曲径傍水，柳荫浓绿，幽雅宜人。只见有位佳人来来回回，边走边看荷花。她越发觉得荷花娇艳可爱，只可惜荷花花朵硕大，不能供她插戴在鬓边装饰容颜，否则娇容和娇花互相辉映，该是多么美丽动人。

【鉴赏】

戴复古是天台黄岩（今浙江台州黄岩区）人，南宋著名江湖诗派诗人。曾从陆游学诗，作品受晚唐诗风影响，兼具江西诗派风格。部分作品抒发爱国思想，反映人民疾苦，具有现实意义。一生不仕，浪游江湖，晚年归家隐居。这首诗描写诗人夏日东湖赏荷所见，表达了对东湖荷花的缱绻和难以弃释的情怀。"佳人反覆看荷花，自恨鬓边簪不得"，"反覆"举动有点反常，诗人把这位佳人犹疑不决的心理刻画得淋漓尽致，说明她有满腹心事却无人诉说。诗人还有"碧荷秋老香犹在，好月夜深明更多"（《南康六老堂》）的诗句，他以老荷叶的清香来形容睿智的老人，此时的荷香之美可比夜深最皎洁的月亮，纯净醇厚，有岁月的芬芳。

【注解】

东湖：这里指台州临海东湖。南宋淳祐二年（1242），台州通判包恢在其《州学沂咏堂记》中写道："（东湖）横缩平广，与白龙潭相表里……湖中皆莲，万幅如锦，红绿成章，光影焕烂，香气不断，随风四达。"

簪：插在头发上。

486.忽忆夜来憔悴梦，鸳鸯正在藕花边

出自宋代王镃的《采莲曲》

【原文】

> 罗裙溅湿鬓云偏，摇落香风满画船。
>
> 忽忆夜来憔悴梦，鸳鸯正在藕花边。

【诗意】

她一早就摇着船去采莲，丝绸衣裙被溅起的浪花弄湿了，美如乌云般的鬓发也乱了，船上堆满了新鲜的荷花和清香的莲蓬。她看见秋荷丛中一对鸳鸯正在嬉戏，忽然想起昨夜辗转难寐，一个人独自憔悴，旧欢如梦。

【鉴赏】

王镃是处州平昌县（今浙江丽水遂昌县）人，宋末授金溪（今江西抚州）县尉。宋亡，遁迹为道士，隐居湖山，与同时宋遗民尹绿坡等人结社唱酬，命其所居"日月洞"，人称"月洞先生"。这首采莲曲情景交融，在不经意之间，写出了一位中年采莲女孤寂苦闷的心情。"罗裙溅湿鬓云偏，摇落香风满画船"，诗句描写了这位辛勤劳作的采莲女。"忽忆夜来憔悴梦，鸳鸯正在藕花边"，"憔悴"两字表明采莲女心中隐藏着忧伤或痛苦。采莲女触景生情，看到荷塘中的一对鸳鸯，忽然回忆起自己的青春时光，不由得感叹时光易逝、岁月不再，令人唏嘘不已。

鬓云：妇女鬓发美如乌云。

487.叶无圆影柄无香，收尽莲歌冷碧塘
出自宋代王镃的《败荷》

【原文】

　　叶无圆影柄无香，收尽莲歌冷碧塘。

　　一片伤心云锦地，也曾遮月宿鸳鸯。

【诗意】

　　深秋的枯荷叶没了圆圆的影子，荷柄也失去了香气，荷塘不见采莲女，动听的采莲歌早已听不到了，只留下清冷的碧水池塘。记得荷花盛开时，池塘灿如美丽的云霞，而如今只剩下一片伤心。还有谁会想到，眼前的败荷碧绿时，也曾遮挡月光，为露宿的鸳鸯遮风挡雨呢？

【鉴赏】

　　宋代诗人喜爱并擅长营造荒寒意境。王镃这首诗中的荒寒之境，蕴含着丰富、复杂、深微的情思意蕴。"叶无圆影柄无香，收尽莲歌冷碧塘"，两个"无"字，道出了池塘"空"的状态。少了荷叶的可爱与荷花的芳香，池塘也失去了昔日的风采。就连"莲歌"也早已收尽，不知何处去了。一个"冷"字，可谓是对于池塘状态的最好概括与总结。诗人正面写败荷之现状，化用了苏轼《赠刘景文》"荷尽已无擎雨盖"之诗境。"一片伤心云锦地，也曾遮月宿鸳鸯"，诗人从侧面来写好景之难留，与许辈

《枯荷》"万柄绿荷衰飒尽，雨中无可盖眠鸥"的诗境相一致。这首诗的绝妙之处在于通过枯荷小切口，道出了好景留不住、珍惜眼前人的道理。诗中的败荷，有生命尽头的苍凉之美。

【注解】

云锦：一种品级很高的提花丝织物，因花纹瑰丽如云得名。

488.万斛银珠无用处，翠盘擎到日光干

出自宋代王镃的《露荷》

【原文】

满湖云气晓生寒，蘸影蒸香润石阑。

万斛银珠无用处，翠盘擎到日光干。

【诗意】

早晨的湖面云雾缭绕，有一丝丝凉意。荷花倒蘸水中，散发淡淡荷香，雾气也湿润了石栏。千万枝荷叶上有千万颗水珠，如此多的露珠，难收难买，似无用处。亭亭荷叶努力举着它们，直到被阳光蒸发成雾气。

【鉴赏】

王镃遗著由其族孙养端于明嘉靖三十七年(1558)刊为《月洞吟》一卷。万历二十一年(1593)，戏剧家汤显祖在赴任遂昌知县期间，为王镃诗集《月洞吟》作序称："宋月洞先生诗殆宛然出晚人之手，宋之季犹唐之季也。"汤显祖极其敬佩王镃的为人及诗品，还为之题词"林下

一人"。这首诗生动形象，围绕"露"来状写荷花荷叶。"满湖云气晓生寒，蘸影蒸香润石阑"，诗句描写早晨的露荷，"蘸影"如梦如幻，场面壮观奇丽。"万斛银珠无用处，翠盘擎到日光干"，在秋天的早晨，经过露水滋润的荷叶，别有一种清新照眼之美。

【注解】

蘸［zhàn］：在液体、粉末或糊状的东西里沾一下就拿出来。

489.踏雨来敲竹下门，荷香清透紫绡裙

出自宋代姚镛的《访中洲》

【原文】

踏雨来敲竹下门，荷香清透紫绡裙。

相逢未暇论奇字，先向水边看白云。

【诗意】

我冒着蒙蒙细雨，来叩翠竹深处的柴门。外面池塘中间，荷花清香四溢，片片花瓣轻薄得好似紫色丝绸裙子，轻柔美丽。我们相逢在一起，却无暇谈古论今，迫不及待地一起到水边，先欣赏远处山坳里的白云。

【鉴赏】

姚镛是剡溪（今浙江绍兴嵊州）人，唐代丞相姚崇后人。宁宗嘉定十年（1217）进士，理宗绍定元年（1228）为吉州判官。六年，以平寇功，擢守赣州。因忤帅臣，贬衡阳。姚镛工诗词，是南宋江湖派诗人。诗人也

有过痛苦的贬谪经历，所以他就逐渐地厌倦了宦途的沉浮，更喜欢白云和流水，晚年更萌生了归隐之意。这首诗构思独特，题为访中洲，实为访人，重点描写了中洲雨中之荷景，从侧面烘托出了被访者高雅隐逸的形象。全诗以描写记叙为主，颇富画面形象感，语言通俗易懂，却也蕴含着深意。"荷香清透紫绡裙"，诗句细腻地描绘了主人居所周围的场景。诗人用"绡裙"形容花瓣，写出了荷花花瓣薄如蝉翼之美。"清透"二字，抒写了雨后荷花的妩媚和清爽，也透露出诗人的喜爱之情。"相逢未暇论奇字，先向水边看白云"，生动地描写了来访者观看白云的急切心情，表达了诗人及其友人都具有清逸高雅的志向。

【注解】

中洲：原指海中仙岛，这里借称道士所居。

紫绡裙：紫色的薄绸子所做的裙子。

490.万荷影裏歌声过，惊起鸳鸯贴水飞

出自宋代黄庚的《采莲女》

【原文】

越女兰舟泛绿漪，采莲花露湿红衣。

万荷影裏歌声过，惊起鸳鸯贴水飞。

【诗意】

越地美丽的采莲女划着小船，穿行在碧波荡漾的荷塘里。花瓣上晶莹的露珠，弄湿了她们的红色衣裳。蓦然，万顷荷田里响起她们的采莲

歌声，一对鸳鸯受到惊吓，突然贴近水面飞去。

【鉴赏】

黄庚是天台（今浙江台州天台县）人，出生于宋末，早年习举子业。入元后，科举取消，即放浪湖海，以游幕和教馆为生，将平生豪气发之为诗。与宋遗民林景熙、仇远等多有交往，常常吟诗作对。这首诗构思新颖，轻松愉快，画面感强，处处给人以美好的享受。"越女兰舟泛绿漪，采莲花露湿红衣"，诗人没有正面刻画采莲女的美丽形象，而是抓住她们的采莲过程，反映了江南女子劳动时愉快的心情。"万荷影裏歌声过，惊起鸳鸯贴水飞"，"万荷"说明荷花茂盛，船在荷花影里穿行，采莲女的歌声惊飞了鸳鸯，诗情画意油然而生。

【注解】

越女：越地美女。这里指采莲女。

491.万顷波光摇月碎，一天风露藕花香

出自宋代黄庚的《临平泊舟》

【原文】

客舟系缆柳阴旁，湖影侵篷夜气凉。

万顷波光摇月碎，一天风露藕花香。

【诗意】

客船到了临平，夜晚了，就在柳阴旁边拴上缆绳停泊。湖光月影

映照着船篷,带给人丝丝的凉意。广阔的湖面上波光荡漾,倒映在湖中的月影也被弄碎了。满天露冷风清,阵阵荷香传来,真有一种心旷神怡的感觉。

【鉴赏】

黄庚尝于越中诗社,试《材易》题,诗成被推为第一名。其诗风致清远,用意推敲,不愧骚坛领袖。这首诗描写了诗人夏夜在临平泊舟时所见的景色,表达了诗人在作客他乡时的那种孤独寂寞。"万顷波光摇月碎,一天风露藕花香",月光之下,微风拂面,夜露湿润,荷花飘香。诗人将"月光""风露""荷香"等使人心生凉意的事物放在一起,营造了一个令人心情舒畅的清凉世界。"万顷"与"一天"对仗工整,境界空旷悠远。

【注解】

临平:今浙江杭州余杭区。

492.红藕花多映碧栏,秋风才起易凋残

出自宋代黄庚的《池荷》

【原文】

红藕花多映碧栏,秋风才起易凋残。

池塘一段荣枯事,都被沙鸥冷眼看。

【诗意】

池塘中的荷花成片绽放，艳丽的花朵映照着青绿色的栏杆。而只要秋风刚吹起，这荷花就容易零落衰败。荷去荷来，花开花落，池荷的这一段荣枯之事，沙鸥似乎不知也不管，却在池中冷眼相看。

【鉴赏】

作为江浙一带的代表，黄庚是宋末元初诗坛中的佼佼者，尤其写景和秋色独具特色。这首诗借荷花"荣枯"的过程，来暗喻朝代的兴废。"红藕花多映碧栏，秋风才起易凋残"，"花多"与"凋残"形成对比，"红藕"由荣到枯引人感伤。诗句描写秋荷花开花落，这是自然界的规律。"池塘一段荣枯事，都被沙鸥冷眼看"，池塘里荷花的荣枯，沙鸥只是冷眼相看。而朝代的更替，诗人亦学沙鸥早已看透，表现了他经历世事沧桑后的淡定。

【注解】

红藕：红莲的别称。

沙鸥：水鸟名。

493.两隗骈肩如欲语，二乔并首似含情
出自宋代黄庚的《任复斋池中有瑞莲命予赋之》

【原文】

芙蕖开处傍池亭，花结双头媚晚晴。

两隗骈肩如欲语，二乔并首似含情。

同心净植真奇种，联蒂腾芳以瑞名。

若使濂溪当日见，爱莲有说恐难评。

【诗意】

荷花开在亭子旁边池中，原来是难得一见的并蒂莲，一枝上两朵花在雨后向着夕阳绽放。如同叔隗、季隗肩并着肩窃窃私语，又像大乔小乔头挨着头含情脉脉。它们不仅同心，洁净地站立在水中，而且联蒂，散发出沁人的芬芳，真是荷花中的奇葩，所以称之瑞莲。要是周敦颐看见这并蒂莲，他的《爱莲说》就要另外写了，用原来的语言只怕很难写下去。

【鉴赏】

黄庚晚年曾自编其诗为《月屋漫稿》，因其居有"月山书馆"，又称之"月屋"，故名。这首描写并蒂莲的诗，审美更加细腻，且女性化。"两隗骈肩如欲语，二乔并首似含情"，诗人巧用典故，把并蒂莲花形容成姐妹，别有一种绰约楚楚的女性美。最后，诗人发出感慨："若使濂溪当日见，爱莲有说恐难评。"如此吉祥美丽的并蒂莲，不是周敦颐的《爱莲说》所能涵盖的。

【注解】

两隗［wěi］：犹双隗，指春秋时廧咎如之二女叔隗、季隗。

二乔：汉末桥公的两个女儿，本姓为桥，亦可作乔，有国色，分别嫁与孙策和周瑜。

494.莲蓬摘下留空柄，把向船前探水深

出自宋代徐照的《采莲曲二首》

【原文】

其一

罗盖初收晚日阴，野凫飞起小鱼沉。

莲蓬摘下留空柄，把向船前探水深。

其二

行遍塘边不肯归，鸳鸯打起看双飞。

荷花近岸难攀折，蒲苇丛深露湿衣。

【诗意】

夕阳终于下山了，采莲女摘下戴在头上的荷叶。只见几只野鸟从水面飞起来，惊得嬉戏的小鱼迅速沉入水中。她用力摘下沉甸甸的莲蓬，只留下空柄，然后把船划向荷塘水深的地方。

天色已晚，采莲女还不想回去，继续穿行在荷塘中，羡慕地看着成双的鸳鸯飞来飞去。荷花离岸太近，小船过不去，不容易采摘；四周蒲草芦苇太多，露水弄湿了她的衣裳。

【鉴赏】

徐照是永嘉（今浙江温州）人，自号山民。其家境清寒，一生未仕，布衣终身，以诗游士大夫间，行迹遍及今湖南、江西、江苏、四川等地，后隐居不出。徐照嗜苦茗、游山水、喜吟咏，是"永嘉四灵"之一，其诗宗姚合、贾岛，题材比较狭窄，刻意炼字炼句。曾有诗句"两寺今

为一，僧多外国人"，据传被写成诗牌挂在江心寺前。这两首采莲曲形象生动，平淡中有含义。"莲莲摘下留空柄，把向船前探水深"，诗人用"摘""把""探"等字，描写了采莲女辛勤的劳动。诗句中的"留空柄"，与第二首中的"不肯归""看双飞""难攀折"等一系列的描写，把采莲女难言的心事表露出来，令人联想，余味无穷。

【注解】

罗盖：这里指荷叶。

495.蜻蜓立在荷花上，受用香风不肯飞
出自宋代崔复初的《湖边》

【原文】

西子湖边水正肥，鸳鸯双浴湿红衣。
蜻蜓立在荷花上，受用香风不肯飞。

【诗意】

西子湖边，秋水碧绿，清澈见底，一对鸳鸯正在荷叶下嬉水，溅起的水花弄湿了花瓣。十里荷花，荷叶田田，荷花的幽香引得蜻蜓飞过来，它站立在荷花上再也不肯飞走。

【鉴赏】

崔复初是南宋诗人，生卒年不详。据载，崔复初与时任浙东转运司幕属及越州府僚施枢有交往。他曾于嘉熙年间独自一人去外地游玩，步

行来到三衢（今浙江衢州）。这首诗描写了西湖边的夏景，清新自然，有很强的画面感。"西子湖边水正肥，鸳鸯双浴湿红衣"，诗人用白描手法，勾画出一幅富有动感的鸳鸯戏水图。"蜻蜓立在荷花上，受用香风不肯飞"，可爱的小蜻蜓与荷相伴，亲密和谐，从侧面抒发了诗人流连忘返的心情。此句与杨万里的"小荷才露尖尖角，早有蜻蜓立上头"有异曲同工之妙。

【注解】

西子湖：即杭州西湖。

496.莫向荷花深处去，荷花深处有鸳鸯

出自宋代何应龙的《采莲曲》

【原文】

采莲时节懒匀妆，日到波心拨棹忙。

莫向荷花深处去，荷花深处有鸳鸯。

【诗意】

又到了采莲的季节，她一大早就要出门，所以也没时间梳妆打扮。太阳照到水中央了，她还在不停地划船，想多采一些荷花和莲蓬。此时她反复告诫自己，不要把小船划到荷花深处，因为那里有鸳鸯在栖息。

【鉴赏】

何应龙是钱塘（今浙江杭州）人，宋宁宗嘉泰年间进士，曾知汉州。

一生官运颇顺，其文以诗见长。何应龙是宋代家喻户晓的诗人，创作了许多脍炙人口的诗。这首诗有很浓郁的生活气息，塑造了辛勤劳动的采莲女形象。"采莲时节懒匀妆，日到波心拨棹忙"，诗句写的是一位忙忙碌碌的采莲女，更具有生活的真实感。"莫向荷花深处去，荷花深处有鸳鸯"，一定是这位采莲女有心事，不愿意看见那些恩爱的鸳鸯，以免触景生情。诗人用明白如话的语言，写出了青春少女性意识最初萌动时的那种骚动忙乱而又故作矜持的心理，给人一种朦胧的美感享受。

【注解】

匀妆：意思是化妆时用手搓脸使脂粉匀净。

497.枯荷折苇卧凫鸥，小雨轻烟画出秋

出自宋代方岳的《还留石亭》

【原文】

枯荷折苇卧凫鸥，小雨轻烟画出秋。

自唤短篷将老砚，石亭寻客了诗愁。

【诗意】

荷塘深处，只剩下枯黄的荷叶和弯曲的芦苇，还有几只水鸟静静躺在那里。微雨如烟，轻风吹来，秋色尽染，好一幅凄清的画面。我连忙叫小船上的伙计拿出老砚台，到石亭寻找朋友一起赋诗作画。

【鉴赏】

方岳是徽州祁门（今安徽黄山祁门县）人，一说宁海（今浙江宁波宁海县）人。他出身于一个世代耕读之家，七岁能赋诗，时人称为神童，绍定五年（1232）中进士。因他刚直不阿，不畏权贵，敢于斗争，多次遭到权奸贪吏的诬陷和打击，仕途坎坷。经明行修，隐居不仕，以诗名世。其诗多描写农村生活与田园风光，质朴自然。今在安徽祁门城北何家坞有方岳故居，坞内原有君子亭、归来馆等建筑，山上有梅，池中有荷，风光迷人。据载因方岳见池中荷花茂盛，改名为荷嘉坞。这首诗平淡朴素，表达了诗人对简朴生活的追求和热爱。"枯荷折苇卧凫鸥，小雨轻烟画出秋"，诗人寥寥几笔，勾画出一幅美丽的荷塘清秋图，诗情画意十足。"自唤短篷将老砚，石亭寻客了诗愁"，描写了诗人自得其乐、逍遥自在的隐居生活。

【注解】

折：弯曲的意思。

凫［fú］：野鸭。

短篷：有篷的小船。

诗愁：诗情。

498.波心沁雪，鸥边分雨，翦得荷花能楚

出自宋代方岳的《鹊桥仙·七夕送荷花》

【原文】

银河无浪，琼楼不暑。一点柔情如水。肯捐兰佩了渠愁，尽闲

却、纤纤机杼。

波心沁雪，鸥边分雨。蓊得荷花能楚。天公煞自解风流，看得我、如何销汝。

【词意】

七夕时的银河无风无浪，织女居住在凉爽的琼楼，过着舒适的生活，但她不愿在这寂寞的天宫中久居，对人间的牛郎萌发出一片真情。织女愿意抛弃优裕的生活环境，下凡同牛郎结为夫妻。织女下凡以后，原先使用的织机，就闲置不用了。忽然。银河浪花四溅，天边鸥鸟飞过，雨丝轻轻飘下。在浪花的冲刷下，在雨丝的洗涤下，七夕的荷花开得最茂盛，楚楚动人。天帝懂得风流，很理解和同情织女为追求幸福生活而做出的努力，并对她敢同牛郎结为夫妻表示支持，因此于七夕时送荷花到人间，向牛郎织女予以祝贺。连天帝都将荷花作为馈赠的礼品，我对荷花的喜爱就不用说了。可是叫我如何办呢? 你这荷花在七夕后会一天天翠消红减。

【鉴赏】

方岳的词作属辛弃疾派，词风慨慷悲壮，豪气不减辛弃疾。这首咏荷词写得很别致，它不从荷花的色香着眼，而是将它编织进牛郎织女的神话故事中，写它的盛开是天帝对织女下凡举动的同情和支持，因而让这神仙之花在人间怒放。这种笔法别出心裁，令人耳目一新，目的只在突出词人对荷花的喜爱。"波心沁雪，鸥边分雨，蓊得荷花能楚"，"沁雪"为形容河面翻涌、浪花四溅的景象，"鸥边"写雨丝从天边鸥鸟飞过的云彩中飘落而下，描写了七夕时人间的美景。"看得我、如何销汝"，词人对七夕时荷花盛期已过深表忧愁，他多么希望这象征着牛郎织女爱情的荷花能永驻人间。

【注解】

琼楼：指仙宫中的楼台。

捐：这里是抛弃之意。

兰佩：原指珍贵的饰物，此借代为天宫中优裕的生活条件。

渠：第三人称代词。这里指牛郎。

蘮：这里是洗涤之意。

楚：这里是华美之意。

天公：指天帝。

销：通"消"。

汝：这里指荷花。

499.花列千行彩袖，叶收万斛明珠
出自宋代吴龙翰的《荷花》

【原文】

花列千行彩袖，叶收万斛明珠。

可惜坡仙不在，风情绝胜西湖。

【诗意】

一朵朵荷花矗立在池塘里，花瓣如歌女舞动的彩色丝巾，茂密的荷叶上到处是晶莹的露珠。可惜东坡老先生不在人世了，这里荷花的风

景绝对比西湖还要美。

【鉴赏】

吴龙翰是歙县(今安徽黄山歙县)人,师方岳,咸淳中贡于乡,以荐授编校国史院实录。咸淳四年(1268)十月与鲍云龙、宋复一等三人,自带干粮,费时三天,涉足丹崖,登上了黄山莲花峰峰顶,并写下《黄山纪游》,为现存最早游莲花峰的文字。吴龙翰家有老梅,因以古梅为号。嗜奇学,博为诗。这首咏荷诗场面开阔,描绘了荷花盛开之恢宏景象。"花列千行彩袖,叶收万斛明珠",诗句对仗工整,"千行"写出荷花之盛,"万斛"写出荷露之多,勾画出一幅美丽的荷花晨曦图。"可惜坡仙不在,风情绝胜西湖",诗人致敬了苏东坡,同时将此风景与天下闻名的西湖相比,间接点赞了眼前美到窒息的荷花。

【注解】

彩袖:指彩色的丝巾。

坡仙:指苏东坡。

风情:这里指景象。

500.烟生杨柳一痕月,雨弄荷花数点秋
出自宋代林洪的《西湖》

【原文】

烟生杨柳一痕月,雨弄荷花数点秋。

此景此时摹不尽,画船归去有渔舟。

【诗意】

　　暮霭如烟般笼罩着湖边杨柳，水中倒映出月亮的影子。忽然一阵骤雨，轻柔地打在荷花上。荷花摇摇曳曳，仿佛在指点秋天的风光。此时西湖的风景，任你是丹青妙手也描摹不尽。于是乘着华美的游船归去，隐约听见远处渔舟中传出的歌声。

【鉴赏】

　　林洪是福建泉州人，其先祖林瓒曾经从叶绍翁学习。他擅诗文，对园林、饮食也颇有研究。林洪称林和靖（林逋）为"吾翁"，并自称是林和靖的七世孙。晚年寓居杭州，因为火灾，其家中收藏焚毁殆尽。著有《山家清事》《山家清供》等，其中《山家清供》是一本介绍南宋饮食文化的食谱。这首诗非常工整，描写了西湖烟雨中的迷人秋色，充满了活力和意趣，令人有身临其境的感觉。"烟生杨柳一痕月，雨弄荷花数点秋"，烟生杨柳，雨弄荷花，还有一弯秋月高挂天空，朦胧惬意，景色宜人。"生"和"弄"字，动感十足，增添了诗句的感染力。

【注解】

　　痕月：即月痕，这里指月影。

501.小囊赋就鸳鸯锦，一路荷花别漾香
出自宋代陈造的《泛湖十绝句》（其八）

【原文】

　　寻得诗人到醉张，银壶玉麈倍增光。

小囊赋就鸳鸯锦，一路荷花别漾香。

【诗意】

我难得一醉方休，是因为这湖景实在太美，就连我的银壶、玉柄麈尾也"蓬荜生辉"了。小小荷花苞天生有如鸳鸯锦这样绚丽的色彩，因此这一路上荷花特别清香。

【鉴赏】

陈造是高邮（今江苏扬州高邮市）人，年二十始知锐意，为儒废寝与食，直院崔大雅奇其才，孝宗淳熙二年（1175）中进士。历官繁昌尉、平江教授、定海县宰、淮浙安抚使参议等，后弃官，投身江湖，自号江湖长翁。与著名江湖诗人姜夔为知己，又与当世名流范成大、陆游等有交游唱和。范成大见其诗文，谓"使遇欧、苏，盛名当不在少游下"。《泛湖十绝句》描写西湖美景，共有十首，句句精彩。其中咏荷的还有两首："荷面跳珠小溅衣，酒边团扇已停挥。湿云收尽人间暑，却度西山载雨归。"（其一）"嫩绿摇漪红藕香，雨膏烟腻午供凉。西湖到眼真西子，莫信温柔别有乡。"（其四）均描绘了西湖如梦如幻的荷景。

【注解】

麈［zhǔ］：麈尾。古书上指鹿一类的动物，其尾可做拂尘。

鸳鸯锦：织有华丽鸳鸯纹的彩锦。

502.南山起云山山雨,折得荷花不归去

出自宋代俞桂的《采莲曲》(其三)

【原文】

放船却入花深处,临流照妆嚜不语。

南山起云山山雨,折得荷花不归去。

弄波惊起鸳鸯双,水珠溅湿芙蓉裳。

恨无飞羽致汝旁,溯洄从之云路长。

【诗意】

采莲女划着船,来到荷花深处,她临水看到自己憔悴的模样,愁上心头,默不作声。远看西湖南山,忽然乌云翻滚,似乎马上要下雨的样子。由于刚采了一些荷花,她兴不由己,暂时还不想回去。船桨泛起阵阵水波,惊起荷花丛中的一对鸳鸯。鸳鸯起飞溅起的水珠,弄湿了荷花的翠盖红妆。好美慕那些鸳鸯,好想借来翅膀飞到你的身边,逆流而上去追寻你,无论道路险阻又漫长都不怕。

【鉴赏】

俞桂是浙江杭州人,绍定五年(1232)进士,曾在滨海地区为官,做过知州。他与陈起友善,有诗文往还。他的诗以绝句最为擅长,往往带着平静的心境观照自然,而时有独到的发现。这首诗文字清畅,诗人以西湖为背景,描写了采莲女的劳动过程及其触景生情的心理变化。"弄波惊起鸳鸯双,水珠溅湿芙蓉裳","弄波"二字写出了采莲女的可爱,形象鲜明突出,富有诗情画意。"恨无飞羽致汝旁,溯洄从之云路

长", 诗句直截了当地表明采莲女对心上人的爱慕之情。俞桂写有好几首采莲曲, 扣住采莲主题, 塑造了一个个鲜明的采莲女形象。如"荷叶笼头学道情, 花妆那似侬妆清。双双头白犹交颈, 翻笑鸳鸯不老成", 描写出采莲女自有生命本身的淳朴和恣意。

【注解】

溯洄从之: 出自《诗经·秦风·蒹葭》。溯洄: 逆流而上。

503.采采荷花满袖香, 花深忘却来时路
出自宋代邹登龙的《采莲曲》

【原文】

平湖森森莲风清, 花开映日红妆明。

一双鹨鹕忽飞去, 为惊花底兰桡鸣。

兰桡荡漾谁家女, 云妥髻鬟黛眉妡。

采采荷花满袖香, 花深忘却来时路。

【诗意】

平湖茫茫, 荷风轻吹, 无比凉爽, 映日荷花分外明艳。忽然, 荷花丛中飞起一对鹨鹕, 原来是采莲船的声音惊动了它们。船上是谁家的采莲女, 划着船桨, 荡起阵阵涟漪, 她长发飘飘, 眉清目秀。采了荷花又摘莲蓬, 她衣袖上都是荷香。小船不知不觉到了荷花深处, 却忘记了来时的路。

【鉴赏】

邹登龙是临江（今江西宜春樟树市西南）人，终生隐居不仕，结屋于邑之西郊，种梅绕之，自号梅屋。与魏了翁、刘克庄等多唱和。这首采莲曲，清丽而不失质朴，坦率而不失真纯。前四句写景，诗句展示了一幅动态的采莲图。"一双鹭鹚忽飞去，为惊花底兰桡鸣"，诗人描写荷塘小景，绘声绘色，引人入胜。后四句写人，"兰桡荡漾谁家女，云妥髻鬟黛眉妖"，诗句刻画了一位年少爱美的采莲女形象。"采采荷花满袖香，花深忘却来时路"，"花深"二字，一方面说明湖面广阔、荷花茂盛，另一方面说明采莲女被美景吸引而流连忘返。

【注解】

髻鬟［jì huán］：古时妇女发式。将头发环曲束于顶。

504.藕欲作舟花作屋，更和风露管清秋
出自宋代宝昙的《荷气》

【原文】

一池芳日上帘钩，荷气蒸人醉不收。

藕欲作舟花作屋，更和风露管清秋。

【诗意】

斜阳将一池婆娑荷影映上卷帘，阵阵暖风不停吹来，我陶醉在这清幽的荷香中，美不胜收。我梦想着莲藕作船、荷花作屋，和秋风秋露一起营造明净爽朗的秋季。

【鉴赏】

　　宝昙是嘉定龙游（今四川乐山）人，俗姓许，幼习章句业，已而弃家从一时经论老师游。后出蜀，从大慧于径山、育王，又从东林万庵、蒋山应庵，遂出世，住四明仗锡山。归蜀葬亲，住无为寺。复至四明，为史浩深敬，筑橘洲使居，因自号橘洲老人。宝昙为诗慕苏轼、黄庭坚。这首诗雅致清新，流露出诗人对大自然的热爱之情。"一池芳日上帘钩，荷气蒸人醉不收"，诗人把荷香称作荷气，荷气如风，非常生动形象。"藕欲作舟花作屋，更和风露管清秋"，诗人想象丰富，描写了出家人的出世心境。诗人还有一首《和史魏公荷花》："潇然独出泥滓外，不待好风相濯磨。红如咸池浴朝日，莹若璧月沉秋波。强将国色斗清绝，辄莫天人谁敢过。香阁容我小舟入，不怕鸳鸯惊棹歌。"诗句赞美荷花出淤泥而不染，具有国色天香之美。

【注解】

　　帘钩：卷帘所用的钩子。这里指卷帘。

　　荷气：这里指荷花香气。

505.人生底为青衫急，亦有秋荷可制裳

出自宋代毛珝的《和张梅深四首》（其一）

【原文】（节选）

　　　　从辟谷来惟嗜酒，自栽梅后不烧香。

　　　　人生底为青衫急，亦有秋荷可制裳。

【诗意】

自从辟谷以来只有爱好喝酒，自从栽种梅花以后就不烧香拜佛了。假如人生遇到没有衣服穿的尴尬，还可以学屈原，把清雅高洁的秋荷做成衣裳。

【鉴赏】

毛珝是三衢（今浙江衢州）人，有诗名于端平年间，著有《吾竹小稿》一卷，李龚为之作序，比之为唐诗人沈千运。毛珝《和张梅深四首》，结合他的一生经历，表达了诗人的人生感悟。这首诗是其中之一，这里节选其中四句。"从辟谷来惟嗜酒，自栽梅后不烧香"，诗句写得质朴自然，气格高古。"人生底为青衫急，亦有秋荷可制裳"，诗人引用屈原把荷花荷叶制作衣裳的典故，抒发了他洁身自好、安于清贫的隐士情怀。

【注解】

张梅深：张矩，号梅深，宋代词人。

辟谷：源自方仙家养生中的"不食五谷"，即不吃五谷杂粮，而以药食等其他之物充腹，或在一定时间内断食，是古人常用的一种养生方式。

青衫：古时学子所穿之服。

506.高荷不受雨，倾泻与低荷

出自宋代仇远的《句》

【原文】

高荷不受雨，倾泻与低荷。

低荷强自持，聚雨倾入波。

朝雨尚滴沥，晚雨忽滂沱。

临池卧以听，雨声静中多。

两耳本自清，奈此荷叶何。

【诗意】

　　暴雨中的荷塘，高高的荷叶承接不了雨水，往低处的荷叶上倾泻，低处的荷叶努力承接着雨水，但实在是太多了，只好头一歪，雨水流到波浪中。早上的雨本来只是滴滴答答的声音，晚上忽然成了滂沱大雨。临近池塘躺着，倾听雨打荷声，可以享受到那种静美的天籁。不过正是因为有了荷叶，这声音更有一种让人迷醉的磅礴啊，让你仿佛走进一个听觉的盛宴。

【鉴赏】

　　仇远是钱塘（今浙江杭州）人，因居余杭溪上之仇山，自号山村，人称山村先生。他生性雅澹，喜欢游历名山大川，每每寄情于诗句之中。宋末咸淳年间即以诗名与当时文学家白珽并称于两浙，人称"仇白"。仇远与赵孟頫、鲜于枢等结为诗友，互相赠答。仇远生当乱世，诗中不时流露出对国家兴亡、人事变迁的感慨。这首诗描写雨中之荷叶，诗句清新自然，诗境清冷深寂，诗风清瘦近寒。前六句绘声绘色地描写了雨荷的场景，后四句表达了诗人身临其境的感受。仇远的一生，如同在风雨中飘摇的荷叶。面对"国破山河在，城春草木深"的现状，他只能发出"两耳本自清，奈此荷叶何"的无奈感慨。

【注解】

滴沥：雨水下滴的声音。

滂沱：形容雨下得很大。

507.城外秋荷一半黄，尚余疏柳照回塘

出自宋代韩元吉的《秋怀十首》(其一)

【原文】

城外秋荷一半黄，尚余疏柳照回塘。

江南底许风光好，塞雁来时未有霜。

【诗意】

城外的秋荷已黄了一半，然而这样也很美。斜阳穿过萧疏的柳枝照在水池里，余晖的金色敷在了半黄的荷叶上。江南有多少这样旖旎的风景，就算边塞的大雁飞来之时，江南这个福地不肯也不忍有寒霜。

【鉴赏】

韩元吉是开封雍邱(今河南开封)人，其五世祖韩亿在宋仁宗朝官至参知政事，故元吉多次应试不第后，因先祖的关系，遂以门荫入仕。他

为官三十多年间，关注百姓疾苦，力求减轻民众负担。陆游是他交往时间最长的朋友。朱熹是他学术上的诤友，而辛弃疾则是他退居上饶时来往最密切的朋友。他的诗词多抒发山林情趣，闲淡自然，诙谐有趣。《秋怀十首》是韩元吉创作的一组诗，诗人借秋之景抒发内心的人生感悟。这首诗是其中之一，诗人通过描写秋荷，代入了自己深厚的感情，表达了他对美好生活的热爱和眷恋。"城外秋荷一半黄，尚余疏柳照回塘"，诗句描写江南好风景，有一种清丽美。爱荷花的人，喜欢荷花田田翠叶、粉色花朵，也同样喜欢那秋天逐渐发黄的残荷。人生就如秋荷，虽经历了酷暑，但在秋天里还具有生命的力量。

【注解】

回塘：环曲的水池。

底许：多少。

508.无数菰蒲间藕花，棹歌轻举酌流霞

出自宋代赵构的《渔父词》（其十三）

【原文】

无数菰蒲间藕花，棹歌轻举酌流霞。

随家好，转山斜，也有孤村三两家。

【诗意】

一湾碧水，到处是菰蒲，有亭亭玉立的荷花点缀其中。只见有位渔夫划着小船，一边唱着船歌，一边自饮自酌，怡然自得。小船顺水而流，

慢慢地转过山角，前面是一个只有几户人家的小村庄。

【鉴赏】

赵构是东京汴梁（今河南开封）人，南宋开国皇帝，宋徽宗赵佶第九子。这首诗歌咏渔夫逍遥自在、乐而忘归的生活，如隐如仙，有一种高品质的画卷感。绍兴元年（1131）七月，赵构来到了会稽，年轻的他看见河山平静，风物怡人，写下渔父诗十五首，表达他强烈的向往隐逸闲适之情。"无数菰蒲间藕花，棹歌轻举酌流霞"，"间藕花"确实生动，将荷花点缀在一片绿色之中，于清淡中涂上一点艳色，产生了淡而不素、艳而不俗的淡雅俏丽之美，真是巧妙之极，而且蕴藉无痕。"转山斜，也有孤村三两家"，孤村只有"三两家"，可见人烟稀少，这是何等荒僻、宁静的地方啊。经历了时局动荡的赵构比普通人更明白生命的无常，离尘世之思、摆脱世事纷纭之想，就隐在这一幅优美、静谧的画面之中。

【注解】

渔父：渔翁，捕鱼的老人。

流霞：这里指美酒。

509.白鸥不受人间暑，长向荷花共雨凉

出自宋代刘应龟的《夏日杂咏》

【原文】

一片闲云堕野塘，晚风吹浪湿菰蒋。

白鸥不受人间暑，长向荷花共雨凉。

【诗意】

　　一片浮云悠悠，倒映在水面如镜的野塘里。一阵晚风吹起，层层波浪打湿了茭白叶子。白鸥受不了夏天的酷暑，总是栖息在荷花丛中，享受着荷花带来的阴凉，还能享受雨水送来的清凉。

【鉴赏】

　　刘应龟是义乌县青岩（今浙江金华义乌市）人，自少意气恢宏，落落多大志。潜心研习义理之学，以古代贤人作为追随的目标。南宋咸淳元年（1265），刘应龟入太学为内舍生。他敢于在丞相面前拒婚，引起朝野哗然，名噪一时，被称为"江南奇士"。入元，部使者强起主教乡邑，曾任杭州府学学正、义乌教谕。这首诗情景交融，写出了夏夜荷塘情趣，韵味无穷。"一片闲云堕野塘，晚风吹浪湿菰蒋"，一个"堕"字勾画出云在水中的倒影，"湿"字说明风浪很大，诗句形象地写出了大热天下阵雨前的情景。"白鸥不受人间暑，长向荷花共雨凉"，诗人借水鸟烘托出自己对烈日炎烤下那种享受清凉的向往，也间接流露出对荷花的喜爱之情。刘应龟做官都是被朝廷强行起用，他不慕权贵，后拂袖回乡过起了隐居生活。也许那片隐居地就像野塘一样，时时有风雨飘来，但他可像水鸟那样与荷花共雨凉，而不必像官场那样时时火烧火燎。

【注解】

　　闲云：悠然漂浮的云。

　　菰蒋：指菰叶。

　　长向：总是在。

510.数点飞来荷叶雨，暮香分得小江天

出自金代完颜璹的《池莲》

【原文】

轻轻姿质淡娟娟，点缀池园亦可怜。

数点飞来荷叶雨，暮香分得小江天。

【诗意】

　　荷花轻盈的姿态，明艳而淡雅，别具风韵。群芳吐艳，是因为有荷花点缀池塘，所以更加可爱。我静坐在荷塘边，忽然听到荷叶上有水珠滚动的声音，原来是天上洒落了几点小雨。此刻已近傍晚，池塘上空到处弥漫着荷花的芳香，宛如到了小江南一样，令人陶醉。

【鉴赏】

　　完颜璹祖籍上京（今黑龙江哈尔滨阿城区），是金世宗完颜雍之孙。他虽出身皇族，位列公侯，但一生行迹却俨然如一寒儒。他嗜爱文学艺术，长于诗词书法，奉朝请四十年，却"日以讲诵、吟咏为乐"。他的山水诗往往并非广远阔大的景象，而是以一个个小巧的镜头，写出大自然的可亲、可爱与自由感。这首诗涵蕴丰富，耐人寻味，诗人从质态、颜色、微雨、芳香等多侧面来描状荷花，由近及远，给人以清晰的形象美。"数点飞来荷叶雨，暮香分得小江天"，"飞"字巧妙生动地描绘出雨滴的动态，给人以想象的空间。"荷叶雨"，写出了雨滴落在荷叶上晶莹剔透的场景。最后，诗人不直接去写荷花的芳香，而是运用了含蓄的手法，通过"小江天"的暮香，点出其芳香之浓烈。

【注解】

娟娟：明媚的样子。

可怜：可爱。

511.日暮碧溪微雨过，满风都是藕花香
出自金代完颜璹的《溪景》

【原文】

飞飞鸥鸟自徜徉，也解新秋受用凉。

日暮碧溪微雨过，满风都是藕花香。

【诗意】

在清澈的小溪里，不少鸥鸟翩跹起舞，给人一种秋凉了的感觉。黄昏时刻，碧溪上空下起细雨，空气更加清新宜人。荷叶荷花相映，一眼望不到边，微风吹来阵阵清香，令人心旷神怡。

【鉴赏】

完颜璹的诗流丽委婉，情采兼备，为女真族诗人之冠。元好问评价他为"百年以来宗室中第一流人"。这首诗描写了初秋时节溪景，诗人通过仔细观察与亲身感受，用寥寥数笔把溪景描绘得有声有色，将人的视觉、听觉和嗅觉都调动了起来。"日暮碧溪微雨过，满风都是藕花香"，与"数点飞来荷叶雨，暮香分得小江天"意境类似，都是描写雨和荷香，清新灵动，传达出大自然的一派生机。诗中景色如画，都可拍成照片。这些小景，如同画家笔下的扇面，给人耳目一新之感。

徜徉［cháng yáng］：安闲自在地徘徊。

新秋：初秋，指今秋。

512.陂水荷凋晚，茅檐燕去凉

出自金代完颜璹的《北郊晚步》

【原文】（节选）

陂水荷凋晚，茅檐燕去凉。

远林明落景，平麓淡秋光。

【诗意】

傍晚，池水里的荷花也开始凋谢了。天气确实凉了，茅草屋檐上的燕子已离去。远山上落叶飒飒，山脚下一马平川，已是淡淡的秋景。

【鉴赏】

完颜璹深受佛道思想的影响，尤其是佛家那种空无虚幻的世界观，在其诗中屡屡有所表现。佛道的出世态度与儒家那种自甘清苦、追求道义的人生态度，统一在完颜璹身上，便是对富贵的鄙弃，对生活的超脱。完颜璹有一些山水之作，境界较为阔大，给人一种苍凉广远的审美感受。这首诗层次感强，描绘了诗人傍晚在北郊散步时的所见景象，意境深邃。"陂水荷凋晚，茅檐燕去凉"，"荷凋""燕去"都是秋日的风光景色，流溢出诗人恬淡闲适、淡泊自如的意绪。

麓：山脚。

513.残荷露水秋光晚，衰柳摇风古渡寒
出自金代完颜璹的《秋晚出郭闲游》

【原文】（节选）

残荷露水秋光晚，衰柳摇风古渡寒。

此幅大年横景画，鲁冈图上似曾看。

【诗意】

秋色已晚，水中残荷翠减香消，枯叶上露珠来回滚动着。古道渡口，寒冷的北风吹过来，衰败的柳树无力摇摆着。眼前这幅秋景画面，我似乎在鲁国地形图上见过。

【鉴赏】

这首诗与《北郊晚步》内容类似，都是描写晚秋山水景色，但这首诗意境更开阔，风格萧散野逸，多了一些北方山水的苍凉感。"残荷露水秋光晚，衰柳摇风古渡寒"，"残荷"与"衰柳"，都是深秋衰败荒芜的景色，给人一种悲凉、寂寥的感觉。诗人用类似绘画中淡墨写意的手法，把这些景色描绘得生动形象，令人有身临其境的感觉。

【注解】

摇风：谓风吹摆动。

514.田田青茄荷，艳艳红芙蕖

出自金代萧贡的《古采莲曲》

【原文】

洋洋长江水，渺渺涨平湖。

田田青茄荷，艳艳红芙蕖。

酣酣斜日外，苒苒凉风馀。

茜茜谁家子，袅袅二八初。

两两并轻舟，笑笑相招呼。

悠悠波上鸳，泼泼蒲中鱼。

采采不盈手，依依欲何如。

【诗意】

　　浩荡的长江水，白茫茫的一片，使得平湖水涨船高。茂盛的荷叶映衬着艳红的荷花，红红绿绿，一派生机勃勃。斜阳外的景色盛美，凉风轻吹，芳草萋萋。谁家美丽的采莲女，袅袅婷婷，正值青春年华。她们并排划着小船，个个笑靥如花，相互打着招呼。水面上鸳鸯悠闲地嬉戏，蒲草中忽然跃起鱼儿。虽然天色已晚，但她们还不停地采啊采，依依不舍，不愿归去。

【鉴赏】

　　萧贡是京兆咸阳（今陕西咸阳）人，少年得志，大定二十二年（1182），正值弱冠之龄，就考中进士，而且还有"名进士"之美誉。仕途更是一帆风顺，官至户部尚书。在其杰出的吏治才能之外，左丞相董师中、右丞相杨伯通举荐他的文学才华，因此他曾被任命为翰林学士，真是一顺百顺。萧贡博学多才，特别好学，读书至老不倦。其文采风流，照映一时。这首采莲曲颇具汉乐府风格，诗人别开生面，用了二十八个叠字，而且叠得委婉，前句刚高起，后句又低回，细读品味，犹如一首慢歌，趣味无穷。"田田青茄荷，艳艳红芙蕖"，诗句描写了荷花清新脱俗的美，令人心旷神怡。

【注解】

茄：指荷花的茎。

苒苒：草盛的样子。

515.谁开玉鉴泻天光，占断人间六月凉

出自金代赵沨的《留题西溪三绝》（其一）

【原文】

谁开玉鉴泻天光，占断人间六月凉。

日落沙禽犹未散，也知受用藕花香。

【诗意】

是谁打开了藏在这里的玉镜，倾泻出大自然的灿烂光辉。只见清澈如镜的溪水中，蓝天白云悠悠，荷花竞相开放，蜻蜓追逐其间。这清雅静谧的仙境，占尽了人间六月的凉意。夕阳西下，沙滩上成群结队的水鸟还没有散去。这里不仅令人流连忘返，连鸟儿也知道享受荷花的芳香。

【鉴赏】

赵沨是郓州须城（今山东泰安东平县）人，大定二十二年（1182）进士，仕至礼部郎中。性冲淡，学道有所得。尤工书，自号"黄山"。刘祁《归潜志》卷八称赵沨尝于黄山道中作诗，有诗云"好景落谁诗句里，蹇驴驮我画图间"，世号"赵蹇驴"。在中国诗史上，因好诗好句而得到别号，是件很风光的事情。赵沨的《留题西溪三绝》描绘西溪风光，以这首诗最为出名。此诗虽文笔简淡却意境清新，情趣盎然。"谁开玉鉴泻天光，占断人间六月凉"，"占断"一词妥帖，带有豪迈之气，诗句描写荷花盛开之地幽静清凉的怡人环境。诗人用反问句，凸显其神奇、美妙。荷花不仅给人以美的享受，而且给人间带来了清凉。"日落沙禽犹未散，也知受用藕花香"，诗人别具一格，描写沙禽流连忘"散"，烘托出荷花香远的氛围，令人陶醉。

【注解】

玉鉴：镜子的美称。这里喻指湖面。

占断：全部占有，占尽。

516.胭脂雪瘦薰沉水，翡翠盘高走夜光
出自金代蔡松年的《鹧鸪天·赏荷》

【原文】

秀樾横塘十里香，水花晚色静年芳。胭脂雪瘦薰沉水，翡翠盘高走夜光。

山黛远，月波长。暮云秋影照潇湘。醉魂应逐凌波梦，分付西

风此夜凉。

【词意】

　　清秀稀疏的树影环绕着十里横塘, 暮霭下的荷花在风中摇曳, 独立散发着芳香, 夜色幽静又美好。看那娇美的荷花多像深闺中因相思而衣带渐宽的姑娘, 白净的脸颊上淡施红粉, 荷香如同熏了沉香。那荷露宛如翡翠盘上的夜明珠, 在暮色中闪闪发光。一带远山如眉黛横卧, 水波粼粼拉长了月亮的倒影。黄昏时的云彩照在潇湘大地上, 秋夜之影如梦如幻。我在醉梦中, 要去追逐那爱慕已久的凌波仙子, 请告诉秋风, 今夜给我多送些清凉。

【鉴赏】

　　蔡松年是冀州真定(今河北石家庄正定县)人。北宋宣和末年, 蔡松年跟随父亲镇守燕山, 宋军败, 即随父亲降金。天会年间授真定府判官。完颜宗弼攻宋跟岳飞交战时, 担任兼总军中六部事, 累官至右丞相, 封卫国公。他虽一生官运亨通, 其作品却流露出颇为矛盾的思想感情, 内心深处潜伏着的家国意识使他感到“身宠神已辱”。其作品风格隽爽清丽, 词尤负盛名, 与吴激齐名, 时称“吴蔡体”。这首词词风清韵, 清新雅舒, 描写了初秋时节荷塘月色。全词运笔极有层次, 赏荷而不仅见荷, 天光云影、山容水态皆入眼帘, 而处处都烘托出一种赏荷时恬淡温馨的气氛。“胭脂雪瘦熏沉水, 翡翠盘高走夜光”, 景色由远及近, 先写水中荷花, 再写花下荷叶。词人用“夜光”借指荷叶上滚动的水珠, 荷花飘香, 水珠着色, 令人向往。

【注解】

秀樾：青翠的树荫。

水花，荷花的别名。

年芳：这里指美好的夏景。

沉水：即沉香。

醉魂：犹醉梦。

元明清时期

517.大明湖上新秋，红妆翠盖木兰舟

出自元代元好问的《临江仙·荷叶荷花何处好》

【原文】

荷叶荷花何处好？大明湖上新秋。红妆翠盖木兰舟。江山如画里，人物更风流。

千里故人千里月，三年孤负欢游。一尊白酒寄离愁。殷勤桥下水，几日到东州。

【词意】

荷叶荷花哪里最好？当数初秋大明湖上的最好。湖上荷花初展娇容，荷叶田田，精美的小船穿行于如画般的景色中。真是江山如画，而当时的我们则更风流倜傥。畅游的欢乐已成往事，而今与故人远隔千里，只能共照一轮明月，遥寄相思，三年来浪费了许多的大好时光。现在我想借一杯美酒，来寄托离别思念之愁。桥下的流水倒是善解人意，殷勤传情，怎奈路途遥远，何时才能将这离愁寄到东州呢？

【鉴赏】

元好问是太原秀容（今山西忻州）人，自幼聪慧，有"神童"之誉。金宣宗兴定五年（1221），元好问进士及第。正大元年（1224），以宏词科登第后，授权国史院编修，官至翰林知制诰。金朝灭亡后，元好问被囚数年。晚年重回故乡，隐居不仕，于家中潜心著述。这首词运用了对比、转换时空的手法，描绘了大明湖之美，抒发了对友人的殷切思念之情。"大明湖上新秋，红妆翠盖木兰舟"，词人写这首诗时身在济

源，却回忆起与友人泛舟畅游济南大明湖的情景。元太宗窝阔台七年（1235），元好问东游济南，游历至大明湖，深为陶醉。当时正值新秋，湖上荷花娇艳，荷叶田田，一派美好的景象。词句以"红妆"应"荷花"，以"翠盖"应"荷叶"，再点大明湖新秋景色，可知其对前次欢游印象之深。元好问还有一首《泛舟大明湖》，其中"晚凉一棹东城渡，水暗荷深若无路。江妃不惜水芝香，狼藉秋风与秋露"，词人用大胆浪漫的想象，人格化地描写了大明湖荷花之美。

【注解】

大明湖：山东济南市区湖泊。

风流人物：这里指作者与李辅之等文人雅士。

孤负：同"辜负"。

白酒：泛指美酒。

东州：古时多泛称东方为东州。这里指齐州（今济南）。

518.瘦绿愁红倚暮烟，露华凉冷洗婵娟

出自元代元好问的《鹧鸪天·莲》

【原文】

瘦绿愁红倚暮烟，露华凉冷洗婵娟。含情脉脉知谁怨，顾影依依定自怜。

风送雨、水连天，凌波无梦夜如年。何时北渚亭边月，狼藉秋香拂画船。

【词意】

初秋傍晚，莲叶消瘦，莲花枯萎，倚身在暮色里。清冷的露水洗涤了莲花莲叶。尽管没人顾怜爱惜，莲花仍然自珍自爱，孤芳自赏。大风连着大雨，狂涛夹着恶浪，闹得凌波仙子深夜难眠，度日如年。我盼望着雨停，等到北渚亭边月亮升起，我就泛舟穿行于雨后的莲池之中。虽然大雨大风之后的莲塘一片狼藉，但秋莲的清香仍然阵阵袭来，使人流连，让人忘返。

【鉴赏】

元好问是宋金对峙时期北方文学的主要代表、文坛盟主，又是金元之际在文学上承前启后的桥梁，被尊为"北方文雄""一代文宗"。他擅作诗词，其诗成就最高，"丧乱诗"尤为有名；其词为金代一朝之冠，可与两宋名家媲美。这首词以秋莲为对象，抒发了词人的悲秋哀花之感。"瘦绿愁红倚暮烟，露华凉冷洗婵娟"，诗句描写了在暮愁笼罩下秋莲的凋残景象，塑造了一个露水洗面、含情脉脉的秋莲形象。"含情脉脉知谁怨，顾影依依定自怜"，词人用"含情""自怜"，寄寓了他情有所系、自珍自重、不改故我的遗民情怀。

【注解】

北渚亭：在济南大明湖。

婵娟：这里指荷花。

519.金粉拂霓裳，瘦玉亭亭倚秋渚

出自元代元好问的《感皇恩·洛西为刘景玄赋秋莲曲》

【原文】

金粉拂霓裳，凌波微步。瘦玉亭亭倚秋渚。澹香高韵，费尽一天清露。恼人容易被、西风误。

微雨岸花，斜阳汀树。自惜风流怨迟暮。珠帘青竹，应有阿溪新句。断魂谁解与，烟中语。

【词意】

秋莲就像衣袂飘飘、步态轻盈的凌波仙子，亭亭玉立在秋天的沙洲上。淡淡的清香，高雅的气质，雨露滋润成长。但使人烦恼的是这秋莲最怕被寒冷的秋风摧残。微微细雨落在荷花瓣上，夕阳照在岸边树上。它珍惜眼前的美好时光而不抱怨将要凋谢。青竹的影子落在珠帘上，应该有赞美阿溪姑娘的好诗句。但这秋莲的愁苦有谁能理解，它为啥在烟雨中寂寞地自言自语。

【鉴赏】

这首词是元好问早期的作品，洋溢着青春的豪气。那时的他虽然也遭受举进士第落选的挫折，但并没有动摇他的进取心，也没有动摇他的自信心，因而他在这首词中赋予秋莲的心态是"自惜风流怨迟暮"。在元好问的笔下，此时秋莲形象是"瘦玉亭亭倚秋渚"，然而背景是明朗的"微雨岸花，斜阳汀树"，而且秋莲与秋露的关系是亲近的，所谓"澹香高韵，费尽一天清露"。

刘景玄：即刘昂霄，系元好问的诗友。刘景玄绝顶聪明，洒脱不羁，且非常有文人的傲骨，一如他诗句的"直气南山相与高，争教尘土浣青袍"。

阿溪：出自宋代诗人秦观的《词笑令（烟中怨）》："鉴湖楼阁与云齐。楼上女儿名阿溪。十五能为绮丽句，平生未解出幽闺。"

断魂：形容哀伤、愁苦。

520.问莲根、有丝多少，莲心知为谁苦
出自元代元好问的《摸鱼儿·问莲根有丝多少》

【原文】

问莲根、有丝多少，莲心知为谁苦？双花脉脉娇相向，只是旧家儿女。天已许。甚不教、白头生死鸳鸯浦。夕阳无语。算谢客烟中，湘妃江上，未是断肠处。

香奁梦，好在灵芝瑞露。人间俯仰今古。海枯石烂情缘在，幽恨不埋黄土。相思树，流年度，无端又被西风误。兰舟少住。怕载酒重来，红衣半落，狼藉卧风雨。

【词意】

我要问问莲藕，藕丝有多少呢？莲心那么苦，又是在诉说谁的痛苦？并蒂莲含情脉脉地相互对望，怕就是大名府那对相恋男女的化身吧。老天爷如此不公平，为什么不让相爱的人白头偕老，却让他们死于鸳鸯偶居的河里。夕阳西下，悄然无声，似乎在默默哀悼。面对此情此

景，就算是谢灵运所写的伤感之词，以及湘妃投江自殉的悲境，都赶不上这对恋人殉情给人们带来的哀伤。他们相亲相爱，本可以在灵芝仙草与吉祥晨露中幸福生活长生不老。他们的感情海枯石烂，情缘仍然长存，被迫投河的幽恨是黄土无法掩埋的。被害死去的韩凭夫妇所化的相思树，随着时光的流逝，又无缘无故地被秋风所摧残。请精美的小船稍停一下，让我再仔细看看这并蒂莲。我料想以后带了美酒重来游玩时，它们已花瓣飘零，散乱地卧在风雨中了。

【鉴赏】

词人在小序中讲述了一个凄切哀婉的爱情故事：泰和年间，河北大名府有一对青年男女，彼此相恋却遭家人反对，愤而投河自尽。由于这一爱情悲剧，当年那条河里的荷花全都并蒂而开，为此鸣情。这首词就是词人闻听此事后，有感而作。词人以浪漫主义的笔法，以神话故事贯穿于生活中的情事，写得更是哀艳动人。"问莲根、有丝多少，莲心知为谁苦"，开头一个"问"字引人注意，"丝"谐"思"，意为情而殉身的青年男女，沉于荷塘，仍藕接丝连。"莲心"实指人心，相爱却只能同死，其冤其恨，可想而知。这样的起句，是词人闻听此事后，按捺不住内心的情感，情绪激动，要询问，要责问，要斥问，表现了词人对这一爱情悲剧的痛心和对殉情的青年男女的同情。"红衣半落，狼藉卧风雨"，词人通过描写并蒂莲在风雨中的凄惨场景，来揭示世道的黑暗，使全词更添悲剧色彩。

【注解】

莲根：即藕。

谢客：指谢灵运。幼时客养于外，族人名曰"客人"，世称谢客。

湘妃：传说中尧的两个女儿，娥皇、女英嫁给舜，后舜南巡死于途中，二妃寻而不得，遂投湘水而死，后世称她们为湘妃。

相思树：指古代韩凭夫妇的悲剧故事。韩凭是战国时宋康王舍人，娶妻何氏，貌美。宋康王夺娶何氏。韩凭被凶而死。何氏亦身坠楼台，留遗书于康王，望将其夫妇二人合葬。宋康王大怒，偏将何氏葬于韩凭墓的对面，使其可望而不可即。不久，两坟都长出合围大树，"屈体相就，根交于下，枝错于上"，上有相栖鸳鸯，日日相向而鸣。后人哀悼他们，将此两树起名"相思树"。

521.骤雨过，珍珠乱撒，打遍新荷

出自元代元好问的《双调·骤雨打新荷》

【原文】

绿叶阴浓，遍池塘水阁，偏趁凉多。海榴初绽，朵朵簇红罗。乳燕雏莺弄语，有高柳鸣蝉相和。骤雨过，珍珠乱撒，打遍新荷。

人生有几？念良辰美景，一梦虚过。穷通前定，何用苦张罗。命友邀宾玩赏，对芳樽浅酌低歌。且酩酊，任他两轮日月，来往如梭。

【词意】

站在池塘临水的楼阁，这里最是凉快。只见四周荷叶繁茂，一片浓荫。山茶花刚绽放，妖娆艳丽，散发出扑鼻的香气。高高的柳枝上，到处莺歌燕舞，还有蝉鸣相和。突然，暴雨霎时飞来，像珍珠乱撒，打遍池塘里一片片新荷。人生如梦，能有多久？想那良辰美景，仿佛刚做了一场梦。命运的好坏是由前生而定的，何必要自己苦苦操劳呢？还是邀请宾朋好友玩赏，一起对酒当歌，暂且酩酊大醉，任凭日月轮转、光阴如梭。

【鉴赏】

这首词借景抒怀，隐隐透出词人对官场险恶的痛感与厌恶。上阕写景，词人用明丽的笔调、比兴的手法，写出盛夏季节绝美的自然妙趣。"骤雨过，珍珠乱撒，打遍新荷"，荷叶上"珍珠乱撒"的动感给人活泼清新之感，写得绝妙逼真，堪称名句。下阕抒情，"人生有几""浅酌低歌"，吟唱出人生苦短的意绪，但由于景之极美，亦不令人感到游兴大减。

【注解】

海榴：即山茶，又名海石榴。

522.莲花相似，情短藕丝长
出自元代杨果的《小桃红·满城烟水月微茫》

【原文】

满城烟水月微茫，人倚兰舟唱。常记相逢若耶上，隔三湘，碧云望断空惆怅。美人笑道：莲花相似，情短藕丝长。

采莲人和采莲歌，柳外轻舟过。不管鸳鸯梦惊破，夜如何？有人独上江楼卧。伤心莫唱，南朝旧曲，司马泪痕多。

【词意】

水上升起的烟雾弥漫了全城，月亮若明若暗，依稀有采莲女斜倚在船榜上低唱。曾记得我们在若耶溪畔相遇。如今却如远隔三湘，望断碧水云天，空自惆怅。虽然我们在一起的时间很短，情思却像藕丝那样长。采莲女唱着采莲歌，荡着轻舟缓缓地行进在垂柳中。歌声惊破了对对鸳鸯的美梦，夜深了，我怎么办呢？于是独自到江边的楼上睡觉。此时思绪滚滚，如果内心伤悲就不要再唱南朝旧曲，否则我的眼泪会止不住流淌。

【鉴赏】

杨果是祈州蒲阴（今河北保定安国）人，金哀宗正大元年（1224）登进士第，早期在金朝为官。金朝灭亡后在元朝做官，官至参知政事，以干练廉洁著称。其工文章，长于词曲，与元好问交好。这首曲就是他在元朝为官时期的作品。此曲描写了采莲女对情人的思念。"莲花相似，情短藕丝长"，词人以荷花比情人，以藕丝喻情思，不仅形象贴切，更把那种热烈缠绵的感情表达无遗。杨果还有《采莲女·采莲湖上棹船回》《小桃红·碧湖湖上采芙蓉》等几首以采莲为题材的小令，曲辞华美，富有文采。

【注解】

三湘：指湘江流域一带。

南朝旧曲：本指南朝陈后主乐府曲《玉树后庭花》。陈后主耽于声色，终于亡国。后来人们便把这支曲子看作亡国之音。这里泛指南朝地区流行的歌曲。

司马泪痕：出自白居易《琵琶行》中"座中泣下谁最多，江州司马青衫湿"。这里指同情、伤心的泪水。

523.瘦影亭亭不自容，淡香杳杳欲谁通
出自元代刘因的《秋莲》

【原文】

瘦影亭亭不自容，淡香杳杳欲谁通。

不堪翠减红销际，更在江清月冷中。

拟欲青房全晚节，岂知白露已秋风。

盛衰老眼依然在，莫放扁舟酒易空。

【诗意】

秋莲经受不住风霜的侵袭，而渐渐凋萎，形如枯槁。它淡淡的清香虽飘得很远，但还能引起谁的兴趣呢？不能忍受的是在秋莲凋零之际，它还处在江水清凉、月色冷漠的环境中。本来还以为莲蓬成长起来可以保持秋莲的晚节，哪里知道白露之时凛冽的秋风已经刮起。大自然的变化和人世的盛衰一样，我都看得清清楚楚，还是别让小船上的酒杯空着，珍惜眼前的好时光吧。

【鉴赏】

刘因是容城（今河北保定徐水区）人。他家世儒宗，入元后与许衡并为"北方两大儒"。宋亡后，他也一度被迫仕元，先后两次辞归，但始终悔恨自己的失节，具有浓重的遗民思想。这首诗很明显是有诗人本

身的代入感，处处将秋莲与诗人自己联系起来，借咏秋莲以寄托无可奈何的处境和难全晚节的悔恨。"瘦影亭亭不自容，淡香杳杳欲谁通"，"瘦影"二字写出了"秋莲"枯衰的躯形，虽然仍是"亭亭"竖起，却瘦弱乏力，难以自持。"不自容"，已见立身极其不易，随时均有倒下的可能；"欲谁通"，又显寂寞无人，四周寻不到足以互慰的同伴，自怜、自叹、孤立、怅惘，种种辛酸情绪在诗句中流露无遗。"盛衰老眼依然在，莫放扁舟酒易空"，诗人借景抒情，可谓真挚沉痛，寓旨幽深，给人留下了品味回思的余地。真正一朵秋莲的滋味，永远是苦比香多。

【注解】

不自容：此处形容荷茎细弱不能自持。

杳杳：深远的样子。此处形容香气飘得很远。

524.玉雪窃玲珑，纷披绿映红

出自元代吴师道的《莲藕花叶图》

【原文】

玉雪窃玲珑，纷披绿映红。

生生无限意，只在苦心中。

【诗意】

莲藕洁白如白雪，且玲珑剔透，绿色的莲叶和红色的花瓣在水面上互相映衬。莲花的生命延续不断，显示出无限意趣和欣欣向荣的生机。它之所以能够如此，全部奥秘都在莲子的"苦心"当中。

　　吴师道是婺州兰溪（今浙江金华兰溪市）人。其聪敏善记诵，诗文清丽。元至治元年（1321）登进士第。因为官清正，曾被荐任国子助教，后以礼部郎中致仕。他不仅诗写得好，绘画也是一流。这是诗人在一幅莲藕花叶图上题写的五言绝句。诗人借助莲花的特点，将自己的生活体验融入其中，通篇看似在描写莲花，但字里行间还是充满了哲理。"玉雪窈玲珑，纷披绿映红"，诗句描写了莲花外在的形象，每当到了夏天莲花就会争相绽放，开出来的花看上去非常漂亮，莲叶田田也很壮观，充满了诗情画意。"生生无限意，只在苦心中"，这里表面说莲心苦，但可以从中体会出更广阔的含义，让人联想到只有吃得苦中苦，才能有所成就。

【注解】

　　玉雪：白雪。这里指莲藕。

525.清溪一叶舟，芙蓉两岸秋

出自元代赵孟頫的《后庭花·清溪一叶舟》

【原文】

　　　　　清溪一叶舟，芙蓉两岸秋。

　　　　　采菱谁家女，歌声起暮鸥。

　　　　　乱云愁，满头风雨，戴荷叶归去休。

【词意】

　　一叶小舟飘荡在清澈的溪水里，水面上开满了荷花，两岸秋色正浓。船上的采菱女不知是谁家的，她唱着渔家歌谣，歌声飞入荷花丛中，惊起了一群向暮栖息的水鸟。忽然，乌云密布，令人发愁，风雨飘来，弄湿了她头发。只见她处乱不惊，从容不迫地采下一张荷叶，戴在头上，返舟归家。

【鉴赏】

赵孟頫是吴兴（今浙江湖州）人，宋太祖赵匡胤十一世孙。十四岁时，赵孟頫因其家世代为官亦入补官爵，并通过吏部选拔官员的考试，调任真州司户参军。宋亡后虽出仕元朝，然故国之思与归隐之志，在其心中缠结了一生。此首小令纯然写景，描写一位美丽纯洁的农家少女泛舟溪中，虽不着情语，而词人的秋意、暮感、愁思，尤其归去之意识，则在写景中自然流露，即其平生那一份情意缠结的曲折体现。"清溪一叶舟，芙蓉两岸秋"，秋天里，一湾清溪，荡出一叶轻舟，满目尽是荷花。这一层境象以幽静胜，"秋"之一字还带出了一抹淡淡的秋意。因赵孟頫精通诗画音乐，他的散曲中常有画入境。在这首小令中，清溪、芙蓉、暮鸥、小舟，皆水乡景色、水乡风情，可谓诗中有画，宛如一幅水乡秋暝图。

【注解】

乱云：纷乱的云。

526.桥影乱分公子棹，荷花轻著美人衣

出自元代张复亨的《游西湖》

【原文】

> 山翠湖光昼染扉，珠宫缥缈晚钟微。
>
> 僧寻三竺沿堤过，鹤认孤山背水归。
>
> 桥影乱分公子棹，荷花轻著美人衣。
>
> 繁华不醉飘零客，愁听啼鹃又夕晖。

【诗意】

我傍晚时泛舟西湖，只见湖光山色层林尽染，宛如一幅美丽画卷。这一刻特安静，隐隐听见寺院传来的晚钟声。岸堤上有三三两两的僧人经过，天空中白鹤朝着孤山方向飞去。船过小桥，奋力划桨荡起的波浪弄碎了桥影，四周的荷花像一群美人，个个翠盖红妆，亭亭玉立在碧波里。孤独的我，没有陶醉在西湖美景中。夕阳下，远处传来杜鹃的啼叫声，我不由得愁上心头。

【鉴赏】

张复亨是湖州乌程（今浙江湖州）人，仕至泰州同知。其博学工诗文，与赵孟頫、牟应龙、萧子中、陈无逸、陈仲信、姚式、钱选并称吴兴八俊。这首诗记述了游览西湖的情景，诗人借景抒情，韵味悠长。"桥影乱分公子棹，荷花轻著美人衣"，诗人不直接说荷花像美人，而是说"著美人衣"，含蓄婉转，耐人寻味。"繁华不醉飘零客，愁听啼鹃又夕晖"，尽管西湖美景依旧，但是诗人心事满腹，身处异乡为异客，又是愁

上心头，诗句抒发了他对故乡及其亲人的思念之情。

【注解】

珠宫：意思是龙宫。这里指道院、佛寺。

三竺：浙江杭州灵隐山飞来峰东南的天竺山，有上天竺、中天竺、下天竺三座寺院，合称"三天竺"，简称"三竺"。

啼鹃：相传杜鹃啼声凄苦，因多用以形容人的思念之苦或悲怨之深。

527.坐对荷花两三朵，红衣落尽秋风生

出自元代赵雍的《初秋夜坐二首》（其一）

【原文】

夜深庭院寂无声，明月流空万影横。

坐对荷花两三朵，红衣落尽秋风生。

【诗意】

初秋的深夜，庭院里寂静无声，月光浮动，地面光影凌乱。我坐在明月下，看着眼前那两三朵荷花，过去花盛的风光已经不再，只有淡淡暗香残留。等到秋风吹起，这几朵荷花就将凋零，花瓣落尽，仿佛褪去了美人衣。

【鉴赏】

赵雍是吴兴（今浙江湖州）人，赵孟頫之子。以父荫入仕，官至集贤待制、同知湖州路总管府事。后因故与元代朝廷脱离了关系，隐居沂

水。他以书画知名，擅山水，尤精人物鞍马。这首诗语句清丽，充满了诗情画意，也是一幅迷人的秋夜荷塘月色图。"坐对荷花两三朵，红衣落尽秋风生"，诗人触景生情，荷花的凋零传递着秋天的讯息，草木的敏感远胜于人，夜里无眠的诗人与即将凋零的荷花相对，所叹的却不仅仅是荷花。人生如荷，风景变幻，繁华落尽，归于平静，过往云烟，随风飘散……

【注解】

流空：这里指明亮的月光在天空中浮动。

红衣：这里指荷花瓣。

528.生来不得东风力，终作薰风第一花

出自元代何中的《荷花》

【原文】

曲沼芙蓉映竹嘉，绿红相倚拥云霞。

生来不得东风力，终作薰风第一花。

【诗意】

池塘曲折迂回，盛开的荷花与岸边翠竹相映成趣，多么美丽。绿叶与红花簇拥在一起，如同天上的彩霞一样灿烂。虽然荷花没有得到东风力量的帮助，没在春天开放，却在东南风到来之时，成为夏天百花之王。

【鉴赏】

何中是乐安（今江西抚州乐安县）人，少颖拔。家有藏书万卷，以古学自任，其学弘深广博。南宋末年进士，因社会动乱，曾隐居乡间。何中独无意仕途，以布衣讲学终老。至顺二年（1331），江西行省平章全岳柱聘其为龙兴路东湖书院、宗濂书院山长。这首咏荷诗平易自然，清新幽静，意境深邃。"曲沼芙蓉映竹嘉，绿红相倚拥云霞"，诗句描绘红荷与绿竹相映，勾画出一幅令人赏心悦目的夏日荷竹图。"生来不得东风力，终作薰风第一花"，诗人借物言志，说荷花虽不得天生之利，却仍凭借自身的出色而成为"薰风第一花"。诗人赞美荷花，也是鞭策自己。

【注解】

曲沼：犹曲池，指曲折迂回的池塘。

云霞：即彩霞。

薰风：即和风，指夏天的东南风。

529.败柳残荷金风荡，寒雁声嘹亮

出自元代商挺的《潘妃曲·败柳残荷金风荡》

【原文】

> 败柳残荷金风荡，寒雁声嘹亮。
>
> 闲盼望，红叶皆因昨夜霜。
>
> 菊金黄，堪画在帏屏上。

【词意】

秋风阵阵，鸿雁向南飞，雁过声响亮，荷塘四周只留下残荷和衰柳。她闲坐家里，心里盼望着，深夜的霜露使得树叶更红，如果红叶能够传书那该多好。秋菊金黄，风景优美得如同在帷帐屏风上的画一样，但意中人一直没消息，忧愁涌上心头。

【鉴赏】

商挺是曹州济阴（今山东菏泽曹县）人，出身于词曲世家。金亡后与元好问交好。元初时散曲创作风气盛行，商挺在元朝朝中官居要职，也寄情于散曲表达自己的离忧。商挺有《潘妃曲》十九首，所写都是闺中情事，除前四首写四时景色外，其余均为描写青年男女幽会之作。这首词写秋景，寓情于景，应是一首思念之作。"败柳残荷金风荡，寒雁声嘹亮"，诗人用"败柳残荷"描写凄凉秋景，叹息时光易逝催人老。一个"寒"字，既是写景又是写情，暗寓了特定环境中女主人公的心情。"闲盼望，红叶皆因昨夜霜"，从"盼望""红叶"等词句，隐约感觉到这位多情女子在闺房里正思念远方的意中人。

【注解】

潘妃曲：曲牌名。

金风：即秋风。古代以"金"为五行之一，与西方、秋季相配，故称秋风为金风。

帏屏：犹帷屏，指帷帐和屏风。

530.寒雁来,芙蓉谢,待离别怎忍离别

出自元代姚燧的《普天乐·浙江秋》

【原文】

浙江秋,吴山夜。愁随潮去,恨与山叠。寒雁来,芙蓉谢。

冷雨青灯读书舍,待离别怎忍离别。今宵醉也,明朝去也,宁奈些些。

【词意】

钱塘江边,吴山脚下,正值清秋之夜。离愁随潮水奔涌而去,别恨似青山重重叠叠。北雁南来,荷花凋谢。清冷的秋雨,灯盏的青光,更增添了书斋的凄凉、寂寞,怕离别却又这么早就离别。今晚且图一醉,既然明朝终将离去,还是忍耐一些。

【鉴赏】

姚燧是河南洛阳人,出身名门,师从硕儒许衡。官翰林学士承旨、集贤大学士。能文,与虞集并称。所作碑志甚多,大都为歌颂应酬之作。这首小令是一首离别之作,以情景交融的手法,描写了与友人的离别之情。"愁随潮去""恨与山叠",离愁别恨如海如山,词句极写愁恨,雅致精丽。"寒雁来,芙蓉谢,怕离别又早离别",词人借败荷形象,将离别之情、悲凉之意渲染得凄神寒骨,使人感同身受、悲从中来,营造了凄美的意境。"今宵醉也,明朝去也,宁奈些些",诗句忽然纵笔作旷达语收束,正显出旷达放逸之本色,此是元曲与唐诗宋词不同之处。

吴山：在浙江杭州市西湖东南。因春秋时为吴越争夺地，故名吴山。

宁耐：即忍耐，强加按捺，使心情平静。

531.芙蓉红尽早霜下，鸳鸯飞去何匆匆

出自元代萨都剌的《练湖曲》

【原文】

练湖七月凉雨通，白水荡荡芙蓉红。

芙蓉红尽早霜下，鸳鸯飞去何匆匆。

茜塘女儿弄轻碧，鸣榔声断无消息。

清波小藻出银鱼，落日吴山秋欲滴。

【诗意】

农历七月，雨后的练湖非常清凉。湖水浩大空旷，荷花分外鲜红。如果荷花开始凋零，就会降秋霜了，届时鸳鸯也会匆匆飞去。茜塘女子泛游在浅绿的练湖中，有节奏地敲击船舷，一起唱起采莲曲。等到鸣榔声停，她们已无声无息停靠在荷花深处。碧波荡漾，忽然从水草中跳起银色的鱼。落日映照吴山，秋色欲滴迷人。

【鉴赏】

萨都剌先世为西域人，出生于雁门（今山西忻州代县）。泰定四年（1327）进士，官至江南行台侍御史。萨都剌善绘画，精书法，尤善

楷书。有虎卧龙跳之才，人称雁门才子。后弃官，隐居安庆司空山。这首诗表面写练湖，其实是采莲曲。"练湖七月凉雨通，白水荡荡芙蓉红"，诗句描绘练湖荷景，一"白"一"红"，清新绮丽。"芙蓉红尽早霜下，鸳鸯飞去何匆匆"，诗人将"芙蓉"与"霜"组合在一起，创造了一种独特的意境。"清波小藻出银鱼，落日吴山秋欲滴"，诗句又描绘了一幅练湖秋暮图，画面开阔鲜明。

【注解】

练湖：即南京玄武湖。三国时期东吴水军在此练兵，所以也被人称作练湖。

鸣榔：敲击船舷使作声。这里指歌声之节。

532.红云一梦何茫茫，绿萦瘦骨擎欲僵

出自元代萨都剌的《枯荷》

【原文】

红云一梦何茫茫，绿萦瘦骨擎欲僵。

愁多有魂吊秋水，故池日夜凄新霜。

鸳鸯相顾魂已泣，白鱼起身银尺立。

堂中书客感秋风，一片青衫和泪湿。

【诗意】

池塘无边无际，曾经的繁华已远去，荷花就如美梦一样，不见踪影。绿水萦回，荷柄形销骨立，勉强支撑着枯黄的荷叶。秋之水渺渺茫

茫，问君能有几多愁。此刻，我遥想故乡的池塘，估计荷花也经受不住日夜的浓霜欺凌。窗外，一对鸳鸯互相看着对方，无奈伤心落泪。白色的鱼儿跳跃出水面，如同银色尺子直立。屋里的我感叹秋风阵阵带来肃杀，想起故乡种种，泪水涟涟，将青色衣衫都打湿了一大片。

【鉴赏】

这首诗描写枯荷，情景交融，感人至深。"红云一梦何茫茫，绿槊瘦骨擎欲僵"，"绿槊瘦骨"勾画出枯荷在秋风中孤单寂寞的画面，令人唏嘘不已。秋尽冬来，池塘里的荷花已凋谢，只剩下枯残的荷叶向人们展示着生命里最后的辉煌。此情此景，让人心里油然而生一种莫名的忧伤。"堂中书客感秋风，一片青衫和泪湿"，表达了诗人对故乡深深地思念。也许故乡有那么一个人，让诗人魂牵梦萦、念念不忘。只要想起，就会伤心落泪。

【注解】

红云：这里喻指荷花。

新霜：即秋霜、浓霜。

书客：意思是文人、书生。

533.秋风吹白波，秋雨鸣败荷

出自元代萨都剌的《过高邮射阳湖杂咏九首》（其二）

【原文】

秋风吹白波，秋雨鸣败荷。

平湖三十里，过客感秋多。

【诗意】

秋风瑟瑟，吹过湖面，泛起白色波浪。秋雨萧萧，雨打枯荷，送来岁月清冷。辽阔的湖面波光渺渺，凡经过这里的客人见此情景，都会触景生情、伤悲感秋。

【鉴赏】

这首咏秋诗简洁明快，抒发了诗人行走江湖内心的孤寂和忧愁，意境悠长。"秋风吹白波，秋雨鸣败荷"，诗人用"吹""鸣"分别描写秋风秋雨，富有动感，描绘了一幅凄清的败荷风雨图。"平湖三十里，过客感秋多"，过客匆匆，无不感慨万千，也许这就是悲秋吧。诗人在《过高邮射阳湖杂咏九首》中还有一首："秋水落红衣，秋波日潇洒。不见采莲人，惟逢捕鱼者。"描写秋荷在秋水、秋波中凋零，悲成了秋的一种色调，也是诗人的一种情绪。

【注解】

高邮：今属江苏扬州。

过客：过路的客人。

534.石阑干畔银灯过,照见芙蓉叶上霜

出自元代萨都剌的《秋词》

【原文】

清夜宫车出建章,紫衣小队两三行。

石阑干畔银灯过,照见芙蓉叶上霜。

【诗意】

寂静的夜晚,一辆帝王坐的车驶出豪华的宫殿,跟随着两三行紫衣侍者。一串银灯从池边的石栏杆旁经过,照得池中一片通明,荷叶上的秋霜也清晰可见。

【鉴赏】

萨都剌善于截取平淡的生活片段,铸成韵味悠远的意境。这首诗描绘了一幅宫中秋夜图,揭露出宫廷生活对人性的压抑。诗人托出特定的情境,构成饶有意趣的"诗画"。夜幕、宫阙、荷花池、石栏杆、宫车、侍从,还有银灯照亮了的叶上秋霜,构成了宫廷生活中独特的小景。"石阑干畔银灯过,照见芙蓉叶上霜",芙蓉让人感到美,霜又让人感到寒。芙蓉是美女的象征,"芙蓉叶上霜"也是美女命运的象征。她们虽然生活在皇宫内院,浸染在一片皇家气派之中,可她们的生活并不幸福,并不稳定。或色衰恩尽,或皇帝他顾,这一切都时时像严霜一样威逼着她们,"芙蓉叶上霜"正是她们命运的写照。

【注解】

　　宫车：帝王坐的车。

　　建章：汉宫名。后世以此泛指宫阙。

　　紫衣：这里指古代公服。

535.芳菲今日凋零尽，却送秋声到客衣

出自元代王翰的《题败荷》

【原文】

　　曾向西湖载酒归，香风十里弄晴晖。

　　芳菲今日凋零尽，却送秋声到客衣。

【诗意】

　　我曾经在西湖赏荷，船上载着美酒。荷花亭亭出水，摇曳在碧波中。晴朗的天气里，一切都是那么明媚，富有生气！荷香飘散在风里，更是让人沉醉。可惜如今荷花都已凋零，无花可赏，芳香不再。阵阵秋风吹着败荷，独留我在风中瑟瑟发抖，原来秋天到了。

【鉴赏】

　　王翰是庐州（今安徽合肥）人，曾任潮州路总管，兼督循、梅、惠三州。所以这首诗里提及的"西湖"，并不是杭州的西湖，而是惠州的西湖（今广东惠州市西）。他是元朝的忠臣，元亡后，隐居在福建永福（今永泰）的观猎山。后来明太祖强迫他出来做官，他写了《赋诗见志》，自刭而死。《题败荷》就是他元亡以后创作的诗。这首诗描写秋意的浓烈，

先写荷花曾经花开十里、飘香十里的盛景，又写荷花如今在秋风中凋零的景象，通过前后的对比来突出荷花败落的凄惨，以今昔景物的迥然不同，比喻象征王朝的兴衰和心情的忧喜，从而创造了清冷的意境。

"芳菲今日凋零尽，却送秋声到客衣"，诗人由写景引向写人，写出了游子在秋风中的萧瑟。时光无情，而游子猛然一惊，又是秋天了，到底何时才能归去呢。诗人由残荷想到自己的客居身份，表达了他对往昔美好的怀念和对自己处境的感慨。一说此诗系唐代诗人王翰所作。

【注解】

客衣：指客行者的衣着。

536.一花与一叶，持寄阿侯家

出自元代杨维桢的《采莲曲二首》（其一）

【原文】

东湖采莲叶，西湖采莲花。

一花与一叶，持寄阿侯家。

同生愿同死，死葬清泠洼。

下作锁子藕，上作双头花。

【诗意】

我刚在东湖采荷叶，又到了西湖摘荷花。我采摘最美的荷叶荷花，就是要送给我的心上人。我愿我们像荷叶荷花一样同生同死，共同埋葬在清凉的荷花荡里，化作紧密相连的莲藕，开出最美的并蒂花。

【鉴赏】

　　杨维桢是绍兴路诸暨州枫桥全堂（今浙江绍兴诸暨市枫桥镇全堂村）人，自幼聪颖。泰定四年（1327）中进士，放天台县尹，因惩治作恶县吏，遭奸吏报复免官。后任职钱清盐场，因请求减轻盐税被斥为忤上，以至十年不调。后官至建德路总管府推官，继升江西儒学提举。元末避乱居富春山，后迁居钱塘。张士诚居浙西时屡召不赴，后徙松江。常与有识之士饮酒赋诗，酒后作书，独坐舟中吹笛，最爱吹《梅花弄》。明洪武二年（1369），朝廷召他到南京修礼乐书，自言"老妪不能再嫁"，托词不去。他擅长古乐府创作，这首采莲曲明丽大方，就是他仿照南北朝乐府所作。此诗以男子的口吻所作，语调执着恳切，非常难得。"一花与一叶，持寄阿侯家"，元朝是一个短暂的乱世王朝，在其中的人朝不保夕，诗人寄托纯美的爱情于诗句中，生死愿守，化作荷花。

【注解】

　　阿侯：相传为古代美女莫愁的女儿。后泛指美女。

　　清泠[líng]：清净凉爽。

537.外湖水绕玉蟠蛛，里湖水浸金芙蓉

出自元代杨维桢的《八月五日，偕钱唐王现、海昌李勋、大梁滑人》

【原文】（节选）

十年不踏玛瑙石，今日重登口子峰。

外湖水绕玉蟠蛛，里湖水浸金芙蓉。

【诗意】

我有十年没到玛瑙山了，今天再次登上口子峰。只见一朵朵荷花如彩虹般环绕外湖，里湖也是灿如云霞，水面开满了美丽的荷花。

【鉴赏】

杨维桢，号铁崖，得名于他早年读书的铁崖山。其诗既婉丽动人，又雄迈自然，且文字奇古，史称"铁崖体"，极为历代文人所推崇。当代学者杨镰称其为"元末江南诗坛泰斗"。这首诗是杨维桢偕友人一起过湖赴玛瑙山时所作。"外湖水绕玉螮蛛，里湖水浸金芙蓉"，诗句展现了开阔壮美的荷花盛景。

【注解】

金芙蓉：荷的美称。

螮蛛 [dì dōng]：虹的别名。

538.每爱西湖六月凉，水花风动画船香

出自元代邵亨贞的《泖滨见荷花二首》（其一）

【原文】（节选）

每爱西湖六月凉，水花风动画船香。

碧筒行酒从容醉，红锦游帷次第张。

【诗意】

每年最喜爱六月的西湖，凉风习习，荷花四处盛开，清香四溢，游船

络绎不绝。这个季节泛舟湖上，卷起荷叶作酒杯，悠闲地品着美酒，在醉眼蒙眬中，似见锦缎般华美的帷幕里，荷花一朵挨一朵地开放。

【鉴赏】

邵亨贞是云间（今上海松江区）人，生活于元末明初，曾任松江训导。他在战乱流离中终生不辍吟咏。其人博学多能雅爱山水，恪守传统追慕古风，喜好交游，常与诗友应答唱和。文徵明将其与杨维桢等人合赞为"杰然天下士"。这首诗描写了西湖荷景，再现了诗人与朋友一起品酒赏荷、逍遥自在的快乐情景。"每爱西湖六月凉，水花风动画船香"，诗人借景抒情，抒发了自己对眼前美景的喜爱之情。"碧筒行酒从容醉，红锦游帷次第张"，诗人饮酒赏荷，好不惬意，表达了诗人流连忘返的愉快心情。邵亨贞《泖滨见荷花二首·其二》："吴山风物久荒凉，十里红蕖失旧香。贝阙珠宫浑寂寞，弓腰舞袖亦更张。"生动地描绘了西湖秋景。

【注解】

水花：荷花的别称。

碧筒：用来盛酒的荷叶，即荷叶杯。魏晋时代，一些名士发明了一种传至现今、清凉有趣的饮酒方式。就是采摘卷拢如盏、刚刚冒出水面的新鲜荷叶盛酒，将叶心捅破使之与叶茎相通，然后从茎管中吸酒，人饮莲茎，酒流入口中。

539.水国风露凉，徘徊九秋晚

出自元代陈旅的《秋荷图》

【原文】

持衣寄所思，欲寄不得远。

水国风露凉，徘徊九秋晚。

【诗意】

我亲手把这荷叶制作成秋冬衣裳，把它带在身边。我想寄给远方的你，可是我不知道你究竟在哪里。我只知道在风霜来临前，一定要送给你。可是这茫茫水国，寒风凛冽，我只能在秋天的深夜里徘徊发愁，心里愿你早些回来。

【鉴赏】

陈旅是福建莆田人，幼时专心攻读，博览群书。年稍长，到泉州从名儒傅定保学习，"醺经饫史，吞吐百氏"，很有名气，被举荐为闽海儒学官。中丞马祖常奇之，与游京师。又为虞集所知，视他为后继者。赵世延力荐，任国子助教。至正元年（1341）迁国子监丞。他的文名大于诗名，诗多题画赠答之作。这首诗采用比兴手法，描写了女子对心上人的思念，蕴藉深沉，颇有乐府民歌风格。"持衣寄所思，欲寄不得远"，秋荷孤单地在水边绽放，诗人给了秋荷最贴切的人的感情，透露出女子淡淡的忧愁。"水国风露凉，徘徊九秋晚"，徘徊在风露中的秋荷是那么可怜，营造出惆怅空寂的意境。诗人希望远方的他能看到她的痴痴等待，不要辜负她的期望。

九秋：指秋天。

540.远如婴儿脱文褓，近若胎仙临玉镜

出自元代袁桷的《赵昌荷花》

【原文】(节选)

我家东湖三百顷，瑞锦纵横绿云凝。

森森晓气天香飞，星斗光沈水花净。

远如婴儿脱文褓，近若胎仙临玉镜。

琼杯欲侧雨丝垂，金掌初调露珠定。

【诗意】

我家乡的东湖，烟波浩渺三百顷。每到夏天，这里荷花成片地次第绽放。每天一早就能闻到荷香，每天晚上可见荷塘月色。含苞欲放的花朵，远看如同文褓中的婴儿，近看似乎是倒映在水中的仙鹤。荷花如玉制的酒杯，被风一吹，垂下点点雨珠；荷叶微微颤动，露珠摇摆不定。

【鉴赏】

袁桷是庆元鄞县（今浙江宁波鄞州区）人，生下七日，母亲亡故，靠外祖父抚养成人。袁桷小时读书，勤奋苦学，每每通宵达旦。他于成宗年间入仕，受到仁宗与英宗的重用。袁桷从未做过地方官，一直在中央的翰林院、集贤院供职。赵孟頫善画，袁桷为其书画作了很多题跋，赋了许多诗。元泰定初年，袁桷辞职回归故里，闭门读书，自号"清容居

士"。这首题画诗,比喻新颖,形象生动,也体现了诗人的个人心境与志气。"远如婴儿脱文褓",诗人想象太丰富了,把含苞欲放的荷花比作婴儿,一个"脱"字写出了荷花绽放时的动态美。在诗人眼里,荷花变成了天真无邪的婴儿,间接地赞美了荷花纯洁无瑕的品性。

【注解】

赵昌:北宋著名的花果写生画家。他细心观察花卉,自称"写生赵昌"。他亦擅长敷色,所画之物"逼真""时未有其比"。

文褓:绣花的襁褓。

胎仙:鹤的别称。古代鹤有仙禽之称,又相传胎生,故名。

琼杯:玉制的酒杯。这里喻指荷花。

金掌:意思是铜制的仙人手掌,为汉武帝作承露盘擎盘之用。这里喻指荷叶。

541.山色微茫好放船,秋蕖野水夕阳边

出自元代倪瓒的《双井院前小立》

【原文】

山色微茫好放船,秋蕖野水夕阳边。
西风更洒菰蒲雨,羡尔沙鸥自在眠。

【诗意】

远山隐隐约约,溪水慢慢流淌,小船顺流而下,秋荷在夕阳下熠熠生辉。忽然秋风吹来细雨,小雨滴落在水草上,竟然有了几分凉意。好

美慕荷花丛中的鸟儿，因为有荷叶为它们遮风挡雨，它们睡得正香呢。

【鉴赏】

倪瓒是江苏无锡人，家中富有，博学好古，四方名士常至其门。其常年浸习于诗文诗画之中，和儒家的入世理想迥异其趣，故而一生未仕。元顺帝至正初年，散尽家财，浪迹太湖。倪瓒与黄公望、王蒙、吴镇合称"元四家"。倪瓒擅画山水和墨竹，师法董源，受赵孟頫影响。倪瓒生活于战乱的环境中，想逃避现实，放弃田园产业，过着漫游生活。这首诗描写诗人站立在双井院前所见所思，充满了浓浓的乡村生活气息。"山色微茫好放船，秋蕖野水夕阳边"，秋景宁静，一派祥和，这是诗人田园生活的真实写照。"西风更洒菰蒲雨，羡尔沙鸥自在眠"，诗人借景抒情，表明他对自由自在生活的向往。

【注解】

放船：即乘船。指顺水而下。

秋蕖：秋荷，荷花因于秋季结莲子故称。

542.未花叶自香，既花香更别

出自元代叶梅峤的《荷花辞》

【原文】

未花叶自香，既花香更别。

雨过吹细风，独立池上月。

【词意】

  荷花未开之时，能闻到荷叶的香味；等到荷花开了，加上荷叶的香味，其清香则更加特别。一场雨后，吹来微微细风，月光下的荷花独自在池塘里迎风摇曳，姿态是那样轻盈，幽香则更加醉人。

【鉴赏】

  叶梅峤，生卒年不详。这首词以其自然、质朴而又淡雅、清新的格调，描写了荷花那异于百花的芳香，以及雨后荷花的神韵仙姿。"未花叶自香，既花香更别"，词人在细致地观察、体验中发现，原来荷花特有的清香，并非纯属花香，在还没有开花之前，阵阵清芳发自荷叶，这是其他花卉所少有的；待到荷花开时，花香与叶香随风飘拂，融合一片，给人的感受恰如一曲回荡于湖面的小夜曲。"雨过吹细风，独立池上月"，诗句传达出雨后荷花的神韵仙姿，营造了恬静优雅的意境。这首词在众多以荷花为题材的诗词里独树一帜，引人注目。

543.庭前落尽梧桐，水边开彻芙蓉

出自元代朱庭玉的《天净沙·秋》

【原文】

    庭前落尽梧桐，水边开彻芙蓉。

    解与诗人意同。

    辞柯霜叶，飞来就我题红。

【词意】

庭院前的梧桐树叶子已落尽，河水边的荷花也已凋零，失去了往日的风姿。此刻，那被染红的霜叶离开树枝，仿佛是通晓我的心思，飞到我的身边让我题写诗句。

【鉴赏】

朱庭玉，生卒年不详。其作《天净沙》小令共四首，分咏春夏秋冬四季，这是第三首。这首小令是词人于庭院咏秋感怀而作，表面上是描写秋深之景，实际则在衬托萧瑟的心境。"庭前落尽梧桐，水边开彻芙蓉"，词句对仗工整，描绘出一幅萧条的秋景图，"尽""彻"二字突出秋天树枝萧瑟、水面凋敝的惨淡景色。"辞柯霜叶，飞来就我题红"，在多愁善感的词人眼里，落叶的飞来完全是主动的、有意识的行为，而词人在落叶上题诗，则表达了他对生活的热爱和对生活的激情，不仅将秋天消沉的气氛一扫而空，还让秋天的落叶富含诗意。

【注解】

题红：在红叶上题诗。唐僖宗时，有一名宫女在红叶上写了一首诗："流水何太急，深宫尽日闲。殷勤谢红叶，好去到人间。"树叶顺着御沟水流出宫墙，书生于祐拾到后添写道："曾闻叶上题红怨，叶上题诗寄阿谁。"置于流水上游又流入宫中。后两人终成良缘。后世多用"红叶题诗"来比喻男女之间奇特的姻缘。

544.荷花人面两婵娟，花不如人面

出自元代刘时中的《中吕·朝天子》

【原文】（节选）

画船，绮筵，红翠乡中宴。荷花人面两婵娟，花不如人面。

锦绣千堆，繁华一片，是西湖六月天。扣舷，采莲，怕什么鸳鸯见。

【词意】

在装饰华美的游船上，有华丽丰盛的筵席，同乡一起聚会。荷花映着画船上两位歌女，她们鲜艳夺目，姿态柔美，连荷花都不如她们美。从"小荷才露尖尖角"，到"映日荷花别样红"，花叶相映，繁花似锦，美不胜收，真不愧是六月西湖荷花天。大家拿起船桨击打船舷，高唱起采莲曲，不怕惊飞花丛中的鸳鸯。

【鉴赏】

刘时中是洪都（今江西南昌）人，官学士，约元成宗大德年间前后在世。其工作曲，今存小令六十余支，以水仙子西湖四时渔歌最著名。其小令多写景，作风清新明丽。《中吕·朝天子》是刘时中的组曲作品，这里节选其中一首，描绘了西湖六月观莲盛况。"荷花人面两婵娟，花不如人面"，诗人赞美歌女的艳丽，反用崔护"人面桃花相映红"诗意，自是有奉承的意思。刘时中还有一首《山坡羊·侍牧庵先生西湖夜饮》："微风不定，幽香成径，红云十里波千顷。绮罗馨，管弦清，兰舟直入空明镜。碧天夜凉秋月冷。天，湖外影；湖，天上景。"词句概括西湖绝美的景观，荷花、兰舟、水、月，组合成美丽夜景，构成一幅绝美的西湖夜游图。

【注解】

画船：指装饰华美的游船。

锦绣：精美鲜艳的丝织品。这里指荷花。

545.芰荷丛一段秋光淡，卷香风十里珠帘

出自元代张养浩的《水仙子·咏江南》

【原文】

一江烟水照晴岚，两岸人家接画檐。芰荷丛一段秋光淡。

看沙鸥舞再三，卷香风十里珠帘。

画船儿天边至，酒旗儿风外飐。爱煞江南。

【词意】

阳光照耀在江面上，仿佛有薄薄的雾气；两岸人家的画檐，似乎衔接在一起。荷叶茂盛，一朵朵荷花浮在水中，秋光安宁闲淡。看沙鸥往来翻飞、舞姿翩翩，荷香透过珠帘在十里岸边弥漫。远处的画船仿佛从天边驶来，酒家用以招引客人的旗帜迎风招展。多么可爱的水乡江南。

【鉴赏】

张养浩是山东济南人，一生经历了世祖、成宗、武宗、英宗、泰定帝和文宗数朝。少有才学，被荐为东平学正。历仕礼部侍郎、礼部尚书、中书省参知政事等。后辞官归隐，朝廷七聘不出。天历二年（1329），关中

大旱，朝廷特拜张养浩为陕西行台中丞。二月，张养浩接到任命后，立即把自己家里的财产都分给村里的穷人，随后便登上车子向陕西进发。是年，积劳成疾，逝世于任上。张养浩是元散曲豪放派的代表作家。他在赋闲故里八年期间，寄傲林泉，纵情诗酒，写出了不少"接于目而得于心"的优美动人的诗文和散曲。这首词描写了江南好风光，以江水为中心展现出丛丛芰荷、点点画船、云淡天高、鸥鸟飞翔的秋光和酒旗飘扬、画檐相连的市景，勾勒出一幅多姿多彩的江南水乡秋景画，令人心驰神往。"芰荷丛一段秋光淡，卷香风十里珠帘"，江南水乡秋景中最大的特征无过于荷花了，诗人通过描写芰荷满塘的淡雅秋光和十里香风卷珠帘，使自然景色与人文景观融为一体，浑然天成，富有诗情画意。

【注解】

晴岚：晴天空中仿佛有烟雾笼罩。

画檐：彩绘的屋檐。

珠帘：代指豪华的居室。"十里珠帘"则用以形容都市的繁华。

546.干荷叶，色苍苍，老柄风摇荡

出自元代刘秉忠的《南吕·干荷叶八首》（其一到四）

【原文】

其一

干荷叶，色苍苍，老柄风摇荡。减了清香，越添黄。都因昨夜一场霜，寂寞在秋江上。

其二

干荷叶，映着枯蒲，折柄难擎露。藕丝无，倩风扶。待擎无力不乘珠，难宿滩头鹭。

其三

根摧折，柄攲斜，翠减清香谢。恁时节，万丝绝。红鸳白鹭不能遮，憔悴损干荷叶。

其四

干荷叶，色无多，不奈风霜锉。贴秋波，倒枝柯。宫娃齐唱采莲歌，梦里繁华过。

【词意】

干枯的荷叶，颜色变得苍黄，干巴的荷茎在风里不住地摇荡。荷花的香气一点点减退了，颜色也枯黄了。这些都是因为昨夜下了一场霜。看那秋天的江面上，荷叶显得更加寂寞。

干枯的荷叶，与干枯的蒲草相映，有的荷柄折断了，已难以承托露水。没有了藕丝的荷梗都站不稳了，只有请秋风来扶。它实在擎扶无力，留不住晶莹的露珠，也难留住沙洲上的白鹭在这里过夜。

荷根已被摧折，荷柄歪斜，翠叶越来越稀，清香也闻不到了。每年这个时候，只剩憔悴枯萎的干荷叶。可怜那些红鸳鸯与白鹭，连个遮蔽之处也没有了。

干枯的荷叶，翠绿的颜色已剩得不多了，受不了寒风吹打严霜折磨。它紧贴在秋天的水面上，枝茎已折断倒下。尽管那些宫女还在齐声唱着采莲歌，可繁华盛景如梦一样消逝了。

【鉴赏】

刘秉忠是邢州（今河北邢台）人，出身世宦之家，自幼聪颖。曾隐居为僧，后留侍元世祖左右。至元八年（1271），建议忽必烈取《易经》"大哉乾元"之意，改国号为"大元"。他虽为元朝的开国元勋，但始终过着斋居蔬食的生活。《干荷叶八首》作于元军攻占杭州之前，是刘秉忠创作的一组散曲，是他因题起意、即物取喻之作。这组小令借荷花意象的爱情内涵来叹咏情事，蕴涵着他对生命的短促、人事的无常、朝代的更迭所怀的梦幻泡影之感。整组小令将枯荷意象引入词曲的审美框架中来，完成了荷花意象中的一次重要变革，并开启了荷花意象由高雅向俚俗方向转变的先河。"干荷叶，色苍苍，老柄风摇荡"，以干荷叶惨败凋零之景起兴，用简练的笔触勾勒出一幅苍茫荒凉而富有禅意的秋江败荷图。

【注解】

南吕：宫调名。

干荷叶：曲牌名，又名"翠盘秋"，为刘秉忠自度曲。这个曲牌原是以"干荷叶"起兴的民间小曲，而"干荷叶"在当时又被作为女子色衰失偶的隐语。

锉：摧残的意思。

宫娃：指宫女。

547.败荷减翠菊添黄，梨叶翻红梧叶苍

出自元代胡祗遹的《一半儿·败荷减翠菊添黄》

【原文】

败荷减翠菊添黄，梨叶翻红梧叶苍。

绣被不禁昨夜凉。

酿秋光，一半儿西风一半儿霜。

【词意】

残败的荷丛消减了鲜翠的容光，金色的菊花却陆续开放。梨树叶面渐渐泛成红色，梧桐的叶子越来越苍黄。昨夜间的寒意，彩色的绣被儿已不能抵挡。那么，是什么造就了秋天的气象呢？一半儿是漫空吹舞的秋风，一半儿是遍地洒落的清霜。

【鉴赏】

胡祗遹是磁州武安（今河北邯郸武安市）人，少孤，既长读书，见知于名流。官至礼部尚书，以精明干练著称，所至颇具声誉。这首小曲以景烘托、融情于景，描绘了一幅色彩斑斓而又颇显苍凉的秋景图，渲染出了女主人公度日如年的愁苦心情。"败荷减翠菊添黄，梨叶翻红梧叶苍"，词人以荷、菊、梨、梧的物象，交错构成一幅五色斑斓而又颇显苍凉的秋景图。在铺排这些色彩时，词人进行了精心的搭配。看"败荷"与"翠菊"，一个是"减"，一个是"添"，字面相映，而萧飒的秋意则是一致的。还有"梨叶"与"梧叶"，在昔时同为一片区别不大的绿色，而如今一者翻红，一者变苍，可谓泾渭分明。这浓重的秋色，衬托出女主人

公内心的伤感和凄凉。

绣被：刺有五彩花纹的被面。

548.风，满座凉；莲，入梦香
出自元代薛昂夫的《西湖杂咏·夏》

【原文】

晴云轻漾，熏风无浪，开樽避暑争相向。映湖光，逞新妆。

笙歌鼎沸南湖荡，今夜且休回画舫。风，满座凉；莲，入梦香。

【词意】

西湖的夏日，蓝天白云，晴空万里，东南风轻轻地吹拂，是人们喝酒避暑争着去的好地方。乘着游船往湖中而去，歌女们年轻美丽的妆容，倒映在水波中。在这极强烈的欢歌笑语中，仿佛就连西湖都在振动，水波微微荡漾。今天这么高兴，就都留在船上别回家了。西湖到处吹着带有荷香的凉风，不如就在这儿闻着荷花的香味入梦。

【鉴赏】

薛昂夫是回鹘（今维吾尔族）人，先世内迁，居怀孟路（治所在今河南焦作沁阳市）。历官江西省令史、金典瑞院事、太平路总管、衢州路总管等职。当他建功立业的宏图壮志屡受挫折后，就把热情倾注到对大自然的欣赏，倾注到对田园隐居生活的赞美之中。其诗"新严飘逸，如龙驹奋进，有并驱八骏一日千里之想"。其散曲风格以疏宕豪放为主，思想内容以傲物叹世、归隐怀古为主。这是一首西湖避暑词，描写了夏日西湖云淡风轻、荷花盛开的美景。炎炎夏日，微微凉风吹着满湖荷香，让人陶醉其中，乐而忘返。"风，满座凉；莲，入梦香"，嗅着荷香，枕着凉风，安然入睡。身处这样的避暑好地方，让人早已忘却了酷暑。

【注解】

笙歌：这里指奏乐唱歌。

549.酷暑天，葵榴发，喷鼻香十里荷花

出自元代白朴的《得胜乐·夏》

【原文】

酷暑天，葵榴发，喷鼻香十里荷花。

兰舟斜缆垂杨下。

只宜铺枕簟向凉亭，披襟散发。

【词意】

到了炎热的夏天，向日葵开花了，石榴也红了，而那十里荷花更是清香扑鼻、沁人心脾。这个时候，最好将小船停靠在杨柳树下，在凉亭里铺上竹席，放下枕头，敞开衣襟，散开头发，自由自在纳凉。

【鉴赏】

白朴祖籍隩州(今山西忻州河曲县)，后迁居真定(今河北石家庄正定县)，出身于一个金朝的官宦世家，从小喜好读书。白家与元好问父子为世交，两家子弟常以诗文相往来，交往甚好。元好问对他悉心培养，教他读书问学之经，处世为人之理。最终成为著名的杂剧作家，与关汉卿、马致远和郑光祖并称"元曲四大家"。从这首小令可看出元人笔下的性情，绝不亚于唐宋时期的那些文人。白朴在此词中，写出了这难得的夏日风情，有道不尽的情趣。"酷暑天，葵榴发，喷鼻香十里荷花"，诗人描绘了酷夏特有的景色，荷花十里溢香是何等惬意的盛景啊!

【注解】

喷鼻香：香气扑鼻的意思。

550.红衣落尽，相与伴风雨

出自元代白朴的《摸鱼子·真定城南异尘堂同诸公晚眺》

【原文】(节选)

敞青红、水边窗外，登临元有佳趣。薰风荡漾昆明锦，一片藕花无数。

才欲语，香暗度。红尘不到苍烟渚。多情鸥鹭。尽翠盖摇残，红衣落尽，相与伴风雨。

【词意】

远看水边窗外，只见晚霞满天，原来登高有如此高雅的乐趣。暖风吹来，碧波荡漾，一大片荷花静静地绽放，在霞光中如同彩色的锦缎。娇美的荷花如丽人欲语还休，在暮色中散发着幽幽香气。它远离纷纷攘攘的世俗间，来到这个烟雾茫茫的江中沙洲。看那些多情的沙鸥白鹭，成双成对地在荷花丛中嬉戏。即使将来荷叶翠绿不再，花瓣也会落尽，却还能与风雨相伴，静守时光，以待流年。

【鉴赏】

白朴一生悠游不仕，以亡国遗民自居，并以词赋为专门之业，甘心淡泊宁静的生活。此曲意象艳丽，境界开阔，给人以美的享受。晚年，白朴返回到真定。这一首《摸鱼子》就是记述了他在真定城南异尘堂与好友相聚晚眺的情景，说明这时他的心情是十分舒畅恬静的。"薰风荡漾昆明锦，一片藕花无数"，微风阵阵，荷花飘香，词句描绘了一幅灿烂似锦的画面，心旷神怡。"尽翠盖摇残，红衣落尽，相与伴风雨"，词人深情地写秋荷的傲然之美，表达了他对自由生活的向往之情。

【注解】

真定：古县名，即今河北石家庄正定县。

青红：这里指彩霞。

551.湿风吹花生冷香，冯夷为舞水丝裳
出自元代吾丘衍的《古采莲》

【原文】

湿风吹花生冷香，冯夷为舞水丝裳。霏霏粉金飘晚塘。

浮兰舟，鼓桂楫，歌采莲，为君发。迟迟归来看明月。

【诗意】

潮湿的风吹拂着荷花，阵阵清香扑鼻而来。那些荷花就像披着彩衣的水神，在池塘里轻盈起舞。柔柔晚风吹来，花瓣在落日的余晖中纷纷飘落水面。采莲女们划着精致小船，轻轻敲起船桨，一起唱采莲曲。直到明月升起，她们才恋恋不舍地归去。

【鉴赏】

吾丘衍是开化县（今浙江衢州开化县）人，出身书香世家，从小读书勤奋，故诗文乐艺、印学篆刻无不精绝。他秉性豪放，虽左目失明，右脚瘸跛，行动仍颇有风度。他平生敬慕李贺，乐府诗仿效李体，诗的气韵也很相似，内容皆反映诗人傲岸不羁的性格和隐世不仕之气节。这首诗模仿了梁武帝萧衍的《江南弄·采莲曲》，句式基本相同，辞藻华丽，清新自然。不同的是，此诗更有仙气。"湿风吹花生冷香，冯夷为舞水丝裳"，诗人没有描写采莲女生活情态，而是重点描写了秋荷的"冷香"随水神舞动的衣裳飘散，如梦如幻，有一种朦胧美，让人沉醉在人间天堂的风光里。诗人另有一首咏荷诗："破荇穿萍碍绿波，双尖摇荡碧云柯。水荷要织芙蓉锦，借与鲛人紫玉梭。"（《卷荷》）同样写得清新脱俗，美到极致。

【注解】

冷香：这里指荷花的清香。

冯夷：中国古代神话中的黄河水神，即河伯。也泛指水神。

552.忽闻疏雨打新荷，有梦都惊破

出自元代盍西村的《临川八景·莲塘雨声》

【原文】

忽闻疏雨打新荷，有梦都惊破。

头上闲云片时过，泛晴波，兰舟饱载风流货。

诸般小可，齐声高和，唱彻采莲歌。

【词意】

我醒来后忽然听到，外面莲塘有小雨打在新荷上的声音，原来是这清亮的声音把沉睡在梦中的人都惊醒了。雨过天晴，我来到莲塘，只见白云悠悠，水面泛起清波。正巧有精美的小船经过，船上满载着美丽的采莲女。这时，男女老少齐声高唱起采莲歌，歌声响彻天际。

【鉴赏】

盍西村是江苏盱眙（今江苏淮安盱眙县）人，名志学。曾为学士，生卒年不详。其散曲多为写景之作，歌颂隐逸生活，风格清新自然。《临川八景》是盍西村创作的组曲，包括《东城早春》《西园秋暮》《江岸水灯》《金堤风柳》《客船晚烟》《戍楼残霞》《市桥月色》《莲塘雨声》八首，描写临川风土人情。《莲塘雨声》描写雨后莲塘热闹场景，反映了江南水乡人民乐观爽朗的性格和当地流行的风俗。"忽闻疏雨打新荷，有梦都惊破"，词句写的是荷上雨声惊破好梦。"忽闻"是醒来之后才忽然听到，"惊破"是梦中被雨惊醒，互相配合，把梦中乍醒的神态刻画得十分传神，也把荷塘雨声写得活灵活现。词人对雨打荷叶的描绘极具巧思，已入化境。

【注解】

临川：今属江西抚州。

疏雨：指小雨。

饱载：犹满载。

风流货：指女子的风貌优美。

小可：民间口语，犹言"小民"。

553.女伴相随出茭荷，并船比较采莲多

出自明代刘基的《采莲歌九首》（其八）

【原文】

女伴相随出茭荷，并船比较采莲多。

抬头忽见游人过，棹入菰蒲水拍波。

【诗意】

采莲女结伴同行去荷塘，几只小船齐头并进，开始采莲比赛，看谁采莲最多。忽然看见有陌生人经过，她们有点害羞，急忙把小船划向荷塘深处，水面上留下一道道浅浅的水波。

【鉴赏】

刘基是浙江青田（今浙江温州文成县）人，字伯温，元末明初政治家、文学家，明朝开国元勋。刘基精通天文、兵法、数理等，尤以诗文见长。其诗文古朴雄放，与宋濂、高启并称"明初诗文三大家"。他于元至正年间创作了一批乐府诗，《采莲歌九首》是其中之一。这些作品大都

具有浓郁的地方色彩，风格清新优美，读之朗朗上口，颇具民歌风味。这首诗描写姑娘们满载而归，临近湖岸忽然发现有陌生游人经过，便急转船头潜入荷花丛中，重在表现少女的娇羞心态。"女伴相随出芰荷，并船比较采莲多"，诗句通过描写采莲比赛，来表现湖上欢乐的场面。

【注解】

菰蒲：意思是菰和蒲。这里借指湖泽。

554.镜湖八百里何长，中有荷花分外香

出自明代徐渭的《荷花》

【原文】

镜湖八百里何长，中有荷花分外香。

蝴蝶正愁飞不过，鸳鸯拍水自双双。

【诗意】

镜湖之长有八百里，到处都开满了鲜艳的荷花。只见荷叶连天碧绿，荷花吐娇，荷香袭衣，美不胜收。岸边的蝴蝶闻到湖中央的荷香，面对风浪，正为飞不过去而犯愁呢。而一对鸳鸯张开翅膀，在清澈的湖水里欢快地拍水而去。

【鉴赏】

徐渭是绍兴府山阴（今浙江绍兴）人，字文长，号青藤老人。曾担任胡宗宪幕僚，助其擒徐海、诱汪直。胡宗宪被下狱后，徐渭在忧惧发

狂之下自杀九次却不死。后因杀继妻被下狱论死，被囚七年后，得张元忭等好友救免。此后南游金陵，北走上谷，纵观边塞，常慷慨悲歌。他晚年贫病交加，藏书数千卷也被变卖殆尽，自称"南腔北调人"。这首诗语言清新自然，洋溢着盎然的生机和浓郁的乡情，表达了诗人对美好家乡的热爱和对幸福自由生活的向往。"镜湖八百里何长，中有荷花分外香"，李白写镜湖"三百里"，而徐渭言"八百里"，都表明镜湖确实广阔，无边无际。"分外香"说明荷花之盛，湖长荷香，充满生机。"蝴蝶正愁飞不过，鸳鸯拍水自双双"，诗句中描写蝴蝶和鸳鸯的两组动态镜头，充满了美好的生活情趣。整首诗毫不雕饰，形象地描摹了一幅充满诗意的镜湖荷花图。

【注解】

镜湖：又名鉴湖、长湖、庆湖，在诗人家乡山阴（今浙江绍兴）会稽山北麓，是古代大型农田水利工程之一。东汉永和五年（140）会稽太守马臻主持修建，历代续有增筑。筑堤东起今曹娥镇附近，经郡城（今绍兴）南，西抵今塘镇附近，尽纳南山三十六源之水渚而成湖。湖呈东西狭长形，绵延三百五十八里。

555.若个荷花不有香，若条荷柄不堪觞

出自明代徐渭的《画荷寿某君》

【原文】

若个荷花不有香，若条荷柄不堪觞。

百年不饮将何为，况直双槽琥珀黄。

【诗意】

哪一朵荷花没有幽幽的清香？哪一枝修长的荷柄不能举起荷叶？今天为何要一畅百年之饮？就是为了庆祝一下，我虽把翠盖红妆的满池荷花化为了一幅水墨画作，而我看到的依然是玲珑剔透的琥珀黄，生活中的绚丽之色永远留在我心里。

【鉴赏】

徐渭多才多艺，在诗文、戏剧、书画等各方面都独树一帜，与解缙、杨慎并称"明代三才子"。他是中国"泼墨大写意画派"创始人、"青藤画派"之鼻祖。其画工花草竹石，笔墨奔放淋漓，富于创造。他的水墨荷花以形写神，似与不似，既有岿然不动的傲骨，又有绝尘谢世的毅力。这首诗是诗人赠友人一幅墨荷画中的题跋。诗人借祝寿的机缘，表一番生命狂舞的衷曲，真有吞吐大荒的意趣。诗中的荷正是徐渭自己的化身，空有芬芳满腹，却生活在肮脏动荡的环境之中，幽淡而感伤。他的代表画作《五月莲花图》运笔生风、水墨淋漓，如神蛇游动，给人以骤雨飘风之感，体现了他的典型画风。画上有徐渭自题诗："五月莲花塞浦头，长竿尺柄挥中流。纵令遮得西施面，遮得歌声渡叶否。"诗句以荷寓世，抒发了诗人怀才不遇的愤懑和对世事不公的不忿之情。

【注解】

觞：酒杯。这里指荷叶。

琥珀黄：中国传统色彩黄色系之一。

556.檀郎何事偏无赖,不看芙蓉却看侬

出自明代沈野的《采莲曲》

【原文】

解道芙蓉胜妾容,故来江上采芙蓉。

檀郎何事偏无赖,不看芙蓉却看侬。

【诗意】

我明知道荷花的姿色比我美,但我还是想去江上采莲。于是我们划着小船,到了荷花深处,可他不知何故停止划桨,有点耍无赖似的,不去欣赏眼前那美丽的荷花,眼睛一眨都不眨地盯着我看。

【鉴赏】

沈野是吴县(今江苏苏州)人,生卒年不详。不治生产,寓居市旁,教授里中,下帘卖药以自给。其工印,亦工诗,著有印学专著《印谈》。他的《印谈》多以诗理、画理、禅理比喻,主张自然天趣,好古意,重神采,最重要的是强调文学修养对于篆刻的重要作用。这首采莲曲生动有趣,从侧面塑造了采莲女活泼可爱的形象。"檀郎何事偏无赖,不看芙蓉却看侬",诗句诙谐,正可谓"情人眼里出西施",写出了热恋中情侣形影不离、如胶似漆的感情。

【注解】

解道:懂得、知道。

檀郎:情郎。晋潘岳小字檀奴,因其容貌美好,风度潇洒,为当时

众多妇女心仪的对象，后世遂以"檀郎"作为妇女对夫婿或喜欢的人之美称。

557.丽华妖血流难尽，化作荷花别样红

出自明代高启的《晚过清溪史言隋人杀张丽华于此》

【原文】

王谢池台两岸空，水禽争哢夕阳中。

丽华妖血流难尽，化作荷花别样红。

【诗意】

六朝王谢家族的池苑楼台，如今两岸空空如也，只有几只水禽在夕阳中叽叽喳喳。池塘中盛开的荷花，被天边的晚霞映红了脸，显得特别红艳。也许是当年美若天仙的张丽华被杀，就化作了这别样红的荷花。

【鉴赏】

高启是长洲（今江苏苏州）人，出身富家，童年时父母双亡，生性警敏，读书过目成诵，久而不忘。其才华高逸，学问渊博，能文，尤精于诗，与杨基、张羽、徐贲被誉为"吴中四杰"。洪武三年（1370）朱元璋拟委任他为户部右侍郎，他厌倦朝政，固辞不赴，返青丘授徒自给。苏州知府魏观在张士诚宫址改修府治，获罪被诛。高启曾为之作《郡治上梁文》，有"龙蟠虎踞"四字，被疑为歌颂张士诚，连坐腰斩，年三十有九。这首诗看似随意而作，描写晚过清溪所见，实际上寄托了诗人较深的感慨。"丽华妖血流难尽，化作荷花别样红"，诗人想象丰富，比喻

新奇，描绘了"别样红"的荷花。诗人死于盛年，结局与美人相似，也许这就是命与运。

【注解】

清溪：古水名，发源于江苏南京钟山西南，入秦淮河。《南史》记载："晋王广命斩之（张丽华）于清溪中桥。"

王谢：王导、谢安，晋相，世家大族，为六朝巨室。

哢［lòng］：鸟叫。

丽华：指张丽华，南朝陈后主陈叔宝的妃子。传说她端庄秀丽，远望好像是神仙一般。隋朝灭陈朝，张丽华因"祸水误国"被斩杀。

558.水满乳凫翻藕叶，风疏飞燕拂桐花

出自明代高启的《初夏江村》

【原文】

轻衣软履步江沙，树暗前村定几家。

水满乳凫翻藕叶，风疏飞燕拂桐花。

渡头正见横渔艇，林外时闻响纬车。

最是黄梅时节近，雨余归路有鸣蛙。

【诗意】

身着轻装，足踏软鞋，漫步在江沙上。柳树后有个小村子，估计住有几户人家，并不显眼。昨晚刚下过雨，池塘水面上涨，几只幼小的野鸭翻弄着肥硕的莲叶。微风吹过，莲叶晃动，几只燕子掠过桐花，轻盈

地向远处飞去。村边渡口停泊着一艘小渔船，树林外面可听到纺纱的声音。恰逢黄梅时节临近，雨后的归路上，处处响起了蛙鸣声。

【鉴赏】

高启的诗崇尚写实，描摹景物时细致入微。诗人平时在朝堂工作比较繁忙，有一次回到苏州的乡间，茶余饭后游览附近景色，美妙的初夏风光让诗人心情愉悦，于是写下了这首诗。"水满乳凫翻藕叶，风疏飞燕拂桐花"，诗人在描写"乳凫"和"飞燕"时，用词十分讲究，"翻"与"拂"字，逼真、贴切。前者既写出了"乳凫"嬉戏莲间的情景，又突出了它的特征，展现出野鸭的活泼可爱，妙趣横生。后者则传神地写出了"飞燕"体小身轻、动作迅捷的特点，活现出燕子的灵气和自在，也是恰到好处，充满诗情画意。整首诗细腻逼真，形象生动，绘成了一幅秀丽温婉的初夏江村风光图，更营造了一种宁静闲适、无忧无虑的生活氛围。

【注解】

渔艇：小型轻快的渔船。

纬车：指纺车。

黄梅时节：江南雨季，即夏初江南梅子黄熟的时节。

559.明宵圆景未便亏，落尽夫容江色净

出自明代高启的《次韵周谊秀才对月见寄》

【原文】（节选）

初疑此月定非月，应是人间照愁镜。

还思人愁月岂知，何苦多忧损情性。

一生能几见此月，盛年若去尤难更。

明宵圆景未便亏，落尽夫容江色净。

【诗意】

初步怀疑这眼前的月亮不是真的，它好像是人世间看得见忧愁的镜子。我为你思念而发愁，月亮怎么能知道呢? 那我何苦一直愁思不断而坏了心情。一生能有几次见到这样明亮的月色，青春不再来，岁月不饶人。天上圆圆的月亮尚未残缺，水中的荷花却已凋尽了，但水天一色无纤尘，岁月是多么美好啊!

【鉴赏】

这是高启创作的一首七言排律，诗人借此述志感怀。这里节选其中八句，描述了诗人在月夜思念亲朋好友。"一生能几见此月，盛年若去尤难更"，诗人感叹时光飞逝、岁月不饶人，表达他对世事难料不可捉摸的伤感情怀。"明宵圆景未便亏，落尽夫容江色净"，诗句描写月下江色，借荷花落尽抒发诗人对朋友的思念之情，有一种淡淡的秋愁。整首诗借景寓情，情感真挚深厚，格调悲凉深沉，语言清婉雅丽。

【注解】

盛年: 年轻壮盛的时期。

夫容: 荷花的别称。《汉书·扬雄传上》: "衿芰茄之绿衣兮，被夫容之朱裳。"

560.月明曾照美人浴，影与荷花相向红

出自明代高启的《姑苏杂咏·香水溪》

【原文】

粉痕凝水春溶溶，暖香流出铜沟宫。

月明曾照美人浴，影与荷花相向红。

【诗意】

春水潺潺流过，荷花迎风伫立在宽广的水面上。原来是从铜沟宫流过来的溪水，似乎带着一股温暖香气。记得美女西施曾在这里沐浴，月色之下，她与荷花相对无言。她犹如出水的芙蓉，倒映在水中的脸庞与荷花一样红。

【鉴赏】

高启的吊古之作，语言精练，风格雄劲奔放。他在这首诗中即物感兴，借咏姑苏香水溪之景，寓情于景，抒发了诗人的怀古之情。这里节选其中四句，描绘了香水溪月色下荷花绽放之美景。"粉痕凝水春溶溶，暖香流出铜沟宫"，诗人借景写花，把香水溪的景色与历史巧妙地结合在一起，自然贴切，给人联想。"月明曾照美人浴，影与荷花相向红"，诗人想象丰富，活用西施典故，瞬间有画面感，使整首诗具有了撩人心弦的魅力。

【注解】

香水溪：在吴故宫中。俗云西施浴处，人呼为脂粉塘。

粉痕：这里指荷花。

铜沟：铜铸的沟渠。相传吴王夫差曾在宫中铸造铜沟，后借指宫苑。

561.耶溪新绿露娇痴，两面红妆倚一枝
出自明代沈周的《并蒂莲花》

【原文】

耶溪新绿露娇痴，两面红妆倚一枝。

水月精魂同结愿，风花情性合相思。

赵家阿妹春眠起，杨氏诸姨晚浴时。

今日六郎憔悴尽，为渠还赋断肠诗。

【诗意】

若耶溪里新荷初生，清水中有一朵可爱的并蒂莲，一枝开出两朵红花。它们似乎是水与月的精魂共同结的愿，又像是风与花的情意一起互相思念。它们仿佛赵飞燕姐妹刚从春梦中醒来，又仿佛杨贵妃姐妹正在月光下沐浴。今天要是"莲花六郎"来了，也会相形见绌，因为他还可能要写一首忧愁悲伤的诗。

【鉴赏】

沈周是长洲（今江苏苏州）人，出身于书香绘画世家，曾祖父与元四家王蒙交情甚好，家藏古书画名迹颇多。他生性敦厚，淡泊名利，博览勤学，不应科举，专事诗文、书画，是明代中期"吴门画派"的开创者。这是一首写并蒂莲的诗，不过诗句里没有出现"并蒂莲"几个字。"耶溪新绿

露娇痴，两面红妆倚一枝"，"新绿"与"红妆"，色彩鲜明，再现了并蒂莲绝美花开的情景。"水月精魂同结愿，风花情性合相思"，诗句描写并蒂莲生死相依、不离不弃，是不折不扣的爱情之花。沈周还有一首《荷花燕》："花供娟娟照玉卮，红妆文字两相宜。分香客座须风细，倾盖林亭要日迟。仙子新开壶里宅，佳人旧雪手中丝。便应此会同桃李，酒政频教罚后诗。"诗人将曼妙的荷花比作仙子与佳人，其灵动温婉的品性跃然纸上。

【注解】

赵家阿妹：指赵飞燕及其妹合德。飞燕善舞，合德柔媚，二人同得宠于汉成帝。

杨氏诸姨：指杨贵妃的三姐姐。为玄宗封为韩国、虢国、秦国三夫人。

六郎：指唐代张昌宗，小名六郎。

562.浦上荷花生紫烟，吴姬酒肆近人船

出自明代袁凯的《浦口竹枝》

【原文】

浦上荷花生紫烟，吴姬酒肆近人船。

更将荷叶包鱼蟹，老死江南不怨天。

【诗意】

在小河入江的地方，有成片的荷花绽放，在夕阳中升起紫色烟霞。

吴地酒家的美女划着小船，采摘了许多的荷叶。她们用荷叶把鱼儿和蟹包好，做蒸鱼煮蟹。这样的日子，无拘无束，自由自在，要是能在这样的江南到老至死该有多幸运啊！

【鉴赏】

袁凯是松江府华亭县（今上海松江区）人，在元朝末年当过小小的府史，博学有才，写得一手好诗。一次在浙南名士杨维桢座上，有人展示一首《白燕》诗，杨对诗中"珠帘十二""玉剪一双"等句十分赞赏，袁凯却说"诗虽佳，未尽体物之妙"，然后呈上自己的《白燕》诗。杨维桢读到"月明汉水初无影，雪满梁园仍未归"等句，"大惊赏，遍示座客"。从此袁凯有了"袁白燕"这个美称。洪武三年（1370）授监察御史，后因事为朱元璋所不满，假装疯癫，以病免职回家，终以寿终。竹枝词因吟咏风土的重要特征与地域结下了不解之缘，有着各地区特色的文化烙印和浓郁的文学气息。竹枝词以反映人民生活、描绘山水景物为主要内容。这首诗是袁凯在南京所作。"浦上荷花生紫烟，吴姬酒肆近人船"，诗人用"紫烟"来形容荷花，足见水面上荷花之盛。"更将荷叶包鱼蟹，老死江南不怨天"，诗人细致入微地刻画事物，从灵动的自然之景和人文之景的描写中，表达出他愉快欢悦的心情，体现了诗人的生活情趣。

【注解】

酒肆：酒馆。

老死：犹言到老至死。

563.美人笑隔盈盈水，落日还生渺渺愁

出自明代文徵明的《钱氏池上芙蓉》

【原文】

九月江南花事休，芙蓉宛转在中州。

美人笑隔盈盈水，落日还生渺渺愁。

露洗玉盘金殿冷，风吹罗带锦城秋。

相看未用伤迟暮，别有池塘一种幽。

【诗意】

农历九月的江南，几乎所有的花都开过了，唯有迟开的荷花还在水中的沙洲附近绚丽绽放。远远望去，荷花迎风起舞，美丽动人，就像笑容满面的美人一样。日落时分，暮色沉沉，使人心生愁绪。玉盘似的荷叶上渐渐凝聚颗颗露珠，如同把荷叶洗过了一样，给人以清冷的感觉。晚风吹来，成片的荷花摇曳着，就如彩色的丝带一样，满城都是秋色。不要伤感荷花已开到尾声，夕阳西下，眼前荷塘的清幽景色别具风姿，依旧令人淡然欢喜。

【鉴赏】

文徵明是长洲（今江苏苏州）人，诗、文、书、画无一不精，人称"四绝"。在画史上，与沈周、唐寅、仇英合称"明四家"。这首诗极富层次感地展开了荷花傍水盛开的美妙图景。近景：池畔与中洲之间隔了碧水盈盈；中景：池上中洲，荷花如美人顾盼；远景：落日黄昏，渺渺然，笼上一层淡淡的忧愁。文徵明曾九次参加乡试，却都名落孙山。写此诗时，

文徵明已四十四岁,却仍受着屡试不中的困扰。"盈盈水、渺渺愁",连用叠字,音韵和谐,也令人如痴如醉,却写出了诗人的心思,他难忘过往,又不愿提及。"相看未用伤迟暮,别有池塘一种幽",诗人看着那出水的荷花,安慰自己不必忧伤自己年老体衰,池塘中另有一种雅致。最后,他在五十三岁时被授予翰林院待诏之职,却不断地被人嘲讽,无奈之下只好辞官归隐。他远离了喧嚣的闹市,却把自己埋藏在画卷和诗稿之中,终成大家。

【注解】

钱氏池:钱家的池塘,钱氏是文徵明拜访的一位友人。

玉盘:指荷叶。

罗带:丝织的衣带。

564.焕若丹霞敷,晔如锦云簇
出自明代申时行的《晨起观荷花》

【原文】（节选）

水榭临文漪,晨曦出旸谷。

宛彼芙蕖花,嫣然媚初旭。

焕若丹霞敷,晔如锦云簇。

秾艳复芬馡,可以娱心目。

【诗意】

清晨,我来到临水的亭子里,微风轻轻吹过,水面泛起涟漪,恰好太阳从东方升起。只见那些小巧玲珑的荷花开在水中，娇媚如同旭日东升。在阳光的照耀下光彩照人，在彩云映衬下充满生机。荷花不仅色彩非常艳丽，而且有浓浓的芳香，令人赏心悦目。

【鉴赏】

　　申时行是长洲（今江苏苏州）人，自幼天资聪慧，生性好学，既有文人的才学，又有商人的机敏。嘉靖四十一年（1562）殿试第一名，获状元。历任翰林院修撰、礼部右侍郎、吏部右侍郎兼东阁大学士、首辅、太子太师、中极殿大学士。这首诗清新明快，描绘了荷花的袅袅丰姿。"焕若丹霞敷，晔如锦云簇"，荷花如丹霞，似锦云，其美无花可比。"秾艳复芬菲，可以娱心目"，诗人直接赞美荷花，表达了他轻松愉快的心情。他还有一首《莲花》："碧沼渟寒玉，红蕖映绿波。妆凝朝日丽，香逐晚风多。"描写早晨的荷花像化了妆似的，更加美丽；晚风吹拂，荷花飘香更远。这两首诗内容、风格均类似。

【注解】

　　文漪：指多变的波纹。

　　秾艳：色彩非常艳丽。

　　芬菲：香气非常浓烈。

565.不教轻踏莲花去，谁识仙娥玩世来

出自明代唐寅的《荷花仙子图》

【原文】

一卷真经幻作胎，人间肉眼误相猜。

不教轻踏莲花去，谁识仙娥玩世来。

【诗意】

荷花仙子那绝尘轻盈的姿态，一定是神仙境界中的一卷经书幻化而成的凡胎。俗世中的人们不知道，因此胡乱猜测她的来历。假若她不是踩踏着莲花飘逸而去，有谁会知道那是天上美丽的仙女到人间来游乐呢？

【鉴赏】

唐寅是吴县（今江苏苏州）人，因属虎，故又名唐伯虎。其少时读书发愤，青年时中应天府解元，后赴京会试，因舞弊案受牵连入狱，出狱后又投宁王朱宸濠幕下，但发现朱有谋反之意，即装疯而脱身返回苏州。从此绝意仕途，潜心书画。他玩世不恭而又才气横溢，诗文擅名，与祝允明、文徵明、徐祯卿并称"江南四才子"。这是一首题画诗，主要描写了荷花仙子美丽出尘的姿态。"不教轻踏莲花去，谁识仙娥玩世来"，仙女那轻盈的眼波流转，飘飘的裙裾飞扬，似乎时刻要轻点莲花，飞舞而去。

【注解】

　　仙娥：仙女。

　　玩世：游乐于人世。

566.凌波仙子斗新妆，七窍虚心吐异香

出自明代唐寅的《咏莲花》

【原文】

　　　　凌波仙子斗新妆，七窍虚心吐异香。

　　　　何似花神多薄幸，故将颜色恼人肠。

【诗意】

　　水面上的荷花竞相绽放，宛如凌波仙子，一朵比一朵娇美。她们炫耀着各自的姿容，轻吐出奇异的馨香。看起来花神似乎是真的薄情，故意没有给荷花多彩的裙装，用这淡淡的色彩让人烦恼。

【鉴赏】

　　唐寅工诗文，其诗多记游、题画、感怀之作，能表达出狂放和孤傲的心境，以及对世态炎凉的感慨，以俚语、俗语入诗，通俗易懂，语浅意隽。这首诗比喻新奇，虚实得体，描写了荷花超凡脱俗的姿态。"凌波仙子斗新妆，七窍虚心吐异香"，诗人用拟人手法把莲花比喻成仙女，说"斗""吐"，都是将花当人来写，但时时又不忘莲花的特征，用"凌波""七窍虚心"等点出。出水荷花之美，如同传说中的凌波女神。

【注解】

凌波仙子：荷花的别称。

斗：这里是比赛的意思。

七窍：这里喻莲藕多孔。

虚心：这里指荷花空心的花茎。

567.中有弄珠人，盈盈隔秋水

出自明代蒋忠的《芙蓉》

【原文】

清露下林塘，波光净如洗。

中有弄珠人，盈盈隔秋水。

【诗意】

秋天的早晨，树林池塘到处是洁净的露水。水面上波光粼粼，而荷叶碧绿如洗。荷花亭亭玉立在秋水中，如同一位含情脉脉的仙女，眼含秋波，超凡脱俗。

【鉴赏】

蒋忠是扬州府仪真（今江苏扬州仪征市）人，文学造诣很高，学识丰富，擅长作诗，时人把他与刘溥、汤胤勣、苏平、苏正、沈愚、王淮、邹亮、晏铎、王贞庆并称"景泰十才子"。十人仕途皆不甚显，而俱以诗名于时。这首诗构思巧妙，由物及人，以人拟物，细腻描绘了荷花独特的风姿。"清露下林塘，波光净如洗"，诗人不虚浮于文字，未使用工整的对仗，而是直接描写眼前所见事物。"中有弄珠人，盈盈隔秋水"，诗人在此引用"弄珠人"的典故，含蓄而巧妙地传递出对荷花的赞颂。

【注解】

清露：指洁净的露水。

弄珠人：指美女子。《韩诗外传》载："郑交甫尝游汉江，见二女，皆丽服华装，佩两明珠，大如鸡卵。交甫见而悦之，不知其神人也。"张衡在《南都赋》撰写："游女弄珠于汉皋之曲。"亦是借用此典。

568.翠翘金钿明鸾镜，疑是湘妃出水中

出自明代李东阳的《莲花》

【原文】

不见峰头十丈红，别将芳思写江风。

翠翘金钿明鸾镜，疑是湘妃出水中。

【诗意】

虽没看到如太华峰顶十丈红的莲花，但也不要随意埋怨江风不给力，而误了赏花的心情。荷叶青青如翠翘，荷花艳艳似金钿，莲塘清清宛如鸾镜，水中荷花仿佛美人出浴，让人恍惚以为是传说中的湘妃来到人间。

【鉴赏】

李东阳祖籍湖广茶陵（今湖南株洲茶陵县），因家族世代为行伍

出身，入京师戍守，属金吾左卫籍。八岁时以神童入顺天府学，天顺八年（1464）进士。进入仕途之初，李东阳升迁很不顺利，基本上是九年任满一迁，而且做了很长时间的侍讲学士。李东阳秉政以后，虽然贵为内阁大学士，又"以文章领袖缙绅"，但他平易近人广交朋友。其诗典雅工丽，为茶陵诗派的核心人物。这首咏荷诗，空灵虚幻，画意十足。"翠翘金钿明鸾镜，疑是湘妃出水中"，刚出水的莲花如同传说中的湘妃，楚楚可怜。清代画家石涛以此诗题在他的墨荷画上，诗意与画境相映成趣。

【注解】

十丈：出自韩愈《古意》："太华峰头玉井莲，开花十丈藕如船。"

翠翘：古代妇人首饰的一种。状似翠鸟尾上的长羽，故名。

金钿：指嵌有金花的妇人首饰。

鸾镜：指饰有彩鸾图案的镜子。

湘妃：相传为尧之二女，舜之二妃，名曰娥皇女英，她们因舜突然病故，飞身跃入湘江，遂为湘水之神。

569.落尽红衣见绿房，折来犹带水云香
出自明代徐贲的《折莲子呈孟载》

【原文】

落尽红衣见绿房，折来犹带水云香。

柔丝零落芳心苦，未及秋风已断肠。

【诗意】

荷花花瓣渐渐凋尽，露出翠绿色的莲蓬；折下水灵灵的莲蓬，莲子带着一股清香。娇柔的花蕊悄然零落时，芳心深藏，苦涩独知。还没等到秋风吹起，种种离愁袭来，就已伤心欲绝。

【鉴赏】

徐贲是南直隶毗陵（今江苏常州）人，后迁平江（今江苏苏州）城北。在元朝末年时曾为张士诚效劳，朱元璋消灭了张士诚之后，他也被迁谪于临濠（今安徽凤阳），直到洪武二年（1369）才被放归。后来虽然在洪武七年被推荐入朝，但八年后就获罪而被处死。他是元末明初画家、诗人，与高启、杨基、张羽齐名，称"吴中四杰"。其诗法度谨严，风韵凄朗。徐贲经历了元末明初的战乱，又接连遭遇丧妻、丧子之痛，身边的挚友也相继被害离开。千里游宦，到处漂泊，客居他乡，又是新朝之客。在此诗中，徐贲借折莲子，向好友诉说内心的悲伤。"落尽红衣见绿房，折来犹带水云香"，诗人描写了秋莲之景象，别有一番滋味在心头。"柔丝零落芳心苦，未及秋风已断肠"，饱经忧患的诗人如同这风雨中的荷花，柔丝零落，芳心之苦，未及秋风已经断肠。读这首诗，令人心痛不已。

【注解】

孟载：杨基，字孟载。

水云香：这里形容莲子的气味芬芳。

断肠：形容伤心、悲痛到极点。

570.池上新晴偶独过，芙蓉寂寞照寒波

出自明代徐贲的《雨后慰池上芙蓉》

【原文】

池上新晴偶独过，芙蓉寂寞照寒波。

相看莫厌秋情薄，若在春风怨更多。

【诗意】

一个雨后放晴的秋日，我偶然经过荷塘边。放眼望去，只见芙蓉在秋日的寒波中寂寞地开放。不要抱怨秋天多么无情，如果你在春天绽放，却又无人欣赏，也许你的怨恨会更多呢。

【鉴赏】

明朝建立后，许多文士被起用，而徐贲却很长时间未得到朝廷起用。这首诗含蓄蕴藉，朴实平易，却在字里行间满溢着一份抗争和自清。诗人以芙蓉自比，既怜惜其在寒波中孤寂绽放的情态，也为其没有被春雨摧残而感到欣慰，表达了诗人失落和希望并存的矛盾心情。"池上新晴偶独过，芙蓉寂寞照寒波"，"新晴"与"寒波"形成了强烈的对比，表达出芙蓉所处的环境非常糟糕，有很快凋零的意味。暗喻诗人同样也没有感受到皇帝的求贤若渴，却似乎只有阵阵秋寒。"相看莫厌秋情薄，若在春风怨更多"，诗人用"秋情薄""怨更多"，展现了一种世态炎凉、人生坎坷的境遇；而"莫厌"二字，看似安慰芙蓉，更是诗人的自我安慰，犹有新意，隽永可味。

【注解】

新晴：指刚放晴的天气。

秋情薄：指秋天的无情。

571.棹发千花动，风传一水香

出自明代常伦的《采莲曲三首》（其二）

【原文】

棹发千花动，风传一水香。

傍人持并蒂，含笑打鸳鸯。

【诗意】

采莲小船缓缓驶入荷塘，船桨荡起涟漪，无数荷花在水波中晃动。清晨的风从水面上吹来，带来了荷叶的清香，夹杂着荷花浓郁的芳香。船到荷花深处，只见一对鸳鸯正欢快地戏水。船上的采莲女与恋人紧紧地倚靠在一起，她手持并蒂莲，满面春风，参与了与鸳鸯一起嬉戏的行列。

【鉴赏】

常伦祖籍山西曲沃（今属山西临汾），后徙居山西沁水（今属山西晋城）。他幼而聪慧，五六岁即能诵书、赋、诗等，见者莫不叹赏。正德年间中进士后，被授大理寺右评事。但他厌恶了官场的尔虞我诈、相互倾轧，多次弃官而归。常伦隐居后，常以李白、王安石自比，每饮必醉，醉则索笔疾书，诗、词、歌、赋一挥而就，妙趣横生。他不仅仅是诗文出众、才华横溢的儒生，而且还是"少好游侠，谈兵击剑，有古豪风云"的侠士。嘉靖四年（1525），常伦入京途中，早晨起来身穿紫红袍骑马到郊外疾驶舞剑，马到河边饮水受惊，坠马身亡，时年三十四。常伦有《采莲曲》三首，这是其中之二，写得最为生动有趣。诗人不仅描写了初夏清晨荷塘美景，而且塑造了一个活泼可爱的采莲少女形象。"棹发千花动，风传一水香"，小船在荷花丛中穿行，"花动""风传"给人以动感，写出了生机勃勃的荷塘。"傍人持并蒂，含笑打鸳鸯"，正是"打"这个看似平常的动作，透露了采莲女萌动的春心。

【注解】

棹：这里指小船。

打：这里是嬉闹的意思。

572.四面花开玉露滋，晓风翻雨叶垂垂

出自明代徐阶的《盆莲》

【原文】

四面花开玉露滋，晓风翻雨叶垂垂。

泉明酒思濂溪癖，凭仗盆池借一枝。

【诗意】

盆池不大，但四面都是绽放的莲花，因有秋露滋润，所以这些荷花开得无比艳丽。拂晓的清风吹过了，带来绵绵细雨，荷叶低垂无语，似有心事要对人说。如果想学陶渊明归隐、周敦颐爱莲，那就先从这盆池里

借一枝吧。

【鉴赏】

　　徐阶是松江府华亭县（今上海松江区）人，嘉靖二年（1523）以探花及第，授翰林院编修。后因忤张孚敬，被斥为延平府推官，受此挫折，从此谨事上官。后又进礼部尚书，兼文渊阁大学士，参与朝廷机要大事。徐阶曾密疏揭发咸宁侯仇鸾的罪行，且擅写青词为嘉靖帝所信任。和严嵩一起在朝十多年，谨慎以待；又善于迎合帝意，故能久安于位。嘉靖四十一年，徐阶得知嘉靖帝对严嵩父子的不法行为已有所闻，于是命御史邹应龙参劾，最终使严嵩父子倒台。随后，徐阶取代严嵩成为首辅。徐阶长期为官，诗文较少。这首诗描写盆莲，借景抒情，表达了诗人对莲花的喜爱之情。"四面花开玉露滋，晓风翻雨叶垂垂"，诗句描写早晨的盆莲，有"玉露""晓风"相伴，楚楚可怜。"泉明酒思濂溪癖，凭仗盆池借一枝"，诗人借古人来抒情，从内容上分析，诗人似有归隐之意。

【注解】

　　玉露：指秋露。

　　泉明：指晋陶渊明，因唐高祖讳"渊"，"渊"字尽改为"泉"。

　　濂溪：溪流名，源出于江西省九江市的庐山莲花峰脚下。周敦颐晚年移居于此，因取旧居濂溪以为水名，并自以为号，世称濂溪先生。

　　盆池：意思是埋盆于地、引水灌注而成的小池。

573.水国荷香浮录醑，夕阳帆影逐金飚

出自明代朱方中的《游荷花荡》

【原文】

平湖秋色十分饶，醉卧楼船逸思飘。

水国荷香浮录醑，夕阳帆影逐金飚。

堤边属玉惊人起，天际蛾眉共客招。

歌罢采莲归路晚，塔西云树正迢迢。

【诗意】

平湖的秋天色彩斑斓，我俯卧在楼船上远眺，醉意朦胧，思绪万千。荷花荡里，荷花清香四溢，胜似美酒醇香；夕阳西下，帆船接着风力渐渐远去。岸边荷花丛中，水鸟听到人声惊飞而起。远处采莲船上，少女们纷纷与游客相互挥手致意。她们唱完歌曲时天色已晚，宝塔西边高耸的树木隐没在暮色中。

【鉴赏】

朱方中是宝应（今江苏扬州宝应县）人，生卒年均不详。他出身于江苏扬州宝应朱氏，宝应朱氏自明初由苏州迁居宝应。方中生而颖异。其家累世文献，藏书甚富。每日取而读之，善于诗。但因其家世才名过于显赫，因而掩盖了其名。朱方中字雪楼，号雪楼先生，著《镜心楼稿》，入《广陵十先生传》。这首诗描写了诗人游荷花荡所见，抒发了他观荷的逸兴。"水国荷香浮录醑，夕阳帆影逐金飚"，诗句勾画了一幅荷塘夕照图，表面上是写景，其实却有着诗人对人生飘摇的感慨。

【注解】

楼船：高大有楼的船。

录醽：美酒。

金飚：秋季急风。

属玉：一种水鸟。

蛾眉：这里喻指美女。

574.藕花塘上雨霏霏，无数莲房著水垂

出自明代许成名的《藕花》

【原文】

藕花塘上雨霏霏，无数莲房著水垂。

羞见鸳鸯交颈卧，却将荷叶盖头归。

【诗意】

荷花满塘，秋雨绵绵，无数莲蓬低垂着头，轻轻拂着水面。荷花深处，一对鸳鸯正亲密无间地交颈而卧。年轻的采莲女见此情景，不禁春心荡漾，折下一张荷叶，羞涩地戴在头上，急急忙忙回家了。

【鉴赏】

许成名是聊城（今山东聊城东昌府区）人，正德六年（1511）中进士。嘉靖初，升任太常侍卿、国子监祭酒，后任礼部右侍郎。许成名为人纯厚，位高不傲，礼贤下士。亲朋有急难者，尽力相助。这首诗表面写景，实际写采莲女，刻画了一个怀春少女的形象。"藕花塘上雨霏霏，无

数莲房著水垂"，诗句描写荷花已结莲蓬，在风雨中茁壮成长。"羞见鸳鸯交颈卧，却将荷叶盖头归"，诗句写鸳鸯交颈而卧、相亲相爱，而采莲女想到自己的终身大事至今仍无头绪。数种情景，数种心绪，相衬相对，构成悬念，形成对比，读来相映成趣。

【注解】

著水：犹拂水，沾水之意。

交颈：颈与颈相互依摩。多为雌雄动物之间的一种亲昵表示。

575.十里莲花过眼新，水风犹自起香尘
出自明代陈凤的《藕花居》

【原文】

十里莲花过眼新，水风犹自起香尘。

明年还约看花侣，来唤湖边雪藕人。

【诗意】

十里荷花惊艳了夏天，在我眼里每天都有新变化。水面上的风吹来，带着浓浓的荷香，仿佛仙女凌波微步而过。明年这个时候，我还要约一起赏花的伴侣，同时叫上那位在西湖边清洗藕丝的佳人。

【鉴赏】

陈凤是应天府上元（今江苏南京）人，生卒年不详。嘉靖十四年（1535）进士，官至陕西参议。从顾璘游，工诗，与许仲贻、谢与槐齐名。

七月是荷花盛开的季节，给盛夏带来一抹清新的色彩。这首诗疑是诗人入住西湖藕花居时所作，语调轻松，感情真挚，情感丰富。"十里莲花过眼新，水风犹自起香尘"，诗人想象丰富，把荷香比作"香尘"，令人耳目一新。"明年还约看花侣，来唤湖边雪藕人"，诗人念念不忘的不是美景，而是那位令他心动的佳人，期待明年再来一次美丽的相约。

【注解】

藕花居：西湖边的一处客栈。见明代诗人包节《同周岐麓台长泛西湖遂宿藕花居》。

香尘：芳香之尘。多指女子之步履而起者。

雪：这里指清洗。

576.一溪清响残荷雨，万树新黄落叶秋

出自明代元觉的《寄怀陶握山》

【原文】（节选）

一溪清响残荷雨，万树新黄落叶秋。

遥忆故人何处所，片云高挂碧山头。

【诗意】

天空下起了雨，溪水潺潺流过，雨打在残荷上的声音清响悦耳。满山树木开始黄了，落叶纷飞，转眼间又到了深秋。遥望远方，我想起了老朋友，不知他现住哪里。只见青山上空，白云一片去悠悠。

【鉴赏】

元觉是顺德（今广东佛山顺德区）人，俗姓简。从宗公剃度，礼栖壑受圆具。宗公示寂，遂继席主法华林寺，后住循州罗浮石洞。这首诗借景抒情，寄托了诗人对故人的怀念之情。"一溪清响残荷雨，万树新黄落叶秋"，深秋，美丽的荷花凋谢了，残枝黄叶任由风吹雨打。这是一种无奈，也许这就是人生。残荷听雨未尝不是一种萧条的美，既有诗意，又有禅意。

【注解】

陶握山：即陶叶，号握山，广州番禺人，明代名臣陶鲁之后，明亡不仕，寄情山水。

片云：极少的云。

577.凭阑自爱秋容淡，闲数残荷几朵花

出自明代黄淑德的《秋晚》

【原文】

柳外慵蝉噪晚霞，风床书卷篆烟斜。
凭阑自爱秋容淡，闲数残荷几朵花。

【诗意】

淡淡的晚霞中，柳枝上慵倦的蝉还在鸣叫。秋风从窗户吹进来，翻动床榻上的书本，盘香烟缕袅袅升起。我倚靠着栏杆眺望荷塘，喜欢这清淡的秋色，荷花稀稀落落，荷叶开始泛黄。

　　黄淑德是秀水（今浙江嘉兴北）人，参政（黄承昊）从妹，字柔卿。其代表作有《客中闻子规》《春晚》《秋晚》《七夕》等。这首诗描写秋晚所见，抒发了女诗人清闲恬淡的心情。人生总要从繁杂走向简单，从喧嚣回归宁静。"柳外慵蝉噪晚霞，风床书卷篆烟斜"，诗人于一室内，在内心僻静处，得到自然而然的安顿。"凭阑自爱秋容淡，闲数残荷几朵花"，秋意渐深，荷花已残，池塘里最后的几朵荷花仍努力保留着一抹艳丽。诗人更爱淡下去的秋容，因不困守、不纠缠，所以才能心有闲逸，数残荷几朵花。因此，自在从容地过好每一天，便是人生好时节。

【注解】

　　风床：犹风榻，指纳凉用的床榻。

　　书卷：即书籍。因古时书籍多为卷轴形，所以叫书卷。

　　篆烟：指盘香的烟缕。

578.残荷只送萧萧韵，落木仍兼飒飒声

出自明代李昌祺的《和秋景韵二十首》（其十四）

【原文】（节选）

　　　　滴沥空阶不断鸣，淋漓彻夜到天明。

　　　　残荷只送萧萧韵，落木仍兼飒飒声。

【诗意】

秋雨落在空阶上的声音没断过,它湿淋淋地往下滴,从夜里到天亮,始终未停。雨打残荷,不仅给人以冷落凄清的感觉,而且还送来了风吹落叶般的飒飒之声。

【鉴赏】

李昌祺是庐陵(今江西吉安)人,永乐二年(1404)进士,官至广西布政使。为官清厉刚正,救灾恤贫,官声甚好。且才华富赡,学识渊博。这组描写秋景的诗有二十首,每一首都很唯美,秋意浓浓。这首诗描写秋雨,虽看起来是在写景,实际上还是在抒情。"残荷只送萧萧韵,落木仍兼飒飒声",诗人听着雨打残荷之声,孤独的感觉已经弥漫了全身。一个夜不能寐的人,因为能聆听到枯荷秋雨的清韵而略慰相思,稍解寂寞。

【注解】

滴沥:雨水下滴的声音。

空阶:空无一人的台阶。

落木:落叶。

飒飒:风吹树木的声音。

579.露珠濯濯晓光新,红粉初施彩色匀

出自明代邵濂的《邻家植荷盆中高出墙外予于垒头见之戏题一绝》

【原文】

露珠濯濯晓光新,红粉初施彩色匀。

憔悴自怜非宋玉，东家何事亦窥臣。

【诗意】

清晨的露水如珠，清澈纯净，这一朵荷花如同含羞的红妆少女，艳丽夺目。宋玉悲秋，我悲自己憔悴不堪，感伤人生年华易逝，皇帝为何也可暗中观察我这个人怎么样？

【鉴赏】

邵濂是长洲（今江苏苏州）人，弘治十八年（1505）进士，历仕翰林院庶吉士、文林郎、吏科给事中、云南按察司副使。长于文学、书法。这首诗说是戏题，其实是诗人触景生情，有感而发。"露珠濯濯晓光新，红粉初施彩色匀"，虽然是隔壁邻居家的荷花，但高出墙外必然是亭亭玉立、夺人眼球。诗句写了荷花上的露珠，突出花瓣之艳，勾画出一幅赏心悦目的盆荷图。"憔悴自怜非宋玉，东家何事亦窥臣"，诗人借景抒情，巧用典故，表明自己愿意为国家鞠躬尽瘁的心志。

【注解】

宋玉：战国楚人。宋玉在名作《九辩》中，开篇以万物逢秋而衰败，寄寓自己怀才不遇的感慨之情。后用为咏伤别离或咏伤秋寄悲怀之典。

东家：是种地人对地主的称呼。这里指皇帝。

580.心如莲子苦，情似藕丝长

出自明代钱宰的《采菱曲》（其三）

【原文】

溪上采莲女，秋波照晚妆。

心如莲子苦，情似藕丝长。

【诗意】

采莲女泛舟溪上，秋风吹来，水面泛起阵阵涟漪。清澈的水中映出她的晚妆，娇美如眼前这秋水芙蓉。此时此刻，内心寂寞的她想起了远方的恋人，相思之苦如莲子心，她对他的情意如同藕丝一样绵长。

【鉴赏】

钱宰是会稽（今浙江绍兴）人，吴越武肃王十四世孙。至正间中甲科，亲老不仕。洪武二年（1369），征为国子助教。作《金陵形胜论》《历代帝王乐章》，皆称旨。十年乞休。进博士，赐敕遣归。钱宰写了四首《采菱曲》，这是其中之三。此诗虽只有短短几句，但主题突出，描写了采莲女的生活和爱情。"溪上采莲女，秋波照晚妆"，"秋波""晚妆"既是写人也是写物。诗句描写采莲女的美貌胜似荷花，类同宋代晏殊"晚来妆面胜荷花"（《浣溪沙·玉碗冰寒滴露华》）之句。"心如莲子苦，情似藕丝长"，诗人借"莲子""藕丝"的谐音，表达了采莲女对恋人的思念和深深爱意。

晚妆：适合晚间活动的化妆。这里喻指秋荷。

581.花间擘莲子，多半是空房

出自明代吴文泰的《横塘采莲词》

【原文】

采莲度横塘，荷花远近香。

花间擘莲子，多半是空房。

【诗意】

划船过横塘去采莲，荷花绽放正当时，远近都能闻到清香。船过荷花丛中，顺手摘了几个莲蓬，剥开一看大多数是空的。

【鉴赏】

吴文泰是吴县（今江苏苏州吴中区）尧峰山人，常作幕僚，洪武间以才被荐为涿州同知，后坐事丢官。他性耽诗，与丁敏（字逊学）为友，尝闭门共为诗，每日夕吟不休，至忘其未食。这首诗描写江南采莲场景，简洁明快，朗朗上口，但又充满情趣。"花间擘莲子，多半是空房"，诗句表面上平淡无奇，实际上反映了女主人公的生活现状，诗人借用"莲子""空房"，表达了她对婚姻生活的期盼。

【注解】

横塘：古堤名。在今江苏苏州西南。

擘 [bāi]：同"掰"。

582.相依香漠漠，独立影沉沉
出自明代冯琦的《秋莲》

【原文】

坐对芙蓉沼，行歌棠棣吟。

相依香漠漠，独立影沉沉。

人自怜芳艳，谁当识苦心。

秋风渐萧索，结子已如今。

【诗意】

我坐在荷花池边，哼着棠棣之歌，思念我的兄弟。秋荷在寂静中相依相偎，我闻到了风吹来的荷香。抬头望去，水中荷花孤影沉沉。所有的人都爱着荷花的鲜艳，可是谁能知道莲蓬里包着最苦的莲心。秋天的风渐渐寒冷，莲蓬结子已有好些日子。

【鉴赏】

冯琦是临朐（今山东潍坊临朐县）人，万历五年（1577）进士。历任编修、侍讲、礼部右侍郎、礼部尚书等职。冯琦作诗，好五古、七古，崇尚"乐府""建安"之风。这首诗通过咏莲，描写了诗人内心的忧患惆怅，抒发了对远方兄弟的思念之情，既是亲情，也是乡愁。"相依香漠漠，独立影沉沉"，诗人抓住"香"和"影"，描绘了秋荷的另类之美。"漠漠"与"沉沉"，增添了一种冷清与孤独，让诗人触景生情，怀念起故乡及亲人。

棠棣：花名。这里指周人宴会兄弟时歌唱兄弟亲情的一首诗。

漠漠：寂静无声的意思。

583.湛露蒙蒙湿未消，何如香汗染轻绡

出自明代陆治的《荷花》

【原文】

湛露蒙蒙湿未消，何如香汗染轻绡。

翩翩不尽风前态，掌上徊翔舞燕娇。

【诗意】

拂晓时分，露水浓重，荷花上的露珠还在，花瓣如同美女被香汗湿透的薄纱。荷花依旧在微风中轻盈摇曳，宛如赵飞燕在掌上翩翩起舞。

【鉴赏】

陆治是吴县（今江苏苏州）人，因居太湖之包山，自号包山。其好为诗及古文辞，善行、楷，尤心通绘事。曾从祝允明、文徵明、沈周学诗文、书画，创作了许多隐逸主题的绘画作品，画风独特，自成一格。陆治为人高洁，晚年贫甚，衣处士服，隐支硎山，种菊自赏。这是陆治为自己画作《写生荷花》所题的诗。"湛露蒙蒙湿未消，何如香汗染轻绡"，诗人把露珠比喻女子的香汗，花瓣似被香汗染湿的轻薄纱衣，想象奇特，新颖别致。"翩翩不尽风前态，掌上徊翔舞燕娇"，诗人将荷花化作历史上美女赵飞燕，娇柔轻舞，身姿摇曳，在不经意间展露一种女

子的轻柔魅力。

【注解】

湛露：浓重的露水。

徊翔：起伏飘舞貌。

燕娇：指赵飞燕，汉朝汉成帝皇后。赵飞燕自创"掌上舞"，因舞蹈体态轻盈，仿佛可以置于掌中，故得名。

584.娉婷玉立晓风和，细细香生雨乍过

出自明代文伯仁的《题荷花诗》

【原文】

娉婷玉立晓风和，细细香生雨乍过。

原是水晶宫里见，艳妆素质两娇娥。

【诗意】

清晨一场雨后，风轻云淡，荷花婀娜多姿，散发出淡淡的清香。这两朵红红白白的荷花，仿佛是水晶宫里的两位容貌艳丽的仙女。

【鉴赏】

文伯仁是长洲（今江苏苏州）人，文徵明之侄。其天赋异禀，时发巧思，善画山水下笔立就。他与陆治年龄相仿，多有往来。其亦能诗，这是他题在陆治《写生荷花》上的一首诗。"娉婷玉立晓风和，细细香生雨乍过"，诗句描写雨后荷花，细腻入微，清晰可见。"原是水晶宫里见，

艳妆素质两娇娥"，诗人巧用典故，给诗句增添了神秘感。

【注解】

水晶宫：传说中海龙王居住的宫殿。

艳妆素质：犹浓妆艳质。

娇娥：指美貌的少女。

585.池上新荷绿,风清白鹭飞
出自明代张祐的《闲咏》

【原文】

> 池上新荷绿，风清白鹭飞。
> 采莲人已去，水面落红衣。

【诗意】

池塘里新荷刚泛绿，清风里白鹭任意飞。采莲人已归去，水面上留下几朵红色的花瓣。

【鉴赏】

张祐是广东南海人，自幼好学能文，身长八尺，智识绝人。弘治中袭世职为广州右卫指挥使，正德中擢副总兵，镇守广西。驾驭军队有节制，与部下同甘苦。性好书，每载以自随，军暇时即与儒生讲经论道，廉俭有守，是为当时之良将。这首诗清新明快，极富画面感。"池上新荷绿，风清白鹭飞"，诗人用"新荷绿""白鹭飞"，色彩鲜明，静中有动，勾画出一幅初夏荷塘美景图。"采莲人已去，水面落红衣"，似有留恋之意，令人回味无穷。

【注解】

红衣：这里指荷花花瓣。

586.带露摘荷花，笑共鸳鸯语

出自明代董少玉的《子夜歌》

【原文】

凉风吹北窗，槐阴深几许。

带露摘荷花，笑共鸳鸯语。

【诗意】

北窗外吹来清凉的风，高大的槐树荫好长好长。采莲女一早去采摘沾有露水的荷花，欢快的笑声惊醒了荷花深处的鸳鸯。

【鉴赏】

董少玉是西陵（今湖北宜昌西陵区）人，约明世宗嘉靖中在世。系麻城周宏论（字元孚）继室，其夫官至监察御史。她聪慧绝伦，喜读史、汉及诸子书，为诗词，皆有韵致。明王世贞《艺苑卮言》："少玉诗清润婉秀，往往发于情而止于义，有不尽为闺阁所束者。"这首诗仍以五言为形式，语言通俗易懂，描写了采莲女清晨采莲情景。"带露摘荷花，笑共鸳鸯语"，描绘出少女天真活泼的形象。董少玉还有两首采莲曲："看山望湖南，乘风望湖北。绰约荡轻舟，荷花减颜色。""杨柳遮大堤，游女往何处？云破棹歌寒，鸳鸯时飞去。"风格相似，婉约缠绵，都是欲言又止，留有想象余地。

【注解】

子夜歌：乐府曲名，相传古代女子喜欢用这个曲子表达爱意。

587.说与儿童须摘尽，莫留余叶引秋声
出自明代龚诩的《枯荷》

【原文】

红衣落尽翠盘倾，浣我清波一鉴明。

说与儿童须摘尽，莫留余叶引秋声。

【诗意】

入秋以后，荷花的花瓣已渐渐落尽，枯黄的荷叶也歪歪斜斜。由于没有了连绵不断盛开的荷花，水面变得平静如镜，清激的水流便呈现在人们眼前。请告诉采莲童，必须摘尽这些枯荷，不要留下残枝枯叶引来萧瑟之声。

【鉴赏】

龚诩是南直隶苏州府昆山（今江苏昆山市）人，明太祖洪武二十八年（1395）调守南京金川门。明惠帝建文年间，燕王朱棣起兵夺位，进

攻南京，守城将领曹国公李景隆屈服于燕王的强大武力，打开金川门迎燕王入城，明惠帝剃光头化装成和尚逃走，龚诩与守门士卒大哭一场后改名王大章逃匿常熟，以卖药授徒为生。后周忱巡抚江南，两荐为学官，坚辞。这首诗生动有趣，诗人似乎有话要说，但没有直接说出来。许多人喜欢春夏的荷花，但很少有人喜欢秋日枯荷，兴许是怕惹起愁情吧。"说与儿童须摘尽，莫留余叶引秋声"，诗人之所以反复叮嘱儿童要将枯荷摘尽，是因为怕秋风秋雨降临时，那悲凉的秋声不胜啼嘘。言外之意，令人畅想。

【注解】

　　鉴明：镜面明净。这里形容风平浪静。

　　儿童：这里指采莲童。

588.我有银瓶秋水满，君心不似莲心短
出自明代王彝的《徐两山寄莲花》

【原文】

　　　　秋风吹皱银塘水，小雨芙蓉不胜洗。

　　　　谁捡新船折得来，不怕绿芒伤玉指。

　　　　烟丝有恨自悠扬，相惹相牵短复长。

　　　　双头并作幽修语，一夜露痕黄粉香。

　　　　我有银瓶秋水满，君心不似莲心短。

　　　　绿房结子为君收，种向明年应未晚。

【诗意】

　　秋风吹皱了清澈的塘水，小雨不停地清洗着荷花。是谁划着新船折进荷塘，也不怕被绿色的细刺伤了纤指。花茎细细的丝如同有怨恨，如相思般长长短短不尽。并蒂莲更是难得，相依相伴，经过一夜露水更觉芳香。而我对你的思念，就像银瓶装满了水一样，再也没有别人，你的心不要像莲心一样深深隐藏啊！今年的莲蓬已结子，我来为你收好，等到明年种下，再生长出荷花也不算晚。

【鉴赏】

　　王彝，其先蜀人，本姓陈氏，后徙嘉定（今属上海）。其少孤贫，读书于天台山。明初以布衣召修《元史》，旋入翰林，以母老乞归，赐金币遣还。乞归后，常为知府魏观作文。洪武七年（1374），因魏观事，与高启同诛于南京。这首咏荷诗，平淡之中却有深深的缠绵之意。诗的前半部分写景，后半部分抒情，诗人借描写莲花及其莲子，表达了他心有所向、心有所属的追求与爱怜。"我有银瓶秋水满，君心不似莲心短"，既然爱就要说出来，既然爱就要在一起。既是爱情告白，又是爱情誓言。

【注解】

　　幽修：形容声音低微悠长。

　　黄粉：指黄色的荷花花蕊。

　　银瓶：指银质的瓶。常比喻男女情事。语出白居易《井底引银瓶》诗："井底引银瓶，银瓶欲上丝绳绝。石上磨玉簪，玉簪欲成中央折。瓶沉簪折知奈何？似妾今朝与君别。"

589.水绕回塘晚色荒，褰衣人在水中央

出自明代张宁的《芙蓉二绝》（其二）

【原文】

水绕回塘晚色荒，褰衣人在水中央。

相思道远空零落，斜倚兼葭一夜霜。

【诗意】

暮色渐渐笼罩荷塘，只有那荷花如褰衣人独自站在水中。她牵起绿色长裙，遥望着漫漫长路，似在思念远方亲人。夜色渐渐深重，她斜靠着芦苇，依旧在水一方。即使等到一夜霜冻过后，荷花枯萎，也还是没有他的音讯。

【鉴赏】

张宁是海盐（今浙江嘉兴海盐县）人，自幼聪颖过人，七岁题画龙图有"莫点金睛恐飞去"之句。景泰五年（1454）中进士，授礼科给事中。在朝中以敢言直谏著称。丰采甚著，与岳正齐名，英宗尝称为"我张宁"云。后为大臣所忌，弃官归。家居三十年，屡次被荐，终不复召。其能诗画，善书法。这首诗哀婉动人，写出了秋天荷花的那种拟人美。"褰衣人在水中央"，荷花自古就是思念之花，秋风凉雨中的"褰衣人"迟迟不肯归去，她一定是有未了的心愿。其《芙蓉二绝·其一》："谁从花里见双双，一片芳心晚未降。隔浦相逢如欲语，不禁风雨满秋江。"写出了女子对爱情的渴望和见而不得的哀怨。

褰［qiān］：撩起、揭起（衣服、帐子等）。褰衣：即褰裳。出自《国风·郑风·褰裳》："子惠思我，褰裳涉溱。"

蒹葭［jiān jiā］：特定生长周期的获与芦。蒹：没长穗的获。葭：初生的芦苇。

590.青绫裙子试新裁，水面风吹拂拂开

出自明代张楷的《采莲曲》

【原文】

青绫裙子试新裁，水面风吹拂拂开。

舟小身轻波复静，荷花荡里去还来。

【诗意】

碧绿的荷叶似乎换了新装，像采莲女柔软的丝绸裙子。水面上南风缓缓地吹来，荷花静静绽放。采莲的小船摇摇晃晃，泛起一波又一波浪花，在荷花荡里来回穿梭。

【鉴赏】

张楷是慈溪（今浙江宁波慈溪市）人，永乐二十二年（1424）进士。宣德间任监察御史，能辨疑狱。正统五年（1440）以荐升陕西按察金事。正统十二年，张楷离开西北，升任都察院右金都御史。史载张楷作诗"常口占走笔，顷刻数首，或数百言，群莫能逐，其诗壮豪赡丽，格律严整，新意溢出，有唐诗之风韵。海内之士，皆耳熟其名而口腴其诗"。这

首采莲曲含蓄委婉，构思巧妙，颇有新意。"青绫裙子试新裁，水面风吹拂拂开"，诗人描写荷塘美景娓娓道来，步步深入，清新明快。"舟小身轻波复静，荷花荡里去还来"，诗人没有直接写采莲女，但字里行间隐约能见采莲女忙碌的身影，耐人寻味。

【注解】

青绫：青色的有花纹的丝织物。这里喻指荷叶。

591.竹外茅斋橡下亭，半池莲叶半池菱

出自明代宗泐《偶作》

【原文】

竹外茅斋橡下亭，半池莲叶半池菱。

匡床曲几坐终日，万叠青山一老僧。

【诗意】

茅草僧宅位于一片竹林边，浓荫遍地，幽情雅韵，高大的橡树下还有一个小亭子。亭子前面是个荷塘，只见荷叶田田、荷花艳艳，还有一半是菱。在绿水清漪、万叠青山之中，有一位老僧终日静坐炕床曲几，面山而居。

【鉴赏】

宗泐俗姓周，临海（今浙江台州临海市）人，号全室禅师。八岁进入临海天宁寺（今龙兴寺）出家，十四岁剃度，二十岁时至杭州净慈寺。师

从大欣笑隐，大欣试以《心经》，宗泐出口成诵，遂为之授具足戒。元末，应杭州僧众坚请，主持中天竺万寿永祚寺。洪武中诏致有学行高僧，首应诏至，奏对称旨。诏笺释《心经》《金刚经》《楞伽经》，曾奉使西域取经。深究胡惟庸案时，曾遭株连，太祖命免死，后在江浦石佛寺圆寂。其工诗文，语句晓畅，质朴清新。这首诗意境博大，形象鲜明，表面上说的是在参禅，诗人并不以莲花为吟咏的对象，而是把重点放在画面中出现的人物身上。"竹外茅斋橡下亭，半池莲叶半池菱"，诗中的景致就是诗人出家生活的环境，诗人借荷发挥，抒写隐逸生活的独特感受。读这首诗，令人心静气清、心闲意足，后被清代朱彝作为题《荷花图》诗。

【注解】

匡床：方正安适的床。《商君书·画策》："是以人主处匡床之上，听丝竹之声而天下治。"

592.红白花枝如姊妹，嫣然并笑娇相对

出自明代夏言的《渔家傲·和欧阳韵一十六阕》（其二十一）

【原文】

红白花枝如姊妹，嫣然并笑娇相对。绿叶重重深覆盖。无人采，蜂媒蝶使颠狂晒。

留春无计愁无奈，卖花声尽秋千外。几点残红春尚在。犹堪爱，绿阴满地春光改。

【词意】

　　红白荷花一起开放如同一对姐妹，她们相对妩媚一笑，美丽动人。荷叶层层叠叠，如同茂密的小树林。那些无人采的花朵任由日晒雨淋，只有蜜蜂蝴蝶飞舞其间，流连忘返。没办法留住这春景，无可奈何地看着花瓣零落，秋千外再也听不见卖花声。可尚有一些半谢半开的花，让人感觉春天还没离开。这些花朵还是那么可爱，可看到满地绿树长荫，才知道春天即将过去。

【鉴赏】

　　夏言是江西广信府贵溪（今江西鹰潭贵溪市）人，正德十二年（1517）登进士第，被任命为行人，继而升任兵科给事中。他生性机警灵敏，善于写文章。等他做到谏官，便以直言为己任。世宗继位，受宠升至礼部尚书兼武英殿大学士入参机务，后又擢为首辅。嘉靖二十七年（1548）议收复河套事，受严嵩等人诬陷而被斩首。其诗文宏整，又以词曲擅名。这首词清秀隽永，描写春天荷花绽放的盛景，抒发了词人的惜春伤时之情。"红白花枝如姊妹，嫣然并笑娇相对"，词人采用拟人手法，描绘了红白荷花之娇态，形象生动，惹人喜爱。

【注解】

　　蜂媒蝶使：这里指花间飞舞的蜂蝶。

　　残红：凋残的花。

593.十里锦香看不断,西风明月棹歌还

出自明代黄琼的《莲塘·苍茫漠漠董家潭》

【原文】

苍茫漠漠董家潭,绿树阴阴向水湾。

十里锦香看不断,西风明月棹歌还。

【诗意】

放眼望去,董家潭空阔辽远,无边无际。水湾边翠绿的树木,在暮色中变得幽暗。十里水面,到处盛开着娇艳的荷花,如同带着香气的锦缎,令人赏玩不尽。秋风轻轻吹着,皎洁的月光下,唱着船歌回家。

【鉴赏】

黄琼是应天府上元县(今江苏南京江宁区)人,后徙居高邮。明孝宗时,为中书舍人。这首诗描写的不仅仅是荷塘月色,更有倚着荷塘而建的美丽村落,诗中有美景,有歌声,亦有人烟。"十里锦香看不断,西风明月棹歌还",诗句描绘了一幅超凡脱俗的荷塘月色图,花红似锦,连绵十里,歌声悦耳,一棹载月,这样的光景仍如夏日一般,让人不觉得秋天的临近。整首诗引人入胜,舒畅怡然,意境优美。

【注解】

漠漠:无边无际。

董家潭:位于今江苏扬州高邮市境内。

阴阴:幽暗貌。

594.冷然一阵荷香过，是花是叶，分他不破

出自清代李渔的《忆秦娥·咏荷风》

【原文】

披襟坐，冷然一阵荷香过。荷香过。是花是叶，分他不破。

花香浓似佳人卧，叶香清比高人唾。高人唾。清浓各半，妙能调和。

【词意】

夏天太热了，将衣服脱下搭在身上，在一个亭子里赏荷。忽然一阵凉风吹来，带着一股荷香，既有花的香气，又有叶的香气。细细分辨起来，浓的是花香，淡的是叶香。浓浓的花香好比冰清玉洁的美人临水而立，淡淡的清香如同志行高尚的隐士不屑一顾。荷花与荷叶天然过滤着暑热，其香不浓不淡，总能给人带来凉爽。

【鉴赏】

李渔是兰溪（今浙江金华兰溪市）人，生于南直隶雄皋（今江苏如皋）。自幼聪颖，襁褓识字，四书五经过目不忘，总角之年便能赋诗作文，下笔千言。明崇祯十年（1637），考入金华府庠，为府学生。入清后，无意仕进，从事著述和指导戏剧演出。他广交达官贵人、文坛名流，素有才子之誉，世称"李十郎"。这首词歌咏了荷风带来的清爽宜人之美，相当随意，好在自然。"冷然一阵荷香过""是花是叶，分他不破"，荷花那独特的清新而馥郁的花香，加上荷叶的植物清香，可以消退暑气，还可以生出凉意来。诗人赞美荷花"清浓各半，妙能调和"，表达了他赏荷

的独特审美意趣。

【注解】

高人：指精神境界高超的人。

唾：吐唾沫表示鄙视。这里指对某些事物或人看不起。

595.有风既作飘飖之态，无风亦呈袅娜之姿
出自清代李渔的《芙蕖》

【原文】（节选）

　　群葩当令时，只在花开之数日，前此后此皆属过而不问之秋矣。芙蕖则不然：自荷钱出水之日，便为点缀绿波；及其茎叶既生，则又日高日上，日上日妍。有风既作飘飖之态，无风亦呈袅娜之姿。是我于花之未开，先享无穷逸致矣。迨至菡萏成花，娇姿欲滴，后先相继，自夏徂秋。此则在花为分内之事，在人为应得之资者也。及花之既谢，亦可告无罪于主人矣；乃复蒂下生蓬，蓬中结实，亭亭独立，犹似未开之花，与翠叶并擎，不至白露为霜而能事不已。此皆言其可目者也。

　　可鼻，则有荷叶之清香，荷花之异馥；避暑而暑为之退，纳凉而凉逐之生。至其可人之口者，则莲实与藕皆并列盘餐而互芬齿颊者也。只有霜中败叶，零落难堪，似成弃物矣；乃摘而藏之，又备经年裹物之用。

　　是芙蕖也者，无一时一刻不适耳目之观，无一物一丝不备家常之用者也。有五谷之实而不有其名，兼百花之长而各去其短，种植

之利有大于此者乎？

【文意】

多数花的最佳观赏时节，只在花开的那几天，在此以前、以后都属于无人问津的时期。芙蕖就不是这样：自从荷叶出水那一天，便把水波点缀得一片碧绿；等到它的茎和叶长出，则又一天一天地高起来，一天比一天美丽。有风时就作出飘动摇摆的神态，没风时也呈现出轻盈柔美的风姿。这样，我们在花未开的时候，便先享受它那无穷的逸致情趣了。等到荷苞绽开成花，姿态娇嫩无比，之后荷花陆续开放，从夏到秋不绝。这对于花来说是它的本性，对于人来说就是应该得到的享受了。等到花朵凋谢，也可以告诉主人说，没有对不住您的地方；于是又在花蒂下生出莲蓬，蓬中结了果实，一枝枝独立，还像未开的花一样，和翠绿的叶子一起挺然屹立在水面上，不到白露节下霜的时候，它所擅长的本领不会停止。以上都是说它适于观赏的方面。

适宜鼻子（的地方），那么还有荷叶的清香和荷花特异的香气；（以它来）避暑，暑气就因它而减退；（以它来）纳凉，凉气就因它而产生。至于它可口的地方，就是莲子与藕都可以放入盘中，一齐摆上餐桌，使人满口香味芬芳。只有霜打的枯萎的叶子，七零八落很不好看，好像成了被遗弃的废物；但是把它摘下贮藏起来，又可以在明年用来裹东西。

这样看来，芙蕖这种东西，没有一时一刻不适于观赏，没有哪部分哪一点不供家常日用。（它）有五谷的实质而不占有五谷的名义，集中百花的长处而除去它们的短处。种植的利益难道还有比它还大的吗？

　　《芙蕖》选自李渔作品《闲情偶寄》。这篇散文从可目、可鼻、可口、可用等方面介绍芙蕖，写出芙蕖的"可人"之处。与周敦颐的《爱莲说》相比，李渔《芙蕖》更真实，更接地气。他没有站在一般的名士角度去描写荷花的情趣意态，而是以一个平民百姓的口吻历数了"芙蕖之可人"的理由，给人一种前所未有的欣赏荷花的独特感受。读完此文，便知荷花为人类倾尽全部。"有风既作飘飖之态，无风亦呈袅娜之姿"，荷叶有风是飘摇，无风就婀娜，让人享受无穷无尽的自在舒展美，形象生动。李渔一辈子最喜欢荷花，把它当作命定之花。他站在"实用主义"的高度，分析了芙蕖的各种正能量，抒发了他酷爱荷花的感情。

【注解】

　　徂［cú］：到。

596.绿云冉冉粉初匀，玉露泠泠香自省
出自清代王夫之的《玉楼春·白莲》

【原文】

　　娟娟片月涵秋影，低照银塘光不定。绿云冉冉粉初匀，玉露泠泠香自省。

　　荻花风起秋波冷，独拥檀心窥晓镜。他时欲与问归魂，水碧天空清夜永。

【词意】

天边悬挂着一弯皎洁的新月，池塘中蕴涵着月亮的影子。月光斜照在清澈的池面上，波光粼粼。清风明月之中，茂密的莲叶轻轻摆动，白莲渐渐绽放开来，就像刚匀就脂粉的美人。在玉露凝霜、凉意袭人的凄清氛围中，白莲知道自己依旧清香如故。风从荻花丛中吹起，秋水微寒，白莲独自抱着花蕊伫立在清澈的水面，犹如美人对镜凝视自己的妆容。来日想要问她魂归何处，长夜漫漫，眼前只有一池凄碧的水，以及一片空旷的天。

【鉴赏】

王夫之是湖广衡阳县（今湖南衡阳）人，明末清初的才子，与顾炎武、黄宗羲、唐甄并称为"明末清初四大启蒙思想家"。曾参加过抗清活动，失败后隐居衡阳石船山，闭门著书以终。这首词咏的是白莲，实际是词人自况，通篇无一字说到自己，而字字句句却都有他的影子和灵魂在浮动。"绿云冉冉粉初匀"，词人用"冉冉"写白莲渐渐绽放开来，形象生动。"玉露泠泠香自省"，白莲"香自省"，隐含词人把白莲比作象征高贵品质的香草美人，可以看成是词人的自喻。王夫之高洁的一生，就像这"出淤泥而不染"的白莲，不论外界风物如何改变，自身持有的幽香却始终如一。

【注解】

娟娟：这里指长曲貌。

片月：犹弦月。

银塘：清澈明净的池塘。

绿云：形容荷叶团聚如云。

冉冉：也作"苒苒"，轻柔貌。

泠泠：清凉貌。

荻花：多年生草本植物，生在水边，叶子长形，似芦苇，秋天开紫花。

檀心：指女子额上点的梅花妆。此处指浅红色的花蕊。

晓镜：喻指清澈水面。

597.双心千瓣斗鲜奇，碧纱窗下晚风凉

出自清代叶申芗的《荷叶杯·盆莲》

【原文】

宛尔红情绿意，并蒂，尺许小盆池。双心千瓣斗鲜奇，出水不沾泥。

试问花中何比？君子，风度胜张郎。碧纱窗下晚风凉，花叶两俱香。

【词意】

这一株并蒂莲，花红叶绿，在仅有尺许小的花盆里格外明艳。它出水不沾泥，不仅一枝双花，而且花开千瓣，鲜艳盛美，实属罕见。请问花中有哪朵能与之相比？它好比君子，神采奕奕，比传说中的张六郎更胜一筹。它在碧纱窗下，阵阵晚风吹过，花香馥郁，叶香飘溢。

【鉴赏】

叶申芗是福建闽县（今福建福州）人，系林则徐姻亲。世居文儒坊，

稍长即能诗文，每出惊人语。嘉庆十四年（1809）进士，官至河南河陕汝道。后积劳病逝于河南任上，民皆德之。林则徐赠诗曰："家世三传皆玉署。"申芗擅骈体文，尤工词。这首词以花叶开题，又以花叶作结，前后呼应，结构严谨。"双心千瓣斗鲜奇，出水不沾泥"，这一朵并蒂莲开得鲜奇，送来花香，出水不染。"试问花中何比？君子，风度胜张郎"，诗人赋予荷花"君子"的评价，提高了这首诗的知名度。

【注解】

宛尔：真切貌。

红情绿意：形容艳丽的春天景色。这里形容荷花艳丽多彩。

鲜奇：犹鲜绮，鲜艳盛美的意思。

张郎：指武则天宠臣张宗昌。

598.一霎荷塘过雨，明朝便是秋声

出自清代项鸿祚的《清平乐·池上纳凉》

【原文】

水天清话，院静人销夏。蜡炬风摇帘不下，竹影半墙如画。

醉来扶上桃笙，熟罗扇子凉轻。一霎荷塘过雨，明朝便是秋声。

【词意】

池塘水天一色，一片清凉气息，庭院静悄悄的，人们都在纳凉消夏。门帘高卷，微风吹来，蜡烛的火苗左右晃动着；竹影婆娑，映照在

墙上就像一幅竹林水墨画。我喝醉了，躺卧在桃笙竹制成的竹席上，轻摇纨扇，凉气徐发。沉闷的天气，似乎将有一场暴雨袭来。我猜想骤雨一下子就过去了，但明天一定会是秋风萧瑟了。

【鉴赏】

项鸿祚是钱塘（今浙江杭州）人，字莲生。他生于杭州一户盐商之家，曾资财巨万，"性倜傥不羁"，但悲催的是，到了他出生之际，家道中落，风光不再。道光十二年（1832）举人，两应进士试不第，最后穷愁而卒，年仅三十八岁。他生幼有愁癖，故其词多表现抑郁、感伤之情，与龚自珍并称为"西湖双杰"。其词集名为《忆云词》，读来凄惨万状，与纳兰性德相比，他才是名副其实的"千古伤心第一词人"。这首词描写了夏夜在庭院纳凉的情景，抒发出词人对人生的几分哀怨。上片写夜的宁静清幽，下片刻画乘凉时的心情。"一霎荷塘过雨，明朝便是秋声"，词人善于以传神之笔，抓住刹那间的愁情，描绘出如画的境界。词句看似写景，实则是借写醉意中的幻觉，寄托了词人对人生的感慨，颇有些李后主之韵味。

【注解】

清话：清新美好的意思。

桃笙：指竹席。据陈鼎《竹谱》：四川阆中产桃笙竹，节高皮软，制成竹席，暑月寝之无汗，故人呼竹簟为桃笙。

熟罗：丝织物轻软而有疏孔的叫罗。织罗的丝或练或不练，故有熟罗、生罗之别。

599.莫笑出青泥，心净还如许

出自清代吴绡的《卜算子·咏莲》

【原文】

谁种白莲花，秋到花开处。陶令腾腾醉欲归，香满庐山路。

莫笑出青泥，心净还如许。一片琉璃照影空，常向波中住。

【词意】

谁家种的白莲花，秋天一到就盛开了。以爱酒兼爱花著称的陶令喝醉了，迷迷糊糊地回庐山的家，一路上都是白莲花香。不要笑话白莲出自青泥，它的花朵却如冰似雪，纤尘不染。碧波荡漾，月光像一片明净的琉璃，从天上倾泻下来。如此美景何等寂静，清波中的白莲纯洁自爱，不肯与俗艳同处。

【鉴赏】

吴绡是长洲（今江苏苏州）人，通判吴水苍女，常熟进士许瑶妻。善琴，工书画诗词，诗词清丽婉约，尝与吴伟业相唱和。时人传云："吴中闺秀徐小淑能诗文，赵瑞容善画，有盛誉，唯夫人兼此二长。"这首词语言质朴，形象鲜明，集中描绘了白莲的高洁，塑造了一个清高自许的美丽形象。"莫笑出青泥，心净还如许"，这两句自然会使人想到周敦颐"出淤泥而不染，濯清涟而不妖"的名句，莲花的这种特性使多少品格高尚的人折服。词人对白莲的清香高洁流露出无限赞许之意，从而表达了她清高的品格。

陶令：指晋陶潜。陶潜曾任彭泽令，故称。

腾腾：朦胧、迷糊貌。

如许：如此美好。

琉璃：这里比喻月光明亮清冷。

600.田田初出水，菡萏念娇蕊

出自清代龚翔麟的《菩萨蛮·题画》

【原文】

赤泥亭子沙头小，青青丝柳轻阴罩。

亭下响流溅，衣波双鹭鹚。

田田初出水，菡萏念娇蕊。

添个浣衣人，红潮较浅深。

【诗意】

沙洲上有一个红色的泥亭子，亭子里的景色很美，青青的柳条上有一层薄薄的阴云笼罩。亭子下边，流水潺潺，泛起层层涟漪，还有一对水鸟在嬉戏。有许多荷叶刚从水面上探出头来，荷花在娇滴滴地绽放。忽然来了一位洗衣服的美丽女子，她呆望着荷花花瓣在深深浅浅的水面上随风漂浮，以及眼前那双成对的鹭鹚，忧愁顿时涌上心头。

【鉴赏】

龚翔麟是浙江仁和（今浙江杭州）人，藏书家、文学家。康熙二十年（1681）中顺天乡试乙榜。由工部主事累迁御史，有直声，致仕归，晚年家贫。其工于诗文，与朱彝尊等合称"浙西六家"。这首题画诗写得生动逼真，意境优美，工丽新巧。上片写画中美景：青青柳丝，赤泥小亭，亭下流水，鹭鹚对浴；下片写荷花与人交相辉映，把物与人融为一体，为全诗增添无限情韵。"田田初出水，菡萏念娇蕊"，诗句描绘了荷叶之茂盛、荷花之娇艳，令人赏心悦目。

【注解】

沙头：沙洲边。

丝柳：即柳丝，垂柳枝条细长如丝，因以为称。

流渐：流水声。渐是指解冻时流动的水。

鹭鹚：水鸟。

红潮：谓漂浮落花的流水。

601.阑珊玉佩罢霓裳，相对绾红妆

出自清代纳兰性德的《一丛花·咏并蒂莲》

【原文】

阑珊玉佩罢霓裳，相对绾红妆。藕丝风送凌波去，又低头、软语商量。一种情深，十分心苦，脉脉背斜阳。

色香空尽转生香，明月小银塘。桃根桃叶终相守，伴殷勤、双宿鸳鸯。菰米漂残，沉云乍黑，同梦寄潇湘。

【词意】

并蒂莲花好像是刚跳完霓裳羽衣舞的仙女，意兴阑珊。两朵花儿相对而视，各自梳妆。一阵微风吹过，它们犹如仙子，步履轻盈，踏水而去。它们间或低下头来，似乎在柔声商谈着什么。它们有一样的忧伤和思念，脉脉无语，背对着夕阳。花朵娇艳的色泽褪去，但香味却更加浓郁。明月高挂，月光洒在清澈如镜的池塘里。这并蒂莲如同桃根、桃叶姐妹一样相依相守，殷勤陪伴的还有双宿的鸳鸯。残余的菡萏漂在水中，低沉的乌云时隐时现。多么希望能像娥皇女英，追随舜帝，寄梦潇湘！

【鉴赏】

纳兰性德是满洲正黄旗人，字容若，自幼饱读诗书，文武兼修，十七岁入国子监，被祭酒徐元文赏识。十八岁考中举人，次年成为贡士。康熙十五年（1676）殿试中二甲第七名，赐进士出身。他深受康熙皇帝赏识，授一等侍卫衔，多次随驾出巡。这首词是纳兰性德与好友顾贞观（纳兰性德的老师，后成为忘年交）、严绳孙等人的酬唱之作，看似写物，歌咏对象是并蒂莲，实则写相思情，表达出了纳兰性德对于故友的友谊是有多么的深，也是多么珍惜与他们之间的友谊。"阑珊玉佩罢霓裳，相对绾红妆"，词句神形兼备，细致生动地刻画了并蒂莲的色泽形貌，用人拟物，表现并蒂莲相生相伴。全词借用神话故事、历史传说等，不仅勾画出并蒂莲之神韵，并使诗人之性情深蕴其中，耐人寻味。

【注解】

玉佩：这里代指仙女。

绾［wǎn］红妆：谓两朵莲花盘绕连结在一起。

桃根桃叶：晋王献之爱妾姐妹二人。

菱米：是一种宿根水生草本植物菱结出的种子。

潇湘：指湘江。相传舜之二妃娥皇、女英随之南巡不返，死于湘水。这里借二妃代指并蒂莲。

602.相逢不语晕红潮，一朵芙蓉著秋雨

出自清代纳兰性德的《减字木兰花·相逢不语》

【原文】

相逢不语，一朵芙蓉著秋雨。小晕红潮，斜溜鬟心只凤翘。

待将低唤，直为凝情恐人见。欲诉幽怀，转过回阑叩玉钗。

【词意】

相逢时你默默不语，像一朵荷花清丽出尘，在秋雨中轻颤。容颜娇羞而红润，凤翘斜插在你的鬟中间。等到想要低声唤你，又怕深情凝望，叫别人看见。想要一诉离愁，可你已转过身去，只能拔下玉钗在曲折的栏杆上轻叩。

【鉴赏】

纳兰性德词风清丽婉约，哀感顽艳，格高韵远。这首词描写了纳兰性德与其青梅竹马的表妹在皇宫里见面的情景，以精炼的笔触描摹了一位多情的可爱的少女形象。清代无名氏《赁庑笔记》记载："纳兰眷一女，绝色也，有婚姻之约。旋此女入宫，顿成陌路。容若愁思郁结，誓必一见，了此凤因。会遭国丧，喇嘛每日应入宫唪经，容若贿通喇嘛，

披裂娑，居然入宫，果得彼妹一见。而宫禁森严，竟不能通一语，怅然而出。""相逢不语，一朵芙蓉著秋雨"，词人采用白描的手法，描写了一幅紧扣心弦、相爱者偶然相遇、心事却难以诉说、只能四目交投、默默远走的场景。词句刻画了一位如荷花般美丽、和谐、恬静的女子。但是惊艳于芙蓉秋雨的，是喜欢荷花的人。这是最美的荷花与人的情诗，颇有李商隐"对影闻声已可怜，玉池荷叶正田田"的情深和激动。

【注解】

鬟［huán］心：指鬟髻的顶心。

凤翘：古代女子凤形的头饰。

回阑：指曲折的栏杆。

603.红衣狼藉满离忧，卧看桃叶送兰舟

出自清代纳兰性德的《金人捧露盘·净业寺观莲·有怀荪友》

【原文】

藕风轻，莲露冷，断虹收，正红窗、初上帘钩。田田翠盖，趁斜阳鱼浪香浮。此时画阁垂杨岸，睡起梳头。

旧游踪，招提路，重到处，满离忧。想芙蓉湖上悠悠。红衣狼藉，卧看桃叶送兰舟。午风吹断江南梦，梦里菱讴。

【词意】

微风轻轻地吹过莲塘，莲叶上凝结着清凉的露珠，天空上的残虹渐渐隐去，照在帘钩上，映红了纱窗。荷叶繁茂，夕阳的余晖里，荷塘波

光粼粼，香气缭绕。岸边垂柳依依，在精美的楼阁里，此时有人刚刚睡醒，正在梳头。来到我们曾经游玩过的旧地，经过净业寺时，心里满是离愁。遥想当年我们一起在芙蓉湖里泛舟游玩，看见水面上漂浮着花瓣，又有美人斜倚在精致的小船上，那番闲情逸致，今天是多么想再重温一下。南风吹断了我的江南梦，刚在梦里又听到了采菱歌声。

【鉴赏】

康熙十五年（1676）盛夏，京城荷花盛开，纳兰性德在净业寺莲花池赏荷，怀念起刚从京城南归的严绳孙，于是写下此词。这首词从京城的荷花联想到江南严绳孙家乡的荷花，从对眼前实景的描写转入对幻想中的江南荷塘的描写，纳兰性德与朋友之间的情谊自不待言。"红衣狼藉，卧看桃叶送兰舟"，词人以素描之笔写景，虽然是回忆，但如在眼前，令人感觉笔力不懈怠，字里行间全是怀念、追昔之意。"午风吹断江南梦，梦里菱讴"，流露出词人心中无限的怅惘。

【注解】

净业寺：在北京积水潭一带。朱国祚《宿净业寺》有"僧楼佛火漾空潭，李广桥低积水含"。其时积水潭多生莲花，亦称莲花池，又因毗邻净业寺，亦称净业湖。

荪友：严绳孙，字荪友，江南无锡人。与朱彝尊、姜宸英并称"江南三布衣"。明臣入仕清廷的文士，在清朝皇帝身边做事，参与大清国修明史，又是纳兰性德父亲家门客，与公子纳兰性德是忘年交。康熙二十三年（1684），六十二岁的严绳孙毅然抽身而退，隐居于江南无锡西洋溪畔，以诗画自娱，自号"藕荡老人""藕荡渔人"。

鱼浪：鳞纹细浪。

招提：指民间私造的寺院。此处指净业寺。

芙蓉湖：此处指射贵湖，在严绳孙家乡无锡附近。

午风：指南风。

菱讴［ōu］：即菱歌，采菱人的歌声。

604.出浴亭亭媚，凌波步步妍
出自清代纳兰性德的《荷》

【原文】

鱼戏叶田田，鸟飞唱采莲。

白裁肪玉瓣，红翦彩霞笺。

出浴亭亭媚，凌波步步妍。

美人怜并蒂，常绣枕函边。

【诗意】

欢快的鱼儿在茂密的荷叶之间嬉戏，水鸟上下翻飞鸣叫，似乎在唱着动听的采莲曲。白莲洁白就像是质地细密的白玉裁成的花瓣，红莲娇艳仿佛是红色丝锦剪成的花笺。亭亭玉立的莲花，犹如刚刚出浴的美女，妩媚动人；微风徐来，莲花轻摇，又如仙女凌波漫步，娇艳多姿。美女都喜爱象征爱情的并蒂莲，经常将它绣在枕套上。

【鉴赏】

纳兰性德的咏荷诗色彩艳丽，节奏明快，有很强烈的动感，色、声、形俱佳，充满欢快、跃动的生活气息，与其凄婉的词风迥别。这首诗以轻松愉快的笔调描绘了荷花的色彩、姿容和神韵，给人以无限的美感。"鱼戏叶田田，凫飞唱采莲"，很显然来源于乐府民歌《采莲曲》，画面优美。"白裁肪玉瓣，红剪彩霞笺"，诗人用巧妙的比喻写出红、白莲花的不同姿容。"出浴亭亭媚，凌波步步妍"，诗人用"媚""妍"写出了莲花独特的形态美。全诗情调欢快，诗意浓蕴。纳兰性德的诗词中，对荷花的吟咏、描述很多，处处流露出他对荷花的喜爱之情。因此以荷花来比兴纳兰性德的高洁品格，是再恰当不过的。

【注解】

肪玉：指有脂肪光泽的白色美玉。

翦：同"剪"。

枕函：犹枕套，中间可以藏物的枕头。

605.斗地西风袅袅，剩得残葩无数
出自清代谢琼的《贺新凉·残荷》

【原文】

万叶田田处，记花时、一片歌声，飘来南浦。斗地西风吹袅袅，剩得残葩无数。又不耐、清宵冷露。粉褪香消青盖缺，便枯茎、留得听秋雨。浑不见，越溪女。

风裳水珮南塘路，忆当年、张郎旧面，潘妃纤步。明月扁舟寻旧港，载取余香归去。只赢得、蓬蓬如许。剥取心中多少子，请君尝、风味依然苦。秋水上，偏怜汝。

【词意】

我记得荷花绽放的季节，在茂密的荷叶之间，采莲女荡起双桨，人与荷花交相辉映，歌声伴着清风飞扬。如今，阵阵秋风吹过荷塘，无数荷花纷纷凋谢，连团团如盖的荷叶也渐枯黄。又经不起夜空清凉的露水，花瓣逐渐凋尽，剩下残枝枯叶，只留得听秋雨声了，也全然不见越溪采莲女。遥想当年南塘无数荷花荷叶，犹如六郎、潘妃再世。现在美景不再，虽然花时已过，但采莲正当时。我借着皓月的清光，泛舟荷塘，想带一点余香回去。最后，只采到了一些莲蓬。剥开莲蓬，请你品尝散发着清香的莲子，虽然有点微苦，但是乐在其中。所以，我偏偏喜爱这秋水中的残荷。

【鉴赏】

谢琼是云南昆明人，嘉庆十三年（1808）举人，时年三十九岁，官禄劝县教谕。他一生为功名奔波，多次赴京应试失利。他交往广泛，参与了五华书院山长刘大绅为中心的诗人雅集，一生科场失意，以冷官终身。他的作品最有生命力的是真实反映科举求仕的奔波愁苦、失意之悲以及冷官心绪的诗词，风格既有清新凄婉的一面，亦不乏奔腾豪放之势。尤其词有苏辛风味，堪称滇词史上名家。谢琼的好词很多，词作内容宽广，情感真挚深沉。历来咏残荷的诗词，多表现出幽怨伤感的情调，但谢琼的这首词却一反常情，不落窠臼，给人以全新的感受。"斗地西风吹袅袅，剩得残葩无数"，一个"残"字，描绘了葩残盖缺的景象。而"秋水上，偏怜汝"，词人便直接道出了心中真意。残荷虽然失去了观赏价值，但那风味独特的莲子却给人以享受。

【注解】

张郎：指唐朝武则天男宠张昌宗。《新唐书·杨再思传》载："（张）昌宗以姿貌幸，再思每曰：'人言六郎（即张）似莲花，非也；正谓莲花似六郎耳。'"

潘妃：指南朝齐东昏侯萧宝卷的宠妃潘玉儿。事见《南史·齐东昏侯纪》："凿金为莲华以贴地，令潘妃行其上，曰：'此步步生莲华也。'"

606.人间不似荷花好，莫使空梁有燕泥
出自清代屈大均的《花燕谣》

【原文】

燕燕燕，飞入荷花寻不见。

荷花落尽燕无依，归去犹衔红一片。

明年花发莫东西，还向荷花深处栖。

人间不似荷花好，莫使空梁有燕泥。

【诗意】

三三两两的紫燕，在茂盛的荷花丛中飞进飞出。如果哪一天荷花落尽了，紫燕就无依无靠了，归去的时候还衔一小片花瓣。等到明年荷花盛开，不去其他地方，还是飞入荷花深处栖息。人间哪里比得上荷花这里好啊，不用筑巢更不需要去衔泥。

【鉴赏】

屈大均是广州府番禺县（今广东广州番禺区）人，明末清初著名学

者、诗人，与陈恭尹、梁佩兰并称为"岭南三大家"，有"广东徐霞客"的美称。曾与魏耕等进行反清活动。后为僧，中年仍改儒服。其诗继承李白、屈原的遗风，既具有忧国忧民的侠骨，又不失情真意切的柔情。屈大均游览雷州西湖，看到无数紫燕在荷花间嬉戏的壮观场面，情不自禁地写下了这首诗。诗人以仿民谣形式，描写了雷州西湖紫燕戏荷盛景。"人间不似荷花好，莫使空梁有燕泥"，诗人以拟人化的手法，抒发了自己向往自由的思想感情。雷州西湖原名"罗湖"，始建于北宋年间。后因著名文学家苏轼贬儋州路过雷州，曾与先期贬雷的弟弟苏辙在此湖泛舟吟诗，而改名"西湖"。屈大均曾携友饮于西湖苏公亭，出于对二苏的缅怀和对明室灭亡的感慨，酒酣耳热之际，脱口吟出："中原从此尽，回首奈愁何。地控三洋海，人祠二伏波。凉应天北少，风是日南多。况有澄湖水，亭高出芰荷。"

【注解】

花燕：雷州西湖每夜有数万紫燕巢荷花中，人呼为"花燕"。

607.碧荷香透纱窗北，北窗纱透香荷碧
出自清代朱玙的《子夜歌·夏闺回文》

【原文】（节选）

碧荷香透纱窗北，北窗纱透香荷碧。

清露比珠明，明珠比露清。

【诗意】

　　荷花逐渐开放散发出来的清香，透过纱窗香遍南北；而透过薄薄的纱窗，就能看到荷塘、闻到花香。荷叶上的清露比水珠还要晶莹剔透，而明珠要比露水更清澈些。

【鉴赏】

　　朱玙是海盐（今浙江嘉兴海盐县）人，内阁学士兼礼部侍郎朱方增女，内阁中书曲阜孔宪彝继室。其工书画，著《小莲花室诗稿》等。这首诗采用回文手法，突出描绘了荷香荷露，写景的同时反映出少女的青春寂寞。"碧荷香透纱窗北，北窗纱透香荷碧"，夏夜荷香满堂，少女独自游园，闻到荷香看到荷花，但没伴侣一起赏荷，抒发了闺中少女淡淡的相思之情。朱玙还有一首《菩萨蛮·小窗即事》："纱窗隐隐花如织，重重翠盖新荷碧。"语句简洁明快，平淡中见诗意。

608.日日云无心，那得莲花上
出自清代朱奔的《题荷花翠鸟》

【原文】

　　　　　　侧闻双翠鸟，归飞翼已长。
　　　　　　日日云无心，那得莲花上。

【诗意】

　　听说翡翠鸟往回飞时，它的羽翼已丰满了。它每天望天空云卷云舒，看庭前花开花落，一切自由自在。

【鉴赏】

朱耷是江西南昌人，朱元璋第十七子朱权的九世孙，八岁时便能作诗，十一岁能画青山绿水，小时候还能悬腕写米家小楷。明亡后削发为僧，后改信道教，住南昌青云谱道院。其擅书画，号八大山人，早年书法取法黄庭坚。山水师法董其昌，笔致简洁，有静穆之趣，得疏旷之韵。花鸟以水墨写意为主，形象夸张奇特，笔墨凝练沉毅，风格雄奇隽永。朱耷钟爱荷花，为荷花写诗、绘制荷花众多，如《花卉册》书自作诗："东畔荷花高出头，西家荷叶比轻舟。妾心如叶花如叶，怪底银河不肯流。"还如《河上花歌》书款："河上花，一千叶，……实相无相一颗莲花子。"都表露出八大山人的爱荷之情。这是他题在《荷花水鸟图轴》上的一首诗，诗人将自己比喻成了那只翠鸟，无形之中表达了自己的亡国之痛。"日日云无心，那得莲花上"，诗句借景抒情，映衬了自己对生活的无奈，虽然孤单，内心却向往着无拘无束的隐居生活。

【注解】

双翠鸟：即翡翠鸟，雄为翡，雌为翠，毛色华丽多彩，其羽毛非常漂亮可以做首饰。如唐代张九龄"侧见双翠鸟，巢在三珠树"（《感遇十二首》）。

云无心：喻指云自然地漂浮。出自陶渊明"云无心以出岫，鸟倦飞而知还"（《归去来兮辞》）。

609.一棹西泠路，芰荷开绕塘

出自清代费丹旭的《荷》

【原文】

一棹西泠路，芰荷开绕塘。

歌声起何处，飞出两鸳鸯。

【诗意】

我划着小船，沿着西泠路，穿行于荷塘中。此时的西湖，荷花已处处开。忽然，不知从哪里响起采莲歌声，荷花丛中飞出了一对鸳鸯。

【鉴赏】

费丹旭是乌程（今浙江湖州吴兴区）人，少时便得家传，其父费宗骞擅画山水。后浪游于江浙闽山水间，与画家冯箕、倪士惠、汤贻汾、张熊及鉴赏家张廷济等均有往来。他以画仕女闻名，与改琦并称"改费"。他笔下的仕女形象秀美，用线松秀，设色轻淡，别有一种风貌。偶作诗词，亦如其画。这首咏荷诗言简意赅，却勾画出一幅富有动感的西湖赏荷图。"一棹西泠路，芰荷开绕塘"，泛舟西湖，荷花正盛，诗情画意油然而生。"歌声起何处，飞出两鸳鸯"，是谁的歌声惊飞了鸳鸯，让人产生联想。据载费丹旭临终的时候，给他儿子费以耕交代后事，说："汝为冢子，家事琐琐不备言。庭前花木，余神游其间，好护持之。"这样的嘱托令人非常感叹：一个人在生命的尽头，可以放下家中大大小小的事情不管，单单留情于庭院中的花花草草，这样的事情在现在恐怕是不会有的。费丹旭有这么柔软的心，在于他有美好的理想生活。

一棹：这里借指一舟。

西泠［líng］：在杭州西湖景区，乃南朝名妓苏小小魂断处。

610.此中便与尘凡隔，只许荷花开到门

出自清代童钰《自题画册》

【原文】

缚竹编桥自一村，几间茅屋浸云根。

此中便与尘凡隔，只许荷花开到门。

【诗意】

我用竹条编扎成小桥，再在深山老林里建几间茅屋，从此形成了一个小村庄。这个地方就与世隔绝了，只允许荷花陪伴我，在家门口任意开放。

【鉴赏】

童钰是山阴（今浙江绍兴）人，少弃举业，专攻诗、古文。不事家人生产，与同郡人结社联吟，称越中七子。善画，尤长于梅，画成辄题诗，时称二绝。嫁女无资，卖梅百幅以充奁具。这首诗描写了理想中的家园之美，表达了诗人对乡村田园生活的期待和向往。"此中便与尘凡隔，只许荷花开到门"，"此中"远离尘世，洁净纯朴，看云卷云舒、花开花落，不受束缚，悠闲自在，诗意地隐居在有荷花相伴的理想乐园。诗人通过对大自然的描绘来言志，含蕴丰富，耐人寻味。

云根：指深山云起之处。为云游僧道歇脚之处，故称。

611.一片秋云一点霞，十分荷叶五分花

出自清代曹寅的《荷花》

【原文】

一片秋云一点霞，十分荷叶五分花。

湖边不用关门睡，夜夜凉风香满家。

【诗意】

碧绿的荷叶像秋天里的一片云彩，红色的荷花像夕阳下的一点晚霞。这美丽的景色，有十分靠荷叶的铺垫，有五分靠荷花的点缀，整个湖面花繁叶茂。湖边的人家晚上睡觉时不用关门，每夜都有凉风送来荷香。

【鉴赏】

曹寅系内务府正白旗包衣，十六岁时入宫为康熙銮仪卫，康熙二十九年（1690）任苏州织造，三年后移任江宁织造。康熙后六次南巡，其中四次住曹寅家。曹寅为人风雅，喜交名士，通诗词，晓音律，主编《全唐诗》。据载这是一首题画诗，虽然今天已经无法看到这幅画了，可诗歌却给人无穷的回味。这首诗写得清秀简洁，别有风味，句句明白，字字易懂，即便一个没有多少文化的人读了，也会有艺术享受之感。"一片秋云一点霞，十分荷叶五分花"，一片秋云、一点彩霞，十分荷

叶、五分红花，物相与物相，量词与量词，对照呼应，如此协调，真匠心独运。诗句勾描了繁花如锦的成片荷花美景，把荷花已经进入盛花期的意境表达了出来，令人瞬间获得审美愉悦。接着，诗人别开生面，在荷的花香叶香上大做文章："湖边不用关门睡，夜夜凉风香满家。"明明是荷花散发的香气使人难舍让人流连，不想关门阻隔了诱人的清香，却偏偏说"不用"，意在提起下句。最后一句是全诗的诗眼所在，凉风习习，已经是纳凉之人的过分奢望，何况在这阵阵的凉风中，还夹杂着一阵又一阵浓郁的荷香。

【注解】

秋云：这里比喻荷叶。

霞：这里比喻红色的荷花。

612.池塘一夜秋风冷，吹散芰荷红玉影

出自清代曹雪芹的《紫菱洲歌》

【原文】

池塘一夜秋风冷，吹散芰荷红玉影。

蓼花菱叶不胜愁，重露繁霜压纤梗。

不闻永昼敲棋声，燕泥点点污棋枰。

古人惜别怜朋友，况我今当手足情。

【诗意】

秋天猝不及防地到了，凄凉的秋风吹过池塘，吹散了荷花如红玉一

般的倒影。蓼花与菱叶似乎都有许多愁，纤细的枝茎快承受不住这重露浓霜了。再也听不到那漫长的夏日里闲敲棋子的声音，如今留下来的只有落满了点点燕泥的棋盘。自古朋友离别都是依依不舍，何况我现在面对的人，是有骨肉亲情的姐姐啊！

【鉴赏】

　　曹雪芹出身清代内务府正白旗包衣世家，他是江宁织造曹寅之孙。自其曾祖起，三代任江宁织造，其祖曹寅尤为康熙所信用。后因受统治阶级内部斗争所牵连，产业被抄，迁居北京。他早年过了一段贵族家庭的繁华生活。后因家道衰落，趋于艰困。晚年居北京西郊，贫病而卒。其一生性格高傲，愤世嫉俗，嗜酒健谈。他所创作的长篇小说《红楼梦》代表了中国古典小说的最高成就，在世界文坛上享有崇高声誉。这首诗是《红楼梦》中的诗作，见于《红楼梦》第七十九回。这是贾宝玉在贾迎春被接出大观园后到紫菱洲有感而作的。此诗通过对秋风萧瑟、荷残菱败、棋枰寥落等景象的描绘，抒写迎春即将外嫁时的离别悲情。全诗前四句写景，后四句抒情，情中有景，景中寓情，营造出一种浓烈的悲剧氛围。"池塘一夜秋风冷，吹散芰荷红玉影"，诗人以"芰荷"比喻姐弟，以同生长于池中的芰荷被秋风吹散喻姐弟分离，勾勒出一幅秋冷荷凋、风吹花谢的衰败图景。吹了一整夜的秋风，紫菱洲上薄寒初透，塘内荷叶零乱，半池红色花瓣，这是多么令人感伤的景色，催人泪下。这首诗对紫菱洲的描述正是一种预示，宝玉此后种种不幸遭遇端倪已见，因此也是贾府"家亡人散各奔腾"的先兆。

【注解】

紫菱洲：《红楼梦》大观园中一景，是一处临水建筑。

红玉：比喻像红玉一样红艳的荷花。这里暗指迎春。

永昼：整日。

棋枰［píng］：棋盘。画有许多格子，可在上排列棋子的板子。通常以纸、木板等制成。

惜别：舍不得分别。

613.最是野田芳草畔，一枝闲澹女郎花

出自清代张英的《四郊杂诗》（其一）

【原文】

不须桃李斗夭斜，底事芙蕖飐晚霞。

最是野田芳草畔，一枝闲澹女郎花。

【诗意】

都说最美的是桃花李花竞相开放，但都比不上荷花在晚霞中摇曳那种美。最惊艳的就是田野间的野荷花，蓦然伸出一枝来，在香草间清丽动人，如同清秀、苗壮的女郎。

【鉴赏】

张英是桐城（今安徽安庆桐城市）人，康熙六年（1667）进士，由编修累官文华殿大学士，兼礼部尚书。张英性情温和，不图虚名，知无不言。他深得康熙器重，曾被称赞道："张英始终敬慎，有古大臣风。"被

后人传诵的"千里修书只为墙，让他三尺又何妨。万里长城今犹在，不见当年秦始皇"(《家书》)，即出自他。张英《四郊杂诗》的几首诗，描写乡村景色，写得朴素大方。这首诗很空明，描写了诗人在夏天旅游时看到的一朵野荷花，如同一名美丽女子蓦然出现在这郊外田野之中，让人惊艳，别有一番味道。一说此诗是清文学家宋大樽所作。

【注解】

天斜：袅娜多姿貌。

飐：风吹颤动。

闲澹[dàn]：亦作"闲淡"，幽雅清淡之意。

614.迤逦三四亩，藕花出禾穗

出自清代赵国华的《莘县城西见荷花》

【原文】（节选）

隐约城西隅，田水湛明媚。

迤逦三四亩，藕花出禾穗。

邑境久荒瘠，见此足心慰。

立马暂向前，宛尔纳凉地。

【诗意】

大约莘县城西方向，有片荷花水田，田水清澈见底。这片水田曲折连绵，虽只有三四亩，但水田里种植了水稻，稻田里又间植了荷花，那稻叶间点缀着一朵朵美丽的荷花，犹如一幅美丽的乡村画卷。这个县城境内长期贫瘠荒芜，我看到这种景观，感到非常欣慰。于是立刻暂停前行，荷花清香扑鼻而来，果真是一个天然的纳凉地。

【鉴赏】

赵国华是直隶丰润（今河北唐山丰润区）人。咸丰八年（1858）试中举人，同治二年（1863）考取进士。他在山东历仕三十多年，为人正直，不避权贵，不徇私情。其天资非凡，聪颖过人，尤以古文出名，当时有"南桐城，北丰润"之称。这首诗是诗人在莘县城西见荷花后所作。"迤逦三四亩，藕花出禾穗"，荷花亭亭玉立在农田里，幽静美丽，如同清高的人隐居在稻花香里。诗句在平淡中寄托情怀，令人看到了清朝底层官吏在压抑时代仍旧追求一种精神和现实的作为。诗人用自然清新的语言，写出了娴雅恬适的情致，颇有追步陶渊明的迹象。

【注解】

莘县：今山东省聊城市辖县。

迤逦[yǐ lǐ]：意思是曲折连绵。

邑：县的别称。

宛尔：真切貌。

615.方塘水静无风动，一朵白莲随意开

出自清代王文治的《莲花》

【原文】

长夏阴阴万绿排，杖藜转过别峰来。

方塘水静无风动，一朵白莲随意开。

【诗意】

　　夏天，山上万树如排成荫，绿意盎然。我拄着手杖，独自绕过山峰。山下有个方形的水塘，此时风平浪静，只有一朵白莲随意、安然、无所拘束地盛开着。

【鉴赏】

　　王文治是江苏丹徒（今江苏镇江丹徒区）人，乾隆二十五年（1760）进士，授编修，擢侍读，官至云南临安知府。罢归，自此无意仕进。他工书法，以风韵胜。乾隆二十一年，翰林侍读全魁、周煌出使琉球，二人仰王文治书名，遂邀其同往，结果琉球人纷纷重金求购王文治墨宝，让这个二十六岁的小伙儿书名大震。这首诗平铺直叙，描绘了一朵生于野塘的白莲。"方塘水静无风动，一朵白莲随意开"，这朵白莲"不以无人而不芳"，照样芳香四溢，富有哲理。诗人以此比喻有德才的人虽生活在偏僻的地方，照样出色不凡。

【注解】

　　长夏：指夏日。因其白昼较长，故称。

　　排［pái］：用竹木等平摆着连接起来做成，即筏子。

616.鉴湖一曲云水涯，风吹万柄红荷花

出自清代杨芳灿的《莲花博士歌为吴兰雪作》

【原文】

鉴湖一曲云水涯，风吹万柄红荷花。

放翁醉后出奇语，花为四壁船为家。

【诗意】

秋天的鉴湖，风轻云淡，一望无际，湖面上一大片红艳艳的荷花随风摇曳。当年陆游畅游鉴湖、遇此美景，醉后以船为家、以花为墙，写出了"花为四壁船为家"这样的好诗句。

【鉴赏】

杨芳灿是常州府金匮县（今江苏无锡）人，刚会讲话，就会背唐诗，惊为神童。乾隆四十三年（1778），杨芳灿去北京应廷试，名列一等第三名。得补甘肃伏羌县知县，以功擢知灵州，后入为户部员外郎。杨芳灿好为诗，工骈文诗词。这首诗是杨芳灿入京后所作，诗风清新瘦硬。"鉴湖一曲云水涯，风吹万柄红荷花"，一曲鉴水清丽秀洁，"万柄"荷花极言鉴湖荷花之盛。"花为四壁船为家"，出自宋代陆游《同何元立赏荷花追怀镜湖旧游》，是对船厅的写照，四面墙壁都是美丽的荷花，水面上那船是家。诗人引用陆游诗句自然得体，雅趣盎然。既致敬了宋代著名诗人陆游，又与朋友共勉，表达了诗人对荷花的赞美以及对大自然的热爱之情。

吴兰雪: 即吴嵩梁, 号兰雪, 别号莲花博士。清代江西杰出诗人。

放翁: 陆游, 号放翁。

617.低飞不远去, 只在荷花傍
出自清代朱克生的《莲塘》

【原文】

日暮莲塘里, 浴水两鸳鸯。

低飞不远去, 只在荷花傍。

【诗意】

太阳落山了, 荷塘里寂然无声, 只有一对鸳鸯在水中游来游去。它们贴着水面时飞时停, 却总是在荷花附近逗留, 不肯远去。

【鉴赏】

朱克生是宝应(今江苏扬州宝应县)人, 幼颖异, 七岁能文。书无不览, 尤肆力于诗。与陶澄、陈钰相唱和, 称为"宝应三诗人"。生平足迹半天下, 所至皆纪以诗, 最后倦游归乡, 郁郁而终, 年仅四十九。克生之诗, 才气高爽, 王士祯以为得少陵之骨。尝仿左思体作武夷山赋, 工丽雅瞻, 名闻一时。这首诗描写莲塘暮色, 虽言简意赅, 但意境优美。"日暮莲塘里, 浴水两鸳鸯", 诗人用白描手法, 勾勒出一幅清丽的鸳鸯戏荷图。"低飞不远去, 只在荷花傍", 诗人描写荷花十分巧妙, 通过鸳鸯恋恋不舍离开荷花来烘托荷花之美。

【注解】

　　浴水：指游泳。

　　傍：靠近。

618.肤白已撺新藕嫩，心青犹带小荷香

出自清代张楫的《莲实》

【原文】

> 水妃擎出绀珠囊，玉笋雕盘喜乍尝。
>
> 肤白已撺新藕嫩，心青犹带小荷香。
>
> 斗余翠鸟零珍羽，飞尽黄蜂露蜜房。
>
> 口腹累人良可笑，此身便欲老江乡。

【诗意】

　　水中神女托起莲蓬，纤纤玉指端起装着莲藕莲子的精美器皿，喜滋滋地品尝了一下。这新藕有嫩嫩的颜色，莲子青青犹有淡淡的荷香。莲蓬四周花瓣尽落，如同翠鸟打斗后掉下珍贵的羽毛。那低垂的莲蓬，就像黄蜂飞走后露出的蜂巢。因为莲实好吃而受到诱惑，确实可笑至极，但我愿意一辈子生活在这江南水乡。

【鉴赏】

　　张楫是桐城（今安徽安庆桐城市）人。清乾隆间贡生，任浙江温州通判，迁山东高唐、云南建水知州。这首诗表面是描写江南水乡莲实，其实是以莲实比喻江南水乡美女，饶有情趣。"肤白已撺新藕嫩，心青犹

带小荷香"，"肤白"与"心青"，既写江南水乡风物喜人，同时写出了江南女子的美丽。"口腹累人良可笑，此身便欲老江乡"，表达了诗人流连忘返的心情以及愿意终老于此的美好愿望。也有人把此诗归金代张槚所作。

【注解】

绀珠囊：莲子如紫珠，莲蓬如珠囊。这里明指莲蓬，暗指水妃的女性特征。

江乡：指江南水乡。

619.水亭风日无人到，让与莲花自在香
出自清代张问陶的《莲花》

【原文】

新雨迎秋欲满塘，绿槐风过午阴凉。

水亭风日无人到，让与莲花自在香。

【诗意】

入秋的第一场雨绵绵不绝，荷塘水位不断上升。雨过天晴，风吹绿槐，树荫下好凉爽。此刻风和日丽，荷塘边的亭子空无一人，只有莲花自在地盛开着，散发一池芳香，沁人心脾。

【鉴赏】

张问陶是潼川州遂宁县（今四川遂宁市蓬溪县）人，清代名相张鹏

翻玄孙。乾隆五十五年（1711）进士，官至山东莱州知府。后辞官寓居苏州虎丘山塘，晚年遨游大江南北，一生致力于诗书画创作，著有《船山诗草》。这首诗通过对莲花的爱慕与礼赞，表明诗人对美好理想的憧憬，对高尚情操的崇奉，对庸劣世态的憎恶。"水亭风日无人到，让与莲花自在香"，莲花有清香，诗句是写秋天了没有其他花与莲花争香，所以只能"让"，"自在香"既写莲花也写人，是说莲花散发芳香，令人身心自在，愉悦舒畅。

【注解】

午阴：这里指树荫下。

水亭：指临水的亭子。

620.行人系缆月初堕，门外野风开白莲
出自清代王士禛的《再过露筋祠》

【原文】

翠羽明珰尚俨然，湖云祠树碧于烟。

行人系缆月初堕，门外野风开白莲。

【诗意】

露筋庙内小姑塑像，头饰耳饰逼真美丽。高邮湖上的云霞缭绕在庙前的树木，一片碧绿如烟。我们一行人泊船时，明月刚刚落下，推开门窗，湖面上的风吹来，只见一大片盛开的白莲，在月光下恍如下凡的仙女。

【鉴赏】

王士禛是新城（今山东淄博桓台县）人，原名王士禛。清顺治十五年（1658）进士。康熙四十三年（1704），官至刑部尚书，颇有政声。他入仕途后，借他人藏书而录作副本。所得收入，悉以购书，长达三十余年，从无间断。这首诗清雅悠长，之所以具有艺术魅力，在于诗人将"圣女"之人格美与"白莲"之风神美相应映衬，"圣女"似白莲，白莲如"圣女"，历史与现实交合，人与自然相融化，意味深长，含蓄不露。"行人系缆月初坠，门外野风开白莲"，月亮刚落之时，诗人的船停泊在高邮湖畔露筋祠前，野风习习吹来，给人带来白莲的缕缕馨香，沁人心脾。

【注解】

露筋祠：露筋庙。据载露筋庙去高邮（在江苏）三十里。旧传有女子夜过此，天阴蚊盛，有耕夫田舍在焉，其嫂止宿，姑曰："吾宁死不肯失节。"遂以蚊死，其筋见焉。（王象之《舆地纪胜》）

明珰：用珠玉串成的耳饰。

621.若许梦中身化蝶，今宵应傍藕花飞
出自清代完颜麟庆的《忆西湖》（其一）

【原文】

迎熏阁外绿波肥，十里荷香人未归。

若许梦中身化蝶，今宵应傍藕花飞。

【诗意】

遥想当年泛舟西湖，迎薰阁外，水质肥沃，碧波荡漾。我徜徉在十里荷花丛中，闻着沁人肺腑的幽香，流连忘返。现在又到了荷花飘香的季节，我却从离任后再没能回到西湖。如果我像庄周那样，梦中化身蝴蝶，那么今夜应该到西湖里绕着荷花飞舞。

【鉴赏】

完颜麟庆是满洲镶黄旗人，金世宗完颜雍的第二十四世孙。嘉庆十四年（1809）考中进士，历任江南河道总督、湖北巡抚等官职。每个人都有一些美好的回忆，这首诗就是完颜麟庆对西湖美景的回忆和神往。"迎薰阁外绿波肥，十里荷香人未归"，"十里"表明荷花范围的广大，说"荷香"而不说"荷花"，是因为诗人乘坐的小船，入夜以后还在荷花丛中徜徉，尽管已看不清荷花的样子，但还能闻到沁人肺腑的幽香。"人未归"，直接说游湖时间之长，间接写自己当时游兴之高。"若许梦中身化蝶，今宵应傍藕花飞"，诗人的假想是荒唐的，然而也是美丽的，他巧用庄周化蝶的典故，设想自己在梦境中化为蝴蝶以后，就会连夜飞向西湖，飞到荷花身旁，表现了诗人钟爱西湖的真实感情。诗句在表达一种强烈愿望的同时，也反衬出西湖的美景非常迷人。

【注解】

迎薰阁：位于杭州曲院风荷景区内北端。

肥：肥沃。

若许：这里是如果的意思。如宋代陆游："从今若许闲乘月，挂杖无时夜叩门。"（《游山西村》）

622.花娇映红雨，语笑熏风香

出自清代邵长蘅的《冶游》

【原文】

六月荷花荡，轻桡泛兰塘。

花娇映红雨，语笑熏风香。

【诗意】

六月的荷花荡，花开正艳。我们轻轻地抄起桨，划着小船观赏荷塘美景。那落在花瓣上的雨，让荷花看起来更娇美。荷花荡里欢歌笑语，热闹非凡；东南风吹来阵阵荷香，香清溢远。

【鉴赏】

邵长蘅是武进（今江苏常州武进区）人，性颖悟，读书数行下。十岁补诸生，因事除名。后入太学，罢归乡里，再未求仕，以布衣终。其工诗文，具有浑脱苍凉、流畅自然的特点。这首诗描绘了苏州葑门外荷花荡人们泛舟观荷赏莲盛况。古时人们将每年农历六月二十四定为荷花生日，亦称观莲节。每逢这一天，男女老少都纷纷到荷塘欣赏美景，熙熙攘攘、热热闹闹，场面很是壮观。"花娇映红雨，语笑熏风香"，雨后荷花粉嫩娇美，荷香随风四处飘散，对于游人来说别有一番情趣。

【注解】

荷花荡：这里指在苏州葑门外的荷塘。

轻桡：这里借指小船。

623.西风吹堕红蕖里，照见鸳鸯自在眠

出自清代安期的《流萤词》

【原文】

熠熠流光漾水烟，池亭雨歇晚凉天。

西风吹堕红蕖里，照见鸳鸯自在眠。

【诗意】

皎洁的月光下，荷塘水面泛起烟雾。雨刚停，我来到凉亭，夜晚的天气很凉爽。忽然，许多萤火虫映入我眼帘，它们成群结队形成的流动光亮荡漾在水波上。不经意间，一阵秋风吹过，将萤火虫吹落到荷花丛中，萤群的光亮照见荷叶下一对鸳鸯正自在地酣睡。

【鉴赏】

安期是长洲（今江苏苏州）人，字亦生，生卒年不详。这首描写流萤的诗，其实也是咏荷佳作。"熠熠流光漾水烟，池亭雨歇晚凉天"，诗人来到雨后池塘边的凉亭里，凉意阵阵，眼前的景象是静谧的，平平淡淡，并没有吸引人的地方。"西风吹堕红蕖里，照见鸳鸯自在眠"，这两句如神来之笔，让眼前的一切顿时生动起来，有了情感的色彩，让人真真切切感受到了岁月静好。

【注解】

流萤：指飞行的萤火虫。

流光：这里指如水般流泻的月光。

水烟：水上的烟雾。

红蕖：已经开放的红荷花。

624.莲子落秋水，苦心空自知

出自清代桂馥的《古意》

【原文】

莲子落秋水，苦心空自知。

岁月如水深，那有见莲时。

【诗意】

我怜爱你的心像莲子，一旦落入茫茫的秋水中，那苦心就只有自己明白了。岁月如梭，正如秋水深不见底，那么我怜爱你的心，你何时才能明白呢？

【鉴赏】

桂馥是曲阜（今山东济宁曲阜市）人，乾隆三十三年（1768）进入国子监学习，任长山训导。乾隆五十四年，桂馥中举人，次年中进士。嘉庆元年（1796），被授予云南永平县知县，七年后调任顺宁县知县。他在书法、篆刻、诗歌、杂剧方面都有涉猎，各有成就。这首诗自然质朴、率性纯真，抒发了女子对心上人的深深爱意和殷切期待。"莲子落秋水，苦心空自知"，"莲子"双关"怜子"，是"怜爱你"的意思。诗人巧妙地写莲子，以此描写女子对心上人的一片苦心，期待对方能明白她的思念和情意。

【注解】

古意：犹拟古、仿古。

625.一夜雨声凉到梦，万荷叶上送秋来

出自清代陈文述的《夏日杂诗》

【原文】

水窗低傍画栏开，枕簟萧疏玉漏催。

一夜雨声凉到梦，万荷叶上送秋来。

【诗意】

我家住在湖边，水窗外是荷塘，一眼看得见有画饰的栏杆。枕席凉爽，万籁俱寂，玉漏沉沉，催人入睡。这一夜的雨声真是让人愉快，它把凉意都带入我的梦中了。雨打荷叶，无数的荷叶上初凉暗生，给人们送来了秋意。

【鉴赏】

陈文述是钱塘（今浙江杭州）人，嘉庆时举人，官昭文、全椒等知县。诗学吴梅村、钱牧斋，博雅绮丽，在京师与杨芳灿齐名，时称"杨陈"。这首诗描写了诗人夏夜听雨的快慰舒畅的心情。"一夜雨声凉到梦，万荷叶上送秋来"，因凉意而入梦，似乎梦也是清凉的。诗人运用拟人的修辞手法，用"到"和"送"将雨人格化，描写荷叶上的雨声为梦送凉。夏天雨后还是很闷热的，但是秋天的雨有说不尽的凉爽，也带有了丝丝的寒意。诗句描写了夏天转变为秋天的细节，构思精巧而富有新

意，创造了清丽奇趣的意境，成为写荷花弄晚凉的名句。

【注解】

萧疏：萧瑟之意。

玉漏：古代计时漏壶的美称。古时用几个特制的壶盛满水，下凿小孔，使水下滴，用以计时。

626.相到薰风四五月，也能遮却美人腰
出自清代石涛的《荷花》

【原文】

荷叶五寸荷花娇，贴波不碍画船摇。

相到薰风四五月，也能遮却美人腰。

【诗意】

五寸见方的荷叶衬托着娇艳的荷花，荷叶紧贴水面，荷花娇艳欲滴，但这并不妨碍画船在水面上荡漾。到了农历四五月间，在东南风的吹拂下，这些荷花、荷叶会越长越高，依旧能将婷婷婀娜的采莲女遮没。

【鉴赏】

石涛是广西桂林人，明靖江王朱亨嘉之子，僧名元济，与弘仁、髡残、朱耷合称为"明末四僧"。其幼年遭变后出家为僧，驻锡于安徽宣城敬亭山广教寺，后半世云游，以卖画为业。早年山水师法宋元诸家，画风疏秀明洁，晚年用笔纵肆，墨法淋漓，格法多变，尤精册页小品；花

卉潇洒隽朗，天真烂漫，清气袭人；人物生拙古朴，别具一格。其工诗文，却与许多诗人不一样，还是中国绘画史上一位十分重要的人物。他提出的"搜尽奇峰打草稿""笔墨当随时代"等，可谓影响深远。他的画论见证了其作品无不来自生活。实际他的诗也一样，善于从生活中提炼精华。由于自身身世和幼时的悲惨遭遇，石涛的一生矛盾而痛苦。他有许多荷花画作，也同样有许多荷花题诗，荷花成了他心中的最后一道风景，是其高洁志趣的寄托。这首诗画中有诗、诗中有画，将悠然荡舟于荷花丛中的画意完美地呈现了出来。"相到薰风四五月，也能遮却美人腰"，诗人采取了侧面烘托的手法，描绘出夏天荷花盛开之美景。"遮却美人腰"所表达的意思，与"莲花过人头"（《西洲曲》）类似。

【注解】

美人腰：这里指美丽的采莲女。

627.碧波心里露娇容，浓色何如淡色工

出自清代李鱓的《荷花》

【原文】

碧波心里露娇容，浓色何如淡色工。

漫道湖光全冷露，渔灯一点透微红。

【诗意】

荷花在碧波里露出仙女般美好的姿容，颜色有浓有淡，都一样美。别说夜色朦胧，暗淡的湖光中，清凉的露水凝结在荷叶上，只有一

盏渔灯微微透着亮光。

【鉴赏】

李鱓是兴化（今江苏扬州兴化市）人，明代状元宰相李春芳第六世孙。清代著名画家，扬州八怪之一。康熙五十年（1662）中举，康熙五十三年召为内廷供奉，其宫廷工笔画造诣颇深，因不愿受"正统派"画风束缚而遭忌离职。乾隆三年（1738）出任山东滕县知县，颇得民心，因得罪上司而罢官。后居扬州，卖画为生。与郑燮关系最为密切，故郑有"卖画扬州，与李同老"之说。李鱓工诗文书画，与李葂同为写意荷花的代表人物，都喜欢、擅长画瘦荷、枯荷、残荷。这首诗形象地赞美了秋天荷花的美。"碧波心里露娇容，浓色何如淡色工"，秋荷红红白白，姿容娇美，留香久远，让人回味无穷。

【注解】

漫道：犹慢道，莫说、别说之意。

628.最怜红粉几条痕，水外桥边小竹门
出自清代郑燮的《芙蓉》

【原文】

最怜红粉几条痕，水外桥边小竹门。

照影自惊还自惜，西施原住苎萝村。

【诗意】

有一位可爱的少女怀疑妆容有几条痕，就来到桥边小竹门外，想借清清河水看个究竟。一看，先是惊了一下，但是无伤大雅，依然如荷花般美丽动人。原来，这里是美女西施的家乡。

【鉴赏】

郑燮是兴化（今江苏扬州兴化市）人，号板桥，是乾隆元年（1736）进士，官山东范县、潍县县令，政绩显著。后客居扬州，以卖画为生，为"扬州八怪"重要代表人物之一。这首诗描写荷花的手法与众不同，写荷却整篇不提一个"荷"字，仅借描写少女照水时的神态，就把水中荷花之美丽表现出来。"最怜红粉几条痕，水外桥边小竹门"，诗人采用拟人手法描绘荷花，诗句中的"红粉"既指花又喻人，人花交融，相互映衬，形象传神。"照影自惊还自惜，西施原住苎萝村"，诗人用"自惊""自惜"来描写西施般貌美的少女，反衬出水中荷花的艳美，诗意跃然纸上。

【注解】

红粉：这里喻指年轻女子。

苎萝村：浙江绍兴诸暨下辖村，是西施的家乡。见汉赵晔《吴越春秋·勾践阴谋外传》。

629.秋荷独后时，摇落见风姿

出自清代郑燮的《秋荷》

【原文】

秋荷独后时，摇落见风姿。

无力争先发，非因后出奇。

【诗意】

秋意渐浓，清浅的水塘里，一大片残荷中，尚有几朵荷花卓然挺立。飒飒秋风扫过，那些残荷摇落水中，更多了几分萧瑟的气息，但这几朵迟开的秋水荷花显得格外妖娆芬芳。荷花都想逢时而开，无奈这几朵荷花无力与众花争强，落在了众花后面，并非因为它们有什么特别。

【鉴赏】

这首诗写的是秋荷，其实写的是诗人自己。"秋荷独后时，摇落见风姿"，诗人以残荷衬托秋荷，在衰败的残荷丛中有几朵迟开的荷花依然挺立，表现出了秋荷卓然不群的秀美风姿。诗人早年遭遇颇多坎坷，生活极贫，仕途亦不顺利，诗画也并不很为人赏识。直至四十岁考中进士，五十岁出任范县县令才摆脱困窘，名声渐大。诗人把这段经历喻之为"秋荷独后时，摇落见风姿"是很贴切的。"无力争先发，非因后出奇"，秋荷的"后出"并非为了一鸣惊人，自我炫耀，人们如果将其看作是自命不凡、高不可攀，那显然是误解。在郑板桥笔下，秋荷代表着一种品质，即安贫乐道、吃亏是福。

出奇：特别，很不平常。

630.清清不染淤泥水，我与荷花同日生

出自清代方婉仪的《生日偶吟》

【原文】

平簟疏帘小阁晴，朝来池畔最关情。

清清不染淤泥水，我与荷花同日生。

【诗意】

水边阁楼不仅有凉席还有窗帘，是赏荷纳凉的好地方。今天天气格外晴朗，我一大清早就到池塘边，看看让我牵肠挂肚的荷花开得怎样。只见那荷花出淤泥而不染，清洁秀丽。可巧，我的生日在今天，今天也是荷花生日呀，原来我与荷花同日生。

【鉴赏】

方婉仪是歙县（今安徽黄山歙县）人，广东布政使方愿瑛孙女，国子学生方宝俭女儿。自幼跟随父亲和姑母方颂玉学习诗画，十八岁嫁扬州八怪之一罗聘为妻。方婉仪自号白莲居士，因为她的生日是农历六月二十四日，这一天恰是传说中的荷诞。这首诗很俏皮，刻画出女主人公既浪漫又天真的形象。"清清不染淤泥水，我与荷花同日生"，诗人引用周敦颐"出淤泥而不染"的名句，借用荷花生日祝福自己，表达了自己对荷花高洁的喜欢和追慕。

平簟[diàn]：竹席。

疏帘：稀疏的竹织窗帘。

关情：动心，牵动情怀。

631.藕断丝连多情处，粉香零落晓风前

出自清代陈允锡的《莲》

【原文】

多情处藕断又丝连，

粉香零落晓风前，

似啼别怨娟娟，

清露湿红鲜，

出水嫣然，

叶田田，

堪怜，

莲。

【诗意】

这美丽的荷花惹人怜爱，荷叶茂盛，如出水的美女。洁净的露水滋润着鲜艳的花朵，好像是美女离别忧愁哭泣的泪，缓缓掉落。随着拂晓的风吹过，艳丽的花瓣零落，幽幽的花香不再，只留下"剪不断、理还乱"的深深相思。

【鉴赏】

　　陈允锡是晋江（今福建泉州晋江市）人，少年时进晋江县学读书就"名噪文坛"。顺治十二年（1655）应试中选一等，授德化县教谕，曾任浙江平湖县令。陈允锡为官三十余年，"囊无私蓄"，管理兵事，抚恤百姓。晚年辞官归乡，杜门不出，纂修族谱，教育子孙。书斋内四壁图书，每日与书相伴。这首诗以八字至一字的递减式咏莲，格式新颖独特。如果将这首诗由下往上读，就像一张巨大遮阳的荷叶。"多情处藕断又丝连，粉香零落晓风前"，诗人采用借代手法，以色彩和气味代指物体，用"粉香"来代指荷花，不仅形象贴切，而且富有感情。在诗句中，荷花如美丽的女子，孤独地站在荷叶下，心里想着心事，思念着情郎呢。

【注解】

　　粉香：这里代指荷花。

　　娟娟：同"涓涓"，缓流之意。

632.风起莲江绉绿罗，并船归唱采莲歌

出自清代毛奇龄的《采莲子》（其一）

【原文】

风起莲江绉绿罗，并船归唱采莲歌。

画屏只见金鸂鶒，不信双双水鸟多。

【诗意】

开满荷花的江面上起风了，吹皱了碧绿荷叶的倒影。要回家了，

他刻意把船与她的船并在一起，齐声高唱起美妙的采莲曲。这幕归的景色如画，只见水面上还有一对金鹦鹉在嬉戏，难道真有那么多成双成对的水鸟？

【鉴赏】

毛奇龄是绍兴府萧山县（今浙江杭州萧山区）人，少时聪颖过人，以诗名扬乡里，十三岁应童子试，名列第一，被视为"神童"。明亡，哭于学宫三日。后曾参与南明鲁王军事，鲁王败后，化名王彦，亡命江湖十余年。清兵南下，他避兵于县之南乡深山，筑土室读书。康熙时荐举博学鸿词科，授检讨，充明史馆纂修官。寻假归不复出。其治经史及音韵学，著述极富。毛奇龄诗的一个共同特点，是他擅长在寻常的景物情事上力创新境，别出新意。这首《采莲子》诗韵优雅，读之朗朗上口。"风起莲江绉绿罗，并船归唱采莲歌"，一个"并"字让人猜出是一对青年男女，他们满载而归，一起快乐地唱着采莲歌。其《采莲子·其二》："细萍点点钉花船，苇线飘飘缚画竿。折得小莲羞并蒂，红靴钩入锦裙边。"写得诙谐有趣，令人捧腹大笑。

【注解】

绿罗：这里指荷叶。

绉：皱缩，使起折痕。如"风乍起，吹皱一池春水"（五代冯延巳《谒金门》）。

鹦鹉 [xī chì]：水鸟名。形大于鸳鸯，而多紫色，好并游，俗称紫鸳鸯。

633.深处种菱浅种稻,不深不浅种荷花

出自清代阮元的《吴兴杂诗》

【原文】

交流四水抱城斜,散作千溪遍万家。

深处种菱浅种稻,不深不浅种荷花。

【诗意】

四条河流交错环抱着吴兴城,它们的流向与城墙偏斜。这四条河又分出许多溪水,溪水边居住着许多人家。老百姓利用这大好的自然条件,在水深的地方种上菱角,水浅的地方种植水稻,在那不深不浅的水域里种上荷花。

【鉴赏】

阮元是仪征(今江苏扬州仪征市)人,乾隆五十四年(1789)进士,官至体仁阁大学士。他善诗文,晚年以诗书为伴,湖光山水为娱,绝不过问地方政事,一直以耳聋避俗吏,悠然自得,怡老林泉。这首诗以清丽的语言,描绘了江南水乡秀美的风光,同时又寓含着符合认识论的理趣。"深处种菱浅种稻,不深不浅种荷花",可以想象待到夏秋之交,绿的菱叶、黄的稻浪与红的荷花交相辉映,那是一幅格外宜人的图画。

【注解】

吴兴:今浙江省湖州市。

四水:湖州城附近有西苕溪、东苕溪,二水合成霅溪,另有一条东去

的运河。

634.惆怅莲歌何处听,惊起沙禽眠浦

出自清代易顺鼎的《念奴娇·玄武湖荷花,用白石韵》

【原文】(节选)

小艇摇入波心,花深不见,莫是逢仙去。惆怅莲歌何处听,惊起沙禽眠浦。

红浪连天,绿云如海,多少香魂住。刘郎老矣,再来应恐迷路。

【词意】

摇着轻快的小船到水中央,没想到荷叶繁茂但未见花开,莫非这些花儿与仙女聚会去了。心情惆怅,哪里可听到采莲曲,只有划船声响,惊飞了沙滩上睡着的水鸟。我想象着等到花开的那一天,荷花如翻卷的红色波浪连接天际,荷叶如缭绕仙云一望无边,似乎是无数的仙女住在这里。估计届时东汉的刘郎已老,再来恐怕也会不认识路了。

【鉴赏】

易顺鼎是龙阳(今湖南常德汉寿县)人,光绪元年(1875)举人,曾被张之洞聘主两湖书院经史讲席。《马关条约》签订后,上书请罢议和。他曾两赴台湾,帮助刘永福抗战。庚子事变时,督江楚转运,此后在广西、云南、广东等地任道台。辛亥革命后去北京,与袁世凯之子袁克文交游,袁世凯称帝后,任印铸局局长。帝制失败后,纵情于歌楼妓馆。其

工诗，讲究属对工巧，用意新颖。这首词纤丽凄清，婉约细腻，描绘了玄武湖荷花盛景。"惆怅莲歌何处听，惊起沙禽眠浦"，词人以"静"为中心，因为"静"而惊沙禽，让人在静态的场景中体会诗人的伤感心情。

【注解】

波心：指水中央。

刘郎：指东汉刘晨。相传刘晨和阮肇入天台山采药，为仙女所邀，留半年，求归，抵家子孙已七世。这里借指情郎。

635.一片棹歌声急，采莲齐唱红腔

出自清代赵我佩的《画堂春·湖上采莲》

【原文】

画船箫鼓泛银塘，高挑十二纱窗。晚妆新试碧罗裳，水面风凉。

一片棹歌声急，采莲齐唱红腔。兰桡归去藕花香，闲煞鸳鸯。

【词意】

一群女子划着精美的船到湖上去采莲，吹箫打鼓，热闹非凡。她们身材苗条，透过一扇扇纱窗，看得见荷花亭亭玉立在水中。一朵朵花如同美女化了浓妆，那碧绿的丝裙赏心悦目。水面吹来阵阵凉风，夹带着淡淡的荷香。湖上船桨声越来越响，船速越来越快，她们兴致勃勃地一齐高唱采莲曲。最后小船归去，荷花清香依旧，这可闲坏了白天忙于嬉水的一对鸳鸯。

【鉴赏】

赵我佩，字君兰，浙江仁和（今浙江杭州）人。其父是道光进士，善词曲，是清后期文学家。赵我佩在父亲的熏陶下，亦善词令，以轻圆流丽见长。她怀远之作甚多，小令尤有情致。据载她和林黛玉一样多病，身体虚弱，但是谈起词来，却与史湘云一样豪爽，可至豪饮。这首词清丽婉约，描写一群女子泛舟湖上采莲。"一片棹歌声急，采莲齐唱红腔"，词句活泼奔放，描绘了湖上采莲的热闹场面。"兰桡归去藕花香，闲煞鸳鸯"，"闲煞"一词，口语化，自然贴切；通过比拟的手法，写出了人去之后鸳鸯无所事事的状态，流露出词人流连忘返之意。

【注解】

兰桡：小舟的美称。

636.一阵跳雨作轻凉，点摇平碧红无数
出自清代孙锡的《金缕曲·残荷》

【原文】（节选）

一阵跳珠雨，作轻凉、点摇平碧，嫣红无数。卷地萍飔翻露盖，舞到香鬟似雾。剩情影、几番回顾。孤艳不争团扇宠，恨游人、全忘花心苦。欹翠袖，且相护。

【词意】

一阵急雨后，荷塘顿时变得十分凉爽，平静清澈的池水浑浊了，无数艳红的花瓣被吹落。疾风卷过水面，荷叶上下翻动，荷花也不停地舞

动，整个荷塘雾茫茫的，一片凄迷。只剩下一朵独秀的荷花，在秋水中顾影自怜。这一朵荷花本无心争恩取宠，然而薄情的游人却只知赏其盛时，全不关心今日凋零之苦。残枝败叶虽歪倒一边，但相互庇护，紧紧围在一起。

【鉴赏】

孙锡是南宁（今云南曲靖马龙一带）人，历官浪穹（今云南大理洱源）教谕。这首词描写残荷，亦花亦人，虚实相生，命意深远。"一阵跳珠雨，作轻凉、点摇平碧，嫣红无数"，"跳珠雨"取自苏轼"黑云翻墨未遮山，白雨跳珠乱入船"诗句，诗人信手拈来，承继得法。"点摇"二字写骤雨忽然而作，顿时搅扰了宁静的荷塘，虽非举足轻重的"词眼"，但仍写得十分准确。词中先写雨、后写花，这就为下一步写"残"做铺垫。"欹翠袖，且相护"与"几番回顾"，词人同是用拟人手法写残荷在风中的姿影，营构了一个富有动感的画面。在咏花诗词中，拟人手法可以说是司空见惯，但多为静态描写，诗人在这里突出写其动态，就使荷花更具有了灵性，也更惹人爱怜。

【注解】

平碧：指平静清澈的水。

嫣红：这里指荷花瓣。

卷地：从地面席卷而过。这里形容风的势头迅猛。

飔[sī]：指凉风。

香鬟：香雾云鬟。

孤艳：指独秀的花。

团扇宠：指女子失宠。典故出自班婕妤在长信宫中创作的《团扇歌》（又称《怨歌行》）。班婕妤把自己比作团扇，夏天被人捧在手里，秋天却被人束之高阁，遗忘脑后。

637.飞红犹湿前宵雨，好春也懒归去

出自清代何振岱《齐天乐·新荷》

【原文】(节选)

飞红犹湿前宵雨，好春也懒归去。日漱池心，山摇萍际，夏气先烘晴宇。

笛声凄楚。正倦倚薰风，吹凉前浦。艳说荷花，焉知结子此心苦。

【词意】

前天晚上的雨打湿了荷花，池塘里漂浮着点点花瓣，让美好的春天都不舍得离去。太阳照在池塘中央，远山的倒影在青萍之间晃动。夏天很快来了，先让阳光映照晴空。远处传来笛声，悠扬而又凄凉。荷花似乎疲倦了，迎着东南风摇曳，仿佛在水面上纳凉。人人都说新荷艳丽，哪里知道它结了莲子后其心也苦。

【鉴赏】

何振岱是侯官县（今福建福州）人，师从名儒谢章铤。光绪二十三年（1897）中举，后连续三次考进士均落第。科举废止后，被江西布政使沈瑜庆聘为藩署文案。何振岱与郑孝胥素有交情，特别倾心郑孝胥的

诗功；但自从郑孝胥参加伪满后，何振岱誓绝往来，将来往书信全部烧掉。何振岱学问高深，以儒为本，六艺通修，能书擅画，能诗善琴。诗、书功力尤深，其诗深微淡远，疏宕幽逸，在闽派中独树一帜，是"同光体"闽派的殿军人物。这首词描写新荷，栩栩如生，呼之欲出。"飞红犹湿前宵雨，好春也懒归去"，词人采用拟人手法描写春天，"懒归"两字写活了暮春美景，也流露出他对美好春天的留恋。"艳说荷花，焉知结子此心苦"，词人借景抒情，暗中以荷花自况，道出其"心苦"，透露出他内心淡淡的哀伤，惆怅婉转。

【注解】

飞红：指落花。

夏气：指夏天的气候。

烘：这里是映照之意。

晴宇：指晴朗的天空。

吹凉：乘凉。